SANDRA MEIJER

Jackpot! Und alles wird anders.

AF289174

Buch

Hallo! Mein Name ist Alexandra Hofmann. Alex für meine Freunde. Und eigentlich bin ich ganz normal. Naja, zumindest war ich das mal, bis ich im Lotto den Jackpot geknackt habe. Auf einmal waren da 31 Millionen Euro auf meinem Konto. Das hat mich ganz schön umgehauen. Und gerade als ich es irgendwie geschafft hatte, den Schock zu verdrängen und zur Tagesordnung zurück zu kehren, lächelte ich mir eines Morgens selbst von den Zeitungen in meinem Lieblingskiosk entgegen.

Die Lottogesellschaft hatte mir sofort einen Anwalt zur Seite gestellt. Eddie. Eigentlich Eduard von Lichtenstein. Er hatte mich dann irgendwie davon überzeugt, das Land zu verlassen, bis Gras über die Sache gewachsen wäre. Da ich Flugangst habe, besorgten wir einen Camper und ich verließ innerhalb weniger Tage das Land in Richtung Südspanien. Und los ging es auf eine wundervolle Reise voller kleiner Abenteuer. Mit im Gepäck die Frage aller Fragen…

Was macht man mit 31 Millionen Euro?

Widmung

Für alle Sekretärinnen und Assistentinnen. Für alle Träumer. Für alle, die dieses Buch gefunden haben. Für alle, die wie ich, mit Alex diese Reise antreten und sie begleiten. Für alle, die mein Leben mit mir teilen in Freude, in Leid und an allen anderen Tagen.

Autorin

Sandra Meijer ist ein Kind der 80er Jahre. Sie wurde im Münsterland geboren und lebt bis heute dort. Bereits in jungen Jahren entdeckte sie das Schreiben für sich. Angefangen mit handgeschriebenen Geschichten in Schulheften, über Gedichte und Kurzgeschichten, bis hin zum Roman. Sie ist Sekretärin im Baugewerbe. Dort bereits viele Jahre erfolgreich tätig. Unter anderem war sie vier Jahre für ein Projekt in den Niederlanden.

Sandra Meijer

Jackpot!

Und alles wird anders

Roman

Bibliografische Information der Deutschen Nationalbibliothek:
Die Deutsche Nationalbibliothek verzeichnet diese Publikation
in der Deutschen Nationalbibliografie; detaillierte bibliografische
Daten sind im Internet über http://dnb.dnb.de abrufbar.

Herstellung und Verlag:
BoD – Books on Demand, Norderstedt

ISBN: 978-3-8370-3568-1

Für Dich

1. KAPITEL

Es war einmal, an einem Freitag den Dreizehnten, als sich mein Leben für immer verändern sollte. Doch als an diesem besagten Morgen der Wecker klingelte, fühlte es sich an wie ein ganz normaler Tag. Wenn er auch, wie so oft in den vorherigen Monaten, viel zu früh begann.

Um 5:15 Uhr gab der Wecker in meinem Handy den eingestellten nervigen Piepston von sich. Doch ich war bereits wach. Zumindest halb. Müde streckte ich mich und kuschelte mich noch mal in die Decke, drehte mich auf die Seite und wischte auf dem Display nach rechts um den Alarm auszustellen.

Nach meiner Ausbildung hatte ich lediglich befristete Verträge ergattern können. Sobald ich irgendwie in einem Unternehmen angekommen war, ging es auch schon wieder weiter. Bis ich vor anderthalb Jahren über eine Zeitarbeitsfirma in einem Bauunternehmen angefangen hatte.

Nach sechs Monaten geriet das Unternehmen in eine Krise und wurde von einem großen Konzern übernommen. Ich hatte schon befürchtet, dass ich mich mal wieder auf die Suche nach einer neuen Arbeitsstelle machen müsste, doch stattdessen bot man mir einen unbefristeten Arbeitsvertrag als persönliche Assistentin für den neuen Geschäftsführer an. Und ich akzeptierte.

Seit dem war die Zeit nur so gerast und so sehr ich es auch genoss, endlich eine berufliche Heimat gefunden zu haben, meine Freizeit hatte arg darunter gelitten.

Johannes, mein neuer Chef, war Mitte 40 und damit um einiges jünger als unser früherer Geschäftsführer. Und er machte sich den Job nicht einfach. Er arbeitete viel, lange und hart, um das Unternehmen wieder in die schwarzen Zahlen zu bringen, den Respekt und das Vertrauen der Mitarbeiter zu erhalten und um seinen Vorgesetzten, dem Vorstand des großen Konzerns, zu beweisen, dass sie den Richtigen an diese Stelle gesetzt hatten. Und da er all seine Freizeit opferte, war das mit meiner eben auch eher mau. Denn, obwohl ich all diese lachhaften Vorurteile kenne, die es über Sekretärinnen und Assistentinnen gibt, sieht die Realität doch anders aus.

Machen wir uns nichts vor, das Klischee besagt doch, dass eine Sekretärin den ganzen Tag schnatternd an ihrem Computer sitzt und sich die Nägel lackiert. Dann ab und an dem Chef ein bisschen Kaffee holt und weiter schnattert. Doch in Wirklichkeit bist du als Sekretärin, oder Assistentin wie es heute heißt, ein Allrounder.

Du musst in allen Bereichen, die dein Chef bearbeitet, Bescheid wissen und möglichst immer auf dem Laufenden sein. Du musst an alles denken, was er eventuell vergessen könnte. Du musst seine Termine koordinieren und vorbereiten, die Zeiten im Auge behalten, Hotelbuchungen vornehmen und Abläufe organisieren. Nebenbei alle anfallenden Arbeiten erledigen, ihn bei Laune halten und unterstützen.

Und das Wichtigste von allem ist, genau zu wissen, was dein Chef benötigt und zwar zehn Minuten bevor er das weiß.

Aber genug der Lobeshymnen auf meinen Berufsstand.

Es war also an einem Freitagmorgen. Johannes hatte an diesem Tag DAS Meeting beim Konzern in Köln. Er musste Bilanzen und aktuelle Projekte vorstellen und seine Pläne für das kommende Jahr präsentieren. Es war also DER Tag, an dem der Vorstand genau wissen wollte, was der neue Geschäftsführer im Münsterland veranstaltete. Und es sollte vorläufig auch das

Ende des Marathons sein, der die letzten zwölf Monate angedauert hatte.

Denn die Auftragsbücher waren gut gefüllt und die ersten internen Umstrukturierungen hatte Johannes bereits auf den Weg gebracht. Man konnte sagen, Herr Johannes Krämer, war angekommen und hatte die Zügel fest in der Hand.

Das alles hatte uns beide viele Nerven und vor allem viele Überstunden gekostet. Teilweise sogar bis spät in die Nacht. Doch letztendlich hatte es sich gelohnt. Denn ohne Veränderungen hätten wohl alle 354 Mitarbeiter unserer Firma keinen Job mehr gehabt.

Nur war ich mittlerweile auch am Ende meiner Kräfte angekommen. Doch wenn der Termin an diesem Tag erst einmal hinter uns lag, so hatte Johannes mir versprochen, würden wir den Sommeranfang ruhiger angehen lassen und eventuell auch mal wieder richtig Urlaub machen. Also quälte ich mich aus dem Bett und schlurfte unter die Dusche.

Dreißig Minuten später saß ich im Wagen auf dem Weg ins Büro. Ich ließ die Fensterscheiben meines geliebten alten Kleinwagens herunter und genoss die kühle Brise.

Das Wetter war in diesem Jahr besonders verrückt. Wir hatten Tage vollkommener Hitze, gefolgt von tagelangen Regenschauern. Und anschließend wieder Hitze. Für das kommende Wochenende waren mal wieder 30 Grad angekündigt. Ich war nur froh, dass es nicht wochentags so warm gewesen war, denn eine Klimaanlage gab es in unserem Büro nicht. Und so war es nicht auszuhalten, wenn die Temperaturen so hoch hinaus schossen.

Ich hielt bei meinem Lieblingszeitungskiosk an. Hatte die letzte Schachtel Zigaretten am Vorabend leer gemacht und brauchte für den Tag unbedingt neue.

„Guten Morgen Inge", begrüßte ich die ältere Dame hinter der Ladentheke.

„Guten Morgen Liebchen. Du bist ja mal wieder früh dran. Das Übliche?"

Sie griff hinter sich in die Auslage und nahm zwei Päckchen meiner Marke heraus.

„Ja. Und natürlich einen Lottoschein. Schließlich haben wir heute wieder einen Glückstag."

Obwohl ich nicht abergläubisch war, hatte ich diese Eigenart irgendwann aufgeschnappt und spielte an jedem Freitag den Dreizehnten Lotto.

„Ach ja. Schon der zweite dieses Jahr. Ich glaube es lohnt sich. Der Jackpot ist wieder mal ziemlich hoch. Viele Leute haben in den letzten Wochen gespielt."

Sie reichte mir einen Schein und ich trug wahllos irgendwelche Zahlen ein. Ich schob ihr den Schein über die Theke, nahm die Zigaretten und zahlte beides.

„Ich wünsche Dir ein schönes Wochenende. Genieß das schöne Wetter."

„Danke mein Liebchen. Das wünsche ich Dir auch. Mach nicht so lange heute."

Um viertel nach sechs fuhr ich auf den leeren Parkplatz vor dem Büro. Ich stieg aus und zündete mir eine Zigarette an. So viel Zeit musste sein. Johannes würde in ein paar Minuten ebenfalls auftauchen, doch der Rest des Büropersonals kam gewöhnlich erst gegen halb acht, wenn der Büroalltag offiziell beginnen würde.

Dass ich die Erste morgens war, hatte sich mittlerweile eingespielt. Daher besaß ich einen der vier Generalschlüssel im Unternehmen. An der Eingangstür schaltete ich die Alarmanlage ab und warf die Zigarette, nur halb aufgeraucht, in den Aschenbecher. Auf dem Weg ins Büro kam ich an der Küche vorbei und stellte schon mal die Kaffeemaschine an. Auf meinem Schreibtisch lagen die letzten Änderungen für die Unterlagen von Johannes. Ich fuhr den Rechner hoch und arbeitete sie ein. Als der Drucker mit seinen Arbeiten begann, ging ich wieder in die Küche und holte zwei Tassen Kaffee. Zurück an meinem Arbeitsplatz stellte ich eine Tasse auf den Schreibtisch in Johannes Büro, das von meinem abging. Ich saß gerade wieder vor meinem Monitor, als er durch die Tür kam.

„Guten Morgen Alexandra. Schön, dass du schon da bist."

„Guten Morgen Johannes. Kaffee auf dem Schreibtisch. Die Unterlagen werden gerade gedruckt. Sie sollten gleich fertig sein, dann binde ich sie und bringe sie Dir. Per Mail hast Du sie bereits erhalten."

Er lächelte verschmitzt und legte sich theatralisch die Hand vor die Stirn. „Was würde ich nur ohne Dich machen? Dich schickt der Himmel!"

„Ja. Genau."

Seine Gute Laune war ansteckend, auch mein Gesicht zierte ein Lächeln, „Du solltest dich spätestens um sieben Uhr auf den Weg machen. Brauchst du noch irgendwas?"

„Nein, Danke. Ich werde noch ein paar Mails bearbeiten und die restlichen Sachen einpacken.", sprach's und verschwand in sein Büro.

Zwanzig Minuten später fand ich ihn in Gedanken versunken auf seinen Monitor starrend.

„Hier die Unterlagen."

Ich legte ihm die Mappen auf den Tisch und nahm seine leere Tasse.

„Möchtest du noch einen?"

Er schüttelte nur den Kopf und sah nicht auf.

„Ist alles okay?"

„Ja. Nur der Termin."

Er legte eine Pause ein und brachte seinen Gedanken zu Ende.

„Ich gehe alle Zahlen noch mal durch."

„Die hast Du im Kopf. Mach Dir keine Sorgen, der Termin wird super laufen. Entspann' Dich."

Er sah mich an.

„Ja, Du hast ja Recht."

Achselzuckend sagte er: „Ansonsten musst Du Dir einen anderen Chef erziehen."

Ein Lächeln huschte über sein Gesicht.

Nun war ich es, die theatralisch die Hand vor die Stirn warf. „Oh nein!! Alles nur das nicht!!"

Wir lachten beide. Seine Augen bekamen wieder das Strahlen, das ich so an ihm mochte.

Johannes schaltete seinen Rechner aus und packte die Unterlagen in seine Tasche. In einer fließenden Bewegung stand er auf und nahm sie und sein Sakko, dass er über die Rückenlehne seines Stuhls gelegt hatte.

„Okay. Ich mach mich auf den Weg. Wenn ich fertig bin, rufe ich Dich an. Und wenn alles gut läuft, lade ich Dich heute Abend, zur Feier des Tages, zum Abendessen ein. Deal?"

„Ja. Deal. Ich reserviere uns schon mal einen Tisch. Irgendwelche Vorlieben?"

„Nein. Such' Du was aus."

Er ging aus dem Büro, blieb jedoch in der Tür stehen und drehte sich noch mal zu mir um.

„Habe ich alles? Mir kommt es so vor, als hätte ich irgendwas vergessen."

„Für den Termin hast Du alles, aber Montag ist Euer Hochzeitstag und du hast noch kein Geschenk. Aber keine Sorge, ich besorge nachher noch schnell was, bevor wir zu Abend essen."

„Du bist wirklich spitze. Danke!", strahlend nickte er kurz und verschwand dann.

Der Rest des Tages verlief schnell und stressig. Durch die Vorbereitungen für den Termin war viel liegengeblieben. Und so war ich an diesem Tag auch die Letzte als ich den Rechner um vier Uhr ausmachte und das Büro verließ. Eigentlich war freitags schon um Eins Schluss.

Ich fuhr in die Innenstadt und klapperte die Läden ab nach einem passenden Geschenk für den Hochzeitstag. Das waren immer die kniffligsten Aufgaben. Auch wenn sie offiziell, selbstredend, nicht in meiner Tätigkeitsbeschreibung standen, war es doch ein Teil davon geworden. Die Frau an Johannes Seite hieß Monique. Bevor sie aus Köln für den Job hierher gezogen waren, arbeitete sie halbtags in einer exquisiten Boutique an der teuersten Einkaufsmeile in Düsseldorf. Mit sowas konnte man hier im Münsterland natürlich nicht dienen, und so arbeitete bei den beiden eben nur ‚der Mann im Haus'.

Mich faszinierte ihre Art. Sie war so vollkommen anders als ich und so fiel es mir oft schwer ihr die passenden Geschenke zu besorgen. Und Johannes war da keine große Hilfe.

Als ich mich gerade bei einem der exklusivsten Juweliere der Stadt beraten ließ, klingelte mein Handy. Ich entschuldigte mich bei der Verkäuferin und nahm den Anruf entgegen.

„Hofmann."

„Hallo Alexandra! Johannes hier."

Ich hörte schon an seiner Stimme, dass der Termin gut gelaufen war. Er klang entspannt und freudig.

„Hallo Johannes. Ich stehe gerade beim Juwelier wegen dem Geschenk, irgendwelche Vorgaben?"

„Nein, nein. Ich vertraue auf Dein weibliches Gespür. Bin auf der Autobahn auf dem Weg zurück, wo hast du reserviert?"

„Also haben wir beide noch einen Job?"

Die Verkäuferin sah mich stirnrunzelnd an.

„Absolut. Der Termin lief hervorragend. Ich erzähl Dir nachher alles. Muss noch ein paar Telefonate führen."

„Okay. Ich hab zu sieben Uhr bestellt, bei dem Griechen an der Kolpingstraße."

„Klingt gut. Ich fahre direkt dorthin. Bis gleich."

Er legte auf und ich widmete mich wieder der Verkäuferin.

Eine halbe Stunde später verließ ich den Laden mit einem sündhaft teuren Armband aus Silber. Ich besorgte noch eine passende Karte und verbummelte die restliche Zeit damit, durch die Geschäfte zu stöbern, um mir ebenfalls etwas Gutes zu tun. In einem Buchladen wurde ich fündig.

Der neueste Bestseller-Roman. Vielleicht fand ich ja bald mal wieder Zeit, in Ruhe zu lesen, wo wir doch jetzt den Sommeranfang ruhiger angehen lassen würden.

An der Kasse zückte ich mit breitem Grinsen die Kreditkarte, die Johannes mir für die Geschenkeinkäufe gegeben hatte und mit der ich bereits das Armband bezahlt hatte.

„Bitte als Geschenk einpacken."

Pünktlich um sieben saß ich im Biergarten des griechischen Restaurants. Man hatte uns einen Tisch unter einer Eiche reserviert. Und so saß ich geschafft von der aufkommenden Wärme und dem Stress der letzten Tage seufzend im kühlen Schatten. Der Laden war gut besucht und die Tische im Biergarten alle besetzt. Ich lehnte mich zurück und ließ den Blick über die anderen Gäste schweifen.

Einige Pärchen. Ein paar Freunde. Herren in Anzügen. Damen in Kleidchen. Aber auch in Jeans und T-Shirt. Ich sah an mir herunter. Mir lag noch nie viel an Mode und so sah mein Kleiderschrank wohl auch nicht wie der einer Geschäftsführer-Assistentin einer Bank oder Versicherung aus. Ich trug Jeans und ein kurzärmeliges Top, meinen Blazer hatte ich im Wagen gelassen. Keines meiner Kleidungsstücke trug einen hochtrabenden Markennamen.

„Darf ich Ihnen etwas zu trinken und die Karte bringen?"

Ein junger Kellner kam an meinen Tisch und zückte Stift und Papier.

„Bringen Sie mir bitte ein Glas Wasser. Die Karte bitte etwas später, ich erwarte noch jemanden."

„Sehr gerne."

Und er drehte sich um und ging zum Nebentisch, um die Bestellung dort aufzunehmen.

Johannes kam in den Biergarten und sah sich suchend um. Ich winkte ihm zu, er nickte und bahnte sich einen Weg zu mir. Nicht, ohne den Blick einiger der weiblichen Anwesenden auf sich zu lenken.

„Hey."

Zur Begrüßung stand ich auf und er nahm mich zu meiner Überraschung kurz in den Arm.

„Hey Alexandra. Ich danke Dir! Ohne Dich hätte ich das nie hinbekommen."

Eine leichte Röte schoss mir in die Wangen. Und ich war für einen Moment sprachlos angesichts dieser Geste. Doch Johannes ging nicht darauf ein. Er zog den Stuhl neben mir unter dem Tisch hervor und setzte sich. Ich tat es ihm gleich.

„Hast du schon bestellt?"

„Nein. Ich hab auf Dich gewartet. Erzähl. Wie ist es gelaufen?"

„Sehr gut. Die Besprechung begann um 10 Uhr und wir haben zunächst ewig über allgemeine Dinge und Abläufe im Konzern gesprochen. Nach dem Mittagessen war ich dann dran. Und ich habe meinen Vortrag gehalten. Die Unterlagen verteilt und die Zahlen erläutert. Und dann gab es diesen einen Moment. Als ich fertig war. Vollkommene Stille."

Er legte ebenfalls eine Pause ein und ich hielt unbewusst den Atem an.

„Und dann applaudierten alle und der Vorstandsvorsitzende stand auf und gab mir die Hand, um mir zum erfolgreichen Jahr zu gratulieren. Das war ein tolles Gefühl."

Er strahlte bis über beide Ohren.

„Und auch meine Vorschläge, wie wir den Arbeitsprozess eventuell noch ein wenig verbessern können, sind alle positiv aufgenommen worden. Sie haben alles akzeptiert und mir gesagt, sie lassen mir freie Hand."

„Wow. Johannes, das ist ja super."

„Ja. Das ist es. Und wir beide haben jetzt wirklich einen Grund zum Feiern."

Er winkte den Kellner heran.

„Champagner?", er sah mich fragend an.

„Nein, danke. Ich glaube nicht, dass die sowas hier haben, und ich muss noch fahren."

Eine Stunde später saßen wir vor unseren leeren Tellern und waren in ein Gespräch über die anstehenden Arbeiten für die kommende Woche vertieft, als sein Handy klingelte. Er sah kurz auf das Display und nahm das Gespräch an.

„Hallo Schatz. Du, ich sitze noch mit Alexandra beim Essen. Ich denke, so in einer halben Stunde bin ich zu Hause."

Ich hörte ihre Stimme am Telefon etwas antworten.

„Ja. Ist gut. Ich komme dann nach. Ich beeil mich."

Er legte auf und sah mich an.

„Wir sind dann durch soweit, oder? Wir sollten langsam ins Wochenende eintauchen. Genug von der Arbeit."

„Ja, fast. Ich hab noch was für Dich."

Ich zog meine Tasche unter dem Tisch hervor und kramte die beiden Geschenke daraus hervor. Ich legte sie vor ihm auf den Tisch.

„Zwei Geschenke?"

„Ja. Das eine, ist ein sündhaft teures Armband, das Monique sicher sehr gefallen wird, vorausgesetzt, du vergisst es Montag nicht. Und das andere...“

Ich sah ihn vielsagend an und zog das eingepackte Buch mit der Fingerspitze ein Stück weit in meine Richtung.

Er lachte lauthals.

„Was bin ich doch für ein Charmeur. Selbstverständlich habe ich Dir auch ein Geschenk besorgt, für Deine gute Arbeit. Was schenke ich Dir denn?“

„Du schenkst mir ein Buch. Damit ich die versprochene freie Zeit in den nächsten Wochen sinnvoll nutzen kann.“, sagte ich schelmisch grinsend.

„Das ist gut. Seit ich Dich habe, mache ich lauter passende Geschenke. Nochmals danke für alles.“

Er winkte dem Kellner und bat um die Rechnung.

Das Wochenende flog nur so an mir vorbei. Ich hatte eine lange Liste mit Dingen, die ich zu erledigen hatte. Hausputz, Einkauf, die Wäsche, und, und, und.

Am Sonntag fuhr ich noch kurz zum Abendessen zu meinen Eltern und ehe ich mich versah, war auch schon wieder Montag.

Dieses Mal ging der Wecker erst um sechs Uhr. Doch für meinen Geschmack immer noch zu früh. Aufstehen. Duschen. Anziehen. Und ab ins Auto.

Trotz tropischer Temperaturen am vorherigen Tag war es kühl am Morgen. Es nieselte leicht und sah mal wieder nach einem Temperaturumschwung aus.

Um kurz nach halb sieben hielt ich vor dem Kiosk. Es war schon leichter Verkehr auf den Straßen und ein junger Mann verließ gerade den Laden. Er hielt mir lächelnd die Tür auf.

„Danke.", nickte ich ihm zu und schon kam der Gruß der Ladenbesitzerin über die Theke.

„Guten Morgen Liebchen! Das Übliche?"

„Guten Morgen Inge. Ja. Aber gib mir nur eine Schachtel, bitte. Ich muss langsam mal runterfahren oder vermutlich besser noch ganz damit aufhören."

„Aber doch nicht auf einem Montag, Liebchen.", lachte sie.

Sie hatte irgendwie einfach immer gute Laune und ich fand es ansteckend. Am Montagmorgen keinem Muffel über den Weg zu laufen, war definitiv ein Plus.

Als ich mein Portemonnaie herauskramte um zu bezahlen, flog mir der Lotto-Schein entgegen.

„Oh ja. Und natürlich mein mega Gewinn."

Ich legte ihn zusammen mit einem Fünf-Euro-Schein auf den Tisch.

„Hast du gewonnen?"

„Keine Ahnung. Hab die Ziehung nicht gesehen. Lass einfach mal durchlaufen, dann wissen wir mehr."

Sie nahm den Schein und schob ihn in ein Lesegerät. Dann runzelte sie die Stirn und tippte irgendwas ein.

„Hm. Die gute Nachricht ist, du hast anscheinend gewonnen, aber ich kann es Dir nicht auszahlen."

„Wieso nicht?"

„Hier steht, du musst den Antrag...", sie begann in Schubladen zu wühlen. „Ah. Hier ist er."

Es kam ein offiziell aussehendes Stück Papier ans Tageslicht.

„Also, den musst du ausfüllen und an die oben aufgedruckte Adresse schicken, siehst Du?"

Sie legte ihn vor mir auf die Theke und zeigte auf das bereits eingetragene Adressfeld.

„Aber wieso kannst Du es mir nicht auszahlen?"

Ich überflog das Papier.

„Naja, ab einer gewissen Summe bekommen wir eine Nachricht auf den Apparat und dann muss der Gewinner das bei der Lottogesellschaft anfordern."

Mein Herz pochte. „Ab einer gewissen Summe?"

„Ja, Liebchen. Ich glaube ab tausend Euro oder so?"

„Heißt das, ich habe tausend Euro gewonnen?"

Sie zuckte mit den Schultern.

„Weiß ich nicht, Liebchen. Ich kann nur sehen, dass Du darüber liegst. Wie viel es genau ist, wird dann nicht mehr angezeigt."

‚Wow! Tausend Euro!!' schoss es mir durch den Kopf.

„Soll ich mal die Zahlen vergleichen und schauen, wie viel es ist?"

Ich sah auf die Uhr. „Nein, ich muss langsam wirklich los. Dann lasse ich mich einfach mal überraschen."

„Okay."

Sie nahm die fünf Euro und gab mir den Lottoschein und die Schachtel Zigaretten.

„Dann mal einen schönen Montag, Liebchen."

„Danke, den wünsche ich Dir auch."

Ich verstaute alles in meiner Handtasche und fuhr zum Büro.

Mein Nacken hatte sich verspannt und ich legte meine Hand darauf als ich mich am späten Abend auf meinem Bürostuhl reckte. Ich war mal wieder die Letzte.

„So viel zum Thema wir arbeiten jetzt nicht mehr so viel.",
flüsterte ich mürrisch.

Draußen prasselte dicker Regen gegen die Fensterscheiben.

„Na toll. Jetzt werde ich auch noch pitschnass."

Die letzten Dateien sendete ich noch per Mail an Johannes,
der in Bonn bei Auftragsverhandlungen war. Da er dort auch
am nächsten Tag sein würde, würde das dann zumindest ein
ruhiger Tag. Vielleicht.

Als ich meine Sachen in meine Handtasche verstaute, fiel
mir der Antrag auf Auszahlung des Lottogewinnes entgegen.
Ich hatte ihn schon wieder total vergessen.

Augen rollend nahm ich einen Kugelschreiber und füllte die
Felder aus. ‚Was für ein Aufwand für tausend Euro.' dachte ich
und schweifte mit den Gedanken etwas ab, als ich überlegte,
wie ich das Geld wohl anlegen würde. Eventuell mal ein paar
neue Klamotten. Aber das Meiste würde ich an die Seite legen
müssen, da ich langsam aber sicher für ein neues Auto sparen
musste.

Seufzend kontrollierte ich noch mal meine Angaben, unter-
schrieb das Formular und zog aus meiner Schublade einen Umschlag und eine Briefmarke, die ich dort deponiert hatte.

Auf dem Weg nach Hause warf ich den Umschlag in einen
Briefkasten.

Der Rest der Woche verflog nur so. Aufstehen, zur Arbeit fahren, viel zu lange arbeiten, abends ins Bett fallen und am nächsten Morgen von vorne.

Johannes hatte den Auftrag aus Bonn mitgebracht, sodass
wir die Vorbereitungen für das Projekt treffen mussten. Es wurden erste Nachunternehmer zu Auftragsverhandlungen eingela-

den, die Mitarbeiter eingeteilt und mit ihnen Vorbereitungsge-
spräche geführt.

Obwohl das Meiste von den Kollegen in den verschiedenen
Abteilungen organisiert und ausgeführt wurde, war ich bei fast
allen Besprechungen anwesend und versuchte den Überblick zu
behalten. Denn Johannes war seit seinem Termin in Bonn wegen anderer Termine nur unterwegs und rief mich alle paar
Stunden an, um sich auf dem Laufenden zu halten.

Obendrein stand für Freitag der kommenden Woche eine
große interne Besprechung auf dem Programm, indem er die
Ergebnisse von seinem Gespräch in Köln den Abteilungsleitern
vortragen und nochmal einige Änderungen im Unternehmen
ansprechen wollte.

Als ich Donnerstagabend gerade im totalen Chaos zu versinken
drohte, klingelte mein Handy. Ich zog es unter einem Stapel mit
Präsentationsunterlagen hervor. Eine mir unbekannte Nummer.
Aus der Ortsvorwahl konnte ich erkennen, dass sie wohl aus
Münster kommen musste.

Ich nahm den Anruf entgegen und klemmte das Handy zwischen Ohr und Schulter.

„Alexandra Hofmann.", meldete ich mich dem Anrufer,
während meine Finger weiter über die Tastatur flogen und die
Mail formulierten, an der ich gerade gearbeitet hatte.

„Guten Tag, Frau Hofmann. Hier ist Gunter Langhaus. Ich
arbeite für die Lottogesellschaft."

„Guten Tag, Herr Langhaus, wie kann ich Ihnen helfen?"
Mit einem Knopfdruck auf ‚Senden' war die Mail raus und ich
lehnte mich im Bürostuhl zurück, um mich auf das Gespräch zu
konzentrieren.

„Zunächst einmal möchte ich Ihnen herzlich zu Ihrem Gewinn gratulieren."

„Und dafür rufen Sie extra an?"

Ich war verwirrt.

„Wenn Sie das bei jedem machen, haben Sie aber viel zu tun."

Der Mann am anderen Ende der Leitung hüstelte leicht.

„Nun Frau Hofmann, in Ihrem Fall machen wir gerne eine Ausnahme. Bei einer solchen Summe ist es üblich, dass wir uns melden."

Ich runzelte die Stirn.

„Wieso? Wie hoch ist die Summe denn?"

Eine kurze Pause entstand. „Sie wissen es noch nicht?"

„Nein. Ich hatte noch keine Gelegenheit die Zahlen zu vergleichen. Und um ehrlich zu sein, fehlt mir jetzt gerade auch ein wenig die Zeit. Ich möchte also nicht unhöflich sein, aber wäre es möglich, dass Sie mir das Geld einfach auf mein Konto überweisen?"

„Das verstehe ich Frau Hofmann, ich würde Sie jedoch gerne persönlich treffen. Dies tun wir immer bei einem solchen Gewinn. Ich würde gerne ein paar Dinge mit Ihnen besprechen."

Meine Aufmerksamkeit war längst wieder auf meinem Monitor, da eine weitere Mail mit Anweisungen von Johannes eingetroffen war.

„Ja. Okay. Wann denn?"

„Ich richte mich da ganz nach Ihnen, wann wäre es Ihnen Recht?"

„Morgen Nachmittag habe ich frei, dann könnte ich. Sagen wir um drei Uhr?"

„Ja, selbstverständlich gerne Frau Hofmann. Ich werde dann um drei Uhr bei Ihnen sein."

„Ja. In Ordnung. Bis morgen dann."

Ich legte auf, öffnete die Mail und las sie genauer durch. Am Ende der Mail angelangt stockte ich kurz.

„Bei mir?"

Ich sah nochmal auf das Handy. Ich suchte die Nummer aus meiner Anruferliste und gab sie in die Internetsuchmaschine ein. Ja, Herr Langhaus hatte offensichtlich tatsächlich von einer Filiale der Lottogesellschaft in Münster angerufen. Was ging hier eigentlich vor?

Ich wollte gerade die Nummern von der Samstagsziehung heraussuchen, als das Telefon auf meinem Schreibtisch klingelte. Diese Nummer erkannte ich sofort.

„Hallo Johannes. Ich habe Deine Mail bekommen."

„Schön, können wir sie kurz durchgehen? Ich bin in fünf Minuten wieder im Meeting."

„Ja. Sicher."

Und schon war das vorherige Gespräch wieder vergessen.

Am nächsten Tag nahm Johannes den Stapel Papiere, die wir gerade durchgegangen waren und schlug sie mit der Unterkante zwei Mal auf den Schreibtisch, um sie wieder zu sortieren.

„Sehr schön Alexandra. Alles perfekt vorbereitet, wie immer."

Er schenkte mir ein warmes Lächeln.

„Danke. Dann sind wir für diese Woche durch?"

„Ja. Gott sei Dank. Jede Woche so einen Marathon brauche ich wirklich nicht. All dieses Gefasel bei den Gesprächen."

Er legte die Unterlagen an die Seite.

„Hattest Du nicht auch irgendeinen Termin?"

Ich sah auf meine Uhr, es war bereits zehn Minuten vor drei.

„Ach ja. Mist. Und ich bin spät dran."

„Was war das nochmal für ein Termin?"

„Ich habe anscheinend im Lotto gewonnen und da kommt ein Mitarbeiter von der Lotterie vorbei. Keine Ahnung. Vielleicht hat er ja einen Koffer mit tausend Euro dabei."

„Oder über dreißig Millionen. Der Jackpot wurde geknackt und sie rätseln, wer ihn wohl gewonnen hat. Lief in einer Tour in den Radionachrichten."

Er lehnte sich im Stuhl zurück und hob die Arme hinter den Kopf. „Ich bin wirklich zu viel Auto gefahren diese Woche.", er seufzte.

„Ja genau, ich habe den Jackpot gewonnen. Wie hoch waren noch mal die Chancen? Keine Ahnung. Vielleicht will er mir auch ein Abo verkaufen. Ich hoffe nur, ich werde ihn schnell wieder los. Im Moment will ich einfach nur auf die Couch. Genug für diese Woche."

„Dann mal los. Je eher Du mit dem Gespräch beginnst, desto schneller ist er wieder weg."

Ich stand auf.

„Ich wünsche Dir ein schönes Wochenende. Wir sehen uns am Montag."

„Das wünsche ich Dir auch. Bis Montag."

Und als ich schon aus dem Büro war, rief er mir hinterher. „Ach und wenn du doch die Millionen gewonnen hast, dein Job ist hier. Ohne Dich komme ich nicht klar, Alexandra."

Amüsiert zwinkerte er mir zu. Ich musste grinsen. ‚Kleiner Schleimer' dachte ich. Doch seine Worte gingen runter wie Öl. Johannes war ein toller Vorgesetzter, er erwartete viel und forderte viel Einsatz, doch er war immer umgänglich und ließ mich wissen, wie viel ihm meine Arbeit bedeutete.

Leise pfeifend sammelte ich meine Sachen ein und machte mich auf den Weg nach Hause. Das erste Mal in dieser Woche nicht als Letzte.

Als ich auf den Parkplatz vor dem Wohnhaus fuhr, in dem meine Wohnung war, sah ich die fremde schwarze Limousine mit dem Münsteraner Kennzeichen sofort. Vor der Haustür wartete ein Mann in den Fünfzigern. Ich parkte meinen Wagen und stieg aus.

„Herr Langhaus?", ich streckte ihm meine Hand entgegen als ich auf ihn zuging.

„Frau Hofmann, nehme ich an?"

Er nahm sie und schüttelte sie.

„Ja. Wollen wir nicht lieber irgendwo hingehen? Um die Ecke ist ein nettes kleines Café."

„Nein. Es wäre besser, wenn wir das, was wir zu besprechen haben, unter vier Augen tun."

Er sah mir beim Gespräch direkt in die Augen. Er hatte so eine ruhige Art an sich, dass ich mich keiner Gefahr wähnte. Also nickte ich nur und zog die Schlüssel hervor. In meiner Wohnung angekommen deutete ich auf einen Stuhl am Küchentisch.

„Würden Sie bitte Platz nehmen. Verzeihen Sie die Verspätung, kann ich Ihnen was anbieten?"

„Ein Glas Wasser wäre nett."

„Selbstverständlich."

Ich nahm zwei Gläser aus dem Schrank und holte eine Flasche Wasser aus dem Kühlschrank. Eines der Gläser stellte ich ihm hin und goss ein. Dann setzte ich mich ihm gegenüber. Mir fielen keine passenden Worte ein und so sah ich ihn nur erwartungsvoll an.

„Nun Frau Hofmann. Zunächst wäre es gut, wenn Sie mir ihren Personalausweis zeigen würden. Sie haben leider versäumt, eine Kopie mit dem Antrag zu senden."

Stirnrunzelnd nahm ich mein Portemonnaie aus der Handtasche, die ich auf den Boden gelegt hatte. Ich zog meinen Ausweis hervor und legte ihn auf den Tisch. Er nahm seinerseits eine Aktentasche, die er bei sich getragen hatte, holte daraus einige Unterlagen hervor und eine Brille, die er sich aufsetzte.

Er studierte kurz meinen Ausweis, verglich ihn mit den Daten auf irgendwelchen Formularen und legte dann beides wieder vor sich.

„Schön. Das sieht alles sehr gut aus."

„Wie viel habe ich denn nun gewonnen, dass Sie extra zu mir kommen?"

„Sie wissen es immer noch nicht?"

„Nun, ich habe gestern die Lottozahlen herausgesucht, aber leider habe ich den Lottoschein nicht kopiert, bevor ich ihn verschickt habe. Und da ich keine bestimmten Nummern gespielt habe..."

Ich zuckte mit den Schultern.

Er lachte ein leises, aber wärmendes Lachen. Wühlte dann in seinen Unterlagen und brachte, wie ich vermutete, meinen Tippschein zu Tage.

„Hier. Den werden Sie sicher behalten wollen."

Er schob ihn über den Tisch zu mir herüber. Dann setzte er fort, und seine Stimme klang, als würde er das Folgende auswendig gelernt aufsagen.

„Sehr geehrte Frau Hofmann, es freut mich außerordentlich, Ihnen mitteilen zu können, dass Sie den Jackpot geknackt haben und somit nun mehrfache Millionärin sind. Um genau zu sein, nennen Sie nun etwas über einunddreißig Millionen Euro Ihr Eigen.“

Ich hatte ein Schluck Wasser genommen und verschluckte mich fast.

„Wie bitte?“

„Ihr Lottoschein hat die korrekte Zahlenfolge und die Superzahl, somit sind Sie die Gewinnerin des Jackpots. Und wie ich hinzufügen möchte, die wohl meistgesuchte Person in der Bundesrepublik derzeit.“

Er lächelte mich strahlend an.

Ich versuchte mich zu fangen.

„Ist das irgendwie ein Scherz? Versteckte Kamera oder so?“

„Nein Frau Hofmann. Das ist mein völliger Ernst. Und wenn sie mir nicht glauben sollten, wird Ihnen Ihr Bankkonto in etwa drei Stunden dies bestätigen.“

Mein Kopf war plötzlich wie leergefegt. Nur die Worte ‚einunddreißig Millionen Euro‘ hallten dort wieder und wieder unterstützt von lautem dröhnenden Wummern meines Herzens. Als ich plötzlich am ganzen Körper zu zittern begann.

Es war bereits weit nach elf Uhr abends. Der Qualm der gefühlten hundertsten Zigarette stieg langsam von meinem Mund zur Zimmerdecke. Und mein Blick folgte ihm. Ich hatte die Beine auf den Schreibtisch gelegt und mich auf dem Stuhl zurückgelehnt. Die Arme um mich geschlungen sah ich wieder auf die Zahlen auf dem Computerbildschirm. Und da waren sie.

Noch immer.

Ich starrte auf die Internetseite meiner Bank, welche mir meine Kontodaten anzeigte. Die Zahlen lachten mich freundlich an.

Mein aktueller Kontostand lag bei 31.351.124,73 Euro.

Mir drehte sich der Magen um. Nicht zum ersten Mal am heutigen Tage. Zum Glück hatte ich ihn im Zaun halten können, bis Herr Langhaus schließlich und endlich meine Wohnung verlassen hatte. Er hatte mir einiges an Lektüre und guten Ratschlägen dagelassen. Doch sobald die Wohnungstür ins Schloss gefallen war, entließ ich meinen Mageninhalt in die Toilette. Da ich allerdings lange nichts mehr zu mir genommen hatte, hatte sich mein Magen schließlich damit abgefunden nur noch zu rumoren und zu verkrampfen.

„Heilige Scheiße.", flüsterte ich.

Ebenfalls nicht zum ersten Mal. Ich fühlte mich vollkommen außer Stande irgendwas zu tun. Mein Körper hatte durch die Aufregungen die weiße Fahne gehisst. Und so begnügte ich mich damit, dort zu sitzen und meinen Computermonitor anzustarren, auf der verzweifelten Suche nach einem vernünftigen Gedanken.

Als mein Handy dann in die schwere Stille seine fröhliche Melodie gab, um mir mitzuteilen, dass mich jemand sprechen wollte, zuckte ich zusammen. Ich sah auf das Display. ‚Mark ruft an' Ich nahm den Anruf sofort entgegen und ließ ein keuchendes „Endlich." als Begrüßung hören.

„Hey Süße. Was ist denn los? Du klingst ja völlig durch den Wind."

Die vertraute Stimme meines besten Freundes löste die letzten Dämme und mir liefen dicke Tränen die Wangen herunter. Ich war außer Stande etwas zu sagen.

„Verdammt, Alex. Was ist los? Ich war noch auf einem Geburtstag und hab gerade erst gesehen, dass du angerufen hast. Was ist los? Geht es Dir gut?"

Ich hörte, dass er unterwegs war. Ich hörte die Geräusche des Motors seines Wagens. Und ich wollte nicht, dass er noch einen Unfall baute, also bemühte ich mich ruhiger zu werden und sagte: „Ja, Mark. Es geht mir gut, aber hast du einen Moment. Kannst du rechts ranfahren?"

Wieder überwältigten mich die Tränen.

„Ja klar, warte einen Moment."

Ich drehte das Handy so, dass es weg von meinem Mund war und ich ihn doch hören konnte. Ich atmete ein paar Mal tief ein und aus. Wischte mir die Tränen vom Gesicht. Ich hörte wie er den Blinker setzte und langsamer fuhr. Er sagte nichts mehr. Schließlich verstummte sein Motor und er schaltete mich von der Freisprecheinrichtung auf das Telefon um.

„Okay Süße. Was ist passiert?"

Ich schniefte.

"Stell Dir vor, Du hättest einunddreißig Millionen Euro gewonnen beim Lotto, was würdest Du tun?"

„Was hat das denn jetzt damit zu tun? Süße, was ist los?"

Seine Stimme wurde energischer.

„Nein, ernsthaft. Was würdest Du tun?"

„Keine Ahnung. Eine riesige Feier vermutlich. Und mit meiner besseren Hälfte erst mal rund um die Welt. Bisschen was anlegen und den Rest des Lebens sorgenlos verbringen."

Alleine seine Stimme zu hören, beruhigte meine Nerven. Ihm bei seiner Planung zuzuhören brachte mich sogar zu einem kleinen Lächeln. Ja, die Welt bereisen klang gut. Wenn man nur davon träumte und nicht plötzlich tatsächlich einunddreißig Millionen Euro auf dem Konto liegen hatte!

„Warum fragst Du?"

Ich seufzte, nahm einen tiefen Atemzug und sagte: „Weil ich einunddreißig Millionen gewonnen habe bei der Ziehung am letzten Samstag."

„Du machst Witze."

„Nein. Ist nicht meine Art."

Ein kurzer Moment der Stille. Und es folgte ein „Ach, du heilige Scheiße." von ihm.

Wieder zauberte er ein Lächeln auf meine Lippen. „Ja. So kann man das auch sagen."

„Aber das ist doch was tolles. Das ist der Hammer! Warum bist du so durch den Wind?"

„Weil es einfacher ist, sich vorzustellen man hätte plötzlich im Lotto die richtigen Zahlen, als sie dann tatsächlich zu haben. Ich habe überhaupt keinen Plan, was ich mit so viel Geld anfangen soll. Ich meine klar, das ist super und ausgesorgt und so... aber..."

Ich ließ den Satz offen. Um ehrlich zu sein, wusste ich nicht wie er weiter gehen sollte. Seit dem Anblick meines neuen Kontostandes war es so, als würde ich plötzlich eine riesige Last auf den Schultern tragen.

Wieso konnte ich nicht feiern, genießen? Das tun, was ich schon immer tun wollte?

„Ganz ehrlich, ich habe keine Ahnung, was ich mit all dem Geld anfangen soll. Es war nicht geplant. Ich hab mein Leben im Griff. Komme mit dem aus, was ich habe, auch wenn es manchmal etwas mehr sein könnte. Aber einunddreißig Millionen Euro!!", ich versuchte meine Gedanken zu sortieren.

„Sie haben es in allen Nachrichten gebracht, die ganze Woche schon.", meinte Mark leise.

„Ja. Das ist noch so ein Desaster. Was, wenn die rauskriegen, dass ich es bin. Dann belagern die mich doch."

„Vermutlich. Und Du wirst sicher ein paar neue ‚Freunde‘ dazu gewinnen."

Sein Einwurf war wie ein Tropfen, der in einen See fällt. Er zog Kreis um Kreis und wurde dabei immer größer.

„Scheiße."

„Nein, Süße. Wunderbar. Du bist so ein guter Mensch und ich kenne kaum jemanden, dem ich es mehr gönne und dem ich zutraue, es genau richtig anzulegen."

„Ich habe doch gar keine Ahnung von Bankgeschäften."

„Nein, vielleicht nicht, aber du wirst was Gutes damit bewirken, das weiß ich."

Mein Kopf war überreizt und wieder flossen leise die Tränen meine Wangen hinab. Doch nicht leise genug.

„Süße, Kopf hoch. Geh‘ ins Bett. Morgen ist ein neuer Tag. Und dann machst Du Dir Pläne. Wie wäre es zum Beispiel mal mit einem schönen langen Urlaub? Du bist seit Monaten gestresst und überarbeitet. Mal rauskommen würde Dir gut tun."

„Und wo soll ich hin?"

„Dir steht die Welt offen. Du hast 31 Millionen Euro. Du kannst fahren wohin auch immer Du willst."

Ich hörte das Lächeln in seiner Stimme.

„Danke Mark.", sagte ich leise und nach einer Sekunde fuhr ich fort: „Ein Mitarbeiter von der Lottogesellschaft war heute da. Er meinte, ich solle es am besten niemanden erzählen. Zumindest nicht so lange ich mir nicht sicher bin, was ich damit anfangen will."

„Das scheint mir ein guter Rat zu sein. Und wie gesagt, fahr mal erst runter. Geh ins Bett. Und wenn irgendwas ist, ruf an oder setz Dich ins Auto und komm her. Du bist bei uns jederzeit willkommen."

„Danke! Und auch dafür, dass ich Dich habe und dass Du nicht gefragt hast, ob ich Dir was von dem Geld abgebe."

Er lachte.

„Klar Süße. Immer! Und im Übrigen werde ich Dir meine Rechnung über hunderttausend Euro zukommen lassen."

Sein Gesicht tauchte vor meinem inneren Auge auf. Mit diesem Strahlen, das ihm so stand. Auch wenn er nicht bei mir war, so konnte ich es doch am Klang seiner Stimme erkennen. Und ich hätte ihn drücken können.

„Bestell Simone bitte liebe Grüße von mir."

„Das mach ich. Wie gesagt, wenn es Dir gut tun würde, dann komm vorbei. Wir haben immer Platz für Dich. Und jetzt geh ins Bett."

„Ja, mach ich. Danke! Schlaf gut. Bis bald."

„Bis bald Alex."

Und wir legten auf.

Noch bevor ich einen weiteren Blick auf das Konto werfen konnte, nur um dann wieder durchzudrehen, loggte ich mich aus, schloss den Internetbrowser und fuhr den Rechner runter. Und mit dem dumpfen Gefühl eines leeren Kopfes und eines leeren Magens ging ich ins Bett und schlief einen traumlosen Schlaf.

Als ich am nächsten Morgen wach wurde, war es bereits nach elf Uhr. Und für einen kurzen wundervollen Moment hatte ich das Gefühl, dass alles einfach ein sonderbarer Traum gewesen wäre. Doch ein Blick auf mein Handy holte mich zurück in diesen Alptraum. Mark hatte mir eine Nachricht geschickt mit einem Link zu einer Nachrichtenseite.

„Guten Morgen Süße! Ich hoffe, Du hast ein bisschen geschlafen. Ja, Du bist immer noch Millionärin. Aber sei vorsichtig, wem Du es sagst, sie sind Dir auf der Spur. Melde Dich, wenn was ist. Ganz liebe Grüße von Simone."

Ich drückte auf den Link und die Internetseite öffnete sich. In großen Lettern war dort zu lesen.

„Der Gewinner des Jackpots ist gefunden!"

Wieder rumorte mein Magen. Aber ich hatte beschlossen, dass wir da jetzt beide durch müssten. Also legte ich meine Hand auf den Bauch und las den Artikel durch.

„Aus nicht näher genannten Kreisen der Lotteriegesellschaft hört man, dass der Gewinner des Jackpots von letzter Woche Samstag gefunden und benachrichtigt wurde. Wie die Quelle, die unbekannt bleiben möchte, mitteilte, handelt es sich bei dem glücklichen Gewinner um eine Person aus dem Münsterland. Da es sich um nur eine Person handelt, die die korrekten Zahlen getippt hatte, darf sich diese Person über einen neuen Kontostand in Höhe von mindestens 30 Millionen Euro freuen. Wir gratulieren herzlich zum Gewinn und halten sie, treue Leser, selbstverständlich weiter auf dem Laufenden."

Naja. Sie wussten nur, dass es eine Person aus dem Münsterland war. Und ich war nun wirklich keine Litfaßsäule. Sie würden vielleicht noch ein paar Wochen spekulieren und dann würde diese Nachricht von anderen Nachrichten übertroffen und vergessen werden.

Ich stand auf und ging zum Laptop. Während er hochfuhr, nahm ich mir aus dem Kühlschrank etwas Aufschnitt und machte mir ein Brot. Wieder vor dem Laptop frühstückte ich und suchte nach weiteren Artikeln.

Es gab einige mit ähnlichem Wortlaut. Aber alle hatten sich mit der Angabe ‚eine nicht weiter bekannte Person aus dem Münsterland' zufriedengegeben.

Zumindest etwas.

Ich öffnete erneut mein Onlinekonto und noch bevor mein Magen auch nur auf die Idee kommen konnte zu rumoren, tippte ich eilig eine Überweisung ein, mit der ich dreißig Millionen Euro auf mein Sparkonto buchte. Ich zweifelte erst, ob eine solche Überweisung überhaupt möglich sei, doch nach Eingabe der TAN Nummer überwies das Programm brav den größten Teil des Gewinns.

Nun standen ‚nur noch' etwas über 1 Million Euro auf meinem Tageskonto. Immer noch viel, aber es kam mir überschaubarer vor. Ich schloss das Internetprogramm und schaltete den Rechner aus. Zeit für einen Plan.

Eine halbe Stunde später saß ich ratlos über einem gähnend leeren Zettel am Küchentisch. Ich hatte nur ein paar Blumen auf den Rand gezeichnet und nicht das Gefühl, dass auch nur ein vernünftiger Gedanke meinen Kopf verlassen würde.

Was wollte ich? Was wollte ich jetzt anfangen?

Den Job kündigen? Verreisen?

Kann man überhaupt von 31 Millionen leben?

Ich erstellte eine kleine Rechnung auf dem Zettel. Mein Gehalt mal 12 mal 37.

Das wäre also, was ich an Gehalt bekommen würde, wenn ich die nächsten 37 Jahre, also bis 67 arbeiten würde. Da mein Kopf versagte zückte ich den Taschenrechner in meinem Handy. Die Zahl war beunruhigend.

Selbst wenn ich eine großzügige Gehaltserhöhung berücksichtigte und den Bruttolohn nahm, kam am Ende ‚nicht mehr' dabei rum als knapp anderthalb Millionen Euro. Also würde ich mit dem Geld leben können. Aber wollte ich das überhaupt?

Wieder begann mein Magen zu flattern.

Urlaub klang verlockend. Aber den Rest meines Lebens nie wieder arbeiten?

Ich nahm den Stift in die Hand und schrieb eine Pro-und-Contra Liste.

Das Schreiben beruhigte.

Es war als würde sich langsam und allmählich das Chaos in meinem Kopf lichten. Auch wenn ich schon beim ersten Pro wusste, dass das nichts war, was ich wirklich in Betracht zog. Mir bedeutete ein geregeltes Leben viel und auch mein Job machte mir Spaß. Und ich könnte diese Entscheidung später immer noch treffen.

Als die Liste fertig war umkreiste ich die Contra-Liste und blätterte zur nächsten Seite. Denn bei der Aufstellung war mir ein Gedanke gekommen.

‚Schulden abbezahlen' schrieb ich in die oberste Zeile. Ich notierte kurz die beinahe abgetragenen Schulden, die ich wegen meiner Wohnung hatte machen müssen. Doch ich war nicht die Einzige, die von diesem Gewinn profitieren sollte. Und so schrieb ich die Namen meiner Eltern darunter. Auch Marks

Name landete auf der Liste. Und die Namen von ein paar wenigen weiteren engen Freunden.

Ich überflog noch einmal die Liste und beschloss, der Planung direkt Taten folgen zu lassen. Also holte ich mein Handy aus dem Schlafzimmer, um meine Eltern anzurufen und für den Abend zum Essen einzuladen.

Auf dem Display war ein Anruf in Abwesenheit vermerkt, eine Mobilnummer, die mir nicht bekannt war. Ich grübelte kurz, ob ich zurückrufen sollte, als das Handy wieder ging mit derselben Nummer. Ich nahm das Gespräch an.

„Hofmann."

„Frau Hofmann, hier spricht Herr Langhaus. Es tut mir sehr leid, Sie an einem Samstag zu stören, aber ich weiß nicht, ob Sie heute Morgen bereits einen Blick in die Zeitung geworfen haben."

„Ja. Das habe ich."

„Okay. Es tut mir sehr leid. Wir haben noch nicht herausfinden können, wer die unbekannte Quelle ist, aber wir sind bereits verstärkt auf der Suche. Wir vermuten, dass sich ein Mitarbeiter für diese Information hat bezahlen lassen. Das kommt normalerweise nicht vor. Wir wissen nicht, welche Informationen dem entsprechenden Mitarbeiter zur Verfügung gestanden haben, aber die Wahrscheinlichkeit, dass er Zugriff auf Ihre Daten hat, sind sehr gering."

Mein Herz begann zu klopfen. „Was bedeutet sehr gering?"

„Ich möchte Sie nicht beunruhigen. Aber ich werde mich schnellstmöglich darum kümmern und Ihnen weitere Informationen geben, wenn wir etwas herausgefunden haben."

Ich verdrehte die Augen. Das hatte mir gerade noch gefehlt. Aber wirklich was daran ändern konnte ich nicht, vermutlich genauso wenig wie Herr Langhaus.

„Okay. Bitte rufen Sie mich an, sobald Sie etwas Neues wissen. Sie können mich über meine Handynummer erreichen. Ich werde Ihre Nummer abspeichern."

„Vielen Dank für Ihr Verständnis, Frau Hofmann. Ich melde mich bei Ihnen."

Er legte auf.

Na toll, eine blödsinnige Floskel. Verständnis? Naja, das Kind war ja noch nicht in den Brunnen gefallen und wenn der Mitarbeiter meinen Namen gehabt hätte, hätte er ihn sicher gleich mit angegeben.

Ich speicherte die Nummer von Herrn Langhaus ein. Gerade als ich das Handy wieder weglegen wollte, erinnerte ich mich daran, was ich eigentlich vorhatte und wählte die Telefonnummer meiner Eltern.

Am frühen Abend holte ich sie ab und wir fuhren in eines ihrer Lieblingslokale. Wir setzten uns in den Biergarten. Lachten, aßen und tauschten die neuesten, naja bis auf eine, Informationen aus.

Als dann schließlich alle Teller wieder abgeräumt waren, herrschte plötzlich angespannte Stille. Ich ließ es einen Moment auf mich wirken und aus der Ruhe, die ich geschöpft hatte, erhob sich wieder das flaue aufgeregte Gefühl im Magen, das ich mittlerweile nur zu gut kannte.

Aus meiner Handtasche nestelte ich den ausgedruckten Artikel und legte ihn so auf den Tisch, dass die Schlagzeile über den Lottogewinner oben auf lag.

„Habt ihr das von dem Lottogewinn gehört?"

Die beiden sahen mich fragend an.

„Ja, klar.", sagte meine Mutter „Ich habe es im Radio gehört."

„Sag bloß, du hast gewonnen.", lachte mein Vater. Meine Mutter sah mich neugierig an.

Ich holte tief Luft und sagte: „Ja. Genau das habe ich. Auf meinem Konto sind jetzt 31 Millionen Euro."

Es laut auszusprechen machte es irgendwie nicht einfacher. Ich setzte mich auf. Mit einem hektischen Blick checkte ich die Umgebung. ,Verdammt, wenn das jetzt einer gehört hat.' dachte ich. Doch die anderen Gäste im Biergarten waren bereits gegangen, oder in ihren Gesprächen vertieft. Na toll, jetzt bekam ich auch noch Verfolgungswahn.

„Ist das ein Scherz?", fragte mein Vater.

„Nein. Ich fürchte das ist die Realität. Ich habe letzte Woche Freitag gespielt."

„Stimmt. War ja der dreizehnte.", murmelte er und nickte, während er einen imaginären Krümel von der Tischdecke zupfte.

„Ja. Genau. Und gestern kam dann ein Mitarbeiter von der Lottogesellschaft vorbei und überbrachte mir die frohe Kunde. Ich hatte es total vergessen und erst an einen Scherz geglaubt. Doch sie haben das Geld gestern Abend noch überwiesen."

Eine schwere Stille legte sich über den Tisch.

Nach einer gefühlten Ewigkeit war es meine Mutter, die die Stille durchbrach. „Und was hast du jetzt vor, mit so viel Geld?"

Ich zuckte mit den Schultern. „Ich habe keinen Schimmer. Mich hat das ganz schön umgehauen. Und ich muss mir da erst noch drüber klar werden. Aber eine Idee habe ich schon. Ich möchte meine Schulden abbezahlen. Und dann Eure."

Wieder ließ ich ihnen einen Moment, um die Neuigkeiten zu verdauen. Dann nahm ich die Unterhaltung wieder auf.

„Ich möchte, dass diese Info erst mal unter uns bleibt. Mark, mein bester Freund, weiß es auch. Ansonsten denke ich, dass ich es erst mal für mich behalte. Ich muss nicht unbedingt eines Morgens mein Bild in der Tageszeitung entdecken. Also behaltet es bitte für Euch."

Beide nickten gedankenverloren.

„Gut. Dann war es das erst mal. Wie schon gesagt, ich habe keinen Schimmer, was ich mit dem Geld anfange. Und da mich das selber gerade tierisch überfordert, wäre ich Euch dankbar, wenn wir das vorläufig nicht weiter thematisieren. Gebt mir einfach Eure Kontodaten und die Höhe Eurer Schulden, dann werde ich die schon mal bezahlen. Alles andere sehen wir dann."

Ich fühlte mich gut. Etwas Sinnvolles und Gutes mit dem Geld getan zu haben. Auch wenn es natürlich noch nicht wirklich getan war. Aber mir schien es schon mal ein guter Anfang. Und Zufriedenheit legte sich über meine Aufregung.

Den Sonntag verbrachte ich mit Nichts-tun. Ich sah mir viele dieser nichts sagenden Serien im Fernsehen an und verschlief den halben Tag.

Am Montagmorgen war wieder Routine eingekehrt und ich hatte den Gewinn in eine der hintersten Ecken meiner Gedanken manövriert. Die übliche Hektik eines Montagmorgens im Büro half dabei ungemein.

Gegen Mittag kam Johannes zu mir und bat mich zu sich. Wir gingen die Wochenpläne durch und die letzten Details für die große Besprechung. Als ich meine Sachen zusammenpackte und aufstand fragte Johannes jedoch „Was ist eigentlich aus Deinem Termin am Freitag geworden?"

Ich erstarrte in der Bewegung. Soviel zu dem Plan, das alles vorläufig zu ignorieren. Ich war kein Typ für Geheimnisse und schon gar nicht vor Johannes. Der sah mich nur fragend an. Ich war kreidebleich.

„Ist alles okay, Alexandra?"

Ich ging zur Tür und schloss sie.

„Wow. Jetzt machst du mir Angst. Doch die Lottomillionärin?", scherzte er.

„Ja.", sagte ich tonlos.

Johannes richtete sich auf. „Das war ein Scherz."

„Ja, ich weiß. Aber es ist leider tatsächlich wahr. Ich habe den großen Jackpot abgeräumt."

Er ließ die Worte einen Moment sacken.

„Wow. Glückwünsche scheinen nicht angebracht."

„Ich bin einfach total durcheinander. Ich weiß nicht, wie es jetzt weiter gehen soll und was ich damit anfange."

„Verstehe.", er faltete die Hände und legte sie an seine Lippen.

„Was denkst du?", fragte ich.

„Du wirst nicht gehen, oder?"

„Nein. Vorläufig nicht. Zumindest nicht, wenn Du mich hier noch brauchst."

„Machst Du Witze?", er legte den Kopf schief.

Ja, das war definitiv auf der Contra-Seite.

„Hör zu, ich weiß nicht, was da gerade abläuft. Ich hab das selber noch nicht im Griff. Können wir einfach so weitermachen wie bisher? Die Arbeit lenkt mich ab. Das tut mir gut. Ich habe das Gefühl als überrennt mich das Ganze. Und die Routine hier und die Aufgaben helfen mir dabei, erst mal auf Kurs zu bleiben."

„Willst Du ein paar Tage frei machen? Ich genehmige Dir den Urlaub sofort. Ich gehe wahrscheinlich auch ab nächster oder übernächster Woche für drei Wochen. Dann kannst Du Dir auch eine Auszeit nehmen."

„Das ist nett Johannes, aber ich weiß wirklich nicht wohin und ob ich das möchte. Aber wenn du gehst, werde ich darüber nachdenken."

„Okay. Dann reden wir darüber, wenn es soweit ist. Und bis dahin. Hopp, Hopp an die Arbeit junge Frau. Wir haben noch einiges zu erledigen."

Lächelnd sah er mich an.

„Jawohl Chef."

Ich salutierte kurz und ging wieder an meinen Arbeitsplatz.

2. KAPITEL

Ab Donnerstag begann dann alles kompliziert zu werden. Ich hatte wieder mal keine Zigaretten und hielt beim Kiosk. Ein Typ, vielleicht sogar derselbe wie eine Woche zuvor, kam mir entgegen und hielt mir die Tür auf. Er sah mir verschlafen entgegen. Doch sofort kam Leben in ihn, als hätte er mich erkannt.

„Guten Morgen, schöne Frau. Darf ich Ihnen die Tür öffnen?"

Ich runzelte die Stirn. Zunächst einmal tat er das ja schon und zum anderen ‚schöne Frau'? Ich meine, ich bin keine völlige Verunstaltung, aber an diesem frühen Morgen sicher auch keine Schönheit. Doch seine Schmeichelei verfehlte nicht mein Ego.

„Danke schön."

„Sehr gerne. Hoffe wir sehen uns bald mal wieder."

Ich ging verwundert rein, drehte mich noch mal zu ihm um, doch er war bereits verschwunden.

Als ich mich wieder zur Ladentheke wandte, wusste ich genau, warum er auf einmal so freundlich war. Fast auf sämtlichen Zeitungen prangte ein Bild von mir. Daneben in großen Lettern *„Alexandra (30) ist unsere glückliche Lottoprinzessin!"*

Auf einer Zeitung stand darunter noch: „*Und sie ist noch zu haben.*"

„Wie zum Teufel?", rief ich.

„Guten Morgen, Liebchen. Herzlichen Glückwunsch!", die Ladenbesitzerin strahlte mich mütterlich an.

Ich kochte vor Wut. „Morgen.", knurrte ich. Studierte genauer die Zeitschriftenwand und nahm mir schließlich ein Exemplar.

Ich war gerade dabei den Artikel und die Fotos genauer zu studieren, als ein weiterer Kunde in den Laden kam. Beim Klingeln der Türglocke drehte ich mich zu ihm um. Ein junger Mann in Arbeiterklamotten. Er brauchte nicht lange, was nicht weiter verwunderlich war, war doch die komplette Wand hinter mir mit hübschen Bildern von mir gespickt.

„Ey cool. Bist du das auf den Bildern?"

Er zeigte mit dem Finger auf die Zeitschriften hinter mir.

Ich verdrehte die Augen. Legte die Zeitschrift auf die Ladentheke und sagte zur alten Dame. „Gibst Du mir bitte noch zwei Schachteln?"

Sie nickte nur und zog die Schachteln aus der Halterung. Genug Zeit für meinen neuen Fan, um sein Handy zu zücken und Fotos von mir zu machen.

„Hey! Krieg ich eins mit dir zusammen drauf?"

Er stellte sich schon in Pose für ein gemeinsames Selfie.

Ich versuchte ihn wegzuschieben, legte schnell Geld auf die Theke, griff nach der Zeitung und den Zigaretten und verließ so schnell wie irgend möglich den Laden. Begleitet vom klickenden Geräusch der Handykamera.

Als ich im Büro ankam war ich alleine. Und ich genoss die Stille. Mein ganzer Körper zitterte und ich hatte die ganze Fahrt bis hierher immer wieder in den Rückspiegel gesehen. Total bescheuert. Ich setzte mich an meinen Arbeitsplatz und holte die Zeitung aus meiner Handtasche.

Dieses Mal sah ich mir die Bilder genauer an. Es waren Aufnahmen vor einem Supermarkt, ich erinnerte mich daran, wie ich dort vor zwei Tagen einkaufen war. Und noch eines, wie ich gestern getankt hatte. Wieso hatte ich nicht bemerkt, dass man mich fotografierte? Und wieso war es sonst keinem aufgefallen?

Verdammt!

Ich nahm mein Handy aus der Tasche und wählte die Nummer von Herrn Langhaus.

„Guten Morgen, Frau Hofmann.", begrüßte er mich.

„Guten Morgen, Herr Langhaus. Gibt es Neuigkeiten?"

„Nein. Es tut mir leid, Frau Hofmann, aber wie ich Ihnen schon versicherte, gehen wir nicht davon aus, dass persönliche Daten weitergegeben wurden und wir sind sehr zuversichtlich..."

Ich unterbrach ihn wirsch. „Nun. Wenn dem so wäre, dann hätte ich wohl kaum einen Zeitungsartikel in der Hand, den Fotos von mir zieren, von den vergangenen Tagen beim Tanken und beim Einkaufen."

„Wie bitte?"

Meine Stimme wurde lauter. „Herr Langhaus, was immer Sie auch unternommen haben, um den Mitarbeiter ausfindig zu machen, hat nicht sehr gut funktioniert. Denn nicht nur, dass der Presse mein Name bekannt ist. Es ist ihnen zudem gelungen Fotoaufnahmen von mir zu machen. Das ist eine verfluchte Scheiße! Ich habe mich selbst heute Morgen im Kiosk begrüßt. Abgedruckt auf zig Titelblättern von Zeitschriften."

„Bitte beruhigen Sie sich."

„Beruhigen? Ist das Ihr Ernst?"

Er schwieg.

Und leise meldete sich mein schlechtes Gewissen. Ich war normalerweise nicht jemand, der schnell laut wurde und fluchte. Aber diese ganze Situation war so unwirklich und überrollte mich erneut.

„Frau Hofmann, ich kann diese Situation im Augenblick nicht beeinflussen. Aber ich werde Ihnen einen Anwalt vermitteln, der sich um die Angelegenheit kümmern wird. Selbstverständlich auf unsere Kosten."

Ich lachte auf. Ja, Geld war ja wirklich das Einzige, worüber ich mir zurzeit Sorgen machen musste.

„Ich werde persönlich dafür sorgen, dass wir den entsprechenden Mitarbeiter umgehend ermitteln."

Auch er klang nun wütend und seine Stimme wurde lauter. Er entsann sich jedoch augenblicklich, mit wem er gerade sprach und zwang sich zu mehr Ruhe.

„Frau Hofmann, ich melde mich schnellstmöglich bei Ihnen. Vielleicht wäre es ratsam, wenn Sie ein paar Tage die Stadt verlassen, bis sich die Situation wieder beruhigt hat. Wie schon gesagt, werde ich Ihnen einen Anwalt vermitteln, der Ihnen helfen wird diese ganze Situation wieder einzudämmen. Ich melde mich schnellstmöglich wieder bei Ihnen."

Er legte auf.

Ich nahm an, dass er sogleich seinen Frust an jemand anderen auslassen würde, so wie ich es letztlich soeben getan hatte. Ich verstaute das Handy und die Zeitung wieder in der Tasche und startete den Rechner. „So. Jetzt wird gearbeitet. Einfach arbeiten. Konzentriere Dich auf Deine Aufgaben.", murmelte ich vor mich hin und begann meine Mails abzuarbeiten.

Doch dies war irgendwann nicht mehr möglich. Reihenweise kamen Kollegen, um mir zu gratulieren und einen kurzen Plausch zu halten. Selbst Kollegen, die mich sonst mieden. Plötzlich waren alle überfreundlich. Drei wirklich penetrante

Kollegen belagerten mich auch noch als Johannes mittags ins Büro kam.

„Haben Sie nichts zu tun?", fragte er barsch und die Kollegen trollten sich endlich.

„In mein Büro, Alexandra. Sofort."

Er ging ohne einen weiteren Blick vor. Ich stand auf und folgte ihm.

„Schließ' die Tür.", befahl er mir, warf seine Tasche neben den Schreibtisch und setzte sich auf seinen Stuhl. Er deutete mir, ihm gegenüber Platz zu nehmen. Ich setzte mich und sah ihn betreten an. Er betrachtete mich einen Augenblick, entspannte sich dann sichtlich und fragte: „Wie geht es Dir?"

„Wie soll es mir schon gehen? Beschissen wäre wohl noch geprahlt. Ich hab eine scheiß Wut. Und dieses ganze Affentheater...", ich nickte mit dem Kopf in Richtung meines Büros.

Ich holte tief Luft. „Ich bin echt fertig."

Wieder einmal stiegen Tränen in mir auf. Ich war am Ende meiner Kräfte angelangt. Johannes nickte. Schwieg jedoch wieder für eine Weile.

„Es tut mir leid.", sagte ich zerknirscht.

„So ein Unsinn, Alexandra. Dir muss gar nichts leidtun. Ich weiß ja, dass du das alles so nicht wolltest. Was für Idioten diese Presseleute sind."

Wütend stand er auf und ging zum Fenster. Nach einem langen Blick hinaus, drehte er sich um und sah mich ernst an.

„Ich sag Dir, was Du jetzt tust. Du wirst die restlichen Vorbereitungen für die Besprechung morgen treffen und mir die Sachen auf den Tisch legen. Dann möchte ich, dass Du nach Hause gehst. Du hast ab sofort vier Wochen Urlaub. Sieh zu, dass Du das für Dich irgendwie sortiert bekommst. Danach sehen wir weiter."

Es war als würde er mir den Boden unter den Füßen wegziehen.

„Können wir nicht einfach weitermachen wie bisher?", stammelte ich. „Das Arbeiten hat mich wenigstens halbwegs aufrecht gehalten. Ich weiß gar nicht, was ich machen soll. Wo ich hin soll."

Meine Tränen hatten sich ihren Weg gesucht und liefen nun unaufhaltsam über meine Wangen. Er nahm mir den letzten Halt, den ich noch hatte. Langsam ging er auf mich zu. Er kniete sich neben meinen Stuhl nieder und nahm meine zittrigen Hände in die seinen.

„Ich bin nicht nur Dein Chef. Ich bin auch Dein Freund. Und Du bist am Ende. Es wird Zeit, dass Du Dir eine Pause nimmst. Die letzten Monate waren schon hart. Aber das jetzt alles. Du brauchst Ruhe. Und du würdest es nur aufschieben, wenn Du einfach weitermachen würdest."

Seine Stimme war ruhig und Balsam für meine vibrierenden Nerven.

„Es ist nur eine Frage der Zeit, bis sie herausgefunden haben, wo du arbeitest, und dann belagern sie Dich hier auch. Setz Dich einfach in den nächsten Flieger und genieß' ein paar freie Tage. Lies das Buch, dass ich Dir geschenkt habe."

Er grinste mich von unten her an und strich eine Strähne hinter mein Ohr.

„Ich bin auch nur noch ein paar Tage da, dann fliege ich mit Monique in den Süden. Sie will sich St. Tropez ansehen."

Sehr undamenhaft schniefte ich. Johannes zog ein Taschentuch aus seiner Brusttasche und wischte meine Tränen weg.

„Es wird alles wieder gut. Du wirst sehen."

„Danke Johannes."

„Gern geschehen. Und jetzt mach dich vom Acker, bevor ich es mir anders überlege."

Er zwinkerte und stand wieder auf.

Ich wischte mit den Ärmeln über meine Wangen. Atmete ein paar Mal tief durch und ging wieder an meinen Arbeitsplatz. Ich schloss meine Bürotür, was tatsächlich weitere Besucher vorläufig dazu veranlasste nicht einzutreten. Konzentriert arbeitete ich die letzten offenen Punkte ab, versandte die Dokumente vorab an die Teilnehmer der Besprechung, druckte Johannes alles aus, legte ihm die Unterlagen auf den Tisch und packte meine Sachen zusammen.

Als ich im Wagen saß und ihn startete kamen gerade die Zwei-Uhr-Nachrichten. Ich konnte mich nicht daran erinnern, wann ich das letzte Mal so früh nach Hause gefahren war. Ich fuhr vom Parkplatz des Büros und versuchte die neugierigen Blicke der Kollegen, die aus dem Fenster sahen, zu ignorieren.

Ich war kaum ein paar Meter gefahren, als sich mein Handy aus der Handtasche meldete. Ich nestelte das Gerät aus der Tasche und nahm das Gespräch an.

„Alexandra Hofmann."

Ich ließ den Wagen ausrollen auf der Zufahrtsstraße zum Firmenparkplatz.

„Guten Tag, Frau Hofmann, hier spricht Eduard von Lichtenstein. Herr Langhaus gab mir freundlicherweise Ihre Nummer. Ich bin Ihr neuer Anwalt und würde mich gerne mit Ihnen treffen um die Situation zu besprechen. Hätten Sie vielleicht Zeit?"

„Um ehrlich zu sein, ja. Mein Chef hat mich gerade in den Zwangsurlaub geschickt. Ich bin auf dem Weg nach Hause."

„Das ist gut. Ich habe Ihre Adresse und bin in der Nähe. Wollen wir uns dort treffen? Ich kann mir vorstellen, dass Sie zurzeit keine große Lust verspüren, sich an öffentlichen Orten aufzuhalten."

„Ja. Okay. Ich bin in etwa zehn Minuten dort."

„Sehr schön. Dann sehen wir uns gleich."

Er beendete das Gespräch.

Leicht genervt verdrehte ich die Augen. Konnten die mich nicht einfach in Ruhe lassen? Noch bevor ich wieder losgefahren war, ging mein Telefon erneut.

„Alexandra Hofmann.", meldete ich mich.

„Guten Tag. Hier spricht Klara Höfer. Ich arbeite für einen großen Fernsehsender und wir würden Sie gerne..."

„Kein Interesse."

Ich legte auf.

Keine zwei Sekunden später klingelte mein Telefon schon wieder. Es war eine mir unbekannte Nummer, also drückte ich den Anruf weg.

Mein Telefon zeigte mir 36 Anrufe in Abwesenheit an. Zehn neue Sprachnachrichten waren auf meiner Mailbox und dutzende Nachrichten waren über alle möglichen Kanäle eingegangen. Und während ich sie noch überflog, kam ein neuer Anruf. Ich schaltete das Handy genervt aus und pfefferte es zurück in die Handtasche, fädelte mich in den Verkehr ein und fuhr nach Hause.

Schon als ich auf die Auffahrt zum Parkplatz einbog bot sich mir ein erschreckendes Schauspiel. Der Platz vor dem Haus und der Parkplatz waren belagert von Reportern. Sie standen mit Fotoapparaten, Kameras und Mikrofonangeln quatschend zusammen. Doch in dem Moment da mein Wagen die Auffahrt berührt hatte, kam Leben in die Meute.

Einer der Kameramänner hatte mich gesichtet und zeigte mit dem Finger auf mich. Er rief etwas, das ich nicht verstehen konnte und sofort strömte die Meute auf mich zu.

„Heilige Scheiße.", fluchte ich laut.

Ich konnte den Wagen noch so gerade eben auf meiner Stellfläche abstellen als mich die Meute auch schon eingekesselt hatte.

Blitzlichter leuchteten im Millisekunden-Takt auf. Ich hörte sie Fragen rufen. Immer wieder meinen Namen. Ich hielt mir die Ohren zu und schloss die Augen.

Einatmen. Ausatmen. Einatmen. Ausatmen.

Eine Panikattacke baute sich in mir auf. Mein Herz pochte laut. Adrenalin schoss durch meinen Körper. Und ich hatte keinerlei Fluchtmöglichkeit. Ich wollte weg. Einfach nur weg.

Jemand öffnete die Fahrertür. Löste meinen Gurt und nahm meine Hand vom Ohr.

„Los. Kommen Sie."

Ein junger Mann, etwa mein Alter, beugte sich zu mir herunter und hielt mir seine Hand hin. Er trug eine von diesen Sonnenbrillen die man oft bei Stars sieht. Große Gläser, goldener Rand. Schwarzer Maßanzug. Blaue Krawatte. Seine dunkelblonden Haare perfekt gestylt.

Er passte nicht zu den anderen Umstehenden, die plötzlich ruhig da standen und dem Treiben zusahen. Mein Adrenalin peitschte durch meinen Körper und ohne weiter darüber nachzudenken nahm ich meine Handtasche und ergriff seine Hand.

Er zog mich aus dem Wagen, stellte mich auf die Beine und baute sich dann mit dem Rücken zu mir auf, wie ein Schutzwall vor den Reportern.

„Guten Tag meine Herren. Mein Name ist Eduard von Lichtenstein. Kanzlei Rütter, Benson und von Lichtenstein in Münster. Ich bin der Anwalt dieser jungen Dame. Da Sie sich hier auf Privatgrund befinden möchte ich Sie eindringlich bitten, diesen zu verlassen. Sollten Sie dem nicht Folge leisten, werden wir die Polizei hinzubitten müssen. Seien Sie sich dessen versichert, dass ich sehr gerne jedem Einzelnen von Ihnen vor Gericht die rechtlichen Auswirkungen Ihres nun folgenden Handelns erläutern werde."

Die Meute war mucksmäuschenstill. Keine Kamera surrte mehr. Er hatte eine Ausstrahlung die einen sofort gefangen nahm. Eine natürliche Autorität. Unterstützt durch sein professionelles Auftreten und der Bestimmtheit in seiner Stimme.

Ich war fasziniert.

Wieso konnte ich nicht so auftreten wie er? Mühelos schaffte er es, die rasende Meute zu kontrollieren.

„Zudem möchte ich Ihnen noch einmal das Recht am eigenen Bild nahelegen. Es handelt sich bei meiner Mandantin nicht um eine Person des öffentlichen Lebens. Und es wird mir ein Vergnügen sein, jedes Schmierblatt zu verklagen, das auch nur eine der Aufnahmen veröffentlicht, die Sie soeben gemacht haben. Gehen Sie und suchen Sie sich richtige Nachrichten. Sollten Sie noch Fragen an Frau Hofmann haben, wenden Sie sich gerne an meine Kanzlei."

Seine Schultern spannten sich an, als er etwas aus der Tasche kramte. Einen Moment später hielt er ein Handy in die Höhe.

„Möchten Sie, dass ich die Polizei informiere, um diese Situation zu diskutieren?"

Er tat so als wähle er eine Nummer.

„Nicht nötig, Mann."

„Reg' Dich ab.", murmelten die Reporter. Einer zeigte ihm den Mittelfinger. Doch sie folgten seinen Anweisungen und trollten sich Einer nach dem Anderen.

Als wir endlich alleine auf dem Parkplatz waren drehte er sich um. Ein Hauch seines Aftershaves stieg mir in die Nase. Mein Lieblingsduft.

Und plötzlich standen wir ziemlich dicht voreinander. Ich versuchte einen Schritt zurück zu machen, hatte aber sofort die Fahrertür im Rücken.

„Hallo, Frau Hofmann. Na, aufregender Tag heute?", er schmunzelte.

Alles was ich rausbrachte war ein aufrichtiges „Danke."

„Schon gut. Wollen wir in Ihre Wohnung gehen und alles weitere besprechen?"

Ich nickte. Schloss den Wagen ab und ging voraus zum Hauseingang. Dass ausgerechnet ich einmal einen Ritter in einer Notsituation brauchen würde, wäre mir im Traum nicht eingefallen. Ich fand diese klischeebehafteten Schnulzgeschichten normalerweise gähnend langweilig.

Doch heute war ich unendlich dankbar dafür, dass mir ein starker Mann zu Hilfe geeilt war, der eben zufällig auch noch hinreißend aussah.

Wir setzten uns an meinen Esstisch. „Also, Frau Hofmann..."

„Können Sie mich Alexandra nennen? Oder Alex. Mir wird das alles viel zu offiziell."

„Gerne. Nenn' mich einfach Eduard. Oder Eddie. So nennen mich meine Freunde."

Wie ihn wohl seine Freundin nannte?

„Also Alexandra. Glückwunsch zum Gewinn.", er feixte.

„Ja. Ganz toll. Einen Haufen Geld und plötzlich viele neue Probleme, auf die ich gerne verzichtet hätte."

„Ja. Das verstehe ich. Und ich fürchte auch, dass ich die Reporter nicht auf Dauer vertrieben habe. Aber gut. Von Anfang an. Nachdem mich Herr Langhaus informiert hat, habe ich heute Vormittag bereits erste rechtliche Schritte in die Wege geleitet. Du solltest ab sofort keine unzensierten Bilder mehr von Dir in der Presse finden. Zudem wird auch Dein Nachname nicht veröffentlicht. Ich würde Dir allerdings raten, für ein paar Tage unterzutauchen, damit sich der Rummel erst mal legen kann."

„Ja. Du bist nicht der Erste, der mir dazu rät."

Ihn zu duzen fühlte sich im ersten Moment komisch an. Auch wenn er eine Art an sich hatte, die es leicht machte, ihn zu mögen.

„Was spricht dagegen? Wenn ich Dich richtig verstanden habe, dann hast du doch jetzt Urlaub?"

„Ja. Aber ich weiß nicht wohin. Ich war schon ewig nicht mehr im Urlaub. Früher Camping mit meinen Eltern. Aber seitdem.", schulterzuckend malte ich mit dem Finger auf dem Tisch die Holzmaserung nach.

„Wie wäre Bali? Oder Hawaii? Einfach in ein Flugzeug und weg?"

„Nun zum einen würde ich dafür wohl einen Reisepass benötigen, den ich nicht besitze und zum anderen habe ich Flugangst."

„Okay. Also nicht fliegen. Gibt es einen Ort, den Du Dir gerne ansehen würdest?"

Ich sah auf und ihm in die Augen.

Böser Fehler.

Er hatte seine Sonnenbrille abgelegt und tiefe blaue Augen sahen mich interessiert an. Sie strahlten eine Wärme aus, die mich sofort gefangen nahm. Sein aufmunterndes Lächeln verschmolz mit seiner Ausstrahlung und ganz tief in mir fühlte ich etwas aufblühen. Dieses Mal jedoch keine Panik.

Ich räusperte mich und versuchte mich wieder auf das zu konzentrieren, was uns an diesen Tisch gebracht hatte. „Gehört das überhaupt zu Deinen Aufgaben?"

Er lächelte und zeigte dabei seine perfekten Zähne.

„Nein. Eigentlich nicht. Aber Du bist auch eine besondere Mandantin. Dies ist eine besondere Situation. Und die Lottogesellschaft wird vorerst unsere Rechnung übernehmen, also warum sich einschränken. Wir würden Dich gerne langfristig als Mandantin gewinnen. Da kann ein Rundum-Service nicht schaden."

Er zwinkerte.

Ich schmolz dahin.

Was soll's.

Gönnte ich mir eben ein wenig Kitsch-Roman-Dramaturgie, nach all dem Chaos.

„Also, wo soll's hingehen?"

Hilfesuchend sah ich mich in meiner Wohnung um. Es hatte für mich nie zur Diskussion gestanden, einen Urlaub zu planen. Vielleicht ein paar freie Tage am Meer verbringen. Freunde besuchen. Doch wenn ich mir vorstellte, dieser Presserummel würde mir folgen und damit letzten Endes vielleicht auch noch meine Freunde belasten.

Mein Blick blieb an einem Flyer hängen, den ich an meine Pinnwand gehängt hatte. „Orca Wale.", flüsterte ich.

„Wie bitte.", fragte Eddie verdutzt.

„Ich würde gerne Orca Wale sehen. Aber dazu müsste ich wohl nach Amerika fliegen."

Ich verwarf den Gedanken und schweifte weiter mit den Augen über meine Habseligkeiten.

„Das würde ich so nicht sagen.", sagte Eddie.

„Wie meinst Du das?"

„Ich war im letzten Jahr mit einem Freund zum Hochseeangeln in Südspanien. Dort haben wir welche gesehen."

„Orca Wale? Wild lebende Orca Wale?"

„Ja. Ich glaube es gibt sogar...", er nahm sein Handy aus der Tasche und tippte darauf herum. „Hier.", er drehte das Display zu mir. Es war eine Homepage einer Naturschutzorganisation. Ich nahm das Handy und scrollte über die Seite.

„In den Sommermonaten gibt es auch in Gibraltar Orca Wale zu sehen.", las ich laut vor. „Wow. Das wäre wirklich super."

„Gut. Damit hätten wir doch schon mal ein Ziel. Und da Du nicht fliegst, könntest Du mit dem Wagen runterfahren. Meine Assistentin könnte für Dich eine Route raussuchen und Hotels buchen."

Meine Vorfreude sank in sich zusammen. „Nein. Vielleicht ist das doch keine gute Idee."

Ich gab ihm sein Handy zurück.

„Wieso?"

„Jeden Tag Klamotten rein ins Auto und wieder raus. Klingt nicht nach Erholung."

„Und wie wäre es, mit einem rollenden Kleiderschrank?"

„Wie meinst du das?"

„Du müsstest nicht in Hotels gehen. Du könntest Dir auch ein Wohnmobil leisten und damit Richtung Süden fahren."

Sein Handy vibrierte auf dem Küchentisch. Er sah kurz auf das Display und nahm das Gespräch entgegen.

„Hallo, Herr Langhaus.", einen Moment lauschte er der Gegenseite, dann sagte er „Ja. Einen Moment bitte."

Er reichte mir das Telefon.

„Für mich?", formte ich mit den Lippen. Er nickte.

„Hallo. Alexandra Hofmann hier."

„Hallo Frau Hofmann, ich hatte es über Ihre mobile Nummer probiert, aber das Telefon ist wohl abgestellt."

„Ach so ja, ich habe es ausgemacht, weil mich irgendwelche Leute angerufen haben. Die Handynummer hat Ihr Mitarbeiter wohl auch mit rausgegeben."

Zynismus war nicht gerade meine Stärke, doch Herr Langhaus seufzte.

„Das ist sehr ärgerlich. Wir haben leider noch keine Neuigkeiten zu vermelden, aber Herr von Lichtenstein ist bei Ihnen?"

Was für eine Frage.

„Ja, ist er. Wollen Sie ihn nochmal sprechen?"

„Nein, schon gut. Ich wollte Ihnen eigentlich nur mitteilen, dass er Kontakt zu Ihnen aufnehmen wird. Sind Sie mit der Wahl zufrieden? Ansonsten könnten wir für Sie nochmal nach einem anderen Anwalt suchen."

„Nein, ist schon gut. Kümmern Sie sich bitte um die Aufklärung dieses ärgerlichen Vorfalls."

„Gut. Ich melde mich wieder bei Ihnen."

Wir verabschiedeten uns und Herr Langhaus beendete das Gespräch.

Ich gab Eddie das Telefon zurück. Der verstaute es wieder in seiner Innentasche und meinte dann gut gelaunt: „Gut. Dann wollen wir mal los."

Ich sah ihn fragend an. „Los? Wohin?"

„Na Ihre Reise organisieren, Madame."

„Aber ich...", er ließ mir gar keine Zeit, um ihm zu erläutern, dass ich schon ein großes Mädchen war und selber ganz gut organisieren konnte. Er stand einfach auf und ging zur Tür.

„Los. Auf geht's."

‚Ach, was soll's. Lass' ich mich eben noch ein wenig umsorgen' dachte ich und folgte ihm.

Wir fuhren mit seinem Wagen. Und zum ersten Mal an diesem Tag entspannte ich mich und lehnte mich zurück in die kühlen Ledersitze. Als wir vom Parkplatz rollten scrollte er im Display seines Bordcomputers und wählte die Nummer von ‚Nadine'.

„Hallo Eduard. Was kann ich für Dich tun?"

„Hallo Nadine. Sagst Du bitte alle meine Termine für den Rest des Tages ab und buchst mir ein Hotel irgendwo im Ort."

Ich begriff, dass er wohl mit seiner Assistentin sprach. Diese Art von Gesprächen war mir sehr vertraut.

„Sicher. Noch etwas?"

„Ja. Ich brauche die Adresse von einem Wohnmobilhändler in der Nähe"

Man hörte, wie sie im Hintergrund auf ihre Tastatur tippte. Nur zwei Sekunden später nannte sie ihm eine Adresse, die er ins Navigationsgerät eingab.

„Sehr gut. Kannst Du bitte noch für eine Kreditkarte und ein Mobiltelefon mit Geheimnummer sorgen. Beides auf Namen und Rechnung unserer Kanzlei."

„Selbstverständlich. Lasse ich Dir dann mit einem Boten ins Hotel bringen. Die Adresse schicke ich Dir später aufs Handy."

„Danke. Wenn Du damit fertig bist, war das alles für heute."

„Gut. Dann bis morgen."

Sie beendeten das Gespräch.

„Dann wollen wir uns mal Wohnmobile anschauen.", sagte er und folgte den Anweisungen des Navigationsgerätes.

Kurz darauf parkte er den Wagen auf einem großen Parkplatz, auf dem Camper ausgestellt waren. Wir stiegen aus und er ging auf das als Büro deklarierte Glashäuschen zu. Ich trug eine Basecap und eine Sonnenbrille, die er mir im Wagen gegeben hatte und folgte ihm. Überrascht sah ich ihn an, als er gut gelaunt plötzlich meine Hand nahm. Der Verkäufer entdeckte uns, sprang auf und kam uns entgegen.

„Guten Tag. Was kann ich für Sie tun."

„Guten Tag Herr..."

Eddie hielt ihm die Hand entgegen.

„Schulze, Werner Schulze."

„Herr Schulze, es ist mir eine Freude, Sie kennenzulernen. Mein Name ist Eduard von Lichtenstein und dies...", er zeigte auf mich. „... ist meine bezaubernde Frau Cornelia."

Frau? Ich versuchte nicht zu überrascht auszusehen, da die Sonnenbrille aber eh meine Augen verdeckte, schien es dem Verkäufer nicht aufzufallen. Ich hatte sowieso eher den Eindruck, dass er auf Grund des teuren Wagens schloss, hier ein schnelles und vor allem gutes Geschäft abzuschließen und er sich voll und ganz darauf konzentrierte.

„Guten Tag.", er schüttelte auch mir die Hand. „Also? Was kann ich für das junge Paar tun?"

„Ich weiß nicht genau, ob wir bei Ihnen richtig sind. Wir würden gerne spontan eine Reise machen. Mein Liebling hat mich endlich mal dazu überredet, die Arbeit hinter mir zu lassen. Und jetzt wollen wir quasi sofort los."

Er ergriff wieder meine Hand. Ein leichtes Kribbeln wanderte über meine Haut. Von meiner Hand bis in meinen Magen.

„Und dafür benötigen Sie ein Reisemobil. Gute Wahl. Und Sie sind bei mir genau richtig. Darf ich aber zunächst fragen, wer von Ihnen beiden der Fahrer sein soll, und welchen Führerschein Sie haben?"

„Wir möchten ihn beide fahren, und ich habe den neueren Führerschein, also nicht mehr als 3,5 Tonnen.", schaltete ich sofort.

„Sehr gut. Dann folgen Sie mir bitte."

Eddie drückte kurz meine Hand und sah mich verschwörerisch an.

Wir folgten Herrn Schulz über den ganzen Platz, während er uns diverse Camper in allen Einzelheiten vorstellte. Er war so in seinem Element, dass er nicht mehr aufhörte zu reden und gab zu den technischen Daten auch gleich Tipps und Anekdoten von sich.

Eddie war derjenige von uns, der ihn dabei immer weiter mit Fragen löcherte und eine glaubwürdige Begeisterung vorspielte, dass selbst ich das Gefühl hatte, er würde einen Wagen kaufen wollen. Immer wieder nahm er meine Hand und fragte „Und Schatz? Was hältst Du von diesem Wagen?", oder: „Kannst Du Dir den hier vorstellen?"

Doch sie schienen mir alle zu groß, falsch gebaut oder unpraktisch zu sein. Schließlich musste ich ihn am Ende alleine durch halb Europa fahren.

Und als ich schon darum bitten wollte zu gehen, sagte Herr Schulz: „Den einen müssen Sie sich noch ansehen. Er ist etwas teurer, aber vielleicht eher das, was Sie suchen."

Er führte uns zu einem Wagen, der direkt neben dem Büro stand und schon als ich eintrat, wusste ich, dieser war der Richtige. Er war klein, aber innen ein Raumwunder. Er hatte keinen Aufbau über der Fahrerkabine. Sah von außen aus, wie ein größerer Lieferwagen.

Herr Schulz zählte die technischen Daten auf, doch ich hörte nicht hin.

Fasziniert strich ich über die Holzplatte im Küchenbereich. Sah mir das abgetrennte und etwas höher liegende ‚Schlafzimmer' an und den vorderen Bereich.

Eine große abgerundete Fensterfront im Fahrerbereich ließ viel Licht in den Wagen. Dazu waren vorne an den Seiten weitere Fenster. Er war perfekt.

„Das Modell ist ganz neu. Wurde eben erst auf der Messe vorgestellt. Ich habe ihn erst seit gestern hier stehen.", ein wenig Stolz schwang in seiner Stimme mit.

„Er ist perfekt.", hauchte ich.

„Gut. Dann soll es der sein.", sagte Eddie sichtlich zufrieden. „Wie schnell können wir ihn übernehmen?"

„Ich könnte Ihnen einen bestellen, dann wäre er in gut sechs Wochen lieferbar."

„Nein, Herr Schulze. Ich meinte schnell. Sechs Wochen ist zu spät."

„Ich könnte Ihnen diesen hier anbieten. Das wird allerdings etwas teurer."

„Geld spielt keine Rolle, nicht wahr Schatz?", Eddie zwinkerte mir zu. „Gut. Machen Sie mir das Angebot fertig. Heute ist Donnerstag. Meinen Sie, wir können ihn Montag angemeldet abholen und losfahren?"

„Wie gesagt, das wird dann etwas teurer, aber ja. Sollte kein Problem sein. Lassen Sie mich sehen, was ich machen kann.", sagte er und ließ uns alleine, um im Büro das Angebot auszuarbeiten.

„Was denkst Du?", fragte Eddie mich vorsichtig.

„Ich denke, es ist eine gute Investition und wenn ich mir den Wagen ansehe, kann ich mir sehr gut vorstellen, damit auf Tour zu gehen. Aber spätestens bei der Anmeldung, wird doch mein Name auftauchen und damit wäre dann alles wieder für die Katz."

„Nein, wird er nicht. Denn wir lassen das alles erst mal über die Kanzlei laufen."

„Aber...", er wiegelte meine Widerrede gleich ab.

„Alles okay. Mach Dir keine Gedanken. Wir stellen Dir das alles in Rechnung und werden es schriftlich fixieren. Es geht jetzt im Moment nur darum, dass Du inkognito ein paar freie Tage genießen kannst, während ich mich hier um das Chaos kümmere. Dass Du entspannen kannst und wieder einen klaren Kopf bekommst, ist im Moment die Hauptsache. Alles andere lässt sich immer noch klären."

„Okay.", sagte ich kleinlaut.

Was soll's. Gab ich eben ein wenig von dem Geld aus, das mir diesen ganzen Ärger eingebrockt hatte.

Es stellte sich heraus, dass der Verkäufer nicht nur die ganze Abwicklung bis Montag erledigen konnte, sondern sogar bis zum nächsten Tag. Er ließ sich von Eddie die Adressdaten der Kanzlei geben und gab ihm den Kaufvertrag.

„Ich brauche die Summe dann allerdings noch heute Abend vollständig auf dem Konto.", sagte er.

„Klar. Das ist kein Problem.", antwortete Eddie.

Ich linste auf den Rechnungsbetrag. Er war hoch, aber um ehrlich zu sein, hatte ich mit mehr gerechnet. Und in Anbetracht meines Kontostandes gab es keinen Grund, noch einmal darüber nachzudenken.

Wir bedankten uns bei Herrn Schulze und versprachen den Wagen pünktlich um vier Uhr am morgigen Nachmittag abzuholen.

Wieder im Wagen sagte Eddie „Phase eins erfolgreich erledigt. Starten wir Phase zwei und legen eine falsche Fährte."

Ich verstand nicht, aber nun wo ich sowieso schon die Zügel aus der Hand gegeben hatte, kam es jetzt auch nicht mehr darauf an. Kurze Zeit später parkten wir vor dem Flughafen Münster / Osnabrück.

„So. Showtime. Mütze und Sonnenbrille bitte im Wagen lassen."

Er stieg aus und nahm etwas vom Rücksitz. Ich stieg ebenfalls aus. „Was hast Du vor?"

„Wirst schon sehen."

Er lächelte, ging um den Wagen herum und marschierte schnurstracks in die Abflughalle. Ich hatte Mühe Schritt zu halten. An einem der Terminals wandte er sich an die Angestellte, die bis zu unserer Ankunft gelangweilt in einem ihrer Kataloge geblättert hatte.

„Guten Tag. Meine Mandantin muss dringend schnellstmöglich das Land verlassen. Haben Sie da was Last Minute?"

Sie sah ihn fragend an. Tippte eilig in ihren Computer und sagte „Wir haben einen Flug nach Los Angeles, mit Zwischenstopp in Frankfurt. Er geht in zwei Tagen."

„Nein. Früher. Und wenn möglich Asien oder Australien."

Sie tippte wieder in ihre Maschine.

„Ah, hier. Asien. Abflug heute Abend. Mit zweistündigem Aufenthalt in Frankfurt und Dubai."

Eddie wandte sich an mich.

„Vielleicht sollten wir lieber einen Direktflug buchen oder zumindest ab Frankfurt."

Er hielt eine Zeitschrift in der Hand. Wie ich erst jetzt bemerkte, war es eines der Blätter, auf denen mein Gesicht prangte. Er hielt es jetzt so in der Hand, dass die Verkäuferin es nicht übersehen konnte. Und es wirkte. Sie sah kurz zwischen mir und dem Titelblatt hin und her. Und man konnte in ihrem Gesicht sehen, dass sie geschaltet hatte.

„Tut mir leid, einen Direktflug kann ich Ihnen leider nicht anbieten."

Eddie sah einen Moment in die Luft, als würde er abwägen.

„Wir fahren nach Düsseldorf.", sagte er dann entschlossen zu mir „Dort wird sich sicher ein geeigneter Flug finden."

Zur Dame hinter dem Schalter gewandt sagte er. „Bitte behalten Sie das hier für sich. Ich weiß, die Presse würde einen hohen Betrag für diese Information bezahlen."

„Selbstverständlich."

Sie nickte, doch die Dollarzeichen in ihren Augen sprachen Bände.

„Sehr schön. Danke."

Damit wandte er sich ab und ich folgte ihm zurück zu seinem Wagen.

„Was war das denn bitte schön?", fragte ich ihn lachend, als wir wieder am Wagen waren.

„Nun. Während Du Dich auf den Weg gen Süden machst, wird die Presse denken, dass Du irgendeinen Flieger genommen hast in Richtung Asien. Das wird sie etwas von der Spur ablenken und Du wirst mehr Ruhe genießen können."

Das leuchtete mir allerdings ein.

Wieso hatte ich nicht daran gedacht? Wieso war dieser Plan, der so einfach und offensichtlich ohne viel Mühe bereits in die Wege geleitet war, mir nicht eingefallen in den letzten Tagen?

„Warum eigentlich Orca Wale?", fragte Eddie als wir wieder auf der Straße waren.

„Ach, ich weiß auch nicht. Ich fand die Tiere immer schon faszinierend. Und ich wollte sie schon ewig mal in natura sehen. Aber eben nicht in einem Park, sondern in Freiheit. Das mit diesen Parks ist irgendwie nicht richtig. So edle Geschöpfe, mit ihrem Familiensinn. Die gehören einfach zu ihrer Familie ins Meer."

„Dann hoffe ich, dass Du welche sehen wirst.", sagte er.

Und nun, wo ich endlich ein Ziel hatte, endlich etwas auf das ich mich freuen, vor allem aber etwas auf das ich mich fokussieren konnte, wollte ich nur noch nach Hause und mit der Reiseplanung beginnen.

Als Eddie mich zu Hause absetzte waren keine Reporter mehr zu sehen. Wir verabredeten uns für den nächsten Tag und ich setzte mich, in meiner Wohnung angekommen, an meinen Laptop. Ich nahm mir eine Internetseite mit Kartenmaterial zu Hilfe und plante grob eine Reiseroute. Wenn ich vier Wochen Zeit hatte, wollte ich so viel wie möglich von den Ländern sehen.

Eddie hatte mir angeboten, dass Nadine meine Reiseroute planen könne. Doch ich hatte dankend abgelehnt.

Und eine Stunde später hatte ich eine grobe Route geplant. Ich hatte auch nach Campingplätzen entlang der Route gesucht und mir die Informationen von einigen Plätzen ausgedruckt. Diese Reise begann langsam Spaß zu machen. Auch bestellte ich mir über einen Onlinehandel noch eine Kamera und ein Tablet, die bereits am nächsten Tag geliefert werden sollten.

Es war früh am Samstagmorgen als ich mich dann tatsächlich auf den Weg machte. Es fühlte sich gut an, einfach unterwegs zu sein. Ein Ziel zu haben. Weit weg von all dem Chaos und dem Stress zu Hause. All das wirklich hinter mir zu lassen. Das Navigationsgerät war eingestellt auf eine Adresse hinter Paris. Ein kleiner Campingplatz mitten im Nirgendwo.

Meinen Eltern hatte ich meine Reiseplanungen am Vorabend am Telefon erläutert. Und meiner Mutter hatte ich versprechen müssen jeden Tag anzurufen.

Eddie hatte mir noch die bestellte Kreditkarte und das Handy gegeben und mir aufgetragen, sie sorgenfrei zu nutzen. So würde mein Name nicht bei jeder Bezahlung fallen und ich hatte eine Nummer, die nicht dauerhaft angerufen wurde. Denn mein eigenes Handy hatte mittlerweile Nachrichten im dreistelligen Bereich gespeichert und war bei jedem Versuch, es anzuschalten, mit Anrufen überlastet.

Nun hatte nur ein sehr überschaubarer Teil von Familie und Freunden diese Handynummer und es schlief schweigend auf dem Sitz.

Eine Freundin von mir war noch vorbei gekommen und hatte mir die Haare ein gutes Stück gekürzt und eingefärbt. Ich hatte mich noch nicht daran gewöhnt. Seltsam, plötzlich braunhaarig statt blond zu sein. Aber durchaus effektiv. Denn so würde mich keiner erkennen, zumindest hoffte ich das.

Eddie hatte flachsend vorgeschlagen ich sollte der Sicherheit halber unter einem Pseudonym die Plätze buchen, doch da mein Nachname ja bisher nicht in den Nachrichten gefallen war wollte ich bleiben wer ich bin.

Den Camper hatten wir gemeinsam spät am Abend im Schutz der Dunkelheit eingeräumt. Und so war ich nun endlich auf dem Weg in den ersten Urlaub seit Jahren.

Ich drehte die Musik voll auf und sang lauthals mit. Das Fenster war leicht geöffnet und die frische Morgenluft spielte mit meinen Haaren.

Noch 700 Kilometer bis zum ersten Ziel meiner Reise. Nach und nach löste sich der Knoten in meinem Kopf und schaffte Platz für die Dinge die nun vor mir lagen.

3. KAPITEL

Nach vier Stunden hatte ich erst einen kleinen Teil der Gesamtstrecke geschafft. Es war vielleicht doch keine so gute Idee gewesen, quer durch das Ruhrgebiet zu fahren.

Kurz vor Aachen verließ ich die Autobahn. Ich hatte mir im Internet die Adresse eines Händlers für Reisemobile und Zubehör herausgesucht. Mir fehlten noch alle möglichen Sachen, wie zum Beispiel Geschirr und Besteck und die wollte ich mir unbedingt noch besorgen, bevor ich das Land verlassen würde.

Der große Markt war leicht zu finden. Auf dem Hof standen einige Reisemobile zum Verkauf, darunter auch der Typ, den ich nun mein Eigen nannte. Ansonsten war der Parkplatz jedoch leer. Samstags morgens um zehn Uhr kam mir das doch merkwürdig vor. Doch als ich auf den Eingang zulief, schob sich die gläserne Eingangstür auf. Es war also nicht geschlossen.

Hinter der Kasse stand ein junger Mann mit blonden Haaren. Ich schätzte ihn auf Anfang zwanzig.

„Guten Morgen. Wie kann ich Ihnen helfen?", begrüßte er mich strahlend.

„Guten Morgen! Ich bin quasi auf der Durchreise und benötige so etwas wie eine Grundausstattung für mein Wohnmobil."

Ich nickte in Richtung Parkplatz.

„Okay. An was hatten Sie gedacht?"

„Nun. Ich habe den Wagen ganz neu, gestern erst bekommen und ich habe eigentlich...", entschuldigend hob ich die Schultern, „... noch nichts."

„Wo soll die Reise denn hingehen und vor allem wie lange wollen Sie fahren?"

„In Richtung Spanien. Und circa vier Wochen."

Auf seinen verwunderten Blick fügte ich hinzu: „Ist mein erster Urlaub seit langer Zeit, hab mir viele Urlaubstage aufgespart."

Er grinste.

„Cool. Super Idee, einen Trip zu machen. Die meisten fliegen ja mittlerweile irgendwo auf eine Insel und hängen dann am Strand rum. Sehen nur noch ihre schicki micki Hotelanlage und weiter nichts."

„Ja. Schrecklich, oder?"

„Haben Sie denn schon ausreichend Gas an Bord?"

„Oh..."

Gas?

Wieso hatte ich das nicht bereits kontrolliert, ja nicht einmal daran gedacht?

„Schon gut. Darf ich ihn mir ansehen?"

„Klar."

Ich reichte ihm den Schlüssel und er ging nach draußen. Ich folgte ihm.

Er öffnete diverse Klappen und Luken, sah sich drinnen um und schien in Gedanken eine Liste zu machen. Er murmelte immer wieder irgendwas vor sich hin und am Ende sagte er: „Da haben wir ein kleines Stückchen Arbeit vor uns, wenn wir Sie voll ausstatten wollen."

Nach kurzem Zögern und Musterung meiner Person fügte er hinzu: „Wie viel darf es denn kosten? Wollen Sie das Super-Sparpaket, eine normale Ausstattung oder das Rundum-Sorglos-Paket?"

„Das Rund-um-Sorglos-Paket, bitte. Ich habe nicht nur Urlaubstage angespart.", antwortete ich und dachte ‚Wenn der wüsste...'

Seine Augen leuchteten auf. „Na dann...“, er ging wieder in den Laden und rief laut „Kevin!“

Aus dem hinteren Ladenbereich kam ein weiterer junger Mann angeschlurft.

„Ja?“, murmelte er, scheinbar halb verschlafen.

„Machst Du mir bitte eine Ersatzteilebox für den Kleinen da draußen?“

Ich war verwirrt.

„Ersatzteile? Aber der Wagen ist doch neu.“

„Ja. Aber trotzdem kann Ihnen bei einer langen Tour mal was kaputt gehen. Und Sie werden an mich denken, wenn Sie in Südspanien nicht zwei Wochen auf eine Ersatzglühbirne für die Frontscheinwerfer warten müssen.“

Ja, okay. Das sah ich ein.

Wieder an Kevin gewandt, sagte er: „Und schließt du bitte zwei Gastanks an. Er hat Platz für zwei Elfer Flaschen, die wird sie wohl auch brauchen.“

Er gab Kevin den Wagenschlüssel und dieser verschwand wieder in den hinteren Ladenbereich.

„Wollen Sie eigentlich einen Fernseher? Weil ja noch keiner angeschlossen ist.“

„Ehm, ja. Ich wollte hiernach noch zu einem von diesen großen Mediengeschäften und mir da einen einbauen lassen.“

Mein neuer Freund schüttelte nur angewidert mit dem Kopf. Nahm den Hörer eines Telefons, das neben der Kasse stand und wählte eine Nummer.

„Viel zu unpersönlich.“

Einen kurzen Moment später sagt er ins Telefon: „Hallo Rudi. Ja. Hier ist Jan. Du, ich brauche mal wieder einen Flat Screen.“

Der Gesprächspartner erwiderte etwas, das ich nicht verstehen konnte.

„Ja genau. Kannst Du einen mit integriertem DVD Player nehmen und natürlich energiesparend wie immer… Ja, super... Was? Nein, bring ihn bitte selber her, kannst ihn dann auch gleich einbauen. Der Wagen steht bei uns vorm Eingang. Kevin hat den Schlüssel."

Auf eine Bemerkung von Rudi hin lachte er kurz auf.

„Hör schon auf und sieh zu, dass du herkommst. Bis gleich." Er legte auf.

„Rudi hat einen kleinen Hi-Fi-Laden um die Ecke. Die sterben langsam aus bei den ganzen Ketten. Wir lassen ihn alle unsere Wagen ausstatten. Er ist sehr zuverlässig."

Daraufhin ging er voran in den Verkaufsraum.

„Also, junge Frau."

„Alex, bitte."

Er nickte.

„Jan."

„Ja, ich weiß."

Ich schmunzelte.

„Wollen wir beide in der Zwischenzeit mal den Kleinen ausstatten?"

Ich nickte und ließ mich von seiner Begeisterung anstecken. So einfach ist das. Zumindest, wenn man nicht auf das Geld achten musste.

Zwei Stunden später und ein kleines Vermögen leichter fuhr ich vollbepackt mit wichtigen Utensilien wie Ersatzteile, Bettwäsche, Geschirr, Besteck, Gasflaschen, einem klappbarem Fahrrad (ja, die gibt es tatsächlich noch), Campingstühlen, einem passenden Tisch, einem hochmodernen Flachbildschirm und sogar einem kleinen Safe für Bargeld und Kreditkarte, den Jan und Kevin gemeinsam unter dem Lattenrost des Bettes installiert hatten, vom Parkplatz des Ladens.

Die Jungs hatten alles gleich ausgepackt und zum größten Teil in eine Art Abstellraum im hinteren Wagenbereich verstaut. Er war unter der erhöhten Schlafecke und konnte von außen über kleine Türen von beiden Seiten geöffnet werden.

Auch Rudi war sofort an die Arbeit gegangen und hatte im Handumdrehen den Fernseher angeschlossen. Und sogar eine kleine Satellitenschüssel auf dem Wagendach installiert. Er hatte eine Reihe Filme mitgebracht, damit ich ihn benutzen konnte. Vermutlich hatte ich für den Tagesumsatz gesorgt.

Mir war es gleich. Ich hatte ja beschlossen, meinen ‚Reichtum' mal in vollen Zügen zu genießen. Auch wenn ich mit der Kreditkarte der Kanzlei gezahlt hatte. Aber der Wagen wäre ja nach dem Urlaub immer noch da. Voll ausstaffiert könnte man später ja noch mal eine Tour starten. Oder ihn wieder verkaufen.

Ich schaltete das Navigationsgerät wieder an und fuhr weiter in Richtung Paris.

Gegen Abend erreichte ich endlich die Zieladresse. Der zweite Teil der Reise hatte zwar weniger Staus, aber dafür umso mehr neue Eindrücke hinterlassen. Mautgebühren bezahlen, französische Autobahnen und Landstraßen.

Die letzten Stunden hatten sich unendlich dahin gestreckt. Ich war froh, als ich endlich auf die Auffahrt des alten Hofes fuhr, an dem der Campingplatz angeschlossen war.

Ich parkte meinen Wagen vor der Anmeldung. Eine junge Frau kam mir schon entgegen.

„Bon jour Madame."

„Bon jour!"

Und damit waren meine Französischkenntnisse auch schon erschöpft. Doch zum Glück wechselte sie ins deutsche.

„Wie war Ihre Anreise?"

Ein leichter Sing-Sang zeigte deutlich ihre Herkunft.

„Lang.", antwortete ich.

„Das kann isch mir vorstellen. Wir haben eine schöne Platz für Sie. Wie lange werden Sie bleiben?"

„Wenn das geht, bis Montag oder Dienstag."

„Bien sur madame. Natürlich. Keine Problem."

Ich hatte beschlossen erst mal ein paar Tage abzuschalten. Die lange Fahrt hatte mehr geschlaucht als ich dachte und letztlich trieb mich ja auch keine Eile.

„Wollen Sie mir folgen? Isch zeige Ihnen wo Sie können parken."

Sie ging voraus, eine kleine Allee entlang umsäumt von einer hohen Hecke auf jeder Seite.

Ich stieg wieder in mein Gefährt und war gespannt auf den ersten Platz. Und vor allem ob ich den Wagen dort eingeparkt bekam. Ich fuhr ihr langsam hinterher, als sie mit wippendem Pferdeschwanz einmal links und einmal rechts abbog. Sie hob den Arm und zeigte mit der Hand auf eine Stellfläche auf der rechten Seite am Ende des Weges. Ich hob den Daumen. Auf dem gegenüberliegenden Platz war kein Camper, sodass ich den Wagen dort mühelos drehen konnte, um rückwärts einzuparken.

Das war leichter als gedacht. Ich zog den Zündschlüssel, entriegelte den Fahrersitz, sodass ich ihn Richtung Essecke drehen konnte und ging aus der Seitentür im Wohnbereich hinaus.

„Herzlisch Willkommen bei uns. Sie finden das Waschhaus am Ende des Weges. Dort ist auch Frischwasser, wenn Sie nachfüllen müssen. Wenn Sie Fragen haben, kommen Sie bitte zur Rezeption. Dort finden Sie misch oder meine Mamma. Und wenn Sie planen, weiterzufahren, können Sie dort auch bezahlen. Aber lassen Sie sisch Zeit. Wir haben erst wieder Gäste für diesen Platz an die nächste Wochenende."

Sie winkte zum Abschied und ging wieder zurück.

Zunächst gönnte ich mir einen Blick über mein neues Heim. Ich hatte ein Stück Wiese am Rande des Campingplatzes ergattert. Somit hatte ich zur einen Seite eine Hecke zum nächsten Platz und zur anderen Seite freie Sicht auf Felder, Wald und Wiesen und, wie ich vermutete, das nächste Dorf.

„Wow." sagte ich.

„Schön, nisch wahr?"

Ein älterer Herr kam hinter dem Camper hervor.

„Guten Tach. Mir sind die Nachbarn. Familie Herzog aus Köln. Erste Mal hier?", fragte er.

Und wieder ein Klischee, dass sich vor meinen Augen entfaltete. Der starke Dialekt meines Gegenübers war nicht zu überhören. Ein Lächeln huschte über meine Wangen.

„Ja. Ich bin auf der Durchreise, werde aber wohl ein paar Tage bleiben. Und wie es aussieht, ein echter Glücksgriff."

„Ja. Is nen schöner Campingplatz. Mir kommen schon seit Jahren her. Nette Familie. Mir haben immer den Platz dort. Wegen de Schatten und de Bäume."

Er zeigte auf den Platz hinter meinem Camper.

„Sind se durchjefahren?"

„Ja. Ich wohne in der Nähe von Münster. Bin seit sechs Uhr heute Morgen unterwegs."

„Na da sind se aber müde jetzt, oder? Kann ich Sie zum Abendessen einladen? Min Frau würde sisch sischer freue und sie bräuchten nicht mehr kochen."

Ich erschrak, als mir einfiel, dass ich vollkommen vergessen hatte, den Kühlschrank zu befüllen. Die emsigen Jungs hatten mich total aus meinem Konzept gebracht.

„Sehr gerne.", sagte ich daher erleichtert.

„Ich muss allerdings erst mal sehen, dass ich den Wagen angeschlossen bekomme."

„Ach, datt ist net schwer. Die sin ja doch alle gleich."

Und schon verschwand Herr Herzog hinter meinem Wagen. Ich folgte ihm.

„Haben se mal den Schlüssel?"

„Klar. Hier."

Er nahm ihn und öffnete damit eine kleine Klappe an der Seite.

„Hier sehn se. Datt ist de Anschluss. Haben se auch n Verlängerungskabel? Und vielleicht nen CEE Adapter?"

‚Dank meiner Jungs heute bestimmt', dachte ich und öffnete die hintere große Luke.

„Warten se mal."

Herr Herzog ging an mir vorbei und verschwand mit dem Kopf in dem Raum. Zwei Sekunden später kam er strahlend wieder heraus mit einem Verlängerungskabel und einem Steckaufsatz.

„Hier. Dat schließen mer jetzt hier aan."

Er zeigte auf eine Anschlussbuchse am Boden. Steckte den Adapter auf das Steckerende und steckte ihn ein.

„Und den hier an dem Wagen."

Sprach's und schon war mein Gefährt angeschlossen.

„Wow. Kann man Sie mieten?", fragte ich lachend.

Er lachte ein tiefes Lachen zurück.

„Isch jlaub dat will min Mariechen nisch so, woll. Isch bin übrigens der Horst."

Er hielt mir seine riesige Hand entgegen.

„Ich bin die Alex."

„Horst?", rief es von der Rückseite der Hecke.

„Ja. Mariechen isch ben hier bei de neuen Nachbarin.", rief er zurück. Er zwinkerte mir zu und sagte verschwörerisch: „Besser isch geh wieder rüber. Wir essen so in zwei Stunden, is ja jetzt auch noch viel zu warm für et Essen. Komm mal erst mal an, und dann kommste einfach zu uns rüber. Musste nicht an Deinem ersten Abend so alleine sitzen. Und wir haben jenug Essen da."

Ich ging zurück in den Wagen und zog mir erst mal andere Sachen an. Ein Shirt und eine kurze Hose. Dann tippte ich eilig ein paar Worte an meine Mutter ins Handy, um ihr mitzuteilen, dass ich angekommen war und schon herzhaft begrüßt wurde und beschloss, noch ins Dorf zu fahren, um wenigstens ein paar Sachen fürs Frühstück zu besorgen.

Ich nahm mein klappbares Aluminiumfahrrad aus dem Abstellraum und hatte es in Windeseile zusammengebaut. Jan hatte mir ausführlich erklärt wie es geht. Ich schulterte meinen Rucksack, schloss alles wieder ab und schob das Fahrrad um die Hecke. Dort traf ich auf Horst, der an einem Campingtisch unter einem alten Apfelbaum saß und eine Zeitung studierte.

„Entschuldige, bitte.", sagte ich.

Er sah auf.

„Ja?"

„Wo kann man denn hier einkaufen?"

„Ach, datt ist janz enfach. Wenn de von dem Campingplatz runter bist, dann fährst de eenfach rechts die Landstraße runter. Ist nicht weit bis zum Dorf. Dort ist am Ende der Hauptstraße rechts nen Supermarkt. Da wirste alles kriegen wat de brauchst."

„Ist gut. Danke! Bis später."

Ich winkte kurz zum Abschied und trat in die Pedale.

Das Dorf war malerisch. Schöne alte Häuser ragten zu beiden Straßenseiten in die Höhe. Überall gab es Efeu und viele Blumen. Ich traf auf ein paar ältere Damen, die am Straßenrand wild diskutierten. Und eine Katze lief einige Meter neben mir her. So hatte ich mir den Urlaub vorgestellt. Meinen müden Knochen tat die Bewegung gut und die frische Luft machte mich wieder munter.

In dem kleinen Dorfsupermarkt angekommen, fand ich eine Fülle von Lebensmitteln. Besonders der Duft von frischem Brot umschmeichelte meine Nase. Ich packte meinen Rucksack bis oben hin voll und fuhr wieder zurück. Ich nahm mir vor, die Gegend in den kommenden Tagen näher zu inspizieren.

Nach einer erfrischenden Dusche in dem kleinen Waschhaus machte ich mich, wie vereinbart, auf den Weg zu den neuen Nachbarn. Horst saß bereits an einem reich gedeckten Esstisch.

„Ah, da biste ja. Jenau passend. Setz disch, setz disch.", trug er mir auf.

Zum Wohnwagen hin rief er: „Mariechen. De Kleene von nebenan ist da."

Aus dem Vorzelt kam eine rundliche Frau mit leuchtenden Augen. Sie hatte dieses typische kölsche Flair, genau wie ihr Mann.

„Hallo. Isch bin dat Mariechen.“

Sie schüttelte meine Hand.

„Alex.“, sagte ich freundlich.

„Aus Münster.“, sagte ihr Mann ergänzend.

„Hach Gott, wie dieses Mädchen, datt den Jackpot gewonnen hat. Weißte noch Horst. Hab ich Dir doch jezeicht. Stand doch in de Zeitung letzte Tage.“

Mein Magen verkrampfte sich.

Bitte nicht! Nicht gleich am ersten Urlaubstag auffliegen!

„Ja. Stimmt. Die hieß doch auch so, oder. Kennste die?“, fragte Horst mich.

„Nein, leider nicht.“, log ich.

„Die is ja jetzt in de Sonne jeflogen. Nach Ägypten oder so.“, plauderte Mariechen weiter.

„Nee.“, korrigierte Horst, „Nach Asien. Zu de Schinesen. Stand heute noch drin. Wart mal.“

Er kramte die Zeitung unter seinem Stuhl hervor und legte sie vor mir auf den Tisch.

„Lottogewinnerin A. fliegt nach Asien – Wie wir von einer unbekannten Quelle erfahren haben, hat sich die Lottogewinnerin aus Münster den nächstbesten Flug Richtung Asien gesichert und ist nun dort untergetaucht. Ihr Anwalt wollte dies nicht kommentieren und bat darum, seine Mandantin in Ruhe zu lassen. Wir wünschen der Lottogewinnerin einen erholsamen Urlaub“

Daneben war eines der Fotos, die bereits in den Zeitungen am Donnerstag gedruckt worden waren. Allerdings hatte man nun mein Gesicht unkenntlich gemacht. Deutlich zu sehen, waren jedoch noch die langen blonden Haare.

„Die hat et nich so jut wie wir, woll?", scherzte Horst, „Da jibbet ja nur Hunde un Katze uff de Tisch."

Er knuffte mich in die Seite. Ich rang mir ein Lächeln ab. Erleichtert, dass mir hier wohl keine Gefahr drohen würde aufzufliegen.

„Und bei uns gibbet Zeitung.", schimpfte Mariechen, „Los. Tu dat man runter, damit isch auftischen kann. Was trinkst du, Herzchen?", fragte sie in meine Richtung.

„Ein Wasser wäre gut.", sagte ich, „War ein langer Tag."

„Ich hätt auch Kölsch da.", sagte Horst

Ich schüttelte den Kopf.

„Danke, nein."

„Fein, dann lasst uns bejinnen. Und dann erzählste mal Alex, wie dat so is in Münster. Sind se ja alle doch watt eigen dort, oder?"

Ich grinste, ich war wohl nicht die Einzige mit Vorurteilen.

Es wurde ein langer Abend. Nachdem Horst und Mariechen mich ausgequetscht hatten über meinen Job, mein Leben und den Umstand, dass ich alleine reise, wo ich doch so ein liebes Mädel bin, erzählten sie von sich und vor allen Dingen ihren Urlauben und ihren Kindern.

Der ‚kölsche' Akzent machte auch die langweiligsten Szenen ihrer Geschichte urig und lustig. Ich fühlte mich pudelwohl bei den Beiden.

Sie gingen beide schon auf die siebzig zu und ihre Kinder waren schon erwachsen und selber schon Eltern. Da sie nicht mehr mit in den Urlaub fuhren, hatten die beiden das Chaos und die Hektik an den Badeorten aufgegeben und sich diesen ruhigen Campingplatz ausgesucht. Hierher kamen sie schon seit Jahren und kannten sich bestens aus, sodass ich auch noch ein paar Empfehlungen für die nächsten Tage bekam.

Spät, als die Sonne schon lange untergegangen war und ich wirklich hundemüde wurde, ging ich zurück zu meinem Reisemobil. Ich bezog das Bett und als ich mich hinlegte, schlief ich bereits tief und fest, noch bevor mein Kopf das Kissen berührte.

Den nächsten Tag verschlief ich fast komplett. Ich stand nur kurz auf, um zu frühstücken und die Fenster aufzureißen, bevor ich mich total erschöpft wieder hinlegte und weiterschlief.

Die ganze Aufregung der letzten Tage forderte endlich ihren Tribut und weit weg von dem ganzen Rummel und einem Blick auf mein Bankkonto, in dieser ruhigen Abgeschiedenheit, kam ich endlich wieder zur Ruhe.

Ich genoss, dass ich keinerlei Termine hatte und schlief und gammelte den ganzen Tag.

Abends machte ich mir was von dem leckeren Baguette, das ich am Tag zuvor im Supermarkt gekauft hatte und setzte mich auf die Stufen am Eingang mit dem Buch, das ich mir mit Johannes Kreditkarte gekauft hatte.

Ich war gerade mit dem ersten Kapitel durch, als ein Rascheln mich hochsehen ließ. Im Gebüsch zum Wald hin stand ein Hund und sah zu mir herüber.

„Hallo Kleiner.", sagte ich leise.

Er legte den Kopf schief, stand ansonsten stocksteif, als hätte ich ihn erwischt. So gut ich das im Halbdunkel sehen konnte war er schwarz und hatte vorne an der Brust bis zum Unterkiefer weißes Fell.

„Verlaufen?", fragte ich. Der Hund sah mich noch einen Moment an, drehte dann um und verschwand wieder im Dunkeln. Als der Wind langsam wieder aufkam wusste ich, was ihn angelockt hatte. Ich hatte den Rest vom Baguette und Käse neben mir auf den Boden gestellt, um ihn später zu essen. Der Duft muss dem Hund wohl in die Nase gestiegen sein. Wem er wohl gehörte?

Ich nahm den Teller und warf die Essenreste auf den Rasen vor dem Gebüsch. Käse und trockenes Brot würden ihm nicht schaden. Mit einem Blick auf die Uhr entschloss ich mich wieder ins Bett zu gehen. Ich wollte den nächsten Tag nicht wieder verschlafen.

Am nächsten Morgen waren die Essenreste verschwunden. Er hatte sie sich also noch geholt. Oder ein anderer Waldbewohner. Ich hatte gerade mein Frühstück beendet, als Horst um die Ecke bog. Ich saß wieder im Eingang vom Camper.

„Guten Morgen. Isch wollt nur sehen, ob alles bei Dir in Ordnung ist. Mir haben Disch jestern jar net gesehen."

„Ja. Danke. Alles in Ordnung. Ich war nur müde und musste mal richtig ausschlafen."

„Dat is jut. Du, wir wollten jleich einkaufen in nem großen Supermarkt. Is nen paar Kilometer weiter. Können mir Dir wat mitbringen?"

Ich überlegte kurz, doch die Einkaufsliste, die ich innerlich machte, wurde immer länger.

„Könntet Ihr mich vielleicht mitnehmen?"

„Klar. Kein Problem."

„Gut. Ich geh schnell duschen und zieh mich um, dann bin ich sofort da."

„Lass Dir Zeit. Wir sind in Frankreich. Da wird net jehetzt!"

Eine Stunde später standen wir in einem großen Einkaufszentrum.

„Du hast sischer andere Sachen als mir. Wollen mer uns in einer Stunde wieder am Auto treffen?", fragte Mariechen, „Ach und kauf Dir nix zum Abendessen, du bist natürlich einjeladen." Sie zwinkerte mir zu. Es machte ihr offensichtlich Spaß, mich ein wenig zu verwöhnen.

„Das ist lieb. Danke!", sagte ich, „Und ja, dann in einer Stunde am Auto."

Die Beiden schoben ihren Wagen fort und begannen ihre Sachen zusammenzusuchen. Ich hatte zunächst etwas Mühe, mich zurecht zu finden. Hatte aber nach einer halben Stunde ebenfalls den Wagen randvoll geladen. Zum Glück waren wir mit dem Auto da, mit dem Fahrrad hätte ich das nie alles transportieren können.

Auf dem Weg zur Kasse packte ich noch eine große Packung Pralinen ein, als Dankeschön für Mariechen und Horst. Mein Blick fiel auf die Haustierabteilung auf der anderen Seite des Ganges. Ich zögerte als mein Blick auf das Hundefutter und die Hundeleckerli fielen.

Soweit ich das in dem kurzen Moment beurteilen konnte, war der Hund nicht wirklich dick gewesen. Ich würde ihn also vermutlich nicht überfüttern. Beherzt nahm ich ein paar Packungen mit einzelnen Portionen Hundefutter und eine Reihe Leckerchen aus dem Regal. Er würde sicher nicht der einzige Hund bleiben, der mir über den Weg läuft. Und warum nur mich selbst verwöhnen?

Wieder am Auto war ich die Erste. Die Einkäufe hatte ich in große braune Tüten eingepackt. Mariechen und Horst kamen kurze Zeit später. Ebenfalls mit einem Schwung von Einkäufen.

Wir verstauten sie gemeinsam im Kofferraum und ich brachte beide Einkaufswagen zurück zu den Sammelstationen.

Auf der Rückfahrt plauderten die Beiden über irgendwelche Nachrichten. Ich nutzte eine Pause der Beiden und fragte: „Ist da eigentlich ein Bauernhof oder so hinter dem Wäldchen bei uns am Camping Platz?"

Mariechen drehte sich zu mir um.

„Nee. Da sin Wiesen und nen See. Herrlisch. Da solltest Du nachher unbedingt mal vorbeifahren. Nisch wahr Horst."

„Ja. Da kann man prima schwimmen jehen. Gibt da so einen Schleichweg, wenn du den Weg vom Campingplatz, wo wir stehen, ein Stück zurück fährst."

„Wieso fragst Du?", fragte Mariechen.

„Da war gestern so ein Hund bei mir am Wagen."

„So ein schwarzer?", Horst horchte auf.

„Ja. Ich glaube wohl. War schon spät und dunkel. Hab ihn nicht genau gesehen."

Mariechen schüttelte den Kopf.

„Dat arme Vieh."

„Wieso?"

„Ach dat is nen Streuner. Is noch nicht so alt, oder Horst? Haben ihn einmal gesehen. Weißt du noch Horst? Da am Wald als wir an dem See warn? Janz abjemagert sah der aus. Die sind ja hier nich so mit de Hunde wie wir. Nisch wahr Horst?"

„Nee sind se net. Bei uns hätten die vom Tierheim ihn schon einjefangen."

„Ja. Aber hier kümmert's keinen. Ist schon datt zweite Mal, datt mer datt hier mitkriegen. Vor zwei Jahren war da schon mal einer. Den haben se dann abjeschossen."

Ich setzte mich aufrecht in den Sitz.

„Erschossen?"

„Ja. Nisch wahr, Horst. Dat arme Tier. Vielleicht hat ihn ja ein Bauer ausjesetzt. Dat machen die manchmal, wenn se einen für de Jagd holen und der nisch rischtig funktioniert."

„Ja. Ist schlimm.", sagte Horst.

„Und dann kümmert sich da keiner drum?", fragte ich.

„Dat is ja hier nen anderes Land.", setzte Mariechen wieder an, „Die haben hier ja ganz andere Regeln. Ach und mer können ja auch keenen Hund jebrauchen, oder Horst? Sonst würd ich dat arme Tier ja mitnehmen."

Ich ließ mich wieder in den Sitz fallen.

Horst sah mich im Rückspiegel an.

„Da kannste nix machen, Alex. Musst de nicht drüber nachdenken. Hast doch Urlaub."

Ich war froh, dass ich das Hundefutter eingepackt hatte.

Es war früher Mittag als wir wieder zurück waren. Ich verstaute meine Einkäufe im Wagen. Eine der Hundefutterpackungen öffnete ich und leerte den Inhalt in eine Plastikschüssel. Eine andere Schüssel füllte ich mit Wasser. Beides stellte ich hinter das Reisemobil vor die Büsche. Dann zog ich mir Badesachen an, nahm mein Fahrrad und suchte den Schleichweg, den Horst mir beschrieben hatte.

Ich verbrachte den Nachmittag damit, im See zu schwimmen und auf einem Handtuch am Ufer zu dösen. Es war himmlisch ruhig. Ab und zu gingen ein paar Spaziergänger vorbei. Aber ansonsten war ich für mich ganz allein.

Allerdings war auch von dem Hund nichts zu sehen. Unbewusst hatte ich wohl gehofft, hier im hellen Tageslicht einen Blick auf ihn werfen zu können.

Als ein wenig Wind aufkam und es langsam Abend wurde, radelte ich die kurze Strecke wieder zurück.

„Hallöchen Alexandra. Jenau rischtig. Mer wolle jleich essen. Kommste rüber?"

„Gerne. Muss nur eben duschen.", rief ich im Vorbeifahren.

„Is jut.", rief Horst zurück.

Ich kontrollierte die Plastikschüsseln. Sie waren beide leer. Ich goss schnell Wasser nach und eilte dann Richtung Waschhaus.

Beim Abendessen waren Mariechen und Horst wieder ganz in ihrem Element. Ich hatte mich von Mariechen zu einem Gläschen Wein überreden lassen. Und so blieb es wieder Mal nicht nur beim Essen.

Irgendwann fragte Horst mich: „Wo willst Du eigentlich als nächstes hin?"

„Ich weiß noch nicht. Richtung Spanien runter. Habe mir ein paar Orte angesehen, aber noch keine feste Route."

„Dann MUSST de in Bordeaux vorbei fahren, nisch wahr Horst.", sagte Mariechen begeistert.

„Ja. Da musst De hin. Mer waren da immer auf diesem tollen Campingplatz am Meer.", nickte Horst.

„Ja. Die haben sehr schöne Dünen da. Kann man toll spazieren jehen."

Mariechen's Augen funkelten.

Horst stand auf.

„Warte mal, isch hab da glaub ich noch so einen Flyer von dem Platz."

Er verschwand im Vorzelt und kam kurz darauf mit einer dicken Mappe wieder zum Vorschein. Er breitete sie auf dem

Tisch aus und ein Schwung neuer und alter Flyer von Campingplätzen rutschte daraus hervor.

„Wart' mal."

Er kramte in den vielen Papieren und fand schließlich den Richtigen.

„Hier."

Er überreichte ihn mir. Ich sah mir das Faltblatt an. Sah wirklich schön aus. Um einiges größer als der Platz an dem wir jetzt waren, aber wie die beiden schon gesagt hatten, mit Zugang zu den Dünen und dem Meer.

„Das sieht gut aus. Hast du einen Zettel und einen Stift? Dann notiere ich mir die Daten."

Mariechen stand auf.

„Ich hol schon. Sonst machst Du mir wieder alles durscheinander."

Sie nahm die letzten Teller mit vom Tisch und ging in den Wohnwagen.

„Also wenn du schon da runter fährst, solltest Du da unbedingt Halt machen."

Es folgte eine ausführliche Beschreibung der Ortschaft, der Umgebung und was man sich unbedingt ansehen musste. Und als Mariechen wieder aus dem Wohnwagen kam, stieg sie gleich mit ein in die Schwärmerei.

Als ich schließlich wieder zu meinem Reisemobil ging, hatte ich ein gutes Gefühl, dass das nächste Etappenziel anvisiert war. Zumindest, sofern sie noch einen freien Platz zur Verfügung hatten. Ich legte den Notizzettel auf den Esstisch und holte eine Dose Hundefutter aus dem Schrank. Als ich hinter den Camper ging und sie in der Schüssel entleerte, fragte ich mich, ob ich Horst und Mariechen bitten sollte, den Hund weiter zu füttern.

Doch was brachte das schon?

Ewig würden die Zwei ja auch nicht hier bleiben.

Ich sah in die Dunkelheit der Büsche. Sah aber kein Anzeichen von dem Hund. Ich hatte auf meinem Tablet ein wenig recherchiert und viel besser würde sein Schicksal auch nicht verlaufen, wenn ich die Polizei oder eine Tierschutzorganisation anrufen würde. Die Polizei kümmerte es wenig. Und wenn, würden sie den Hund vermutlich erschießen. Und eine Tierschutzorganisation in dem Sinne gab es nicht. Klar, in den größeren Städten hatten sich auch deutsche Organisationen stark gemacht. Aber hier in der ländlichen Gegend gab es nichts im Umkreis. Und die Ortsansässigen hielten die Hunde für ein paar Wochen und ließen sie dann einschläfern. So oder so. Die Zukunft des Hundes sah wenig rosig aus.

Am nächsten Morgen, war die Schüssel wieder leer gefressen und auch der Wassernapf geplündert. Ich hatte den Hund dabei nie gesehen, vielleicht war es auch ein anderer Hund oder ein anderer Waldbewohner gewesen. Ich füllte ihn nochmals auf und machte mich dann daran, meinen nächsten Anlaufpunkt zu organisieren.

Ich hatte Glück. Die nette Dame am Telefon sprach nicht nur sehr gutes Deutsch, sie hatten auch einen Stellplatz frei. Allerdings nur ab dem nächsten Tag und für maximal drei Tage. Also von Mittwochmittag bis Samstagmorgen. Ich buchte den Platz. Die erste Woche war damit bereits verplant und ich meinem Ziel noch nicht wirklich näher gekommen. Ich müsste für die Zeit danach etwas kürzere Aufenthalte buchen und versuchen mehr Kilometer zu machen.

Den Tag verbrachte ich damit, auf meinem Fahrrad und mit der Kamera im Anschlag eine Tour durch die hiesige Gegend zu machen. Viel hatte ich davon ja noch nicht gesehen. Und so besichtigte ich alte Ruinen, speiste mittags in einem kleinen Café und machte viele Fotos von der wunderschönen Landschaft.

Zum Abendessen luden mich Horst und Mariechen wieder ein, schrieben mir ihre Adresse und Telefonnummer auf und meinten, ich solle mich unbedingt melden, wenn ich wieder in Deutschland angekommen wäre. Nachdem ich ihnen als Dankeschön die Pralinen und ein kleines Andenken überreicht hatte, das ich bei meiner Tour erstanden hatte, verabschiedete ich mich früher als die Tage zuvor und zog mich zurück auf meine Eckcouch im Wohnwagen.

Ich hatte die Beine hochgelegt und mich in mein Buch vertieft, als ich ein leises Winseln hörte. Weil es noch so warm war, hatte ich die Tür offen gelassen. Dort saß er nun.

Der schwarze Hund.

Den Kopf hatte er auf die untere Stufe gelegt und sah zu mir auf.

„Hey.", sagte ich leise und freundlich. Er hob den Kopf und sah mich an.

„Ich hab Dir noch kein Futter hingestellt, was?"

Er gab ein leises zustimmendes Winseln von sich. Naja. Zustimmung war es vermutlich nicht. Schließlich verstand er kein Wort, von dem was ich sagte. Ich legte das Buch an die Seite und stand auf. Sofort sprang er einen Meter zurück und duckte sich.

„Schon gut, Kleiner. Ich tu' Dir schon nichts."

Ich ging rüber zu den Schränken über dem Herd und nahm eine Schale Hundefutter heraus.

„Siehst du?"

Ich öffnete sie und der Duft stieg dem Hund in die Nase. Er leckte sich über die Schnauze. Aus einem der Fächer unterhalb der Spüle holte ich eine Schüssel hervor. Der Hund kam wieder näher, blieb jedoch angespannt. Bereit für einen schnellen Rückzug.

„Schon gut."

Ich ließ das Futter in die Schüssel laufen und stellte sie auf den Boden. Dann ging ich einen Schritt zurück und ließ mich auf das erhöhte Bett nieder.

„Du musst schon reinkommen, wenn du fressen willst."

Ganz vorsichtig lugte erst seine Nasenspitze um die Ecke und ganz sachte setzte er erst eine Pfote, dann die andere auf die oberste Stufe. Mit einem Satz war er im Wagen.

Aufmerksam beobachtete er mich, während seine Ohren wie wild zuckten. Und dann ganz langsam senkte er den Kopf und vergrub die Schnauze in dem Futter.

Mariechen hatte Recht. Er war ziemlich abgemagert. Und sein Fell war ziemlich verfilzt. Aber er sah nicht älter aus als ein paar Monate. Er hatte zu dem schwarz und weiß noch ein helles Braun im Fell. Wie eine Linie um das weiße Fell herum. Ein Mischling mit deutlichen Merkmalen eines Labradors. Etwa kniehoch.

In Rekordzeit war die Schüssel leer. Er setzte sich auf die Hinterpfoten und sah zu mir auf.

„Mehr?", fragte ich.

Vorsichtig wedelte er mit dem Schwanz. Also ging ich ganz langsam wieder an den Schrank und holte die letzte Dose heraus, die ich noch hatte. Ich öffnete sie und goss den Inhalt in die Schüssel am Boden. Der Hund beobachtete mich genau. Blieb aber ruhig und still sitzen. Als ich mich wieder erhob, sah er mich an.

„Guten Appetit, monsieur.", sagte ich.

Und er versenkte seine Schnauze wieder in der Schüssel.

Vorsichtig ging ich an ihm vorbei. Dabei streifte ich seine Flanke. Doch er ließ sich davon nicht irritieren. Ich setzte mich wieder auf die Couch und nahm mein Buch wieder vom Tisch. Ein kurzes Schaben, als er den Rest aus der Schüssel leckte. Dann war er fertig. Ein zufriedener Seufzer, dann sah er mich wieder an. Er legte den Kopf schief. Sein Bauch war ein wenig aufgebläht vom Fressen.

„Und jetzt?", fragte ich ihn.

Er wedelte mit dem Schwanz.

„Na dann komm her."

Ich klopfte auf den freien Platz links von mir. Vorsichtig kam er näher und legte zunächst eine Pfote darauf. Ich streichelte sie sanft. Nicht ohne zu bemerken, dass nun ein dicker Sandfleck auf dem weißen Leder prangte. Aber was machte das schon? Mit einem Satz war der Hund auf die Couch gesprungen und drehte sich ein paar Mal auf dem ehemaligen weißen Sitz. Dann rollte er sich ein und atmete laut hörbar aus. Ich begann seinen Kopf zu kraulen und nahm mein Buch wieder zur Hand. Sein Fell war schlammig. Auch wenn er kein langes Fell hatte. Er roch penetrant nach nassem Hund.

Mir war es egal.

Heute würde ihn keiner davonjagen.

Am nächsten Morgen weckte mich früh ein lauter werdendes Fiepen. Ich tastete nach meinem Handy. Und versuchte den Wecker auszustellen. Bis mir aufging, dass ich keinen gestellt hatte. Ich richtete mich auf, auf der Suche nach der Ursache dieses Fiepens.

Der Hund!

Er saß vor der Tür und trat unruhig von einem Vorderbein auf das andere.

„Musst du raus?", fragte ich.

Er fiepte wieder. Dieses Mal lauter. Ich wühlte mich aus der Bettdecke, nahm mit einem Auge das total dreckige Laken von der anderen Bettseite wahr und schlurfte zur Tür. Sobald ich sie geöffnet hatte, sprang er aus dem Wagen und verschwand im Gebüsch Richtung Wald. Ich ließ die Tür offen und kroch zurück ins Bett. Ein Blick auf das Handy sagte mir, dass es fünf Uhr morgens war.

„Viel zu früh.", murmelte ich und kuschelte mich wieder in das Kissen.

4. KAPITEL

Ich schob die Abreise so lange vor mir her wie ich konnte. Ließ mir von Horst noch mal alle technischen Details und Anschlüsse meines Wohnmobils erklären. Auch die Sache mit dem Wassertank und dem Abwassertank, was mich dazu brachte, mir vorzunehmen auch weiterhin auf die Toilette und Dusche im Wagen zu verzichten und die Waschhäuser der Campingplätze zu benutzen.

Aber es nutzte nichts, irgendwann musste ich schließlich und endlich los. Denn eine lange Fahrt stand mir noch bevor. Ein letzter Blick in das Gebüsch Richtung Wald. Ich pfiff noch mal.

Doch vom Hund keine Spur.

Er hatte sich den ganzen Morgen über nicht mehr blicken lassen. Ich sammelte die Schüsseln hinter dem Wagen ein, spülte sie kurz aus und legte sie an die Stelle im Schrank, an dem ich auch die Hundeleckerlis verstaut hatte. Sichtbare Spuren erinnerten noch an seinen Übernachtungsbesuch. Auf der Couch. Auf dem Bett. Seine Pfotenabdrücke auf dem Boden. Alles war mittlerweile getrocknet und letztlich nur ein wenig Sand, den ich später weg machen würde.

Schweren Herzens fuhr ich den Camper mittags vom Platz und hielt an der Rezeption, wo ich die Rechnung mit der Kreditkarte zahlte. Wieder im Wagen stellte ich das Navigationsgerät an und tippte die Adresse des nächsten Campingplatzes ein. Gute sechs Stunden Fahrt lagen vor mir.

Gerade, als ich vom Hof links abgebogen und ein Stück auf der Landstraße gefahren war und einen letzten Blick zurück durch den Seitenspiegel warf, sah ich in.

In tiefem Galopp rannte er bellend hinter mir her.

Automatisch zog ich den Fuß vom Gaspedal. Er hatte den Wagen fast eingeholt. Mein Herz hüpfte vor Freude und die Beklommenheit, die mich den ganzen Morgen runtergezogen hatte, war sofort verschwunden. Ich setzte den Blinker, fuhr rechts ran und öffnete die Fahrertür. Er bremste scharf als er an der Tür angekommen war und mit einem Satz war er auf meinem Schoß und eine Sprung später auf dem Beifahrersitz, wo er sich demonstrativ auf seine Hinterläufe setzte und nach vorne sah. Ich lachte und wuschelte über seinen Kopf.

„Dramatischer Auftritt, Kleiner."

Mit einem Schwung schloss ich die Fahrertür wieder und legte den Gang ein.

„Los geht`s.", sagte ich fröhlich. Drehte die Musik wieder auf und fuhr wieder los.

Am späten Nachmittag und viele hunderte Kilometer weiter, war ich mir nicht mehr so sicher, ob das mit dem Hund so eine gute Idee war. Was, wenn er beim nächsten Halt einfach davon stürmte? Ich konnte nicht ewig warten, ob er wieder zurückkommen würde. Und ich hatte keine Ahnung wie ich ihn rufen konnte. Oder ob ich ihn überhaupt behalten sollte. Ich fand Hunde toll. Aber in meinem Leben, mit einem Fulltime-Job war kein Platz für ihn. Doch er nahm mir all diese Bedenken bei unserer Mittagspause.

Ich hatte die Autobahn verlassen und suchte einen ruhigen Parkplatz an einem Waldgebiet. Wenn er davon stürmen sollte, wollte ich nicht, dass er auf einer Autobahn von einem anderen Wagen erwischt wird. Er hatte während der Fahrt die meiste Zeit geschlafen, eingerollt auf dem Beifahrersitz, und leise vor sich hin geschnarcht. Als ich den Wagen parkte und den Motor ausstellte wurde er wach, gähnte und streckte sich.

Ich öffnete die Fahrertür und stieg aus. Er sprang hinter mir aus dem Wagen. Ich setzte mich auf eine Holzbank und sah ihm zu, wie er am Waldrand entlang lief und hier und da seine Duftmarke hinterließ. Keine Sekunde jedoch ließ er mich dabei aus den Augen. Als er seine Blase entleert hatte, kam er schwanzwedelnd zu mir zurück gelaufen und legte sich mit einem tiefen Seufzer auf meine Füße. Ich streichelte ihm über das Fell.

„Also wirst du wohl mitkommen?"

Er wedelte mit dem Schwanz.

Etwa hundert Kilometer vor unserem Ziel machten wir eine weitere Pause. Wie gehabt sprang er hinter mir aus dem Wagen und drehte seine Kreise, um sich dann auf meinen Füßen niederzulassen. Ich hatte noch Brot mit Käse, welches ich mir als Wegzehrung am Morgen fertiggemacht hatte. Wir teilten es uns brüderlich.

Ein anderes Reisemobil fuhr auf den Parkplatz. Ebenfalls ein deutsches Kennzeichen. Er parkte neben unserem. Eine Familie stieg aus.

„Moin!"

Wurde ich sogleich vom Familienvater begrüßt.

„Moin!", grüßte ich zurück.

„Na. Auch auf der Durchreise?"

Die Familie ließ sich an einem Tisch neben meiner Bank nieder. Der Hund hob den Kopf und wedelte mit dem Schwanz, als er die Kinder sah. Sie waren noch sehr jung. Vielleicht vier oder fünf. Ein Mädchen und ein Junge.

„Ja. Richtung Bordeaux.", sagte ich.

„Oh Mami! Die hat einen Hund. Dürfen wir mit ihm spielen?"

Die Kinder zupften ihrer Mutter aufgeregt am Kleid. Die rümpfte angesichts meines neuen Weggefährten die Nase.

„Der ist ja ziemlich dreckig. Lieber nicht, Kinder. Wir wollen doch was essen."

Der Vater hatte das Gespräch nicht gehört, weil er eine Kühltasche aus dem Wagen geholt hatte und so fuhr er unbeirrt fort: „Bordeaux? Da haben sie es ja nicht mehr weit. Wir kommen gerade aus der Gegend. Haben unseren Urlaub schon hinter uns. Mehr als eine Woche ist nicht drin.", sagte er achselzuckend.

„Ja, die Gegend ist ziemlich teuer.", sagte seine Frau und musterte mich abschätzig von oben bis unten.

„Wir werden nicht lange bleiben. Wir wollen noch runter bis nach Spanien.", sagte ich fröhlich.

Mir doch egal was sie von mir dachte.

Die Kleinen interessierte die Meinung ihrer Mutter auch herzlich wenig, heimlich warfen sie dem Hund Stückchen von ihrem Mittagessen zu. Der Hund fing sie auf und sie kicherten. Die Frau war allerdings mehr damit beschäftigt, mich innerlich zu verurteilen und weniger damit ihre Kinder zu beobachten.

„Sie sollten über Land fahren. Ist eine schöne Strecke."

„Wie fahre ich denn da am besten?", fragte ich den Vater.

Der war mir sowieso sympathischer.

„Ach eigentlich brauchen Sie nur der Straße folgen. Die Beschilderung ist ziemlich gut. Ein Stück die Straße rauf ist eine große Ortschaft. Dort haben sie auch eine Tankstelle, wo sie sich eine Karte kaufen können. Und ein großes Kaufhaus. Falls sie noch was brauchen."

„Super. Das ist nett. Wir brauchen noch Hundefutter."

WIR. Ich hatte tatsächlich ‚wir' gesagt.

Ich grinste runter zu meinem neuen Weggefährten.

„Sie sollten ihn besser pflegen, er sieht so aus, als hätten sie ihn auf der Straße aufgelesen.", sagte die Mutter missbilligend.

Ich strahlte sie an: „Das hab ich auch. Heute Morgen."

Und an den Hund gewandt sagte ich: „Komm Kleiner. Wir wollen mal weiter."

Ich verabschiedete mich von dem Vater, dankte ihm für den Tipp und wünschte ihnen eine gute Reise. Schließlich hat MEINE Mutter mir Manieren beigebracht.

Der Hund sprang wie gewohnt auf den Beifahrersitz und setzte sich auf seine Hinterbeine. Er hechelte. Gut, es war warm, aber irgendwas in mir wollte doch glauben, dass er der Dame die Zunge rausstreckte. Wenn ich es schon nicht konnte.

Ich fand den Ort ohne Probleme. An der Tankstelle machte ich den Tank wieder voll, kaufte eine Karte und bat den Mann hinter der Theke um etwas warmes Wasser. Ich parkte den Wagen auf einem ruhigeren Flecken neben den Zapfsäulen. Der Hund war im Wagen geblieben, nachdem ich mich zu ihm umgedreht und die Hand gehoben hatte, um eindringlich „Bleib." zu sagen.

Jetzt ließ ich ihn wieder hinausspringen. Der Mann der Tankstelle brachte mir den Eimer Wasser und einen Schwamm. Er sprach irgendwas auf Französisch und lachte. Ich verstand kein Wort. Dann zeigte er auf den Hund und machte eine Geste, als würde er duschen. Ah. „Oui. Dou-che.", sagte ich und fiel in sein Lachen ein.

Dem Hund gefiel die Prozedur nicht, aber er ließ sie tapfer über sich ergehen. Sanft wusch ich mit dem Schwamm den Dreck von ihm und bürstete ihm anschließend mit meiner Haarbürste vorsichtig das Fell aus.

Eine halbe Stunde später war das Wasser tief braun, ich selbst ziemlich nass und der Hund wieder einigermaßen sauber. Ich belohnte ihn während der Prozedur mit reichlich Leckerli. Was ihn sichtlich dazu animierte, es über sich ergehen zu lassen. Ich öffnete die Seitentür des Wagens, holte ein Handtuch aus dem Schrank und legte es auf den Beifahrersitz.

Der Hund folgte mir und als ich das Handtuch gerade zurecht gelegt hatte, sprang er darauf und rollte sich ein. Ich trocknete mich ab und brachte den leeren Eimer wieder zurück.

Der Mann hinter der Theke lachte als ich herein kam.

„Hund Dusche. Du Dusche.", er zeigte auf mich und lachte wieder. Ich sah an mir herunter. Meine Kleidung war über und über mit Dreckspritzern versehen. Und wiederum fiel ich in sein Lachen mit ein. Tja, so ist das wohl, wenn man einen Hund hat.

Mit Hilfe der Erklärung des Tankstellenwartes mit ‚Händen und Füßen' wie man so schön sagt, fand ich auch den Supermarkt ohne Probleme. Ich parkte den Wagen auf einem schattigen Platz und öffnete das Fenster der Beifahrertür ein wenig. Wieder ließ ich den Hund mit einem entschlossenen ‚Bleib!' im Wagen zurück. Dieses Mal hob er nicht mal mehr den Kopf. Er sah mich nur kurz mit halb geöffneten Lidern an und schlief dann selig weiter.

Draußen klopfte ich den Dreck ab, so gut es eben ging, und betrat den Laden. Ein großer Supermarkt mit Dutzenden Angeboten. Ich schob den Wagen durch die Gänge und kaufte ein paar Lebensmittel ein. Dann fand ich endlich die Abteilung mit den Tiersachen.

Ein großer Sack Trockenfutter und eine Palette mit Nassfutter wanderten in die Karre. Zudem Leckerchen und Knochen. Und an einem Haken am Ende der Regale fand ich Halsbänder. Ich nahm ein rotes Halsband mit. Auch eine Leine. Obwohl ich mir nicht sicher war, ob er sich überhaupt damit führen lassen würde.

Kurz vor der Kasse erstand ich noch einen kleinen Staubsauger, eine neue Haarbürste und fuhr mit meinen Einkäufen wieder zum Parkplatz. Ich verstaute das Meiste im kleinen Abstellraum, der jetzt ziemlich vollgestopft war. Den Rest brachte ich durch die Seitentür in den Wagen. Der Hund schnarchte friedlich vor sich hin.

Wieder auf dem Fahrersitz wurde er dann jedoch wach, als ich ihm ein Leckerchen direkt vor die Nase hielt. Er wedelte kurz mit dem Schwanz und mit einem Haps war es im Maul verschwunden. Ich nutzte die Gelegenheit und hatte im Handumdrehen das Halsband um seinen Hals gebunden. Ich war mir nicht sicher, ob er es überhaupt wahrnahm. Denn als ich den Motor startete, schnarchte er schon wieder leise.

Weitere zwei Stunden brauchten wir für die restliche Strecke. Bei der Anmeldung sagte man mir, dass ein Hund solange kein Problem sein würde, solange er nicht anderen Campern lästig wurde. Die nette Dame sprach fließend Deutsch und zeigte mir, nachdem ich den Platz im Voraus bezahlt hatte, auf einem Plan, welchen Platz man mir zugewiesen hatte. Dann überreichte sie mir eine Chipkarte, mit der ich den Schlagbaum bei der Einfahrt öffnen konnte. Mein Begleiter, der dringend einen

Namen brauchte, saß auf dem Fahrersitz als ich zurückkam. „Los husch. Auf Deine Seite.", scheuchte ich ihn zurück.

Der Platz war leicht zu finden und da er auf einer großen Wiese war, war es auch kein Problem, das Gefährt einzuparken. Ich stellte ihn wieder mit der Heckseite zum Ende des Platzes. Dieser wurde dieses Mal mit einem Zaun markiert.

Im Handumdrehen hatte ich den Strom angeschlossen und öffnete alle Fenster und Türen, da es deutlich wärmer geworden war. Eine frische Brise zog über die Wiese, die erfüllt war mit Kinderlachen und Plaudereien. Der Campingplatz war gut besucht. Überall standen Wohnwagen, Camper und Zelte. Meine direkten Nachbarn hatten sich mit mehreren Wagen so hingestellt, dass sie zueinander standen. Sie waren offensichtlich mit einer großen Gruppe gemeinsam angereist. Der Wagen warf einen Schatten zur rechten Seite, an der die Tür im Wohnbereich lag. Der Hund hüpfte aus der Tür und legte sich genüsslich ins Gras.

Ich hoffte, dass er nicht auf Erkundungstour ging, hatte ich selber doch den Duft der benachbarten Grillaktivitäten in der Nase. Als Ablenkung stellte ich ihm eine Schüssel mit Wasser und Fressen vor die Tür. Dann holte ich den Staubsauger aus meinem ‚Abstellraum' und begann, die Spuren von letzter Nacht zu beseitigen. Das Meiste ließ sich einfach wegsaugen. Nur die Couch und den Beifahrersitz musste ich mit warmen Wasser und einem Schwamm, den ich mir von dem nahegelegenen Waschhaus geholt hatte, vorsichtig abwaschen.

Meinen neuen Begleiter kümmerten meine Aktionen recht wenig. Als ich schweißgebadet den Eimer schleppend wieder zurück zum Wagen kam, gähnte er nur herzhaft und wälzte sich dann auf dem Rücken liegend im Gras.

Als ich schließlich fertig war, wollte ich mich auf die Stufen im Eingang setzen und einen Moment durchatmen, bevor ich mir etwas zu essen machen wollte, als ich unsere kleine Besucherin entdeckte.

Der Hund hatte ein kleines Kind angelockt, das kichernd vor ihm auf dem Rasen hockte und mit ihm spielte. Sie tippte ihm auf die Nase, er rieb sich mit der Pfote darüber, sie kicherte. Sie tippte ihm auf die Nase, er rieb sich mit der Pfote darüber, sie kicherte. Wieder und wieder das gleiche Spiel. Ich setzte mich leise auf die Stufen, um sie nicht zu stören. Sanft strich seine wedelnde Rute über den Rasen.

„Laura?"

Eine Frauenstimme rief mehrfach diesen Namen über den Platz. Mehr und mehr wurde ihre Stimme lauter und ängstlicher. Schließlich bog sie um die Ecke meines Wagens und entdeckte das kleine Mädchen.

„Laura!"

Pure Erleichterung sprach aus ihrer Stimme.

Verdammt, ich hätte auch auf die Idee kommen können, dass dieses Mädchen gemeint war.

„Hallo.", sagte ich zerknirscht.

„Hallo!", mit einem kurzen Blick auf das Kennzeichen meines Wagens meinte sie „Deutsche?" und ich hörte einen weiteren unverkennbaren Akzent.

„Ja."

Ich nickte.

„Niederländer?"

Sie nickte ebenfalls und hockte sich zu ihrer Tochter, wie ich annahm, auf den Boden.

„Je moet niet weg gaan zonder mij te vragen.", schimpfte sie ihre Tochter. Doch die war total auf den Hund fixiert.

„Sorry. Ich hab sie gerade erst entdeckt. Mein Hund ist ein kleiner Charmeur."

Die Mutter streichelte ihm über den Kopf. Und schon wollte Laura das auch machen. Ganz vorsichtig und bedächtig ahmte sie ihre Mutter nach.

„Wat is zijn naam?", fragte das Mädchen.

„Wie heißt Ihr Hund?", fragte die Mutter an mich gewandt.

„Er hat noch keinen Namen. Ist mir erst gestern zugelaufen.", sagte ich schulterzuckend.

Die Mutter übersetzte für die Tochter.

„Dat is jammer. Je moet toch een naam hebben.", sagte sie.

Mein niederländisch war gut genug um zu verstehen, dass die Tochter der Ansicht war, er müsse einen Namen haben. Das fand auch der Hund, denn der bellte zustimmend. Immer noch voll konzentriert auf die Kleine.

„Vielleicht weiß ihre Tochter einen Namen für den Hund."

Wieder übersetzte die Mutter und die Kleine fing an zu grübeln. Sie sah sich den Hund ganz genau an. Von oben bis unten. Strich vorsichtig über seinen Kopf und seinen Rücken und umkreiste ihn dabei. Der Hund blieb brav liegen und wedelte nur mit dem Schwanz. Ich war schon ein bisschen stolz auf einen so artigen Vierbeiner. Die Tochter fragte ihre Mutter etwas leise ins Ohr. Sie lachte auf und flüsterte zurück.

„Rusty.", grinste mich die Tochter dann stolz an.

„Sie hat diesen Namen aus einem Buch, das ich ihr vorgelesen habe. Sie war nicht mehr sicher."

„Rusty ist ein schöner Name.", sagte ich.

Die Kleine hockte sich wieder vor den Hund und streichelte über seinen Kopf.

„Rusty.", flüsterte sie ihm zu.

Er legte den Kopf schief.

„Wir werden das üben müssen.", sagte ich.

„Sie können auch einen anderen Namen nehmen.", versicherte mir die Mutter.

„Nein. Nein. Rusty finde ich gut."

„Sie sind gerade erst angekommen?"

„Ja. Nach einer langen Fahrt. Und ich bleibe auch nicht lange. Wir wollen noch runter bis nach Südspanien."

„Ah okay. Wir haben hier ein Familientreffen."

Sie nickte in die Richtung hinter meinem Wohnmobil.

„Schöner Ort dafür.", sagte ich.

„Ja. Wirklich schön."

„Kann man hier denn irgendwo zum Strand? Wir müssen nachher noch ein Stück laufen, er war den ganzen Tag im Camper und hat geschlafen."

„Ja. Es gibt einen direkten Weg. Sie gehen einfach dort lang."

Sie zeigte mit der Hand in Richtung Waschhaus.

„Hinter dem Waschhaus gehen sie links in den Weg und dann kommen Sie auf den Strandweg. Dort steht ein Schild."

„Okay. Danke."

Sie hob ihre Tochter auf den Arm, die die Hände nach Rusty austreckte.

„Wünsche Ihnen noch einen schönen Abend."

„Danke, Ihnen auch. Und komm mal wieder, Laura."

Als Laura ihren Namen hörte, strahlte sie mich an und winkte zum Abschied.

Nach den vielen Stunden im Wagen tat ein kleiner Spaziergang gut. Ich atmete tief die Meeresbriese ein, als ich mit Rusty am Strand entlang lief. Ich hatte ihn während meiner spärlichen Mahlzeit aus Brot und Aufschnitt mit Leckerchen gefüttert und ihn immer wieder mit ‚Rusty‘ angesprochen. Das würde noch ein weiter Weg, ihn an diesen Namen zu gewöhnen, aber ich meinte mich erinnern zu können, dass es bei Hunden mehr auf den Klang ankam und sie alles, was auf ‚i‘ endete, als Namen schneller akzeptieren. Er trottete neben mir her. Ab und an blieb er stehen, schnüffelte an einer Stelle, folgte dann aber wieder schnell. Ich hatte ihm keine Leine angelegt. Ich war mir nicht sicher, wie er damit umgehen würde und solange er so neben mir laufen würde, würde ich sie auch nicht brauchen.

Immer wieder versuchte ich mit dem Namen ‚Rusty‘ auf mich aufmerksam zu machen und wann immer er reagierte, belohnte ich ihn mit einem Leckerli. Als wir zwei Stunden später wieder am Camper ankamen, redete ich mir ein, dass er es schon ein bisschen kapiert hatte.

Schlauer Hund.

Hatte sich Rusty am Abend zuvor noch mit der anderen Betthälfte zufrieden gegeben, war er an diesem Abend der Ansicht, dass nah bei mir der bessere Platz war. Und nah bei mir bedeutete, dass ich mit dem Rücken am Bettrand auf der Seite lag und er, alle Viere von sich, friedlich schlummernd mit dem Rücken an meinem Bauch.

Ich kraulte sein Fell und ließ mich von den tiefen regelmäßigen Atemzügen einlullen. Eigentlich hatte ich die letzten Seiten meines Buches lesen wollen. Doch Rusty hatte so lange seinen Kopf immer wieder unter meine Hand gestreckt, bis ich aufgab und ihn zu kraulen begonnen hatte. ‚Hund müsste man sein.' dachte ich nur und schlief ein.

Am nächsten Morgen ließ er mich länger schlafen. Gegen sieben Uhr wurde ich durch sein Fiepen geweckt. Ich kroch aus dem Bett und öffnete die Wagentür. Doch Rusty sprang nur auf die Wiese vor dem Eingang, drehte sich um und sah mich erwartungsvoll an.

„Ach, ich muss mitgehen?"

Rusty wedelte mit dem Schwanz.

„Na gut, warte."

Ich ging zurück zum Bett, warf mir schnell eine Jogginghose und eine leichte Jacke über und schlüpfte in die Schuhe. Wieder draußen saß Rusty vor der Tür und als er mich entdeckte, gab er einen leisen Laut von sich und lief schwanzwedelnd in Richtung Waschhaus. Ich folgte ihm.

Vor dem Waschhaus rief ich ihn wieder beim Namen und er reagierte sofort. Ich warf ihm ein Leckerchen zu.

„Sitz.", sagte ich eindringlich und zeigte mit dem Zeigefinger hoch.

Er wedelte mit dem Schwanz.

„Na gut. Das üben wir noch."

Langsam ging ich zu ihm rüber und drückte sein Becken nach unten.

„Sitz." sagte ich.

Und er setzte sich.

„Fein."

Leckerchen.

Glücklicher Hund.

Hach, das Leben konnte so einfach sein.

Ich ging kurz zur Toilette. Bei meiner Rückkehr saß Rusty immer noch artig am selben Platz und wieder wurde ich schwanzwedelnd begrüßt als er mich entdeckte. Wieder ein Leckerchen. Und er ging voraus in Richtung Strand.

Als wir wieder zurück waren, machte sich Rusty über seinen Fressnapf her, den ich ihm vor die Tür gestellt hatte. Ich ging zur Rückseite und öffnete meinen Abstellraum. Zeit, sich etwas einzurichten. Ich nahm zwei Stühle und den Campingtisch heraus.

Mein Blick fiel auf eine lange blaue rechteckige Plastikverpackung. Ich zog sie ein Stück heraus. Ein Zettel gab an, dass es sich um einen Faltpavillon handelt. Auch ihn zog ich heraus. Er war erstaunlich leicht. Mit wenigen Handgriffen hatte ich ihn ausgepackt. Ich konnte mich nicht daran erinnern, dass Jan den auch eingepackt hatte. Es brauchte einen kleinen Moment, bis ich raus hatte, wie man ihn aufbaute. Einfach an den Ecken auseinander ziehen. Kinderleicht.

In wenigen Minuten stand vor meinem Reisemobil ein 3-mal drei Meter ‚Vorzelt‘. Ich stellte Stühle und Tisch darunter und holte mir Frühstück und meine Handtasche aus dem Camper. Rusty hatte sich mittlerweile zufrieden und vollgefressen unter den Tisch gelegt und schien zu dösen.

Nach dem Frühstück und mit einem Glas Saft bewaffnet, nahm ich mir mein Handy, um endlich die ganzen eingegangenen Nachrichten in Ruhe durchzusehen. Auch wählte ich das neue Handy in das Wifi Netz des Campingplatzes ein. Bisher hatte ich es nur für die kurzen täglichen Telefonate mit meiner Mutter genutzt. Aber es war ein voll eingerichtetes Smartphone. Und ich wollte später schon mal den nächsten Campingplätzen buchen.

Mein Handy gab an, dass es keinen Empfang hatte und wollte sich ins örtliche Netz einwählen. Ich stellte den automatischen Suchlauf aus.

Nach und nach sah ich die entgangenen Anrufe an. Die meisten Nummern waren mir unbekannt. Ich löschte sie sofort. Ein Anruf von meiner Bank tauchte in der Liste auf. Die Nummer tippte ich im neuen Handy ein, nachdem ich die Rufnummernanzeige ausgestellt hatte. Eine Dame im Kundencenter meldete sich mit dem üblichen Willkommensgruß.

„Guten Tag. Können Sie mich bitte mit meiner Kundenberaterin verbinden?"

„Sehr gerne. Geben Sie mir bitte Ihre Kontonummer?"

Ich nannte ihr die Zahlenfolge.

„Frau Hofmann?"

„Ja."

„Einen Moment bitte, ich verbinde mit Herrn Ziegler.", sie stellte mich in die Warteschleife.

Nur ein paar Sekunden später meldete sich dieser.

„Frau Hofmann. Wie schön, dass Sie anrufen, was kann ich für Sie tun?"

„Ich glaube, das Callcenter hat einen Fehler gemacht, meine Kundenberaterin ist Frau Koch. Können Sie mich bitte zu Ihr durchstellen?"

„Auf Grund der Änderung Ihres Kontoumfanges, wurde Ihre Kundenbetreuung angepasst und neu strukturiert. Ich habe sie übernommen. Ich bin der Leiter der Filiale. Frau Hofmann..."

Ich unterbrach ihn.

„Herr Ziegler, das ist sehr nett von Ihnen, aber ich habe die letzten zehn Jahre mit Frau Koch meine Finanzen geklärt und ich sehe keine Veranlassung dies zu ändern."

„Frau Hofmann, bitte beruhigen Sie sich doch. Dies ist ein Entgegenkommen unsererseits. Weil Sie doch jetzt über einen viel größeren Finanzrahmen verfügen und wir möchten Sie bestmöglich darin unterstützen."

„Herr Ziegler, das ist sehr freundlich von Ihnen. Aber ich wünsche keine Sonderbehandlung. Und Frau Koch war mir bisher immer eine gute Ansprechpartnerin. Ich denke nicht, dass sich ihre Qualitäten auf Grund meines Geldes geändert haben. Würden Sie mich also bitte zu ihr durchstellen?"

„Wie Sie wünschen.", sagte er missmutig.

Mir doch egal. Ich hatte keine Lust mir seine Schmeicheleien anzuhören. Mit Frau Koch, oder Sarah – denn wir waren schon seit Jahren beim ‚Du' – kam ich bestens aus.

„Koch.", meldete sie sich verwundert.

„Hallo Sarah. Hattest Du versucht, mich zu erreichen. Gibt es Schwierigkeiten?"

„Ehm... nein. Ich... Hast Du mit Herrn Ziegler gesprochen?"

„Ja. Das habe ich. Und ich habe ihm ziemlich deutlich gesagt, dass ich eine Betreuung von ihm nicht wünsche."

„Das ist schade. Was ist der Grund? Möchtest Du die Bank wechseln?"

„Nein. Ich wünsche nur keine Veränderungen. Bisher hat das mit uns beiden doch immer gut geklappt. Du hast mir so oft auch auf kurzem Dienstweg geholfen und ich sehe keinen Grund, daran etwas zu ändern."

„Einen Moment Alex, Herr Ziegler kommt gerade in mein Büro."

Ich verdrehte die Augen. Ein paar Millionen auf dem Konto und schon musste der Leiter der Bank ein Drama veranstalten.

Ich hörte wie sie kurz miteinander redeten. Dann meldete sich Sarah wieder. Ihr unterdrücktes Grinsen war deutlich zu hören.

„Alex, ich habe alles soweit im Griff. Sollte etwas sein, kann ich dich irgendwie erreichen?"

„Ja natürlich. Ich bin derzeit allerdings im Urlaub. Wie wäre es, wenn Du mir diese ganzen tollen Vorschläge, die Herr Ziegler mir sicher schon vorbereitet hat, vorstellen würdest, wenn ich wieder da bin?"

„Sehr gerne. Wann wirst Du denn wieder zurück sein?"

„In etwa zweieinhalb Wochen. Ich melde mich, wenn ich wieder da bin, dann machen wir einen Termin aus. Und bitte hinterlass bei Fragen eine Nachricht bei meinen Eltern. Die Daten hast Du doch, oder?"

„Ja. Selbstverständlich. Sie gehören ja auch zu meinem Kundenstamm."

„Ein Grund mehr, warum ich denke, dass Du die richtige Ansprechpartnerin für mich bist."

„Danke."

Sie lächelte.

„Sehr gerne."

Wir beendeten das Gespräch.

So. Erste Krise schon mal überwunden. Die weiteren Nummern aus der Telefonliste löschte ich nach und nach. Es waren ein paar Freunde und einige entfernte Bekannte, die sich schon seit Jahren nicht gemeldet hatten. Ein Rückruf würde reichen, wenn ich aus dem Urlaub zurück war. Mit einem Knopfdruck war das Handy wieder aus.

In der Zwischenzeit waren ein paar Nachrichten auf dem Internetmessenger vom neuen Handy eingegangen. Mark hatte vor zwei Tagen geschrieben, fragte wie es mir geht und was der Urlaub so macht. Ich schaltete um, auf die Kamera im Handy und machte eine Aufnahme vom schlafenden Rusty.

Wieder im Messenger schrieb ich

„Mir geht es sehr gut. Habe schon prima entspannt und leichte Farbe bekommen. Und ich habe einen Anhalter mitgenommen."

Es folgte ein Smiley und das Foto von Rusty.

Kurze Zeit später schrieb er zurück.

„Der sieht ja süß aus. Wir müssen bald mal wieder telefonieren!! Wo bist du im Moment?"

„Am Atlantik. In der Nähe von Bordeaux. Am Samstag geht es Richtung Spanien."

„Das klingt himmlisch. Bin im Büro."

Ein trauriger Smiley.

„Mach doch ein paar Tage frei und komm' mich mit Simone besuchen. Ich zahl' auch den Flug."

Zwinkersmiley.

„Klingt gut. Ich schau mal, wann wir frei nehmen können. Aber ein paar Tage im Süden klingen verlockend. Könnte sein, dass ich Deinen Reichtum ausnutze."

Zwinkersmiley.

„Sehr gerne. Ich ruf Dich an, wenn ich in Gibraltar bin. Vermutlich Montag oder Dienstag."

„Okay. Freu mich drauf!! Halt die Ohren steif."

Eine andere Nachricht war am Vortag eingegangen, dieses Mal von Johannes mit einem Selfie von ihm und Monique an einem sonnigen Strand.

„Hey Alex!! Ich hoffe Du genießt den Urlaub so wie ich. Besprechung ist gut verlaufen. Alles weitere nach dem Urlaub."

Eilig tippte ich eine Antwort.

„Hallo Johannes!! Ja. Urlaub ist sehr schön. Habe das Buch, das Du mir geschenkt hast, schon fast ausgelesen. Danke noch mal dafür. Mir geht es sehr gut. Bin kurz vor Spanien. Vielleicht komme ich auf dem Rückweg noch bei Euch vorbei, gibt jemanden, den ich Dir gerne vorstellen will."

Dahinter hängte ich das Foto von Rusty.

Die letzte neue Nachricht im Posteingang kam von Eddie. Ich öffnete sie. Eigentlich waren es mehrere. Über die letzten Tage. Ob alles in Ordnung sei. Wo ich zur Zeit wäre und wie mir der Urlaub gefallen würde. Auch ihm tippte ich eine Antwort in das Gerät.

„Guten Tag, Herr Anwalt. Sorry. Habe mich gerade erst ins Wifi eingewählt. Mir geht es hervorragend. Habe meinen zweiten Halt bezogen und werde wohl bis Samstagmorgen hier bleiben. Und dann auf nach Spanien. Vielleicht interessiert es Dich, dass Du einen weiteren Mandanten gewonnen hast. Ich habe nämlich einen Anhalter aufgegabelt."

Auch ihm schickte ich das Foto von Rusty.

Keine Sekunde später sah ich, dass er die Nachricht gelesen hatte. Doch statt einer Antwort zu tippen, rief er mich direkt an.

„Hey.", sagte ich fröhlich ins Telefon.

„Hallo Alexandra. Magst Du mir mehr über Deinen Anhalter erzählen?"

Seine Stimme machte mich stutzig.

„Ist irgendwas nicht in Ordnung?", fragte ich.

„Nun. Ich möchte erstmal nur herausfinden, in welche Schwierigkeiten Du Dich gebracht hast."

„Wieso?"

„Erzähl mir von dem Hund."

„Er ist mir zugelaufen. Als ich auf dem ersten Campingplatz war.“

„Warst Du schon bei einem Tierarzt? Hast Du es der Polizei gemeldet?“

„Nein. Bisher noch nicht. Aber er gehört niemandem. Er war total verwahrlost.“

„Nichts gehört niemandem. Und du solltest ihn dringend untersuchen lassen. Ich kümmere mich darum. Melde mich in zwei Minuten nochmal.“

Damit legte er auf. Verwirrt sah ich auf das Display. Was war denn in den gefahren? Ist doch nur ein Streuner. Ich bückte mich unter den Tisch und kraulte Rusty über den Bauch.

Es dauerte zehn Minuten, bis zu seinem erneuten Anruf.

„Also. Ich habe eine Klinik in der Nähe deines Campingplatzes gefunden. Etwa 30 Kilometer. Ich habe Dir einen Wagen bestellt. Er holt Euch beide vorne am Tor ab. Du willst sicher nicht mit dem Camper fahren.“

„Warte mal.“, versuchte ich seinen Redeschwall zu bremsen, der einsetzte sobald ich den Hörer am Ohr hatte.

„Wieso diese ganze Hektik.“

Er atmete tief ein.

„Es gibt auch in Frankreich Gesetze. Und das Mitführen eines Hundes setzt ein paar Dinge voraus. Wie zum Beispiel eine Tollwutimpfung. Und wenn er ein Streuner war, hat er sich vielleicht sogar schon damit angesteckt. Zudem willst Du am Samstag in das nächste Land. Wir sollten diese Dinge also klären, bevor Du ihn über die Grenze schmuggelst.“

Tollwut?

Scheiße. Daran hatte ich überhaupt nicht gedacht. Und ich hatte ihn mit Laura spielen lassen, was wenn...

„Außerdem sollten wir klären, wem der Hund gehört. Vielleicht ist er nur jemandem weggelaufen und Du würdest Dich des Diebstahls strafbar machen."

Herrgott nochmal. Wieso waren plötzlich alle Dinge so kompliziert geworden?

„Tollwut?", flüsterte ich nur ins Handy.

„Geh mit ihm zum Eingang des Campingplatzes und warte auf den Wagen. Nadine telefoniert schon mit der Klinik, sie werden Dich erwarten."

„Ja, okay."

Ich stand auf. Rusty hatte bereits die Ohren gespitzt, als er merkte, dass ich unruhig wurde und stand ebenfalls auf.

„Woher weißt du überhaupt wo ich bin?"

„Kreditkarte.", sagte er knapp, „Wir telefonieren später wieder. Ich muss noch ein paar Anrufe erledigen."

Und wieder war das Gespräch beendet.

Als ich hektisch die Sachen vom Frühstück und mein Handy in den Camper räumte, meine Handtasche griff und die Hundeleine aus dem Schrank nahm wurde Rusty unruhig. Er fiepte und lief hektisch hin und her. Ich begriff, dass ich jetzt ruhiger werden musste. Also legte ich meine Handtasche und die Leine auf den Campingtisch und setzte mich auf einen der Stühle.

Einatmen.

Ausatmen.

Ruhig werden.

Rusty klemmte sich zwischen meine Beine und legte seine Vorderpfoten auf meinen Oberschenkel. Er drückte den Kopf an meinen Bauch. Sanft kraulte ich seinen Hals. Die rhythmischen Bewegungen waren Balsam für die Nerven. Ganz langsam fuhr mein Puls wieder runter.

Fünf Minuten später standen wir am Tor und warteten auf unseren Fahrer. Wir hatten auf dem Weg hierher ‚an der Leine gehen' geübt und Rusty hatte sich großartig gemacht. Offensichtlich war es ungewohnt für ihn. Doch nach ein paar Metern hatte er das Prinzip verstanden und lief ruhig neben mir.

Der Wagen kam kurz nach uns auf dem Parkplatz an. Ein Mann stieg aus und öffnete mir die Beifahrertür. Rusty begann leise zu knurren als wir auf den Wagen zugingen. Bis auf ein paar Meter. Dann legte sich Rusty nämlich in die Leine und stoppte jeden Versuch, ihn hinein zu bugsieren. Erst als der Mann auf den Hund zuging und dieser ein tiefes Grollen hören ließ, ging mir auf, dass es nicht am Wagen lag, sondern an ihm.

Ich versuchte ihm begreiflich zu machen, dass er sich hinter das Steuer setzen und warten solle. Eine der Schaulustigen, die sich langsam angesammelt hatten, übersetzte ins Französische. Und er tat es endlich. Ich ging zu Rusty und machte die Leine ab.

„Siehst du. Kein Grund zur Panik.", sagte ich sanft.

Er zitterte wie Espenlaub.

„Wir müssen mit dem Mann mitfahren. Aber es wird dir nichts passieren."

Ich streichelte über seinen Kopf und stieg dann ein. Für einen Moment fürchtete ich, dass er abdrehen und wegrennen würde. Doch ganz langsam stand er auf, und ging auf zittrigen Beinen auf den Wagen zu. Vorsichtig und in Millimeterbewegungen kroch er in den Fußraum des Beifahrersitzes und schlang sich zwischen meine Beine. Ich schloss die Tür und der Fahrer fuhr los.

An der Klinik angekommen, überreichte mir der Fahrer mit vielen Gesten und französischen Worten eine Visitenkarte. Nickend nahm ich sie entgegen und legte sie in meine Handtasche. Wenn ich fertig bin, würde ich anrufen.

Kaum hatte ich die Tür aufgemacht, war Rusty mit einem Satz draußen und lief vom Wagen weg. Als er genug Sicherheitsabstand hatte, setzte er sich und wartete auf mich. Als ich ihn erreichte, wedelte er mit dem Schwanz.

„Braver Junge. So ein tapferer Hund.", redete ich auf ihn ein, während ich ihm ein paar Leckerli anbot.

Er nahm sie nicht an.

Mit einem leisen Klick hatte ich die Leine wieder befestigt und wir gingen in das Klinikgebäude. Eine kühle Luft schwang uns entgegen. Es herrschte nicht viel Betrieb. Die Plätze im Wartebereich waren leer. Eine junge Frau mit braunen Haaren im Pferdezopf sah mich lächelnd an.

„Frau Hofmann?", fragte sie strahlend.

„Ja. Hallo."

„Hallo. Mein Name ist Tina. Ich mache hier mein Praxissemester und bin für heute Ihre persönliche Betreuung. Und das ist?"

Sie kniete sich zu Rusty runter und kraulte ihn hinter den Ohren.

„Das ist Rusty.", sagte ich, „Sind Sie aus Deutschland?"

Sie nickte. Und ich atmete erleichtert aus.

„Herr von Lichtenstein hat uns bereits telefonisch informiert. Wir werden einige Untersuchungen durchführen. Es wird eine Zeit lang dauern. Sollen wir Sie anrufen, wenn wir fertig sind?"

„Ich kann nicht bei ihm bleiben?"

„Nein. Tut mir leid."

„Aber er ist so schrecklich aufgeregt."

Wirklich zitterte Rusty immer noch. Oder schon wieder. Er versteckte sich hinter meinen Beinen.

„Wir werden ihm etwas Beruhigungsmittel geben. Wir haben die Erfahrung gemacht, dass die Sorge der Besitzer sich auf die Hunde überträgt und dass es besser ist, wenn wir sie alleine untersuchen.", erklärte Tina.

„Ich gehe nicht weg.", sagte ich entschlossen.

„Sie können gerne hier warten."

Sie zeigte auf die Stühle im Eingangsbereich. Schweren Herzens gab ich ihr die Leine in die Hand. Sie kniete sich zu Rusty auf den Boden und redete ihm gut zu. Dann zog sie ihn sanft in Richtung der Untersuchungsräume. Den Blick, den er mir zuwarf, werde ich nie mehr vergessen.

Bevor die Tränen aus meinen Augen schossen, drehte ich mich weg und ging vor die Tür.

Ganze fünf Tage hatte ich bereits ohne Zigaretten ausgehalten. Ich hatte mir nicht vorgenommen aufzuhören. Ich hatte mir nur ein Rauchverbot für den Camper erteilt. Und durch den ganzen Trubel und die Erlebnisse, hatte ich schließlich nicht mehr daran gedacht. Jetzt war ich sehr dankbar für die Schachtel, die noch in meiner Handtasche war. Ich ging an der Eingangstür auf und ab und rauchte eine nach der anderen. Immer wieder blieb ich stehen und sah durch die gläsernen Türen auf die Zwischentür zu den Behandlungsräumen.

Was, wenn er wirklich Tollwut hatte?

Was, wenn ich ihn zurückgeben müsste?

Was, wenn ich ihn nicht wieder mitnehmen können würde?

Was, wenn er sonst eine Krankheit oder Verletzung hatte?

Was, wenn sie ihn operieren müssten?

Was, wenn er mir später abhauen würde, weil ich ihn hierher gebracht habe?

Immer wieder rotierten die grausamsten Bilder durch meinen Kopf. Wieder eine Zigarette aus, die nächste wieder an. Es dauerte eine gefühlte Ewigkeit, bis Tina endlich wieder im vorderen Bereich auftauchte, sich suchend umsah und mir zuwinkte.

Sie begleitete mich durch die Zwischentür in einen langen Flur und öffnete die erste Tür auf der rechten Seite. Dort lag Rusty auf dem Boden. Sie hatten ihm ein Handtuch untergelegt. Als er mich sah, wedelte er müde mit dem Schwanz. Sofort kniete ich mich neben ihn und legte seinen Kopf vorsichtig auf meine Oberschenkel. Dann streichelte ich über seinen Kopf.

„Wie geht es ihm?", fragte ich.

Tränen ließen meine Stimme leiser werden. Ich wischte sie mit meiner Schulter ab, hörte dabei nicht auf ihn zu streicheln.

„Es geht ihm gut. Das ist nur das Beruhigungsmittel. Er wird noch eine halbe Stunde brauchen, dann ist er wieder ganz der Alte.", sagte Tina.

Sie setzte sich zu mir auf den Boden.

„Wir haben Ihren Anwalt bereits informiert."

„Anwalt?"

„Ja. Herrn von Lichtenstein. Das ist doch Ihr Anwalt, oder? Er hat bestimmt zehn Mal angerufen, seitdem Sie hier sind."

„Doch, doch. Ich hatte ihn nur vergessen."

„Okay. Also, er ist gechipt. Was gut ist, weil wir seine Herkunft relativ schnell herausfinden konnten. Wir haben Kontakt aufgenommen mit seinem letzten Tierarzt und haben uns seine Akte zusenden lassen."

Sie legte mir ein paar Papiere hin. Natürlich auf Französisch.

„Er war bereits gegen Tollwut geimpft, aber wir haben die Impfung noch mal aufgefrischt. Wir haben keine Bisswunden oder ähnliches gefunden, aber da Sie ihn als Streuner aufgefunden haben, kann man besser auf Nummer sicher gehen. Allerdings hat er enormes Untergewicht. Es sieht so aus, als wäre seine Ernährung schon seit Wochen sehr mangelhaft. Wir haben ihm zur Vorsicht ein paar Vitamine gespritzt. Seine Blutuntersuchung war aber ansonsten unauffällig. Seit wann haben Sie ihn? Wie frisst er seitdem?"

„Seit ein paar Tagen. Er frisst ganz gut."

Meine Stimme war nicht mehr als ein Flüstern.

„Wie oft geben Sie ihm was? Schlingt er das Essen runter?"

Ich räusperte mich und versuchte meiner Stimme wieder mehr Kraft zu verleihen.

„Die ersten Male habe ich ihn dabei nicht beobachtet, aber jetzt frisst er ruhig. Er macht seinen Napf immer leer. Ich gebe ihm zwei Mal am Tag Nassfutter. Hab aber auch Trockenfutter gekauft. Ich wollte es jetzt umstellen, sodass er über Tag Trockenfutter und abends Nassfutter fressen kann."

„Haben Sie schon einen Hund?"

„Nein. Aber ich bin mit Hunden groß geworden."

„Oh gut. Das ist genau richtig. Er wird noch ein paar Wochen brauchen, aber körperlich sollte er sich dann wieder erholen."

„Okay gut."

Erleichterung flammte langsam in mir auf.

„Wir haben auch ein paar ältere Verletzungen gefunden. Seine Rippen waren gebrochen. Ist aber alles gut verheilt."

Ich sah sie fragend an.

„Wie kann das passiert sein?"

Sie zuckte mit den Schultern.

„Das kann viele Ursachen haben. Eine davon ist ein kräftiger Tritt gegen den Brustkorb."

„Er wurde also misshandelt?"

„Das kann ich nicht mit Bestimmtheit sagen."

Wir schwiegen eine Weile.

Es klopfte an der Tür und eine andere Mitarbeiterin der Klinik öffnete sie und lugte hinein. Sie sagte etwas zu Tina auf Französisch, grinste mich nur kurz freundlich an und verschwand wieder.

„Ich muss los, wir haben einen Notfall."

Sie kramte in ihrer Tasche und gab mir ein Fläschchen.

„Das sind Vitamintropfen. Geben Sie ihm morgens und abends jeweils vier davon für eine Woche. Das soll ihm helfen, damit sein Körper die Mangelernährung schneller auskuriert. Bleiben sie noch für eine halbe Stunde hier. Dann wird er von alleine wieder aufstehen und Sie können wieder zu Ihrem Campingplatz fahren. Lassen Sie es den Rest des Tages ruhig angehen. Alles andere hat Ihr Rechtsanwalt bereits geklärt."

Sie stand auf.

„Danke Tina.", sagte ich.

„Es hat mich sehr gefreut. Alles Gute Ihnen beiden."

Sie winkte kurz, doch bevor sie aus der Tür getreten war, hielt sie inne und drehte sich um.

„Er ist übrigens kastriert.", sagte sie und verschwand dann hinter der Tür.

Alleine im Raum legte ich den Kopf auf Rustys Kopf und ließ meinen Tränen freien Lauf.

Nach einer gefühlten Ewigkeit, leckte Rusty mir die letzten Tränen von der Wange. Er hob seinen Kopf selbstständig und schickte sich an aufzustehen. Ich rutschte ein Stück von ihm weg, sodass er Platz dafür hatte. Er war etwas ungelenk im ersten Moment. Doch als er dann stand, schüttelte er sich kräftig und sah mich dann erwartungsvoll an.

„Braver Junge."

Ich tätschelte seinen Kopf und legte ihm die Leine an.

„Komm. Wir gehen."

Er lief langsam mit mir hinaus.

Kaum draußen hob er erst mal das Bein am nächsten Busch. Ich kramte die Visitenkarte des Fahrers aus meiner Handtasche und wählte seine Nummer.

Als wir endlich wieder wohlbehalten am Camper angekommen waren, legte sich Rusty mit einem tiefen Seufzer in den Schatten des Pavillons. Er hatte nicht mal mehr die Kraft gehabt, sich über den Fahrer aufzuregen. Er hatte sich einfach seinem Schicksal ergeben und sich im Wagen an mich gekuschelt.

Ich brachte die Papiere und meine Handtasche in den Wohnwagen, nahm eine Decke mit hinaus und legte mich zu ihm auf den Boden. Er drehte sich mit dem Rücken zu mir, sodass wir Körper an Körper lagen. Seine regelmäßigen Atmungen ließen auch mich langsam einduseln.

Gegen Abend wurde ich vom Klingeln des Handys im Wagen geweckt. Auch Rusty schien den Nachmittag verschlafen zu haben. Er hob kurz den Kopf als ich aufstand, legte sich aber gleich wieder hin. Mit dem Handy in der Hand setzte ich mich auf die Eckcouch, den Blick auf Rusty, und nahm das Gespräch an.

„Hallo Alexandra."

„Hallo Eddie."

„Aufregender Morgen?"

„Du hast ja keine Ahnung."

„Doch ein wenig."

Ich lächelte.

„Danke, dass du dich gekümmert hast."

Nach einer kurzen Pause fügte ich hinzu: „...schon wieder."

„Nana. Bedank Dich nicht zu vorschnell."

„Wieso?"

„Weil ich noch mehr gute Neuigkeiten habe."

„Dann mal raus damit."

„Mit Hilfe der Chipnummer konnten wir den Eigentümer ausfindig machen. Und mit ein bisschen Überredungskunst und der Androhung eines ziemlich langen und teuren Rechtsstreites wegen Tierquälerei, hat er sich bereit erklärt, Dir den Hund zu verkaufen."

„Zu verkaufen?"

„Ja. Das ist die sauberste Lösung. Ich habe bereits alles geklärt und seine Unterschrift vorliegen. Zumindest via Fax. Das Original werde ich morgen haben."

„Danke Eddie."

„Noch nicht...", sagte er langgedehnt und ich hörte, wie er dabei lächelte.

„Zudem haben wir Rusty bereits auf Deinen Namen angemeldet. Er besitzt jetzt einen deutschen Impfpass, eine Haftpflichtversicherung und eine Steuermarke. Ich lasse die Sachen per Overnight zu dem Campingplatz schicken. Dann hast Du sie morgen da."

„Darf ich jetzt Danke sagen?"

„Ja. Jetzt darfst Du."

„Danke!"

„Gern geschehen. Und auch irgendwie mein Job."

„Wie konnte ich nur ohne Anwalt auskommen?" fragte ich lachend.

Er lachte auch.

„Ja. Das hab ich mich heute auch schon mehrfach gefragt."

„Danke Eddie.", sagte ich nochmal.

„Gerne. Ach und Alexandra..."

„Ja?"

„Keine weiteren Streuner bitte."

Er grinste breit, ich hörte es an seiner Stimme.

„Ich gebe mir Mühe.", versprach ich und wir beendeten das Gespräch.

Am Abend gingen Rusty und ich nur ein kleines Stück am Strand. Trotz meiner Befürchtungen, ließ ich die Leine zurück am Camper. Doch Rusty blieb wie immer an meiner Seite. Und so genossen wir später gemeinsam am Strand sitzend den Sonnenuntergang und damit das Ende eines langen Tages. Ich schoss ein Foto von uns beiden und sendete es später an Eddie.

Freitagmorgen begann wie immer. Ein Fiepen am frühen Morgen. Schuhe an. Jacke überziehen und los. Rusty war vergnügt und quicklebendig, während ich noch versuchte, mir die Müdigkeit aus den Augen zu reiben. Doch die frische kalte Luft am Atlantik weckte auch meine müden Geister. Und so fiel ich am Strand in den Laufschritt. Ein wenig Joggen würde mir gut tun. Rusty sprang begeistert um mich herum und ließ sich dann in einen passenden Lauf fallen, trabte neben mir her. Wir begegneten anderen Läufern, zum Teil ebenfalls mit vierbeinigen Begleitern. Und obwohl Rusty sonst keine Gelegenheit verstreichen ließ, Hunde, denen wir begegneten zum Spielen aufzufordern, lief er heute desinteressiert weiter.

Als mir die Puste ausging drehte ich um und ging das Stück zurück. Wir waren nicht weit gekommen. Maximal ein paar hundert Meter. Aber immerhin. Ich würde wohl erst wieder Kondition aufbauen müssen. Aber das Laufen mit Hund am Strand machte Spaß und sobald ich wieder einigermaßen Luft bekam, verfiel ich wieder in einen Laufschritt.

Nach einem ausgedehnten Frühstück, kaute Rusty auf einem Knochen herum, den ich ihm gestern gegeben hatte und ich widmete mich meinem Tablet und dem Handy. Ich sah mir die Route an, die ich Richtung Gibraltar nehmen wollte. Die kürzeste Strecke würde direkt durch Madrid verlaufen. Aber ich hatte ja Zeit, also wählte ich die Strecke, die parallel zu Portugal Richtung Süden verlief. Auf etwa der Hälfte suchte ich mir ein paar Campingplätze heraus und telefonierte sie ab. Ich fand schließlich einen, der auch Hunde erlaubte. Die Internetseite sah gut aus und mein Telefonpartner sprach fließend Englisch, sodass ich mich gut verständigen konnte. Ich buchte eine Übernachtung von Samstag auf Sonntag.

Dann suchte ich in Südspanien nach einem passenden Ort. Doch bereits der erste Blick in die Suchergebnisse sagte mir, dass eine vorherige Buchung nicht möglich war. Ich müsste also vor Ort mein Glück probieren. Dafür sahen die Campingplätze spektakulär aus. Mit direktem Anschluss an Strand und Atlantik. Hoffentlich würde ich einen Campingplatz finden, auf dem ich eine Woche bleiben konnte. Ich wollte möglichst viel Zeit dort verbringen. Denn auf der Rückreise wollte ich kürzere Stopps einlegen. Das würde ganz schön schlauchen. Aber ich war zuversichtlich, hatte die Ferienzeit doch noch nicht angefangen.

Ich hatte gerade das letzte Telefonat beendet, als Laura um die Ecke kam. Gefolgt von ihrer Mutter.

„Mag ik met Rusty spelen?", fragte sie gerade heraus.

„Laura. Niet zo onvriendelijk.", tadelte sie ihre Mutter. Laura sagte ganz langsam und vorsichtig, „Guten Morgen."

Ich grinste.

„Guten Morgen, Laura."

Sie zeigte auf den Hund.

„Rusty spielen?"

„Wenn er möchte?"

Laura sah hilfesuchend ihre Mutter an.

„Ze zegt ja, als hij dat ook wil.", übersetzte sie ihr.

Die Kleine lachte vergnügt und ging vorsichtig auf Rusty zu. Der war noch so in das Zerlegen seines Knochens vertieft, dass er Laura erst wahrnahm, als sie schon dicht vor ihm stand.

„Rusty.", rief sie ihn.

Er ließ den Knochen fallen und blaffte sie an, wedelte dabei mit dem Schwanz. Sie zeigte ihm einen gelben Tennisball, den sie bis hierher hinter dem Rücken versteckt hatte. Rusty stand langsam auf und ging auf sie zu. Sie ließ ihn zunächst schnuppern und warf dann den Ball mit all ihrer Kraft weg. Was etwa zwei Meter waren. Rusty tat ihr den Gefallen und lief zum Ball. Er nahm ihn auf und ging zu ihr zurück. Doch als sie auf ihn zuging, um ihm den Ball wieder wegzunehmen, rannte er vor ihr weg. Nur ein paar Meter. Sie folgte ihm wieder. Er lief wieder weg. Dann ließ er den Ball fallen. Laura hob ihn auf und rannte nun ihrerseits weg. Ich traute meinen Augen nicht.

Der Hund brachte dem Kind das Fangenspielen bei!

Nach guten zehn Minuten waren die Beiden total in ihr Spiel vertieft. Mal hatte der eine den Ball, mal der andere. Sie jagten sich gegenseitig quer über die große Wiese.

„Ein toller Hund.", sagte Lauras Mutter.

Sie hatte sich auf einen Kaffee zu mir gesellt.

„Ja. Das ist er. Und Laura ist ein tolles Mädchen."

„Bis sie dreizehn wird.", lachte ihre Mutter, „Mein Mann, Jan, er hat noch ein Kind mit seiner Exfrau. Die ist dreizehn und furchtbar anstrengend."

„Ja. Das kann ich mir vorstellen."

„Pubertät.", grinste sie mich an.

Und wir plauderten eine Weile über Kinder, die Arbeit, Rusty, die Männer. Dabei tranken wir Kaffee, lachten und schauten den beiden ‚Kleinen' beim Spielen zu.

Als Mutter und Tochter mit der ganzen Familie zu einem ausgiebigen Besuch eines Wasserparks in der Nähe aufgebrochen waren, legte sich Rusty erschöpft unter den schattenspendenden Pavillon, während ich es mir mit einem Buch gemütlich machte.

Ich hatte gerade das zweite Kapitel begonnen, als eine junge Mitarbeiterin des Campingplatzes um den Camper kam. In der Hand ein Päckchen.

„Bonjour Madame."

„Bonjour.", grüßte ich zurück.

„Wir haben dieses Paket für Sie erhalten."

„Oh ja. Die Sachen für Rusty."

Nachdem ich mein Buch umgedreht auf den Tisch gelegt hatte, stand ich auf und nahm ihr das Paket ab.

„Muss ich noch irgendwo unterschreiben?"

„Non. Das haben wir bereits gemacht. Einen schönen Aufenthalt noch."

„Merci."

Mein Französisch wurde schon besser. Sie lächelte mir freundlich zu und winkte zum Abschied. Rusty hatte diesen Besuch nur mit halb geöffneten Augen verfolgt. Laura hatte ihn geschafft. Oder aber das Wetter. Es wurde ziemlich warm.

Mit einem Messer aus dem Besteckkasten öffnete ich das umständlich eingepackte Päckchen. Ein kleiner Zettel war obenauf.

„Wie besprochen. Gruß E."

Naja. Ein paar mehr Worte hätten es da ruhig schon sein können.

Ich sah mir den Inhalt genauer an. Ein deutscher Impfpass, darin eingeheftet die Unterlagen aus der Klinik bei der wir am Vortag waren. Eine Versicherungsbescheinigung für eine Haftpflichtversicherung für Rusty. Ein Reisegeschirr, um den Hund unterwegs anzuschnallen. Und zu guter Letzt, die Steuermarke. Allerdings war diese bereits an ein Halsband angebracht.

Ein nagelneues Lederhalsband in schwarz. Darauf mit großen weißen Buchstaben ‚Rusty' eingenäht und in kleineren Buchstaben am unteren Rand. ‚If you found this dog please call...' und die Nummer meines neuen Mobiltelefons.

Also doch ein kleiner Charmeur. Ich grinste, nahm das Halsband und kniete mich zu Rusty.

„Schau mal, was der Eddie für Dich besorgt hat!"

Ich strich Rusty über den Kopf und tauschte das Rote gegen das neue Schwarze. Es war breiter als das Rote. Und es stand ihm hervorragend. Schnell griff ich nach meinem Handy auf dem Tisch und schoss ein paar Schnappschüsse. Auf einem schaute Rusty besonders süß vom Boden her zur Kamera hinauf. Mit einer kurzen Nachricht schickte ich das Foto an Eddie. Es dauerte nur wenige Sekunden bis eine Antwort eintrudelte.

„Gern geschehen, Alexandra. Steht ihm wirklich besser als das Rote. Er ist ein Junge! Jungs tragen keine roten Halsbänder!"

Zwinkersmiley.

Ich lachte: „Männer", und rollte mit den Augen.

5. KAPITEL

Am nächsten Morgen startete ich früh den Motor des Reisemobiles. Abreisetag. Ich hatte schon am Abend vorher alle Sachen wieder ordnungsgemäß verstaut. Rusty gefiel sein neuer Gurt nicht besonders. Nachdem er seinen Platz auf dem Beifahrersitz in Beschlag genommen hatte, hatte ich es ihm angelegt und ihn angegurtet. Er sah mich traurig an. Doch es nutzte nix.

Frauchen war unnachgiebig.

Also drehte er sich umständlich und laut stöhnend drei Mal im Kreis und ließ sich dann seufzend in den Sitz fallen. Wir hatten fast achthundert Kilometer zu fahren. Da wir quer durch das Inland von Spanien fuhren, würde es notwendig sein, ausreichend Stopps einzulegen und dafür Plätze zu finden, die nicht in der prallen Sonne standen. Also verließen wir um halb sechs den Campingplatz am Atlantik und zwei Stunden später Frankreich, während Rusty seelenruhig schnarchte.

Die Landschaft veränderte sich gravierend, je weiter wir in den Süden fuhren. Und auch die Temperaturen gingen rasch in die Höhe. Es war das erste Mal auf der Fahrt, dass ich die Klimaanlage dauerhaft angeschaltet hatte. Auf unseren kurzen Stopps war es kaum auszuhalten. Vor allem, je mehr der Tag voran schritt. In den Mittagsstunden war selbst Rusty nicht mehr nach Spurensuche. So rasch wie möglich wollte er wieder in den kühlen Wagen. Doch die spanische Musik im Radio machte Lust auf mehr vom Land. Und am Nachmittag erreichten wir endlich den Campingplatz für die Nacht.

Am Empfang zahlte ich direkt die Übernachtung. Am nächsten Morgen wollte ich ebenfalls früh los, um möglichst flexibel zu sein bei der Ortssuche für die Pause. Das hatte sich an diesem Tag nämlich sehr bezahlt gemacht. Wir waren zum Teil ein gutes Stück von der Autobahn gefahren, um ein schattiges Plätzchen zu finden und später wieder rauf.

Nachdem ich den Wagen geparkt hatte, nahm ich die Leine mit und Rusty und ich gingen ins campingeigene Restaurant. Es waren ein paar weiße Campingstühle und Tische. Die wenigstens davon waren besetzt. Ich nahm mir einen Stuhl im Schatten und Rusty legte sich unter den Tisch. Ein junger Kellner kam zu uns.

„Hola Senorita! Mi nombre es Pedro. Que va a ser?"

Er sah mich fragend an.

„Hola. Lo siento. No hablo espanol. Englisch? Deutsch?"

Ich hatte mir wohlweislich ein paar Phrasen notiert. Zu sagen, dass ich die Sprache nicht konnte, beherrschte ich nun in zwei neuen Fremdsprachen.

„Sie können deutsch sprechen. Ich bin Pedro. Was darf ich Ihnen bringen?"

„Wow. Sie sprechen ja gut Deutsch."

Er hatte es vollkommen akzentfrei gesprochen.

„Si. Ich habe deutsch studiert und war für zwei Semester in Deutschland."

„Ah okay. Dann machen Sie hier einen Ferienjob?", fragte ich freundlich. Doch sein Blick ließ mich meine Frage bereuen. Es war offensichtlich nicht sein Ferienjob.

„Verzeihen Sie. Geht mich gar nichts an. Die Karte wäre toll und könnten Sie eine große Schale mit Wasser füllen, für meinen Hund?"

Er sah verdutzt unter den Tisch. Hatte Rusty gar nicht bemerkt.

„Selbstverständlich gerne. Einen Moment bitte, Senorita."

Er ging zur Bar und kam mit einer großen Aluschale gefüllt mit Wasser zurück. Vorsichtig stellte er sie vor Rusty hin. Der schlief jedoch so fest, dass er nicht mal die Nähe eines männlichen Vertreters meiner Spezies bemerkte.

Nach einem köstlichen Essen und einem Gläschen spanischen Weines, den Pedro mir empfohlen hatte, holte ich das zusammenklappbare Fahrrad aus dem Kämmerchen und baute es zusammen. Ich hatte mit dem Handy einen Screenshot von einer vergrößerten Karte der Umgebung gemacht. Nach dem ganzen Tag auf der Straße wollte ich mit Rusty einen Ausflug mit dem Rad machen. Die Bewegung würde uns beiden gut tun. Rusty sah mich erst misstrauisch an, als ich auf das Rad stieg, doch er begriff schnell und trottete dann neben mir her, sodass ich ihm die Leine bald abnahm und er freier laufen konnte.

Nach einer guten Stunde waren wir wieder zurück. Rusty`s Zunge hing ihm lang aus dem Maul und er machte sich erst mal über seinen Wassernapf her, den ich ihm vor der Fahrt schon rausgestellt hatte. Auch ich war erschöpft. Aber die Temperatur war deutlich angenehmer gewesen als über Tag. Das Fahrrad wieder verstaut, öffnete ich erst mal alle Fenster und die Seitentür des Campers, um wenigstens ein wenig kühlere Luft einzulassen. Denn in den wenigen Stunden, die er gestanden hatte, hatte sich der Innenraum schon deutlich aufgeheizt.

Rusty bekam sein Abendessen und ich setzte mich auf die Stufen des Eingangs mit einer Flasche Wasser. Mein Handy zeigte eine Nachricht von Eddie an.

„Hey! Gut in Spanien angekommen? Weitere Verbrechen, von denen ich wissen müsste?"

„Hey! Nicht, dass ich wüsste. Aber sowas merke ich ja immer als Letzte."

Seine Antwort ließ nicht lange auf sich warten.

„Das stimmt allerdings. Wie ist das Wetter bei Euch?"

„Jetzt geht es. Aber war schon ziemlich heiß über Tag. Gott sei Dank haben wir einen Camper mit Klimaanlage genommen."

„Die gibt es, glaube ich, nicht mehr ohne. Hier regnet es seit Tagen wieder wie aus Eimern. Unter der Woche war das ja schön. Aber jetzt am Wochenende."

„Mach doch ein paar Tage frei und besuch uns."

Ich setzte ein Zwinkersmiley dahinter. Doch unser Gespräch endete abrupt. Eddie ging offline. Und meldete sich auch später nicht mehr. Stirnrunzelnd sah ich auf mein Handy.

War das etwa zu viel?

Ja, gut... es war ein wenig aufdringlich.

Oder nicht?

Ach, was verstand ich schon von den Männern. Ich kraulte Rusty den Kopf, den er mir nach dem Verschlingen seiner Mahlzeit auf den Schoß gelegt hatte.

„Was meinst Du, wollen wir ins Bett?"

Rusty wedelte mit dem Schwanz. Tat er immer, wenn ich ihn was fragte. Und mir war klar, dass er kein Wort von dem verstand, was ich sagte. Aber es sah einfach zu süß aus. Vor allem, wenn ich mehr und mehr Fragen stellte und er den Kopf dabei schief legte, von einer Seite zur anderen. Mit beiden Händen nahm ich sein Gesicht und drückte meinen Kopf auf seine Stirn.

„Braver Hund."

Ein tiefes Knurren drängte sich in meinen Traum. Ein alter Baum, der sich im Wind bewegte. Nein. Das war kein Baum.

Das Knurren wurde lauter. Und meine Augen öffneten sich. Es war stockdunkel.

„Rusty. Schlaf.", murmelte ich und wollte mit der Hand über seinen Rücken streicheln, doch ich griff ins Leere.

„Rusty?"

Das Knurren kam von ihm. Und es war ziemlich laut. Ich öffnete die Augen und in Millisekunden gewöhnten sich meine Augen an die Dunkelheit. Rusty stand in dem kleinen Zwischenstück zwischen Bett und Wohnraum. Er hatte eine lauernde Haltung angenommen und kam mir trotzdem doppelt so groß vor. Und dort am Beifahrersitz stand eine Person. Komplett in schwarz gekleidet.

Heilige Scheiße!

Mit einem Satz war ich aus der Bettdecke und kniete auf dem Bett.

Wohin?

Verdammte...

Moment Mal...

Das war doch…

„Pedro?"

Vor Schreck wankte er ein Stück zurück und mit einem Satz hatte ihn Rusty zu Boden geworfen und sich auf seinen Brustkorb gestellt. Sein Maul laut knurrend gefährlich nah an Pedro`s Gesicht. Meinen Körper durchschoss das Adrenalin. Ich sprang aus dem Bett.

Mit zitternder Stimme sagte Pedro vorsichtig: „Bitte. Helfen Sie mir."

Das Knurren des Hundes wurde lauter. Tiefer. Und ich bekam kurz Angst, dass es nicht beim Knurren bleiben würde. Instinktiv griff ich Rusty an seinem Halsband und zog ihn von

Pedro herunter. Doch Rusty war noch nicht bereit aufzugeben und hängte sich in sein Halsband, um wieder vorwärts zu kommen. Ich hatte alle Mühe ihn in Schach zu halten. Pedro rappelte sich mühsam auf, mit dem Rücken zum Beifahrersitz, bis er sich aufsetzen konnte. Er hob die Hände.

„Bitte. Ich tue Ihnen nichts. Versprochen."

Ich ging ebenfalls einen Schritt zurück. Rusty noch immer fest im Griff. Der sprang gegen meinen Griff an und wollte wieder auf Pedro los. Ich ließ mich auf die Eckcouch fallen.

„Was hast Du hier zu suchen? Mitten in der Nacht?"

Pedro sah zu Boden.

„Es tut mir so leid. Ich wollte Sie nicht erschrecken. Ich dachte, Sie würden schlafen. Und der Hund sah vorhin auch so müde und alt aus. Ich dachte, er merkt gar nicht, dass ich reinkomme."

„Ich fragte,", sagte ich jetzt um einiges bestimmter, „was Du hier zu suchen hast."

Er rang sich einen Moment in dem Sitz.

„Ich habe gesehen, dass Sie noch ein paar große Scheine in der Tasche hatten, als sie bezahlten. Und ich brauche dringend Geld. Es war dumm. Ich mache so etwas normalerweise nie. Aber ich..."

„Aber was?"

Ich hatte tatsächlich etwas mehr Geld in der Tasche gehabt, weil ich den Platz direkt und in bar bezahlt hatte und ich mir nicht sicher war, wie viel ich brauchen würde.

„Sie wollen nicht meine Lebensgeschichte hören. Können wir das nicht einfach vergessen?"

„Vergessen? Du brichst mitten in der Nacht in meinen Wagen ein. Reißt mich aus dem Schlaf und verlangst ernsthaft, dass wir die Sache einfach vergessen?"

Ich atmete ein paar Mal tief durch.

„Wie bist Du überhaupt reingekommen?"

Das Adrenalin ebbte langsam ab. Auch Rusty beruhigte sich langsam und setzte sich hin. Sein Fell war allerdings immer noch aufgestellt.

„Sie haben die Fenster offen gelassen. Er zeigte auf die Fahrerkabine."

Und mit einem tiefen Seufzer begann er seine Geschichte zu erzählen. Er hatte deutsch studiert, seinen Abschluss mit Auszeichnung gemacht und strandete in der Krise in Spanien. Während seine Freundin Lucille, die er im Auslandssemester kennen- und liebengelernt hatte, in Portugal über Beziehungen an eine Stelle gelangen konnte in der Stadttouristik, war die Stelle als Kellner die einzige, die er finden konnte. Und das Geld hatte nur so gerade zum Leben gereicht. Vor allem, weil sein Vater seine Anstellung vor ein paar Monaten verloren hatte und er jetzt jeden Cent, den er verdienen konnte, seiner Familie zukommen ließ. Doch Lucille hatte auch für ihn eine Stelle organisieren können. Allerdings in Lissabon und ziemlich kurzfristig.

„Und ich muss dort Montag anfangen, sonst geben sie die Stelle jemand anderem. Und jetzt habe ich kein Geld für das Zugticket. Also dachte ich..."

„Du dachtest, Du könntest es Dir ‚borgen'?", half ich ihm.

„Ja.", er nickte zerknirscht.

„Bitte rufen Sie nicht die Polizei."

Ein leichter Lufthauch ließ mich erschaudern. Ein paar Mal atmete ich die kühle Nachtluft ein und gab meinen Gedanken einen Moment, um sich zu sortieren. Und dann, einfach so, traf ich eine Entscheidung.

„Okay. Ich helfe Dir.", sagte ich bestimmt.

Er sah mich an.

„Ja?"

„Ja. Wie spät ist es überhaupt?"

„Keine Ahnung. Irgendwas um halb drei glaube ich."

„Gut. Wir wollten eh früh los. Ich geh jetzt eben mit Rusty und in einer halben Stunde fahren wir los. Wir bringen Dich zu Lucille."

Selbst im Dunkeln konnte ich Pedro`s Augen strahlen sehen. „Ehrlich? Das würdest Du tun?"

Erleichterung spiegelte sich in seiner Stimme.

„Unter der Voraussetzung, dass Du mir nicht den Wagen klaust.", grinste ich.

„Geht klar.", sagte Pedro.

Leicht frierend ging ich mit Rusty im Dunkeln eine Runde. Nachdem auch bei ihm das Adrenalin abgeebbt war, war er jedoch wenig angetan, sich so früh am Morgen zu bewegen. Aber die frische klare Morgenluft weckte meine müden Geister. Und ich war mir gar nicht mehr so sicher, ob das die richtige Entscheidung gewesen war.

Was zum Teufel war da in mich gefahren?

Mit einem Fremden quasi ‚mal eben' einen Abstecher nach Portugal zu machen. Noch dazu mit einem, der nachts in meinen Wagen eingestiegen war. Doch ich hatte mich selbst überrollt. Und einmal zugesagt, würde ich es auch nicht mehr zurücknehmen. Dafür kannte ich mich selbst gut genug. Ein kribbelndes Gefühl erhob sich in meinem Magen. Aufregung? Nervosität? Aber ein Gedanke pochte unentwegt in meinem Kopf.

‚Es ist richtig!‘

Jemandem helfen, der in einer Notsituation war. Denn ich wusste, dass er mich nicht belogen hatte. Und so vertraute ich einmal mehr meinem Instinkt.

So leise wie möglich fuhr ich den Camper vom Platz und hielt an der Einbiegung zur Hauptstraße. Ich trug nur eine Jogginghose und ein T-Shirt und hatte eine Jacke übergeworfen. Rusty hatte es sich schon auf seinem Stammplatz gemütlich gemacht. Doch als wir anhielten und Pedro die Tür öffnete, sprang er rüber auf meinen Schoß. Lehnte sich mit dem Rücken an meinen Bauch und vergrub sich halb unter meiner Jacke. Der Sitz war eigentlich nicht groß genug für uns beide. Doch mir war es lieber, ich hatte Rusty als Notversicherung nah bei mir, als dass er unfähig zu agieren auf der Eckcouch angegurtet war. Und so begannen wir unsere Reise weiter gen Süden, mit Umweg über Lissabon in den frühen und vor allen Dingen kühlen Morgenstunden.

Es stellte sich heraus, dass Pedro ein großartiger Reisebegleiter war. Er erzählte von seiner Familie und seinem Leben in Spanien. Und brachte mich immer wieder zum Lachen mit Anekdoten von Familienfesten, die eindeutig anders abliefen als bei meiner Familie. Auch erzählte er mit glühenden Augen von seiner Lucille. Wie perfekt sie zusammenpassten. Wie sie sich von Anfang an auch ohne Worte verstanden hatten. Ihre romantischen ersten Dates in Köln und die späteren Treffen in Lissabon oder Madrid, wo Pedro studiert hatte. Wie sie seine Familie im Sturm erobert hatte. Er konnte wundervoll erzählen. Ich hatte das Gefühl, dabei gewesen zu sein. Die Zeit verflog nur so und ohne Zwischenstopp, waren wir vier Stunden später vor den Toren Lissabons.

Pedro leitete mich durch die Straßen, die um sieben Uhr morgens ziemlich ausgestorben wirkten. Und schließlich standen wir vor einem sehr alten Haus, inmitten von Lissabon. Es war eines von einer langen Reihe großer alter Häuser. Die meisten waren mit weißen Steinen gebaut und ragten fünfgeschossig in die Höhe. Kaum hatte ich den Motor ausgestellt, als auch schon eine junge Frau aus einem der Häuser auf uns zugelaufen kam.

Wow!

Die hätte auch aus einem Hollywoodstreifen entsprungen sein können. Pedro hatte mit seinen Beschreibungen eher untertrieben. Er riss die Tür auf und lief ihr entgegen und vor meinem Wagen fielen sich die beiden in die Arme. Und ich wusste, ich hatte das Richtige getan.

Gerade als ich dabei war, das Navigationsgerät wieder einzustellen und die Adresse meines Zielortes Tarifa einzugeben, riss Lucille die Fahrertür auf und warf sich in meine Arme.

„Danke schön!", sagte sie.

Rusty, eingeklemmt zwischen uns beiden gab ein Bellen von sich.

„Oh, wer bist du denn?", fragte Lucille und kraulte ihm den Kopf ausgiebig, was ihn den plötzlichen Überfall schnell vergessen ließ.

„Das ist Rusty."

„Hallo Rusty.", begrüßte sie ihn.

Pedro nahm seine Tasche aus dem Wagen.

„Danke fürs Herbringen und so."

„Schon gut. Gern geschehen.", sagte ich.

Lucille sah Pedro fragend an. Und obwohl ich kein Wort der folgenden Unterhaltung verstand, weil sie auf Spanisch oder Portugiesisch geführt wurde, konnte ich doch an Hand der wild ausufernden Gestiken und der hitzigen Diskussion erkennen, dass Pedro ziemlich geknickt von seinem Einbruchsversuch erzählte. Woraufhin Lucille explodierte und auf ihn einredete.

Ich hätte mich gern der Diskussion entzogen. Aber Lucille stand auf der Fahrerseite in der Tür und Pedro auf der Beifahrerseite. Somit war ich also mittendrin. Und jedes Mal wenn sich Lucille langsam zu beruhigen schien und Pedro auch nur Luft holte, um einen Satz zu sagen, ging das Donnerwetter von vorne los. Ich musste mich wirklich stark zusammenreißen, um nicht zu grinsen. Diese Szene war irgendwie unwirklich. Doch irgendwann gab Pedro es zum Glück auf, zu reden und Lucille beruhigte sich etwas, sodass ich versuchte, auf mich aufmerksam zu machen.

„Wie gesagt, ich habe ihn gern hergebracht. Ist ja nichts passiert, aber ich würde dann jetzt auch gerne wieder weiter. Weil ich noch ein Stück zu fahren habe."

„Kommt gar nicht in Frage. Sie bleiben. Wir müssen das wieder gut machen."

„Ach so ein Unsinn."

Ich schielte auf mein Navigationsgerät, dass mittlerweile die Route berechnet hatte und eine Fahrtzeit von etwas mehr als 6 Stunden angab.

„Wirklich. Es ist noch eine lange Fahrt. Und ich muss auch noch mit Rusty einen Spaziergang machen, bevor es zu warm wird in der Mittagshitze.", versuchte ich es noch einmal.

Doch Lucille gab nicht auf. Entschlossen sagte sie: „Dann machen wir den Spaziergang gemeinsam. Sie können nicht nach Lissabon kommen und gleich wieder fahren. Wir bringen kurz die Sachen nach oben und dann gehen wir los."

„Aber ich kann doch den Wagen hier nicht stehen lassen."

„Ich kümmere mich darum.", sagte Lucille und nickte Pedro zu, dass er ihr folgen sollte. Sie gingen zum Haus zurück. Resignierend zuckte ich mit den Schultern, ließ Rusty wieder auf den Beifahrersitz springen und zog mir schnell in der Toilette andere Sachen an.

Lucille war wirklich eine tolle Reiseführerin. Wir waren mit dem Wagen weiter in die Innenstadt gefahren und hatten ihn bei ihrer Arbeitsstelle in eine überwachte Tiefgarage gefahren. Dann ging es mit Rusty an der Leine auf eine abenteuerliche Rundtour durch diese wundervolle bunte Stadt. Meine Kamera durfte natürlich nicht fehlen. Wir liefen durch viele kleine Straßen, besichtigten Plätze und fuhren mit den Straßenbahnen durch die Innenstadt. Und überall diese eindrucksvollen Fliesenmuster auf den Plätzen. Eingearbeitet in Mauern und Säulen. Wunderschöne alte Gebäude. Und die Atmosphäre war einfach atemberaubend. Stolz erzählte Lucille von ‚ihrer' Stadt, sie erzählte voller Leidenschaft, baute geschickt Geschichtliches in ihren Vortrag ein und am Ende teilte ich ihre Liebe zu dieser Stadt am Atlantik.

Nach einem späten Frühstück an einem Stand in der Altstadt machten wir uns auf den Rückweg zu meinem Wagen. Ich brachte die beiden noch zurück zu Lucilles Wohnung und wurde dort verabschiedet. Selbstverständlich mit dem Versprechen so bald wie möglich wieder vorbeizukommen und mehr Zeit mitzubringen. Wir tauschten Nummern aus und Pedro nahm mich noch mal kurz in den Arm. Dann fuhr ich los. Zurück in Richtung Spanien, als wir die große Stadt hinter uns ließen, rollte sich Rusty erschöpft auf dem Beifahrersitz ein und schlief laut schnarchend die nächsten Stunden.

6. KAPITEL

Als wir abends in Tarifa ankamen war ich total erschöpft. Der Tag war viel zu lang für meinen Geschmack. Die Fahrt war zwar wundervoll, wir sind noch ein Stück durch Portugal gen Süden gefahren und dann über Sevilla in Spanien weiter Richtung Süden, aber der frühe Tagesanbruch zollte seinen Tribut. Da auch Rusty total müde war, hatten wir die sechsstündige Fahrt nur einmal kurz unterbrochen, um eine Pause zu machen.

Allerdings hatte die lange Fahrt und somit der lange Schlaf Rusty wieder munter werden lassen. Sodass er mich auffordernd ansah, als ich langsamer durch die Straßen fuhr auf der Suche nach einem Campingplatz. Aber wieder einmal hatte ich sehr viel Glück. Die nette Dame am Empfangsschalter des dritten Platzes, den ich ansteuerte, erklärte mir, dass normalerweise der Montag Anreisetag ist, aber dass sie einen freien Platz für mich hätten. Zwar leider nicht mit direktem Blick auf den Atlantik, aber er wäre für eine Woche zu haben. Ich stimmte natürlich sofort zu, zahlte die Gebühren und bezog unser neues Quartier. Auch dankbar dafür, dass mein Reisebegleiter freundlich geduldet wurde. Und als ich den Wagen geparkt und angeschlossen hatte, drängte Rusty auf sein Recht auf Bewegung. Und so blieb mir nichts anderes übrig, als mein Fahrrad aus dem Abstellraum zu holen und mit Rusty noch eine schöne große Runde zu drehen.

Tarifa war wirklich atemberaubend. Wunderschöne weiße Häuser mit Blick auf den Atlantik. Wir fuhren eine Strecke am Strand entlang und drehten eine kurze Runde durch den Ort. Es war viel los. Am Strand und in der Stadt tummelten sich Touristen und Einheimische, die den lauen Abend genossen. Ich suchte im Hafen nach dem Anleger für das Ausflugsboot, mit dem ich am nächsten Morgen rausfahren wollte, und suchte mir dann ein kleines Restaurant mit Stühlen und Tischen auf der Straße für das Abendessen.

Mir fielen beim Warten auf das Essen fast die Augen zu. Leise Musik wehte mit der warmen Brise durch die Straße. Als ich den Kellner darauf ansprach, erzählte er mir, dass jeden Abend auf dem Marktplatz eine andere Band spielen würde. Ich beschloss, den morgigen Abend dort ausklingen zu lassen.

Am nächsten Morgen war ich noch vor Rusty wach. Ich schlüpfte in Jogginghose und T-Shirt und ging mit ihm den kurzen Weg runter zum Atlantik. Mit einer atemberaubenden Aussicht und einer frischen Brise startete ich im leichten Laufschritt meine Runde am menschenleeren Strand. Das Laufen klappte etwas besser als beim ersten Versuch. Sobald mir die Puste ausging, ging ich ein paar Meter und fiel dann wieder in den Laufschritt. Als wir wieder zurück zum Campingplatz kamen, machten sich die ersten auf den Weg an den Strand zum Sonnenbaden.

Am Camper richtete ich mir erst mal wieder mein Vorzelt ein. Pavillon aufbauen, Tische und Stühle herausholen und dann gab es für Rusty und mich erst mal ein ausgiebiges Frühstück.

Mein Handy zeigte immer noch keine Nachricht von Eddie an, als es sich im WiFi-Netz eingewählt hatte. Allerdings hatten Johannes und Mark Nachrichten geschickt, die ich kurz beantwortete. Es war einfach unfassbar, dass mein Urlaub eigentlich erst eine Woche dauerte. Ich hatte das Gefühl, all das, was vor dem Urlaub passiert war, wäre Ewigkeiten her. Vielleicht könnte ich mich doch dran gewöhnen, nicht mehr arbeiten zu gehen.

Ausgerüstet mit Kamera, regendichter Jacke und Rusty an der Leine machte ich mich schließlich wieder auf den Weg Richtung Tarifa. Der Hafen war wie ausgestorben. Der größte Teil der Boote, die gestern noch dort vor Anker lagen, waren ausgelaufen. Der Atlantik allerdings war übersäht mit Booten. Die meisten davon waren weit draußen und nur als kleine Tüpfelchen am Horizont zu erkennen.

Bei dem Büro der Organisation, mit der ich in See stechen wollte, hatte sich bereits eine kleine Gruppe angesammelt.

„Guten Morgen.", grüßte ich in die Runde und betrat den kleinen Raum.

Hinter der Theke stand eine blonde Frau, etwa mein Alter, die noch im Gespräch war mit zwei Damen. Sie sprach sehr gutes Deutsch und ich war erleichtert, hier nicht auf Sprachbarrieren zu stoßen. Vor meinem nächsten Urlaub, musste ich dringend die Landessprachen lernen. Ich ließ meinen Blick durch den Raum schweifen. Viele Bilder von Walsichtungen hingen an der Wand. Ein paar Diplome und Urkunden. Und Flyer waren überall ausgestellt. Mein Blick fiel auf die beiden Damen vor mir. Eine der beiden, schien mir Mitte 40 zu sein und ihre Begleiterin war ganz offensichtlich ihre Mutter. Die Ähnlichkeit war nicht zu übersehen. Diese wiederum hatte einen kleinen Trolly bei sich und ein hauchdünner Schlauch kam daraus hervor und führte hoch zu ihrem Gesicht. Sie hatte ein mobiles Beatmungsgerät dabei. Und offensichtlich war ihr Gesundheitszustand ein Problem für die nette Dame hinter der Theke.

„Hören Sie, meiner Mutter geht es gut."

„Aber stellen Sie sich vor, wir sind draußen auf hoher See und es geht ihr schlechter. Es wird Stunden dauern, bis sie Hilfe erhalten kann."

„Aber das sage ich doch die ganze Zeit, wir übernehmen dafür die Verantwortung.", sagte die Tochter und fügte flehentlicher hinzu: „Bitte. Wir sind den ganzen Weg hierher mit dem Wagen gefahren. Es ist sehr wichtig für meine Mutter."

„Tut mir leid.", die Blondine schüttelte den Kopf, „Wir können das nicht machen."

Damit wandte sie sich mir zu: „Was kann ich für Sie tun?"

„Guten Morgen. Was ist denn hier überhaupt das Problem?"

Ich mischte mich eigentlich nicht in Angelegenheiten anderer, aber die Enttäuschung im Gesicht der alten Dame ging mir durch Mark und Bein.

„Meine Mutter hat Krebs. Sie ist ziemlich krank und man möchte das Risiko nicht eingehen, sie mit an Bord zu nehmen. Ich weiß, sie sieht ziemlich gebrechlich aus. Aber sie schafft das schon. Wir sind dafür extra die weite Strecke gefahren. Es bedeutet ihr so viel."

Ein letzter Wunsch.

Sie wollte es nicht sagen, aber ich hörte es auch zwischen den Zeilen.

„Wir haben natürlich medizinische Geräte an Bord für den Notfall. Aber in ihrem Fall. Sie hat ja schon ein Beatmungsgerät. Das wird auch viel zu anstrengend für sie. Und wir können dafür auch nicht die Verantwortung übernehmen.", sagte sie entschuldigend.

Und mit einem Blick auf Rusty, der sich teilnahmslos neben mir auf den Boden gelegt hatte, fügte sie hinzu: „Der darf ebenfalls nicht mit."

Sie nickte in seine Richtung.

„Hören Sie. Selbst wenn ich wollte, wir können Sie nicht mitnehmen. Wir haben viele Walsichtungen in den letzten Tagen und sind bereits die gesamte Woche vollständig ausgebucht."

Sie zuckte entschuldigend mit den Schultern.

„Gibt es vielleicht ein anderes Boot?", fragte ich.

Sie schüttelte mit dem Kopf.

„Davon abgesehen, dass wir alles dafür tun, dass die Wale nicht gestört werden und somit eine übertriebene ‚Jagd' mit vielen Booten auf die Wale eher skeptisch sehen, gibt es kaum andere Boote, die sich für eine solche Ausfahrt eignen, geschweige denn einen Bootsführer, der auf eine ergiebige Fangfahrt verzichten würde, um Sie raus zu fahren. Sie werden wohl kein anderes Boot finden. Es tut mir leid."

Die alte Dame sank in einen Stuhl, der neben dem Eingang stand.

„Vielleicht könnten Sie in einer Woche wieder einen Platz bekommen."

Die junge Frau kniete sich zu ihrer Mutter. Erschöpfung stand in großen Buchstaben in ihrem Gesicht und dicke Tränen kullerten ihr die Wangen runter.

„Wir können keine Woche bleiben. Mama, es tut mir so leid."

Ihre Stimme klang so kraftlos, dass es mir einen kalten Schauer über den Rücken jagte.

„Es tut mir leid.", flüsterte die Dame hinter der Theke nochmal und verschwand dann im hinteren Bereich des Büros. Rusty zerrte an der Leine und ich ließ sie etwas lockerer. Er kauerte sich auf die Füße der alten Dame und legte seinen Kopf in ihren Schoß. Sie weinte nicht, sah nur apathisch auf seinen Kopf und begann ihn langsam zu streicheln.

„Wir sollten hier erst mal raus.", sagte ich entschlossen nach ein paar Minuten. Ich war noch nicht bereit aufzugeben.

„Aber ich muss doch irgendwas tun.", stammelte die junge Frau.

„Wir überlegen uns was. Nur hier kommen wir nicht weiter. Kommen Sie."

Ich half erst ihr hoch und dann stützten wir beide die alte Dame. Sie war nur noch ein Hauch von Mensch. So leicht. Vor der Tür sog ich begierig die frische Meeresluft ein. Ein dicker Kloß hatte sich in meinem Hals gebildet.

„Ein paar Meter die Stadt rein ist ein kleines Restaurant. Wollen wir dort erstmal hin? Schaffen Sie das?", fragte ich die alte Dame.

Die nickte, schüttelte unsere Arme ab und marschierte los. In ihr steckte offensichtlich doch noch mehr Kraft, als ich ihr im ersten Moment zugetraut hatte. Ich hakte mich bei ihrer Tochter unter, der immer noch die Tränen liefen. In ihrem Kopf schien es wild zu arbeiten. Und so gingen wir schweigend zu dem Restaurant in dem ich am Vorabend bereits gesessen hatte. Wir suchten uns ein schattiges Plätzchen und setzten uns. Leise Musik drang durch die Gassen zu uns herüber. Der Kellner kam. Doch da die beiden Damen immer noch ihren Gedanken nachhingen, bestellte ich uns allen erst mal Wasser. Die Zeit verstrich und wir schwiegen vor uns hin. Rusty hatte sich wieder neben die alte Dame gesetzt und seinen Kopf auf ihren Schoß gelegt. Sie streichelte ihn automatisch und sah ins Leere.

„Wie heißen Sie überhaupt? Ich bin Marion und das ist meine Mutter Hannelore", sagte die Jüngere von beiden, als sie sich etwas beruhigt hatte.

„Ich bin Alex. Und der kleine Charmeur ist Rusty.", ich nickte in seine Richtung.

„Schöner Hund.", sagte Hannelore leise und streichelte ihm wieder über den Kopf.

„Wo kommt ihr denn her?", fragte ich.

„Aus Dortmund.", sagte Marion.

„Ach, das ist ja um die Ecke. Ich komme aus der Nähe von Münster."

Wieder trat Stille ein.

„Liebes, es ist kein Problem.", sagte Hannelore endlich und legte ihrer Tochter die Hand auf ihre Hand, die auf dem Tisch ruhte.

„Doch Mama. Das ist es. Wir sind den ganzen Weg hergefahren. Ich hätte das vorher klären sollen."

„Darf ich die ganze Geschichte hören?", fragte ich vorsichtig. Marion seufzte und begann zu erzählen.

„Mein Vater war Fischer. Vor ewigen Zeiten. Er war viel in Norwegen unterwegs und er schwärmte immer von diesen Orcawalen. In Norwegen sind sie meist im Oktober zu sehen. Und er fand sie toll. Er konnte wahnsinnig gute Geschichten erzählen."

Sie streichelte über die Wange ihrer Mutter.

„Er wollte immer mit Mama hier runterfahren. Weil sie die Kälte nicht so mochte und er gehört hatte, dass man sie hier auch sehen kann. Er hat immer davon gesprochen. ‚Hannimaus' hat er dann immer gesagt ‚Irgendwann bringe ich Dich in den

Süden. Und dann zeige ich sie Dir.' Doch Mama war nie so der Typ, der weg wollte. Sie bekam uns, kümmerte sich um uns, während Dad auf See war. Dann waren wir groß, bekamen selber Kinder und sie kümmerte sich um ihre Enkel. Und als Dad in Rente ging, da hatte er sie sich nicht mehr rausreden lassen. Er hatte alles geplant. Sämtliche Hotels auf der Strecke gebucht und sich sogar schon ein Boot gemietet. Die Vorbereitungen hatten ihn Wochen gekostet. Er hat es heimlich gemacht mit unserer Hilfe. Und wollte Mama damit überraschen...", sie stockte.

Hannelore räusperte sich und erzählte weiter.

„Eine Woche bevor wir fahren wollten, wachte ich auf und spürte sofort, dass etwas nicht stimmte. Ich drehte mich zu ihm um. Er lag friedlich da. Ein Lächeln auf dem Gesicht. Doch er atmete nicht mehr. Er war friedlich eingeschlafen. Und hat mich für immer verlassen."

Marion erzählte weiter.

„Wir waren alle sehr traurig. Und Mama war die Starke von uns. Sie ließ sich nicht beirren und wollte unbedingt weitermachen. Sie versprach uns allen immer wieder, dass sie diese Reise dann wohl eben alleine machen würde, wenn der liebe Herrgott ihr dieses Abenteuer nicht mit ihrem Mann machen lassen wollte. Er starb vor drei Jahren. Vor einem halben Jahr wurde bei ihr dann Krebs diagnostiziert."

„Es ist meine Schuld, meine Liebe. Ich habe zu lange gewartet. Viel zu lange. Ich hätte sofort mit Deinem Vater fahren sollen, als er die Idee hatte."

„Ach Mama...", Marion rückte mit dem Stuhl neben ihre Mutter und lehnte den Kopf an ihren.

„Wir haben es nicht eher geschafft. Als die Diagnose stand und uns allen klar wurde, dass unsere Zeit begrenzt ist, haben wir alles darangesetzt, es noch in die Tat umzusetzen. Obwohl die Ärzte davon abgeraten haben und es mich und meiner Familie mehr als nur den Familienurlaub in diesem Jahr gekostet hat. Aber mehr als drei Tage können wir nicht mehr bleiben. Mir geht das Geld aus und ich muss wieder arbeiten. Sonst verliere ich meinen Job. Wir sind so weit gekommen...“, wieder liefen Tränen ihre Wangen hinab.

Ich ließ die Worte einige Zeit sacken. Dann kam mir eine Idee.

„Entschuldigt ihr mich bitte?“, fragte ich und kramte mein Handy aus der Tasche. Ich ließ Rusty bei den beiden zurück und ging ein Stück die Straße runter. Es klingelte zwei Mal, bevor er abnahm.

„Von Lichtenstein.“, sagte er in einem geschäftsmäßigen Ton.

„Hey Eddie. Ich bin es, Alexandra.“

„Hey. Ich wollte Dich gerade anrufen.“, sagte er, scheinbar mit einem Lächeln auf den Lippen.

„Du, mich? Warum? Ist irgendetwas passiert?“, fragte ich verdutzt.

„Nein. Nicht wirklich. Wo bist Du?“

„In Tarifa. In einem Restaurant unten in der Nähe vom Hafen. Hör mal, weswegen ich anrufe. Kannst du vielleicht helfen?“

„Wieder ein Anhalter?“, fragte er grinsend.

„Nein. Nein.“, ich lachte, „Ich brauche ein Boot.“

Er lachte laut auf.

„Das klingt, als wolltest du außer Landes fliehen. Ganz ehrlich, Alexandra. Was hast Du jetzt schon wieder angestellt?"

„Nichts. Ich schwöre."

Die Musik wurde wieder lauter und ich hielt mir mit der anderen Hand das Ohr zu, drängte noch etwas mehr an die Hauswand, um in Ruhe sprechen zu können.

„Wir kriegen keinen Platz mehr auf dem Boot. Aber ich würde gerne rausfahren. Weil... das ist wichtig. Dein Freund ist nicht zufällig in Tarifa, oder?"

„Wir? Rusty und Du? Oder doch weitere Anhalter?"

„Keine Anhalter, aber zwei ebenfalls Gestrandete."

Die Musik schien immer lauter zu werden. Doch es brauchte einen Moment bis ich merkte, dass es durch das Telefon kam.

„Wo bist Du?"

„Bist Du denn sicher, dass die ältere der beiden Damen einer solchen Fahrt gewachsen ist?"

Hektisch drehte ich mich um. Und da stand er. Die Sonnenbrille lässig auf den Kopf geschoben. Er trug ein blaues Shirt und eine kurze braune Hose. Eine Hand stützte das Handy ans Ohr, die andere war lässig in seiner Tasche. Er legte den Kopf schief.

„Hallo Alexandra.", sagte er und legte auf.

„Wie bist du überhaupt hierhergekommen?", fragte ich. Noch vollkommen überrascht, als wir uns wieder zu den beiden Damen an den Tisch gesetzt hatten.

„Mit dem Flugzeug.", grinste er.

Reichte den beiden Damen die Hand und stellte sich vor, „Hallo. Ich bin Eddie. Alexandra`s Anwalt.", er lächelte mich an. Und da war es wieder. Dieses Kribbeln in mir.

„Hallo. Ich heiße Marion, das ist meine Mutter Hannelore."

„Also, was ist hier eigentlich los?"

Rusty hatte bei seiner Ankunft seinen Platz aufgegeben und sich hinter mich gestellt. Jetzt lag er unter meinem Stuhl und beäugte Eddie misstrauisch, ließ aber zum Glück kein Knurren hören. Ich erzählte Eddie die ganze Geschichte. Und er zückte wieder sein Handy.

„Das haben wir gleich."

Er wählte eine Nummer und Sekunden später meldete er sich mit: „Hey Tom. Hier ist Eddie. Du bist nicht zufällig in Tarifa, oder?"

Eine kurze Pause entstand, in der sein Gegenüber antwortete.

„Übermorgen?"

Er legte seine Hand auf die Sprechmuschel.

„Wäre übermorgen okay?"

Ich nickte begeistert.

„Kann ich Dich und Deinen Kahn dann für einen Tag buchen?"

Aufregung machte sich am Tisch breit.

„Ja. Wir können auch angeln. Aber eigentlich wollen wir uns die Orcas draußen ansehen. Und die Stiftung hat keine freien Plätze mehr."

Er runzelte die Stirn.

„Eine Freundin. Erzähl ich Dir später. Wir sind zu viert."

Und nach einer weiteren kurzen Pause, seine Augen suchten die meinen, legte sich ein sehr sexy Lächeln auf seine Lippen. „Ja. Super.", er zeigte mit dem Daumen nach oben. Marion begann wieder zu weinen, doch dieses Mal waren es Freudentränen.

„Okay. Wir sehen uns dann am Mittwoch. Wann bist Du da?"

Der Kellner kam wieder an unseren Tisch, wartete jedoch darauf, dass Eddie das Gespräch beendete.

„Sehr schön. Ich freu mich drauf. Bis dann."

Er legte auf und zum Kellner gewandt sagte er etwas auf Spanisch. Dieser nickte und verschwand wieder.

„Gut. Also... Tom ist noch unterwegs mit seinem Boot. Seine Freundin und er haben bereits seit einer Woche Urlaub. Am Mittwoch legen sie wieder hier in Tarifa an. Dann können wir rausfahren."

Mit tränenerstickter Stimme wandte sich ihm Marion zu. „Ich weiß gar nicht, wie ich Ihnen danken soll."

Der Kellner kam zurück mit einer Flasche Sekt und vier Speisekarten.

Wir verbrachten den Rest des Tages im Schatten des Restaurants. Nun, da wir einen Weg gefunden hatten, Hannelore doch noch ihren Wunsch zu erfüllen, blühte Marion richtig auf. Wir lachten, aßen, quatschten und die Zeit verflog nur so. Als die Sonne nicht mehr so brannte, fiepte es unter meinem Stuhl.

„Wow. Das war ein schöner Tag. Aber ich glaube, dass Rusty und ich uns jetzt auf den Rückweg machen werden. Er muss ein wenig Bewegung haben."

„Kann ich Dich begleiten?", fragte Eddie.

„Klar, gerne."

Ich schob vorsichtig meinen Stuhl zurück und Rusty sprang sofort schwanzwedelnd auf. Doch als er bemerkte, dass Eddie ebenfalls aufstand wurde er unsicherer.

„Er mag keine Männer, was?", fragte Eddie sofort.

„Hm... nein. Sieht leider so aus."

„Dann lassen wir es ruhig angehen, Kleiner.", sagte er zu Rusty.

Wir verabschiedeten uns von Marion und Hannelore. Wir hatten uns bereits für Mittwoch verabredet und Nummern ausgetauscht. Rusty lief mit gebührendem Abstand zu Eddie, als wir am Strand entlang zurück zum Campingplatz bummelten. Ich hatte ihm die Leine abgenommen, sodass er frei laufen konnte. Misstrauisch betrachtete er immer wieder den Mann, der so selbstverständlich neben mir lief.

„Ich kann immer noch nicht glauben, dass Du hier bist.", sagte ich.

„Ach, ich brauchte dringend mal wieder einen Tapetenwechsel. In den letzten Wochen musste ich ein Klageschreiben erstellen. Habe eine Menge Zeit damit verbracht Unterlagen zu studieren. Da explodiert Dir irgendwann der Kopf."

„Ja, das kann ich mir vorstellen. Und dann noch meine kleinen Katastrophen."

Mich quälte mein schlechtes Gewissen.

Er hatte mich mal wieder aus einer Situation rausgeboxt. Durch ihn wurde eine Situation, der ich nicht Herr werden konnte, federleicht und in Nullkommanix gelöst.

„Diese Dinge haben mir echt den Tag versüßt.", grinste er und knuffte mich in die Seite.

„Danke Eddie. Für alles. Du hast so viel für mich getan in den letzten...", ich grübelte kurz, „... zwei Wochen. Wow. Ich habe echt jedes Zeitgefühl verloren."

Er strich mir sanft über den Rücken.

„Willkommen im Urlaub. Wie war es denn bis jetzt?"

Und ich erzählte ihm von meinem Shoppingtrip. Von dem Kölner Ehepaar. Von Laura. Von Pedro, auch wenn er in meiner Erzählung ganz plötzlich einfach da war. Und von dem Tag in Lissabon. Wir waren schon lange am Camper angekommen und saßen mit einem Glas Wein in den Campingstühlen als ich zu Ende erzählt hatte.

„Tja. Und dann bist du auf einmal da.", schloss ich.

„Wow. Du hast echt schon eine Menge erlebt. Ich freu mich sehr für Dich, dass Du einen so interessanten Trip hast. Du siehst total verändert aus. Und das liegt nicht nur an der neuen Frisur."

Er beugte sich vor und strich eine Strähne aus meinem Gesicht. Diese einfache Berührung brachte mein Inneres in Aufruhr. Und für einen Moment schien die Zeit still zu stehen, während wir uns schweigend in die Augen sahen.

Doch ein tiefes Knurren grollte neben mir auf. Rusty hatte sich neben meinen Stuhl gelegt und fletschte jetzt leicht die Zähne, während er Eddie böse anstierte.

„Rusty. Aus.", blaffte ich ihn an.

Er leckte sich die Zähne und wurde wieder ruhig. Doch er fixierte Eddie weiterhin. Der lachte laut.

„Wenn Blicke töten könnten."

„Warte kurz."

Ich sprang auf und holte ein paar Leckerchen aus dem Camper.

„Hier. Versuch es mal mit Bestechung."

Ich legte sie Eddie in die Hand. Die Berührung unserer Hände hinterließ einen warmen Schauer, der mir über den ganzen Körper fuhr. Eddie schaute mir einen kurzen Moment in die Augen. Dann konzentrierte er sich auf den Hund.

Es war schon sehr spät als Eddie gähnte und wir beschlossen, den Abend ausklingen zu lassen. Ich brachte ihn mit Rusty noch bis zum Strand. Sie hatten keinen Frieden schließen können, doch immerhin war Rusty nach ein paar Bestechungen friedlich eingeschlafen und jetzt lief er zumindest schon mal neben mir her und brauchte keinen Sicherheitsabstand mehr zu Eddie. Der Mond leuchtete hell und tauchte den Atlantik und den weißen Strand in atemberaubendes Licht. Die Wellen brachen sich donnernd am Strand. Ein leichter Wind trug die Kühle vom Atlantik zu uns rauf.

„Es war ein schöner Abend.", sagte Eddie.

„Ja. Das fand ich auch."

„Wollen wir morgen was machen?"

„Gerne. Was schwebt Dir vor?"

„Na, wir sehen uns die Affen an. Ich kann nicht zulassen, dass du herkommst und sie nicht gesehen hast."

Ich kicherte.

„Affen?"

„Ja. Auf Gibraltar. Ich zeig es Dir morgen. Wann kann ich Dich abholen?"

„Weiß nicht. Kann ich denn Rusty mitnehmen?"

„Ach so. Nein. Leider nicht. Aber ich lasse mir was einfallen. Ich komme morgen zum Frühstück. Sagen wir so gegen neun?"

„Ja. Okay. Freu mich drauf."

Er sah mir in die Augen und nahm mich dann kurz in die Arme. Augenblicklich hatte ich seinen Duft in der Nase.

„Ich mich auch.", flüsterte er.

Seine Hand streichelte wieder kurz über meinen Rücken. Ein leises Grollen zeugte von Rusty's Unmut über so viel Nähe.

Eddie sah mir lächelnd tief in die Augen und seufzte dann: „Gute Nacht."

Er winkte Rusty kurz zu und machte sich dann auf den Weg Richtung Tarifa. Augenblicklich wurde mir die kühle Luft bewusst und ich legte meine Arme um mich.

„Nicht dasselbe.", murmelte ich, während ich Eddie nachsah.

Der nächste Morgen begann wieder mal sehr früh. Ich hatte die Fenster einen Spalt offen gelassen und wurde vom Wellenrauschen langsam aus meinen Träumen geführt. Rusty lag noch tief schlafend neben mir. Er schnarchte ein bisschen. Das Handy Display zeigte mir, dass es erst sechs war. Ich hatte also noch unendlich viel Zeit. Also drehte ich mich leise auf den Rücken und schloss noch für einen Moment die Augen. Obwohl die letzten Tage mit wenig Schlaf verbunden waren, fühlte ich mich frisch und quicklebendig. Die Sonne und das Klima taten mir gut.

Ich hatte schon seit einer gefühlten Ewigkeit nicht mehr an den Stress zu Hause gedacht. Das alles war weit weg von mir. Und es zählte nur dieser Tag.

Nur dieser Moment.

Das Leben.

Ob ich es für immer so aushalten könnte? Mich einfach in den Camper setzen und irgendwo hinfahren. Nicht mehr morgens den Wecker zu verfluchen. Die langen Tage im Büro. Obwohl mir die Arbeit wohl fehlen würde. Und die Zusammenarbeit mit Johannes.

Meine Mutter hatte lange immer wieder spekuliert, ob ich nicht in ihn verliebt wäre, so wie ich für ihn schwärmte. Doch das war keine Verliebtheit. Wir waren im Job eng verbunden. Und das machte Spaß, war eine eigene Art von Verbundenheit. Doch das hatte nichts mit Liebe zu tun. Und trotzdem würde es mir fehlen. Sehr sogar.

Auf der anderen Seite waren dieses Leben und diese Freiheit so unglaublich spannend. Ich hatte so viele interessante Menschen getroffen und hatte so viele überraschende wunderbare Momente erlebt, auch die Landschaften und Orte auf meiner Reise. Ich könnte die ganze Strecke noch mal fahren. Und mir noch mehr Zeit lassen, wenn ich wollte. Alle Gegenden genau erkunden. Erfahren.

Wollte ich das?

Obwohl es auch etwas gab, was diese ganze Erfahrung etwas minderte. Das alleine sein war noch nie so laut wie in diesen Stunden, wenn ich abends im Wagen lag. Oder etwas unglaublich Schönes sah. Niemand, mit dem man es teilen konnte. Klar, ich hatte Rusty. Und das war ein echter Glücksfall, aber doch fehlte mir jemand, mit dem ich diese Erfahrung teilen konnte. Oder kam es mir nur so vor, nach gestern Abend? Als ich mit Eddie dort saß und ihm von der Tour erzählt hatte. Er hatte gespannt gelauscht und an den richtigen Stellen gelacht. Wie es wohl wäre, wenn er... Okay. Da gingen die Gedanken wohl in die falsche Richtung. Ach, ich war einfach raus, was das Thema anging. Meine letzte Beziehung war eine totale Katastrophe und zum Glück schon sehr lange vorbei. Danach war mir noch kein Mann begegnet, den ich wirklich interessant fand. Naja... Eddie war da schon anders. Und in ein paar Stunden würde er mich abholen. Und wir würden den Tag zusammen verbringen. DAS konnte ich mir tatsächlich für den Rest meines Lebens vorstellen. Ich grinste.

„Zeit aufzustehen.", ich stupste Rusty an. Der mit einem jaulenden Gähner die Augen aufschlug.

Zwei Stunden später kamen wir wieder am Camper an. Der Schweiß rann meine Stirn herunter. Ich hielt es für eine gute Idee, Rusty etwas auszupowern weil ich nicht wusste, was Eddie mit ihm vorhatte. Also waren wir joggen. Die Morgenluft und die Landschaft waren atemberaubend. So früh waren auch nur wenige am Strand unterwegs gewesen. Und da meine Kondition sich langsam verbesserte konnten wir ganz entspannt eine gute Strecke absolvieren. Doch Rusty schien das Ganze überhaupt nicht ermüdet zu haben. Er sah mich schwanzwedelnd mit großen Augen an, als wollte er sagen: „Das war ganz nett. Was machen wir jetzt?"
Ich wuschelte ihm atemlos über den Kopf und stellte ihm Wasser und Fressen vor den Camper.

„Alter Angeber.", sagte ich.

„Ich wünsche Dir auch einen Guten Morgen.", hörte ich hinter meinem Rücken eine mir bekannte Stimme. Ich drehte mich um. Und wie das lebendig gewordene Katalogmodel stand mir Eddie strahlend gegenüber.

„Guten Morgen.", wünschte ich ihm kleinlaut und versuchte vergebens, meine verschwitzten Haare schnell mit den Händen in Ordnung zu bringen.

„Und ich dachte schon, ich wäre zu früh und würde Euch aus den Federn schmeißen."

Er kam zu mir und nahm mich zur Begrüßung in den Arm. Rusty hörte auf zu fressen, doch kein Knurren war zu hören.

„Nein. Wir haben schon eine kleine Runde am Strand gedreht. Entschuldige den Aufzug. Ich dachte, ich schaffe es,
schnell noch zu duschen bevor du kommst."

„Hättest Du auch. Ich bin viel zu früh dran. Aber ich konnte
nicht mehr schlafen und dachte, ich schau mal ob ich Euch mit
Frühstück aus dem Bett locken kann."

Rusty hob die Nase und begann in der Luft zu schnüffeln.

„Was hat er denn?", lachte ich.

„Wart es ab. Ich habe ihm eine Bestechung der ganz beson-
deren Art mitgebracht.", grinste Eddie, „Wenn du magst, gehst
Du duschen und ich kümmere mich darum, dass Essen auf den
Tisch kommt."

Er klopfte bei den Worten auf eine Tasche, die er auf der
Schulter trug.

„Okay. Gerne.", sagte ich einfach und verschwand im Camper um mir meine Sachen zusammenzusuchen.

Als ich frisch geduscht vom Waschhaus zurückkam, traute
ich meinen Augen kaum. Eddie saß am gedeckten Tisch und
Rusty lag friedlich schlafend unter seinem Stuhl.

„Wow.", sagte ich begeistert, „Du bist echt ein Superheld.
Wie hast Du das denn hinbekommen?"

Eddie lächelte überlegen.

„Ach, das war eigentlich ganz leicht. In Tarifa gibt es einen
deutschen Metzger. Ich habe uns dort frischen Aufschnitt besorgt. Und dachte, ein wenig Bestechung kann nicht schaden.
Also habe ich für Rusty ein paar Naschereien mitgebracht. Und
wie du siehst."

Er zeigte auf den Hund unter sich.

„Hat es funktioniert."

Stolz funkelte er mich an.

„Super Idee! Na dann wird es ja heute vielleicht doch ein entspannter Tag. Ich hatte mir etwas Sorgen darüber gemacht, dass es für ihn purer Stress wird."

„Naja. Wir wollen mal abwarten, wie sich diese Freundschaft weiter entwickelt."

„Hast Du eine Möglichkeit gefunden, ihn unterzubringen?"

Ganz wohl war mir bei dem Gedanken nicht, ihn herzugeben. Und ich hatte schon tausend Ausreden parat, warum das auf gar keinen Fall klappt und ich leider doch hier bleiben müsse.

Mit Rusty.

„Ja. Hab ich. Sie wird Dir gefallen. Vertrau mir.", er zwinkerte. Offensichtlich wollte er mir nicht mehr sagen. Und so packte ich meine Badesachen in den Camper und wir genossen ein ausgedehntes Frühstück mit deutschem Aufschnitt und spanischem Brot.

Eine Stunde später saßen wir in einem schnittigen Sportwagen. Einem Leihwagen, den Eddie sich besorgt hatte. Rusty saß zu meinen Füßen im Fußraum des Beifahrersitzes. Den Rücksitz hatte er nur skeptisch begutachtet und alle Überredungskünste abgeblockt.

Mir war immer noch mulmig also fragte ich Eddie: „Und? Was machen wir mit ihm?"

„Ich habe heute Morgen Marion angerufen und habe sie gefragt, ob sie ihn nehmen würde. Sie wohnen etwas außerhalb von Tarifa in einem kleinen Hotel und haben einen Garten zu ihrem Zimmer, der eingezäunt ist. Ich hatte befürchtet, dass wir ihn den ganzen Tag an die Leine legen müssen. Aber so ist er versorgt und du brauchst Dir keine Sorgen zu machen. Marion war total begeistert. Ich glaube, sie hat das Gefühl, dass sie Dir einen Gefallen schuldet. Wir schauen uns das an und wie Rusty sich so macht. Und wenn es Dir nicht gefällt, streichen wir Gibraltar und machen uns stattdessen einen schönen Tag am Strand."

Der kleine Rabauke war so schnell in seinem Element, dass er mich darüber hinaus fast zu vergessen schien. Hannelore warf für ihn nun schon zum zehnten Mal den Ball in den Garten und er raste diesem mit wachsender Begeisterung nach, sammelte ihn auf und brachte ihn ihr zurück.

„Ist das wirklich okay, Marion?", fragte ich vorsichtig.

„Auf jeden Fall.", sagte sie bestimmt, „Meine Mutter hatte auch immer einen Hund. Sie hat gestern Abend schon die ganze Zeit nur noch von ihm gesprochen. Als Eddie mich heute Morgen anrief, war ich sofort begeistert. Es wird ihr gut tun. Sieh nur, wie sie lacht."

Marion zeigte auf ihre Mutter. Und tatsächlich strahlte sie selig von einem Ohr zum anderen.

„Wir passen gut auf ihn auf. Und sollte irgendwas sein habe ich Eure Handynummern. Dann rufe ich sofort an. Versprochen! Mach Dir keine Gedanken."

Und so fuhren Eddie und ich kurze Zeit später Richtung Gibraltar. Rusty schien sich wohl zu fühlen und sah mir nur kurz nach als wir gingen, konzentrierte sich aber gleich wieder auf das Spiel mit dem Ball.

„Hast Du eigentlich Höhenangst?", fragte Eddie und riss mich damit aus meinen Gedanken.

„Nein. Wieso?"

„Weil wir gleich da oben rauffahren.", meinte er grinsend und zeigte auf einen riesigen Berg, der sich vor uns aufbaute. Er war nicht zu übersehen. Ich hatte ihn gestern schon von Tarifa aus bewundert.

„Kann man da hoch?", fragte ich staunend.

„Ja. Allerdings nicht mit dem Auto. Wir müssen eine Hochseilbahn nehmen. Das ist der ‚Felsen von Gibraltar'."

Wir wurden langsamer. Vor uns hatte sich ein langer Stau gebildet.

„Offiziell gehört es immer noch zu Großbritannien. Auf dem Berg leben die letzten wilden Affen in Europa und es heißt, wenn die Affen ausgestorben sind, fällt das Land wieder an Spanien. Spannend, oder?"

Wir fuhren wieder ein Stück, mussten jedoch nach wenigen Metern wieder anhalten. Und dann zog etwas sehr großes in einiger Entfernung vorbei.

„War das ein Flugzeug?"

Ich schob die Sonnenbrille von meinen Augen hoch auf meinen Kopf. Ein ohrenbetäubender Lärm erfüllte die Straße. Einen Moment später überquerte ein Flugzeug die Straße vor uns von rechts nach links.

„Ja. Das ist der Flughafen von Gibraltar. Nichts für schwache Nerven."

Vor uns wurden Schranken geöffnet und wir kreuzten tatsächlich eine Landebahn.

„Hier bin ich auch angekommen gestern Morgen. Allerdings, wenn du Flugangst hast, solltest Du diesen Flughafen besser auslassen."

Mir reichte schon, dass ich in weiter Ferne den nächsten Flieger sehen konnte, der sich offensichtlich zum Landeanflug bereit machte.

Eddie fuhr wie selbstverständlich durch die engen Gassen. Ein malerischer Ort. Weiße Hauswände. Der blaue Himmel. Es sah aus, wie eine lebendige Postkarte. Wir hielten schließlich auf einem großen Parkplatz und stiegen aus. Weiße Gondeln schwebten an dicken Seilen den hohen Hang hinauf.

„Damit fahren wir jetzt hoch.", sagte Eddie bestimmt.

Er ging zum Kofferraum und öffnete ihn.

„Wir müssen noch schnell umpacken. Hier.", er zog einen schwarzen Rucksack heraus, „Taschen klauen die Affen gerne. Wir packen alles in den Rucksack."

Er packte seinen Geldbeutel und sein Handy hinein.

„Hast Du Deine Kamera dabei?", fragte er.

„Ja. Hier."

Ich reichte ihm die Fototasche.

„Dein Handy auch."

„Und wenn Marion anruft?", fragte ich, als ich es ihm gab.

„Wir stellen es ganz laut. Dann hören wir es auch im Rucksack. Mach Dir keine Sorgen."

Als er alles verstaut hatte, schloss er den Kofferraum und schnallte sich den Rucksack auf den Rücken.

„Komm.", sagte er und streckte mir auffordernd seine Hand entgegen.

Hand in Hand schlenderten wir zur Warteschlange, reihten uns dort ein und fuhren wenige Augenblicke später in einer der Gondeln Richtung Himmel. Eigentlich hatte ich keine Höhenangst, doch es war voll in der Gondel und sie schwankte leicht.

Eddie hielt sich mit der rechten Hand an einem Griff an der Decke fest und zog mich mit der linken Hand an seine Brust. So stand ich also mit dem Rücken an ihn gedrückt. Und sofort fühlte ich mich sicherer.

Mit jedem Meter, den wir den Hang emporstiegen, erweiterte sich unser Blickfeld. Bis wir weit über den Dächern von Gibraltar waren. Auf dem azurblauen Wasser tümmelten sich Frachter, Luxusliner und kleine Schiffe zogen weiße Spuren hinter sich her. Die Sonne strahlte auf die weißen Häuser von Gibraltar und Tarifa. Auf der anderen Seite erstreckten sich in der Ferne Berge über den Horizont.

„Das ist Afrika.", flüsterte mir Eddie ins Ohr.

Alles wurde immer kleiner, wie eine Modelllandschaft.

Der Tag verging wie im Flug. Eddie ließ meine Hand nur los, wenn ich ein Foto machen wollte. Wir blieben eine lange Zeit auf dem Berg, genossen die Aussicht und die umheralbernden Affen. Schossen Fotos von Beidem und von uns. Danach besichtigten wir die Stadt zu Fuß. Und noch mehr Fotos landeten auf der Speicherkarte meiner Kamera. Eddie kannte sich bestens aus, erklärte und zeigte mir alle möglichen alten Gebäude und Plätze. Nachdem wir schließlich auch noch eine Tropfsteinhöhlenanlage aus dem Zweiten Weltkrieg besichtigt hatten, schmerzten meine Füße und ich war vollgepumpt mit Eindrücken.

Als wir Gibraltar am späten Nachmittag hinter uns ließen, nahm Eddie meine Hand und hauchte einen Kuss auf meine Finger.

„Danke Alexandra. Das war ein toller Tag. Ich wollte es schon lange mal mit jemandem zusammen genießen."

Ein Kribbeln lief mir wieder durch den Körper.

„Es war wirklich wunderschön.", sagte ich.

Er ließ meine Hand die ganze Fahrt über nicht mehr los. Strich wieder und wieder über meine Finger.

Rusty freute sich überschwänglich als ich das Hotelzimmer von Marion und Hannelore betrat. Er hüpfte ohne Unterlass an mir hoch und rieb seinen Kopf wieder und wieder an meinem Bauch.

„Hey Kleiner. Ich hab dich auch vermisst."

„Hallo Ihr zwei!", sagte Marion, „Wie war Gibraltar?"

„Atemberaubend.", sagte ich.

„Schön. Das freut mich sehr. Rusty ging es großartig. Als meine Mutter sich mittags ausruhte, hat er sich neben ihrem Bett hingelegt und ebenfalls geschlafen. Er ist absolut pflegeleicht."

„Ja, das ist er.", sagte ich stolz.

„Darf ich die Damen noch zu einem gepflegten Abendessen einladen?", fragte Eddie.

Und so saßen wir später gemeinsam wieder in dem Restaurant in Tarifa. Marion und Hannelore hatten sich bereits verabschiedet und ich hatte beschlossen, zu Fuß zurück zum Camper zu gehen, damit Rusty noch seinen Auslauf bekam.

„Ich kann leider heute Abend nicht mitkommen.", sagte Eddie, „Muss noch ein paar Telefonate führen und Mails bearbeiten."

„Das macht doch nichts.", ich sah ihm an, dass er geknickt war und mich nur ungern gehen ließ.

„Es war ein toller Tag."

Ich stand auf und Eddie tat es mir gleich. Ich nahm ihn kurz in die Arme.

„Danke für alles.", sagte ich und wollte ihm einen Kuss auf die Wange geben. Doch er nahm seine Hände und legte sie auf meine Wangen. Ein suchender Blick in meine Augen und dann hauchte er einen Kuss auf meine Lippen.

Ein Schwarm von Schmetterlingen durchschoss mein Herz und meine Seele. Himmel. Konnte der nicht langsam aufhören, alles richtig zu machen?

Verwirrt sah ich ihn an. Er grinste.

„Schlaf schön und träum süß."

Mit diesen Worten ließ er mich los, drehte sich um und ging in Richtung Innenstadt. Rusty sah mich fragend an und fiepte leise. Doch ich brauchte einen Moment, um mich wieder im Hier und Jetzt einzufinden.

„Ja. Okay.", sagte ich zu dem Hund, „Wir können."

Tapfer drehte ich mich um und ging mit weichen Knien los in Richtung Hafen. Rusty folgte mir schwanzwedelnd.

Noch lange lauschte ich den Schlafgeräuschen von dem Fellknäuel neben mir und ließ meine Gedanken um diesen Tag kreisen. Ich hatte mir wieder und wieder die Bilder auf der Kamera angesehen, als wir zurück waren. Und obwohl es eben erst passiert war. Obwohl ich dabei war. Obwohl das alles Wirklichkeit war. Erkannte ich die Frau auf den Fotos kaum wieder. Und das lag nicht nur an der sonnengebräunten Haut, die mich eher selten zierte, an der neuen Frisur, an die ich mich langsam gewöhnt hatte. Das, was mir so unwirklich vorkam, war das Strahlen in meinem Gesicht. Auf jedem einzelnen Bild grinste ich wie ein Honigkuchenpferd. Als hätte ich das Wort Glück aufgesogen und in jeder Faser meines Körpers eingebunkert. Nicht, dass ich ein miesepetriger Mensch war und ein scheues Lachen schon eine Seltenheit war. Doch ein vollkommener Tag wie heute. Und dann noch mit einem Mann wie ihm. Ich strahlte schon wieder. Wenn ich nur an ihn dachte, begann ich zu lächeln. Sanft folgten meine Finger den Formen meiner Lippen.

Dieser Kuss.

Ein Märchen.

Da sieht man es mal. Gewinnt man im Lotto und wird Millionärin und was ist es, was einen echt ausflippen lässt? Ein Mann. Mit einem tiefen Grinsen vergrub ich mein Gesicht in das Kissen und schwebte in das Land der Träume.

7. KAPITEL

Der Wecker klingelte mich unsanft aus dem Schlaf am nächsten Morgen. Rusty strich sich mit der Pfote über die Augen und grummelte leise vor sich hin.

„Nutzt nix.", sagte ich ihm aufmunternd und schlug die Decke weg.

„Sechs Uhr, wir gehen jetzt joggen."

Ich stand auf und zog mich um. Und auch Rusty erhob sich mit ausgiebigem Gähnen und Strecken.

In einem ordentlichen Tempo zogen wir am Strand entlang und absolvierten unsere Strecke vom Tag zuvor in kürzerer Zeit. Ich gab Rusty sein Fressen und ließ ihn im Camper zurück, um duschen zu gehen. Eddie holte uns gegen halb neun ab. Er sah wiedermal unverschämt gut aus. Sanft drückte er mir zur Begrüßung einen Kuss auf die Wange. Während der Fahrt hielt er meine Hand. Wir sprachen kaum zwei Sätze miteinander. Und trotzdem wirkte es kein bisschen fremd. Im Gegenteil. Auch schweigen war wunderschön mit ihm.

Am Yachthafen angekommen trafen wir auf Marion und Hannelore. Letztere hatte eine sanfte Röte im Gesicht.

„Ich bin so aufgeregt.", sagte sie.

„Es wird bestimmt super.", sagte ich und zwinkerte ihr zu.

„Habt ihr alles?", fragte Eddie.

„Ja. Alles dabei."

Marion hob eine Tasche hoch.

„Ich auch.", sagte Hannelore und klopfte auf das Wägelchen mit den Sauerstoffflaschen, das sie mit sich zog.

„Na dann los. Da kommt auch schon Tom."

Eddie zeigte auf ein Boot, das gerade in den Hafen einfuhr.

Erstaunt fiel mir die Kinnlade herunter. Ich hatte mit einem kleinen Segelboot oder sowas gerechnet. Aber dies war schon eine kleine Yacht. Nach einem gekonnten Wendemanöver im kleinen Hafenbecken legte das Boot direkt vor uns am Kai an und eine schöne junge schwarzhaarige Frau erschien an Deck. Ihre Traumfigur wurde lediglich durch einen, sehr knappen, orangenen Bikini verhüllt.

„Hallo Ede!", winkte sie, „Schön dich zu sehen. Machst du fest?"

Sie nahm ein dickes Tau vom Boden auf.

„Klar. Wirf rüber."

Und sie tat es. Nach wenigen geübten Handgriffen hatte Eddie das Boot vertäut und der Motor erstarb. Nun hüpfte die Schwarzhaarige von Bord auf das Ufer und warf sich in Eddies Arme.

„Oh Mann. Wir haben uns ja ewig nicht gesehen."

Aus dem Innenraum des Bootes erschien ein junger Mann. Tom wie ich annahm. Er sah ebenfalls sehr gut aus. Sein kurzärmeliges weißes Hemd trug er offen, sodass man freie Sicht auf seinen Waschbrettbauch hatte. Eine kurze Badehose zierte seine Hüften. Schwarze Haare. Blaue Augen. Herrgott noch mal. War ich hier im Werbefilm gelandet? Er schwang sich ebenfalls zu uns auf den Kai und zog Eddie kurz in seine Arme.

„Hey, mein Bester."

Zeit genug für seine weibliche Begleitung uns mit einem überaus skeptischen Blick zu begutachten.

„Und das sind unsere heutigen Begleiter?", fragte sie und ihre Stimme quoll über vor Arroganz und Missgunst.

„Ja. Sorry. Wo sind meine Manieren geblieben."

Eddie stellte uns der Reihe nach vor.

„Also das hier sind Hannelore, Marion...", er trat neben mich und legte mir den Arm um die Hüften, „... und Alexandra."

Ich streckte ihr meine Hand entgegen.

„Hey."

Ihr Blick wurde noch etwas schärfer. Trotzig nahm sie meine Hand.

„Hi. Ich bin Larissa."

Tom dagegen nahm mich sofort freundlich in die Arme zur Begrüßung. Küsschen links, Küsschen rechts.

„Hey Alexandra. Oder lieber Alex? Ich bin Tom."

„Alex ist auch okay."

Er reichte den anderen beiden Damen die Hand.

„So. Das ist sie also. Die Jeanette. Sie wird uns heute rausbringen und hoffentlich ein paar Orcas sehen lassen." er zeigte theatralisch auf sein Boot.

„Iiiiih...", Larissa deutete auf Rusty, „Ein Streuner. Lasst uns bloß schnell ablegen. Bevor wir mehr davon anlocken."

Diese Kuh gefiel mir von Sekunde zu Sekunde weniger.

Eddie lachte.

„Das ist kein Streuner. Das ist Rusty. Er wird ebenfalls mit von der Partie sein. Und bevor ich es noch vergesse.", er griff in seine Tasche und holte etwas orange leuchtendes daraus hervor.

„Hier.", er reichte es mir.

„Eine Schwimmweste für ihn. Nur für den Fall der Fälle."

Zu viel des Guten für Larissa. Sie rollte genervt mit den Augen und sagte dann bemüht freundlich: „Wow. Toll. Wollen wir dann los?"

Die beiden Männer halfen Hannelore mit ihrem Trolley über eine Art Terrasse auf das Boot. Marion, Rusty und ich folgten.

Gemeinsam gingen wir ins Innere des Bootes, wo Hannelore, Marion und ich uns in einer gemütlichen Essecke niederließen.

„Okay.", sagte Tom, „Es gibt draußen eine tolle Ecke zum Angeln. Da sind auch oft Orcas zu sehen. Am besten, ihr bleibt unter Deck bis wir dort sind."

Sein Blick verweilte einen Augenblick auf Hannelore, bevor er sich an Eddie wandte: „Willst du mit raufgehen?"

„Klar. Gerne.", sagte er, winkte mir kurz zu und die beiden Männer verschwanden über die Terrasse nach oben, wo sich offenbar das Steuer des Bootes befand.

Larissa rollte abermals mit den Augen.

„Gott, was für eine Freakshow.", sagte sie mit missbilligendem Blick auf uns, „Ich werde mich mal eine Runde hinlegen. Ihr könnt ja Bescheid sagen, wenn wir da sind."

Mit einer schwungvollen Bewegung strich sie ihre Haare über die Schulter und verschwand im vorderen Teil des Bootes.

„Der hätte man mal Manieren beibringen sollen.", murmelte Hannelore und wir drei kicherten.

Mit einem lauten Grollen erwachte der Motor zum Leben und wenig später fuhren wir langsam aus dem Hafen, raus auf das offene Meer. Wir fuhren etwa zwei Stunden. Das Festland hinter uns konnten wir nur noch erahnen. Über uns ein wolkenloser blauer Himmel. Unter uns das blaue Wasser. Marion und ich hatten die meiste Zeit geplaudert, während Hannelore ihren Gedanken nachzuhängen schien. Von Larissa war nichts mehr zu sehen oder zu hören. Rusty hatte sich auf meine Füße gelegt und geschlafen. Als ob er schon tausend Mal Boot gefahren wäre. Schließlich erstarb der Motor wieder und wir wogten sanft auf den Wellen. Eddie kam zu uns runter.

„So. Wir sind da. Tom meint, es könnte eine Weile dauern, bis sich Orcas zeigen. Aber hier sind eine Menge Fischschwärme. Die Chancen sind also gut."

Wie auf´s Stichwort kam Larissa wieder zum Vorschein.

„Sind wir da?", fragte sie und strahlte Eddie an.

„Ja."

„Cool. Dann werde ich mich mal ein wenig in die Sonne legen. Dieser Luxuskörper könnte noch ein wenig Bräune vertragen."

Ungeniert öffnete sie ihr Bikinioberteil und legte es mit einer lässigen Handbewegung auf die Arbeitsfläche der eingebauten Küche fallen. Mit aufreizend schwingenden Hüften stolzierte sie hinaus.

Mit großer Genugtuung registrierte ich, dass es Eddie nicht im Mindesten interessierte.

Wir traten hinaus auf die Terrasse. Der Aufbau mit dem Steuer überragte sie ein wenig, sodass ein Bereich im Schatten lag. Dort war eine Art Couch, auf die wir drei uns setzten. Tom hatte zwei Angeln besorgt und so saßen Eddie und er auf der Plattform, die ohne Begrenzung auf das Wasser zuging, im Schneidersitz und sahen hinaus auf die Schwimmer, die sanft in den Wellen auf und ab schwammen. Larissa hatte sich offenbar auf das vordere Deck des Schiffes gelegt. Eine angenehme Stille umgarnte uns alle. Ein leichter Wind wehte Kühle zu uns herüber.

„Jetzt verstehe ich es.", sagte Hannelore leise.

Eine Träne rollte über ihre Wange.

„Was denn, Mama?", fragte Marion besorgt.

„Warum er das Meer so liebte. Und was er mir all die Jahre erklären wollte. Ich hätte viel eher mit ihm rausfahren sollen."

Ein mattes Lächeln umspielte ihre Lippen. Marion nahm ihre Hand und hielt sie fest.

Plötzlich durchbrach ein lautes Zischen die Stille. Keine hundert Meter neben unserem Boot tauchte ein schwarzer Kopf auf und pustete eine Wasserfontäne in die Luft. Es folgten ein zweiter und ein dritter Kopf.

„Da sind sie.", sagte Tom freudestrahlend.

Ich stand auf, nahm meine Kamera und knipste drauf los. Immer wieder und wieder tauchten mehrere Orcas auf. Sie kamen näher an das Boot heran. Mal tauchten sie nur kurz auf und verschwanden gleich wieder. Mal bohrte sich einer von ihnen durch die Wasseroberfläche senkrecht nach oben. Die Jungs holten ihre Angeln ein und sahen ebenfalls dem Treiben zu.

Als die Orcas nur noch etwa 10 Meter vom Boot entfernt waren, sah ich mich nach Rusty um. Der saß vor Hannelore und hatte seinen Kopf auf ihren Schoß gelegt. Ihr Gesicht war feucht von Tränen. Doch in ihren Augen sah ich so viel Kraft und Stärke. Sie hatte einen glasigen Blick. Und ihre Mundwinkel zeichneten ein glückliches Lächeln. Ihr Kinn reckte sich stolz nach vorne. Ich musste diese Szene einfach festhalten. Mit einem leisen Klick machte ich eine Aufnahme.

Wir legten am Abend wieder in Tarifa an. Eddie lud uns erneut alle zum Essen ein. Und Tom sagte ebenfalls zu, offensichtlich sehr zum Missfallen von Larissa. Doch so lange die Jungs in der Nähe waren, bemühte sie sich wenigstens um ein wenig Freundlichkeit.

Während des gesamten Essens spielte sie sich ziemlich auf. Sie lachte am lautesten von allen, wenn einer der beiden Jungs einen Witz riss und versuchte alles, um im Mittelpunkt des Gespräches zu stehen. Mir war es recht.

Der Tag war lang und ich begnügte mich damit, ihre Stimme innerlich auszuschalten und Hannelore zu beobachten. Sie aß mit sehr gesundem Appetit ihr Essen und hatte sogar etwas Farbe am heutigen Tage bekommen. Ihre Augen hatten das Leuchten nicht wieder verloren und als Larissa unvorsichtigerweise eine kleine Pause in ihre Anekdoten einbaute nach dem Essen, nahm sie das Gespräch in die Hand. Und sie gab einige der Seeräubergeschichten ihres Mannes zum Besten. Alle hangen an ihren Lippen, während sie von zugefrorenen Fjörden in Norwegen berichtete, in denen ihr Mann und seine Crew mit dem Boot strandeten. Und diesem einen Morgen, als dann plötzlich große Orcas immer wieder durch die dünner werdende Eisdecke brachen und ihnen den Weg hinaus zeigten, indem sie ihnen mit dem Schiff einfach folgten.

Sie hatte eine wunderbare Art zu erzählen und all ihre Erinnerungen strahlten von innen heraus. Marion hatte ebenfalls ein glückliches Lächeln auf den Lippen. Nur Larissa sah mehr und mehr so aus, als hätte sie auf eine saure Zitrone gebissen. Doch da Eddie und Tom ebenfalls gebannt lauschten, hatte sie keine Chance mehr, das Gespräch an sich zu ziehen.

Als ich aufstand und mich zur Toilette entschuldigte, sprang sie plötzlich auf.

„Warte, da gehe ich mit. Wir Mädels gehen doch immer im Rudel."

Sie hauchte Tom einen Kuss auf die Wange, hakte sich bei mir unter und wir gingen gemeinsam ins Restaurant. Das konnte ja heiter werden. Und richtig, kaum waren die anderen außer Hörweite, begann sie zu giften.

„Wow. Da hast du ja einen richtig guten Fang gemacht."

„Ich weiß nicht, was du meinst."

„Na Eddie. Er schmachtet dich ja regelrecht an. Aber gut...", sie warf ihre Haare über die Schulter, „... ich bin ja auch mit Tom zusammen. Als wir uns kennenlernten, war er sofort verliebt in mich. Passiert mir öfter."

Es folgte ein falsches Kichern.

„Naja. Aber ich glaube nicht, dass das lange andauert."

Wir kamen im Waschraum an und gingen in die Kabinen. Über die Wände hinweg schnatterte sie weiter.

„Du bist überhaupt nicht sein Typ. Er kann jede haben. Und du spielst echt nicht in seiner Liga."

Nun war ich diejenige, die mit den Augen rollte. Als wir vor dem Spiegel standen und unsere Hände wuschen, hielt sie inne und beäugte mich missbilligend.

„Sieh dich doch nur an. Ich wette, du hast es eh nur auf sein Geld abgesehen."

Das war dann doch zu viel des Guten. Ich setzte ein dickes Lächeln auf und sah ihr direkt in die Augen.

„Schätzchen, ich weiß nicht, was Dein Problem ist. Aber du solltest echt mal runter kommen."

Und voller Genugtuung fügte ich hinzu: „Auf meinem Konto liegen ein paar Millionen. Ich hab es nicht nötig, mir meine Männer nach deren Gehalt auszusuchen."

Ich ließ ihr einen Moment das zu begreifen und fügte dann bittersüß hinzu: „Wie sieht das denn bei dir so aus? Meist schließt man ja von sich auf andere, nicht wahr?"

Damit verließ ich den Waschraum und ließ Larissa zurück.

Hand in Hand schlenderten Eddie und ich später am Strand entlang zurück zum Campingplatz. Rusty trollte um uns herum, wenn er nicht irgendeiner Spur im Sand nachging.

„Was war denn da zwischen Dir und Larissa, als ihr auf Toilette wart?", fragte Eddie vorsichtig.

„Nichts, wieso?"

„Na, weil ich sie noch nie so sauer gesehen habe."

„Hm...", ich grinste.

„Ich habe ihr nur meine Meinung gesagt. Sie hat geglaubt, sie könnte mich beleidigen. Da bin ich dann mal etwas direkter geworden."

Eddie lachte.

„Oh ja. Larissa ist echt `ne Marke."

„Sie sagte, du wärst verliebt in sie gewesen."

„Ich in sie? Mit Sicherheit nicht. Solch eine falsche Schlange. Als ich sie kennenlernte, war sie Kellnerin auf Ibiza. Wir waren dort für ein Männerwochenende. Als sie meine Kreditkarte sah, war sie sofort Feuer und Flamme und hat sich heftig an mich ran geschmissen. Als sie merkte, dass sie keine Chance hat, ist sie dazu übergegangen, Tom anzuflirten. Und bei ihm ist sie besser angekommen. Jetzt leben die beiden von dem Geld, das ihm seine Eltern vererbt haben.", er schüttelte den Kopf, „Als ob ich eine solche Frau attraktiv finden könnte."

Wir schwiegen eine Weile. Und ich sammelte meinen Mut zusammen.

„Welche Art von Frauen findest du denn attraktiv?"

Er blieb stehen und drehte mich so, dass er mir in die Augen sah.

„Frauen,...", er strich eine Strähne hinter mein Ohr, „... die erst an andere denken und dann an sich selbst."

Sanft strich er über meine Wange.

„Frauen, die herrenlose Hunde aufnehmen und die ein wenig chaotisch sind."

Er legte seine Hand in meinen Nacken.

„Frauen, die Seele haben."

Er blickte mir tief in die Augen.

„Und natürlich Frauen,...", ein spitzbübisches Grinsen huschte auf sein Gesicht, „... die schweinereich sind. Ich steh auf Geld, weißt du."

Ich knuffte ihm in die Seite.

„Lügner!", kicherte ich.

Er wurde wieder ernst. Sah mir tief in die Augen und dann küsste er mich. Leidenschaftlich eroberte er meinen Mund mit seiner Zunge. Ich schlang meine Arme um seinen Hals.

„Geh nicht.", bat ich ihn flüsternd, als wir am Camper angekommen waren.

„Bist Du sicher?", fragte er und sah mir dabei forschend in die Augen.

Ich nickte.

„Okay. Dann gehe ich nicht."

Ich öffnete den Wagen und zog ihn mit ins Wageninnere. Rusty sprang hinter uns rein. Ich schloss die Tür. Eddie zog mich zu sich ran und küsste mich. Seine Hände strichen über meinen Rücken. Meine Hände wanderten unter sein T-Shirt, über seinen Bauch und seine Brust. Er sog scharf den Atem ein.

„Bist Du Dir sicher?", fragte er nochmal.

„Ja.", hauchte ich an seinem Ohr.

Ich küsste seinen Hals. Er stöhnte leise auf. Schob mich dann jedoch ein Stück von sich weg. Er schloss die Augen und atmete ein paar Mal tief durch.

„Wir sollten da noch ein paar Dinge klären. Zum Beispiel. Hast Du Kondome?"

„Nein. Aber ich habe ein Hormonstäbchen"

Dessen Kauf sich dann doch noch endlich lohnen würde. Denn kurz nachdem ich es mir einsetzen lassen habe, hatten mein Ex und ich uns getrennt.

„Und Krankheiten?"

„Alles sauber.", sagte ich und salutierte vor ihm, „Und du?"

„Auch.", sagte er, zog mich wieder in seine Arme und ging ein paar Schritte rückwärts, bis wir über die kleinen Stufen ins Bett fielen. Wo Rusty bereits seine übliche Position eingenommen hatte.

„Tut mir leid, Rusty. Du schläfst heute Nacht nicht hier.", sagte Eddie bestimmt.

Mit ruhigen, sanften, aber dennoch gezielten Griffen, hatte er ihn aus dem Bett geschoben. Rusty grummelte kurz und sah mich vorwurfsvoll an. Dann trottete er rüber auf die Couch und legte sich darauf.

„Armer Rusty.", kicherte ich.

„Glücklicher Eddie.", konterte Eddie lachend.

Ich lag auf dem Rücken und er neben mir. Er beugte sich über mich, küsste mich sanft. Er streichelte über meinen nackten Bauch. Mein Shirt war etwas hochgerutscht. Ich streichelte sanft über seine Wange. Seine Nase streifte meine.

Ganz leise flüsterte er: „Hieran denke ich schon, seit wir diesen Wagen das erste Mal gesehen haben."

Seine Hand wanderte unter meinem T-Shirt zu meinen Brüsten. Unsere Kleidung landete auf dem Boden vor dem Bett. Seine Blicke raubten meinen Atem. Seine Hände hinterließen heiße Spuren voller Verlangen auf meiner Haut. Berauscht von seinen Berührungen begaben sich auch meine Hände auf die Reise. Ich wollte mehr.

Begleitet von einem rauen Aufstöhnen vereinten wir uns schließlich. Seine Küsse wurden leidenschaftlicher, während sich unsere Körper in einem gemeinsamen Rhythmus bewegten. Meine Hände krallten sich in seinen Rücken. Bis schließlich die Lust in einem alles mit sich reißenden Strudel gipfelte und ich jegliches Gefühl für Zeit und Raum verlor.

Das schrille Klingeln eines Handys weckte mich unsanft am nächsten Morgen. Ich brauchte einen Moment, um den Weg in die Wirklichkeit wiederzufinden.

„Von Lichtenstein.", brummte es neben mir.

Und das Klingeln war weg.

Vorsichtig öffnete ich die Augen.

„Ja. Okay. Kannst du es mir bitte schicken, Nadine?"

Er lag tatsächlich neben mir.

Naja. Halb. Denn zwischen uns hatte sich Rusty gequetscht. Der immer noch friedlich schlummerte mit dem Rücken zu mir und die Füße lang ausgestreckt Richtung Eddie.

„Nein. Sonst ist erst mal nichts. Wie spät ist es eigentlich?"

Er hob den Arm und sah auf seine Armbanduhr.

„Ganz schön früh.", nach einer kurzen Pause meinte er: „Nein, nein. Schon gut. Du hast nicht gestört."

Er strich sich mit der Hand über die Stirn und drehte dann den Kopf zu mir. Ein Lächeln strahlte mir entgegen.

„Ich melde mich später nochmal."

Er legte auf.

„Guten Morgen."

Vorsichtig beugte er sich über Rusty und küsste mich.

„Guten Morgen. Hab ich das doch nicht geträumt."

„Offensichtlich nicht. Aber danke für das Kompliment."

Er lächelte.

„Wie spät ist es?"

„Halb acht. Willst du weiter schlafen?"

„Nein. Ich glaube ich sollte langsam aufstehen und mit dem Hund meine Runde machen."

Ich streckte mich noch mal wohlig im Bett aus und stand dann auf.

„Hast Du was dagegen, wenn ich mitkomme?", fragte er.

„Gar nicht."

Wir vertrödelten den Tag mit Laufen, baden, lachen, quatschen, essen und liebten uns noch weitere zwei Mal. Als wir am Nachmittag im Schatten meines Vorzeltes gemütlich einen Kaffee tranken und Händchen haltend auf einer Decke saßen, klingelte mein Handy. Ich stand auf, ging in den Camper und nahm das Gespräch an.

„Hallo?"

„Hey Süße! Wo steckst Du?"

Ich erkannte Mark`s Stimme.

„In Tarifa. Am Atlantik. Es ist total schön. Du müsstest das sehen."

„Naja. Deswegen ruf ich ja an. Ich hab zwei Flüge gebucht. Allerdings konnte ich nur welche von Düsseldorf nach Marseille ergattern. Das ist in Südfrankreich. Liegt das auf Deiner Route?"

„Jetzt schon.", sagte ich grinsend.

„Cool. Also ich habe nächste Woche ein paar Tage frei. Wir fliegen Donnerstag hin und Sonntag zurück. Die Flüge sind bezahlt, und..."

„Aber ich habe doch gesagt ich lade Euch ein.", erwiderte ich.

„Nix da. Alles schon erledigt. Aber wäre super, wenn wir mit in Deinem Camper schlafen könnten."

„Ja klar. Wann kommt ihr denn an?"

„Weiß nicht genau. Ich schau noch mal nach und schreibe Dir dann eine Nachricht, okay?"

„Ja. Klar. Ich sehe Euch also wirklich?"

„Sieht ganz so aus."

„Super! Ich freu mich drauf!"

„Wir uns auch auf Dich Süße!"

„Bis bald, Mark."

„Heute in einer Woche."

„Grüß Simone."

„Mach ich. Bis bald!"

Ich legte auf. Eddie blinzelte neugierig in den Camper.

„Mark?"

Er sah mich fragend an.

„Mein bester Freund. Er fliegt nächste Woche Donnerstag mit seiner Freundin runter, um mich zu besuchen."

Ich strahlte beim Gedanken daran, meinen besten Freund endlich wieder zu sehen.

„Sie fliegen nach Marseille."

„Was hältst Du davon, wenn wir alle Register ziehen würden und Saint Tropez unsicher machen."

„Wir?", fragte ich vorsichtig.

„Klar. Oder willst Du lieber alleine weiter?"

„Auf gar keinen Fall!"

Ich fiel ihm in die Arme.

„Na dann geht das klar. Ich muss nur ein paar Anrufe erledigen. Und es kann sein, dass ich unterwegs ein bisschen arbeiten muss. Ist das ein Problem?"

„Nicht für mich."

„Gut. Dann wäre das geklärt."

Ich sah mich im Wagen um.

„Aber zu viert könnte es schon ganz schön eng werden hier."

„Wieso?"

„Ich habe zugesagt, dass sie mit im Camper schlafen können."

Ein breites Lächeln umspielte seine Lippen.

„Aber Liebes. Wir fahren nach Saint Tropez. Da heißt es protzen statt kleckern."

Er zückte sein Handy und wählte.

„Ja? Nadine? Hey. Kannst Du mir einen Gefallen tun? Ich brauche zwei Hotel Zimmer in Saint Tropez nächste Woche von Donnerstag bis...", er sah mich fragend an.

„Sonntag.", flüsterte ich.

„...Sonntag. Und bitte achte drauf, dass Hunde erlaubt sind. Ach, und dass man einen Camper parken kann."

Er lauschte eine Weile in das Telefon.

„Ja. Klingt gut. Und kannst du bitte meinen Flug umbuchen? Ich bleibe noch eine Woche und fliege dann von Marseille."

Ich hatte mich auf die Treppenstufen gesetzt und er spielte gedankenverloren mit meinen Haaren, während ich zu ihm aufsah.

„Prima. Dann bis später.“

Er legte auf.

„Wie sieht denn Dein Plan aus für die Weiterfahrt?“

„Um ehrlich zu sein, hat der nur bis Tag 1 standgehalten.“

„Dann lass uns schauen, worauf wir Lust haben.“

Mit meinem Tablet bewaffnet setzten wir uns wieder auf die Decke ins Gras. Eddie im Schneidersitz und ich vor ihm, mit dem Rücken an seinen Bauch. Ich startete die Kartenapp.

„Also?“, fragte Eddie.

Ich gab ‚Tarifa‘ ein und die Karte zoomte zum Süden Spaniens.

„Okay. Da sind wir jetzt.“

Er lachte.

„Ja. Soweit war ich schon. Und weiter?“

Ich zoomte mit den Fingern etwas aus der Karte raus, sodass man nun etwas mehr Gebiet sehen konnte.

„Wo liegt eigentlich Marseille?“, fragte ich.

„Warte.“

Eddie zog die Karte noch weiter raus und zeigte dann auf einen Punkt im Süden Frankreichs.

„Da.“

Ich ließ die Strecke berechnen. Das Display meldete ‚15 Stunden, 14 Minuten – 1.646 Kilometer‘.

„Also wir könnten bis Mittwoch hierbleiben und dann einen Tag fahren.“, meinte Eddie.

„Nein. Das geht leider nicht. Ich hab den Platz nur bis Samstag.“

„Das war sowieso eher ein Scherz. Gibt es was zwischen hier und Marseille, das Du Dir gerne ansehen möchtest?"

Ich studierte die Route und die Orte.

„Also auf jeden Fall würde ich lieber am Meer entlang fahren, anstatt durch das Land."

Mit ein paar Handgriffen hatte ich die Route verändert. ‚17 Stunden, 10 Minuten – 1.731 Kilometer' war jetzt zu lesen.

„Schon besser.", grinste ich zufrieden.

„Dann wollen wir doch mal sehen."

Eddie übernahm wieder die Führung, zoomte in die Karte und folgte der Route von Tarifa aus langsam gen Norden.

Nach einer guten Stunde hatten wir unsere Sightseeingpunkte festgelegt. Wir wollten uns Valencia, Barcelona, Montpellier und auch Marseille selbst ansehen. Wenn wir einigermaßen passende Campingplätze unterwegs finden würden, würde das zeitlich ganz gut hinkommen bis Donnerstag. Ich hatte mir die Route noch mal auf einen Schmierzettel geschrieben und wollte mich am nächsten Tag dran machen Einzelheiten zu klären. Lachend hatte ich Eddie's Vorschlag ausgeschlagen, Nadine zu beauftragen, sich darum zu kümmern.

„Du weißt schon, dass ich auch Assistentin bin, oder?"

„Ja, aber Du hast doch Urlaub."

Sanft drückte er mir einen Kuss in den Nacken.

„So.", sagte er, „da das ja nun geklärt ist, sollten wir uns langsam mal Gedanken um das Abendessen machen."

„Nicht nötig.", sagte ich, „Ich habe den ganzen Kühlschrank noch voll. Ich zaubere uns was, bevor ich alles wegschmeißen muss."

„Schlau, gutaussehend, reich UND kochen können…", er knuffte mich in die Seite.

„Aber dafür mache ich dann mal eine ausgiebige Hunderunde. Wenn der Dicke mich begleiten will."

„Hey. Der ist gar nicht dick."

„Rusty.", sagte Eddie bestimmt.

Der schaute zu uns hoch, ohne den Kopf vom Gras zu erheben.

„Was hältst du davon?"

Er schnaubte und schloss wieder die Augen.

„Keine Motivation. Ich sehe schon."

„Nimm aber auf jeden Fall die Leine mit. Ich weiß nicht, ob er Dir nicht sonst wegläuft."

„Das wird schon."

Er schob sich ein Stück von mir weg und stand dann auf. Und nachdem er Rusty die Leine angelegt und dieser mich kurz fragend angesehen hatte, erhob sich der Hund sehr langsam, streckte sich ausgiebig und trottete dann neben Eddie her Richtung Strand.

„Wer hätte das gedacht?", sagte ich leise und genoss das Bild von den zweien. Noch vor ein paar Wochen war alles so anders und ganz beiläufig hatte sich mein ganzes Leben verändert.

Als die Zwei zurückkehrten nahm ich den Topf vom Herd. Ich hatte nicht nur Essen gekocht, sondern auch schnell mit meiner Mutter telefoniert und ein paar Reiseführer für unsere Tour gekauft, die nun als Ebook auf dem Tablet geladen waren. Und ich hatte mit Johannes geschrieben. Der würde am Samstag zurückfliegen und wir hatten uns für Freitag in Saint Tropez verabredet.

Mit dem Handtuch balancierte ich den heißen Topf nach draußen auf den Campingtisch, wo ich bereits eingedeckt hatte.

Rusty's Fell war nass und auch Eddie sah so aus, als hätte er mit Klamotten gebadet. Ich lachte.

„Was ist denn mit Euch passiert?"

Eddie verzog das Gesicht.

„Ich hab einen Moment nicht aufgepasst, da ist mir die Leine aus der Hand geglitten. Und Rusty ist losgestürmt ins Wasser. Ich hinter ihm her. Doch er dachte wohl, ich wollte fangen spielen, denn jedes Mal wenn ich ihm näher kam ist er mit einem Sprung in eine andere Richtung."

Rusty schüttelte sich ausgiebig.

„Und ich hatte schon Angst, er würde mir abhauen. Doch als er wieder im Sand war, hat er mich zum Spielen aufgefordert. Und ich dachte ist besser, ihn nicht zu enttäuschen."

Ich nahm ein Handtuch aus dem Wagen und reichte es Eddie.

„Und als ich dann aus der Puste war, habe ich ihn kurz gerufen und er ist sofort gekommen."

Er rubbelte seine Haare trocken. Rusty kam schwanzwedelnd auf mich zu.

„Wow."

Ich beugte mich zu ihm runter und wuschelte ihm den Kopf. „Das sind ja großartige Neuigkeiten. Gut gemacht Rusty."

„Ja, ja. Schon gut. Vergiss mich ruhig.", sagte Eddie gespielt zerknirscht.

„Oohhh."

Ich stand wieder auf, ging zu ihm rüber, wuschelte durch seine Haare und sagte: „Gut gemacht, Eduard."

Er grinste.

„Besser."

Und drückte mir einen Kuss auf die Stirn.

Mit vollem Magen lehnte ich mich im Stuhl zurück und sah Eddie fragend an.

„Ich wollte noch zu Hannelore und Marion. Mich verabschieden. Die beiden reisen morgen ganz früh ab. Möchtest Du mitkommen?"

„Klar, gerne. Wenn es Dir nichts ausmacht, könnten wir auf dem Weg gleich mal meine Sachen aus dem Hotel holen."

„Heißt das, du ziehst bei mir ein?", ich lächelte überlegen.

„Naja. Also ich würde das ja nicht so eilig finden, aber Rusty hat mich vorhin die ganze Zeit damit genervt. Er hat die Nase voll vom Weiberhaushalt und braucht einen echten Kerl zur Verstärkung."

Rusty, der seinen Namen gehört hatte, lugte unter meinem Stuhl hervor und sah Eddie erwartungsvoll an.

„Fall mir jetzt nicht in den Rücken, Kumpel."

Er kraulte ihm über den Kopf.

„Ich finde es schön, dass du bleibst.", sagte ich leise.

Eddie nahm den Blick vom Hund und sah mir direkt in die Augen. Ein Lächeln huschte über seine Lippen.

„Ich auch."

Hand in Hand schlenderten wir am Strand entlang in Richtung Tarifa. Wir nahmen Kurs auf das Hotel, in dem sich Eddie eingemietet hatte. Das Hotel lag nahe des Zentrums von Tarifa und ich genoss die letzten warmen Sonnenstrahlen des Tages auf der Straße zwischen den malerischen weißen Häusern der Altstadt. Ich wartete beim Wagen, der vor dem Hotel geparkt war, während Eddie seine Sachen holte und das Zimmer zahlte.

Auf dem Weg zu Marion und Hannelore hatten wir Rusty wieder in meinem Fußraum geparkt. Ein roter alter Kleinwagen war vor der Tür zu ihrem Appartement geparkt und Marion war gerade dabei, einen schweren Koffer in den viel zu klein wirkenden Kofferraum zu wuchten. Eddie sprang fast aus dem Wagen und half ihr, den Koffer hinein zu bugsieren. Rusty und ich folgten ihm.

„Hallo Marion."

„Hey ihr Zwei. Danke Eddie."

Sie wischte sich den Schweiß von der Stirn.

„Wow. Seid ihr mit dem Auto hierher gefahren?"

Ich zuckte zusammen. War das aus meinem Mund gekommen? Ich wollte nicht überheblich wirken, aber neben dem schnittigen Sportwagen sah der Wagen mehr als mies aus. Überall Roststellen und kleinere Beulen. Dass die beiden in einem solchen Auto, diese lange Strecke gefahren sind, wollte mir nicht einleuchten. Mit einem schweren Stein im Magen wurde mir klar, dass Marion wohl keine andere Wahl hatte.

„Ach das geht schon. Der hat wenigstens Klimaanlage. Und den Weg hierher hat er gemeistert wie ein Großer. Der hat zwar schon 180.000 Kilometer runter, aber auf die paar mehr kommt es jetzt auch nicht mehr an."

Sie zuckte resigniert mit den Schultern.

„Unseren anderen Wagen hat mein Mann. Das ist ein Firmenwagen, den konnte ich schlecht nehmen."

„Hast Du noch mehr Gepäck?", fragte Eddie, die Hände in die Seiten gestemmt. Sein Blick zeigte mir die gleiche Überraschung wie die meine.

„Ja. Ich habe vorhin schon alles gepackt und dachte, ich lade es schon mal in den Wagen. Wir müssen morgen sehr früh los."

„Wo stehen die Sachen?"

„Im Flur."

„Ich mache das schon.", sagte Eddie und verschwand durch die Tür. Während er nach und nach Taschen und Koffer holte und den Wagen belud, zog ich Marion an die Seite.

„Kriegst Du das wirklich hin mit der Fahrt? Wie lange seid ihr denn unterwegs?"

„Wenn wir durchfahren würden, wären es vierundzwanzig Stunden. Aber ich habe eine nette kleine Pension auf halber Strecke für den Hin- und Rückweg gebucht. So sind es zwölf Stunden an zwei Tagen."

„Wird Dir das nicht zu viel?"

„Ach das geht schon. Auf dem Hinweg hat auch alles gut geklappt."

Mir war nicht wohl bei dem Gedanken, die zwei in dem Wagen ziehen zu lassen. Aber hatte ich eine Wahl? Konnte ich mich da einmischen? Ich beschloss, auf jeden Fall nach meiner Rückkehr etwas für die beiden zu tun. Wenn man schon mal so viel Geld hat, dann sollte man es auch sinnvoll einsetzen.

„So. Das dürfte alles gewesen sein."

Eddie verschloss den Kofferraum.

„Danke Eddie. Das ist sehr lieb von Dir.", sagte Marion.

„Wo ist eigentlich Hannelore?", fragte ich.

„Die hat sich schon hingelegt."

„Schade. Ich hätte mich gerne auch von ihr verabschiedet."

„Es werden zwei lange Tage, daher wollte sie heute früh ins Bett. Aber dieser Ausflug zu den Walen hat ihr wirklich gut getan. Sie strahlt geradezu. Danke Euch für diese riesige Hilfe. Ohne Euch…"

Ihre Stimme flatterte als ihr eine Träne über die Wange kullerte. Ich nahm sie in den Arm und drückte sie ganz fest.

„Was Du für Deine Mutter getan hast, ist wirklich großartig."

Sie hielt sich einen Moment an mir fest.

Wir verabschiedeten uns von einander und Marion versprach, sich am nächsten Tag bei mir zu melden, wenn die beiden in der Pension angekommen waren. Eddie und ich schwiegen gedankenverloren im Wagen, auf dem Weg zurück zum Campingplatz. Als er den Wagen schließlich parkte und ausmachte, blieb er noch einen Moment sitzen, bevor er sagte: „Ich wünschte, ich hätte den beiden den Sportwagen mitgeben können."

Ich sah ihn an.

„Ich hab mir fest vorgenommen, wenn ich wieder zu Hause bin, lasse ich mir was einfallen, um den Beiden zu helfen. Das hilft ihr zwar jetzt wenig, aber im Moment fällt mir keine Lösung auf die Schnelle ein."

„Nein, mir auch nicht."

Eddie hatte nicht viel Gepäck. Und so hatten wir seine Sachen schnell im Wohnwagen verstaut. Er nahm seinen Laptop mit an den Campingtisch und setzte sich zu mir. Ich hatte mir mein Buch genommen um zu lesen. Die Füße hochgelegt auf einen anderen Stuhl und eine Decke darum geschlungen. Rusty hat genau zwei Minuten gebraucht, um eine tolle Schlafposition zu finden, nämlich auf meinen Beinen, und so schnarchte er leise vor sich hin. Seine Glieder zuckten von Zeit zu Zeit, wenn er im Traum ein Loch zu buddeln schien. Leise wehte Musik von irgendwoher zu uns herüber.

Doch meine Gedanken kreisten immer wieder um die Situation von Marion. Vielleicht wäre das die Lösung, das ganze Geld einfach zu spenden. Dann hätten mehr Leute etwas davon und nicht nur ich. Und ich hatte sowieso keine Ahnung, was ich mit dem Geld anfangen wollte. Mir ging es gut. Klar, den Urlaub hätte ich mir von meinem Gehalt nicht leisten können. Aber einunddreißig Millionen hatte er auch nicht gekostet. Und vielleicht könnte ich eine tolle Organisation finden, die ich damit unterstützen könnte.

Ob es wohl eine Organisation gab, die Marion unter die Arme gegriffen hätte? Ich nahm mir vor, das zu Hause mal im Internet zu recherchieren.

Ich linste über mein Buch zu Eddie rüber, der seine Mails durchsah. Konnte es auf der Welt einen besseren Ort geben, als diesen hier in diesem Moment? Ich kuschelte mich in meine Jacke und ließ meine Gedanken über die Buchstaben auf der Seite gleiten, ohne sie zu lesen.

War das hier wirklich echt?

War das hier wirklich ich?

Die letzten Monate waren irgendwie geräuschlos an mir vorbeigezogen, durch den Stress auf der Arbeit. Sommer, Herbst, Winter, Frühling. Die wenigen Tage an den Wochenenden hatte ich geschlafen und meine privaten Sachen erledigt. Und unter der Woche war da die Arbeit, die mich vollends in Beschlag nahm. Ich konnte mich nicht mehr daran erinnern, wann ich das letzte Mal einfach so dagesessen hatte, um ein Buch zu lesen.

Und dann der Gewinn und das Chaos. Er hatte es einfach so in die richtige Bahn gelenkt. Mein Blick huschte wieder über den Buchrand hinweg zu ihm.

Vom ersten Moment an hatte er mich an die Hand genommen und das Chaos um mich herum zum Schweigen gebracht. Auch jetzt strahlte seine Anwesenheit so viel Ruhe in mir aus.

Ich genoss das Gefühl seiner Nähe. Und den Gedanken daran, dass er die gesamte nächste Woche an meiner Seite sein würde. Und in meinem Bett…

8. KAPITEL

Den nächsten Tag verbrachten wir mit Recherchen. Eddie arbeitete seine Mails ab, suchte Unterlagen zusammen und telefonierte mit Nadine. Ich setzte mich mit den Reiseführern auf dem Tablet und mit Zettel und Stift hin und suchte auf unserer Route nach Campingplätzen. Das stellte sich als schwieriger heraus, als ich gedacht hatte. Durch Rusty hatten wir offensichtlich ein echtes Problemkind mit an Bord. Denn entweder waren Hunde auf den Campingplätzen verboten, oder aber er lag an einem Strand mit Hundeverbot. Zudem erklärte mir einer meiner neuen Reiseführer, dass man Hunde sowieso am besten gleich ganz zu Hause lässt, da sie in Spanien doch eher unwillkommen sind. Auch die Landschaft und damit die Campingplätze wurden bedeutend anders im Vergleich zu dem, was ich bisher auf meiner Route angetroffen hatte, je weiter es in den Norden ging.

Die Plätze waren meist mit Kies ausgelegt, statt einer grünen Wiese. Die Umgebung wurde karger. Alle Plätze waren von hohen Zäune umgeben. Ich war sehr dankbar, dass ich diese Etappe nicht alleine vor mir hatte. Wenn dem so gewesen wäre, wäre ich vermutlich die gleiche Strecke wieder retour gefahren. Oder aber in der Tat in einem Tag durch bis nach Marseille.

Nach vielen Stunden über den Büchern und dem Tablet und etlichen Telefonaten, nach denen ich mir schwor, vor dem nächsten Lottogewinn Französisch und Spanisch zu lernen, hatte ich für alle Nächte Plätze gebucht. Die erste Strecke würde noch mal etwas länger werden, aber danach waren die Strecken kürzer. Um möglichst viel von den Städten zu sehen, bevor die Mittagshitze uns zu einem schattigen Platz zwingen würde, mussten wir die Tage früh beginnen.

Eddie war guter Dinge, zumindest die kommenden Tage nur wenig arbeiten zu müssen, aber nach seiner Rückkehr war für Montag eine Besprechung angesetzt, auf die er sich in Saint Tropez vorbereiten musste.

„Aber das ist noch eine Ewigkeit hin, wenn ich mir deine Reiseplanung ansehe.", grinste er.

Nadine hatte Eddie eine Mail mit der Buchungsbestätigung für einen Bungalow in Saint Tropez geschickt. Und wir sahen uns die Anlage im Internet an. Ein leiser Pfiff glitt über meine Zähne. Das war der pure Luxus. Laut ihrer Mail hatte sie, mit unseren Vorgaben, leider nur noch einen Bungalow mit zwei separaten Schlafzimmern buchen können. Im südlichen Teil von Saint Tropez.

Doch ‚leider', war hier irgendwie das falsche Wort. Laut Internet handelte es sich um ein wahnsinnig luxuriöseres Appartement. Die Bilder waren sehr vielversprechend. Ein mediterranes weißes Gebäude. Die Einrichtung ultramodern und sehr stylisch. Und der Pool fand sich in einem zugehörigen Garten. Mit einer großen Terrasse, auf der neben einem großen Holztisch und vier Stühlen sogar eine Art hölzernes Himmelbett mit weißen Laken Platz fand.

Eddie schaute zu mir rüber: „Gefällt es Dir?"

„Ja, sehr. Ich denke nur, dass Mark aus allen Wolken fällt, wenn er das sieht."

Ich grinste von einem Ohr zum anderen.

„Verraten wir es ihm nicht, dann ist die Überraschung größer.", meinte Eddie verschwörerisch.

Am nächsten Morgen ging früh der Wecker und wir fuhren, nach einem ausgedehnten letzten Spaziergang am Atlantik, erst einmal Richtung Flughafen Gibraltar, um den schicken Sportwagen wieder bei der Autovermietung abzugeben.

Dann musste Rusty, unter großen Protesten, seinen Platz räumen und auf der Eckcouch Platz nehmen. Und das auch noch angeschnallt. Armer Kleiner. Sonnenbrille aufgesetzt, Fenster auf und das Radio angedreht, starteten wir in Richtung Norden. Unsere Köpfe wippten im Takt zur Musik. Und ich drehte die Lautstärke höher. Den Wind vom Atlantik in den Haaren. Der Berg im Rückspiegel wurde immer kleiner. Der Atlantik begleitete uns noch ein Stück auf der linken Seite. Dann ging es ins Landesinnere. Auf die Autobahn.

Da das Navigationsgerät sich nur schwer dazu überreden ließ, die kürzeste Strecke gegen die Strecke direkt am Mittelmeer entlang zu wählen, entschieden wir uns kurzfristig für den Kauf einer Straßenkarte und Eddie navigierte uns runter von der Autobahn und rauf auf die Bundesstraße, so oft es eben ging. So fuhren wir nur wenig später wieder mit dem Meer an unserer Seite. Dieses Mal auf der Rechten. Und zur Linken die wunderschöne Landschaft Südspaniens. Über uns der azurblaue Himmel.

Vorbei an Estepona und Marbella. In Malaga fuhren wir nach Gutdünken durch die Stadt in Richtung Hafen. Fanden dort wieder die Hauptstraße Richtung Autobahn.

Ich fand es spannend die Stadt zumindest ein wenig zu sehen, da sie nicht in unserer Reiseroute eingeplant war. Und auch Eddie starrte nur begeistert aus dem Fenster, um alles bestmöglich aufzusaugen.

Wieder raus aus der Stadt, war es bereits kurz vor Mittag. Und so suchten wir eine ganze Weile nach einem geeigneten Ort für die Mittagspause. Wir fanden ihn in den Parks von Torre del Mar direkt am Strand. Wir parkten den Camper, nahmen eine Decke, Wasser und ein bisschen Obst mit und setzten uns in den Schatten eines Baumes.

Während Eddie nach unserer Mittagspause mit Rusty ein paar Meter am Wasser entlang ging, studierte ich noch mal die Straßenkarte und bemühte das Navi um die Berechnung unserer weiteren Route. Mit einem Check auf der Straßenkarte fügte ich noch ein paar Orte hinzu und die Route änderte sich auf viereinhalb Stunden. Allerdings entlang des Mittelmeeres. Wir würden nur noch kurze Pausen einlegen können. Aber dann sollten wir gegen Abend an unserem Zielort ankommen, einem kleinen Campingplatz in der Nähe von Santa Pola. Als die beiden Jungs zurück waren, zeigte ich Eddie die geplante Strecke auf der Karte.

„Na, wo du dich jetzt so eingelesen hast, wie wäre es, wenn ich das Steuer übernehmen würde?"

Wortlos hielt ich ihm grinsend die Schlüssel hin.

Das Gelände wurde rauer und bergiger. Die Straßen wurden kurviger. Das Grün wich einem steinernen Braun. Ich kramte meine Kamera raus und schoss Fotos von Eddie, der lächelnd zu mir rüber sah, von Rusty, der mich missmutig von seinem Zweite-Reihe-Platz ansah und von der Straße vor uns. Wir sangen zu der Musik im Radio und brachten so Kilometer um Kilometer in unserem klimatisierten Gefährt hinter uns, auf dem Weg in Richtung Norden.

„Was sagt denn Dein Reiseführer über Santa Pola?", fragte Eddie, als wir am späten Nachmittag die letzten Kilometer vor uns hatten.

Die Landschaft hatte sich wiederum stark verändert. Alles war flach und weitläufig. Ich nahm das Tablet vom Boden auf und öffnete die Reiseführer. Ich hatte während der Fahrt immer wieder darin geblättert, wenn wir an einem Ort vorbei kamen, dessen Name mir bekannt vorkam.

„Wollen wir mal sehen."

Ich studierte das Inhaltverzeichnis und blätterte durch das Buch.

„Ah, da. Also, Santa Pola war mal ein Fischereihafen und ist heute sehr beliebt bei Surfern. Es gibt dort eine schöne Strandpromenade und die Sonnenuntergänge sollen ganz toll sein. Oh, und es ist kein typischer Touristenort. Er wird eher von den Spaniern selbst genutzt, als Badeort. Und es gibt dort eine Fähre auf eine Insel."

„Klingt doch gut. Also heute Abend Fisch am Strand und Sonnenuntergang?"

„Auf jeden Fall. Aber wir sollten die Strecke zum Strand zu Fuß gehen, damit der Kleine noch seine Kilometer voll hat für heute."

Ich sah zum schlafenden Rusty.

„Ich glaube, darüber brauchen wir uns die nächsten Tage wohl keine Sorgen machen.", sagte Eddie lachend.

„Nein, wohl eher nicht. Ich freue mich schon total auf die Städtetouren."

Er nahm meine Hand und führte sie an seinen Mund.

„Weißt du was mir gefällt?"

Seine Lippen auf meinen Fingern. Ein wohliger Schauer lief über meinen Rücken.

„Es mit Dir zu sehen."

Und die Art wie er ‚dir' sagte, ließ mich dümmlich grinsend dahin schmelzen.

Der Platz war schnell bezogen. Eine Parkbucht auf einem kleinen und ruhigen Campingplatz. Die Wege gesäumt mit Palmen, fehlte es sonst an Grün. Die Wärme war auf angenehme Temperaturen runtergekühlt und wir machten uns mit Rusty an der Leine auf den Weg in Richtung Strandpromenade. Der Campingplatzbesitzer, ein wortkarger älterer Herr, hatte uns mit gebrochenem Deutsch den Weg erklärt. Rusty, der den ganzen Tag wenig Auslauf hatte, lief freudig an der Leine vor uns her. Eddie nahm meine Hand. Die Straßen und Gebäude schienen allesamt aus einem Film entsprungen zu sein. Sie passten nicht zueinander und doch passten sie in die Gegend. Überall gab es künstliche Grünanlagen mit Palmen. Das satte Grün der Palmen schien so widersprüchlich zu dem wild wuchernden blassgrünen Gräsern am Straßenrand.

Je näher wir zum Strand kamen, desto einfacher und größer wurden die Häuser. Balkon an Balkon reihten sich die viergeschossigen Wohnblöcke aneinander. Nach 20 Minuten waren wir an der Strandpromenade angekommen. Eine lange gerade Straße mit einem breiten Gehweg am Strand entlang. Dahinter feiner weißer Sand und das Mittelmeer. Wir gingen zunächst runter ans Wasser, zogen unsere Schuhe aus und liefen ein Stück durch den Sand am Wasser entlang.

Ich hätte Rusty gern von der Leine gelassen, war mir aber nicht mal sicher, ob er überhaupt hier laufen durfte. Die Gefahr, hier Ärger zu bekommen, war mir zu groß. Aber ihn schien das nicht zu stören. Schwanzwedelnd und mit der Nase über dem Boden trabte er neben mir her.

Auf dem Rückweg suchten wir eines der Restaurants am Strand auf, an der örtliche Fischspezialitäten angeboten wurden. Zumindest laut Eddie. Mein Spanisch tendierte gegen null Prozent, weswegen ich nur wenig der handgeschriebenen Notiz am Eingang lesen konnte.

Wir wurden freundlich empfangen, wegen des Hundes aber gebeten, draußen, in einer Art Biergarten, zu speisen. Was uns bei den Temperaturen ganz recht war. Man brachte uns sogar einen kleinen Plastikeimer mit Wasser für Rusty und der stürzte sich durstig darauf. Danach legte er sich zufrieden zu meinen Füßen in den Sand.

„Weißt Du, was Du willst?", fragte Eddie nachdem er, die Sonnenbrille in die Haare geschoben, sich in die Karte vertieft hatte.

„Um ehrlich zu sein. Ich habe keine Ahnung, was es gibt."

Er lächelte mich an.

„Also bist du abhängig von mir?"

„Ein bisschen."

Wie zur Bestätigung knurrte mein Magen plötzlich.

Der Kellner kam an unseren Tisch und brachte uns unsere Getränke. Einen ‚vino blanco' hatte ich mit meinem kargen Sprachwissen noch so gerade bestellen können. Eddie sah mir in die Augen und strahlte mich an. Dann gab er ganz entspannt in fließendem Spanisch – ich hatte keine Ahnung wie verflucht sexy diese Sprache klingen kann – unsere Bestellung auf. Zumindest nahm ich das an. Der Kellner nickte immer wieder, notierte sich alles und verschwand dann wieder im Haus.

„Wie kommt es, dass Du so gut Spanisch sprichst?" fragte ich ihn.

„Ich war in der Schule ganz gut in den sprachlichen Bereichen. Englisch, Spanisch, Französisch und Latein. Zudem war ich mit meinen Eltern und später mit Freunden viel in Spanien und Frankreich im Urlaub."

Er pausierte einen Moment und sein Lächeln wurde breiter, verschwörerisch fügte er hinzu: „Die Lady's ließen sich nicht auf Deutsch rumkriegen. Da musste man sich ein wenig ins Zeug legen."

Ich lachte.

„Ja, ja. Männer halt."

Spielerisch verdrehte ich die Augen.

„Und Du? Wieso kannst Du kein Spanisch?", fragte er schmunzelnd.

„Hat sich nie ergeben. Ich hatte irgendwie immer nur deutsche Männer und habe mich in Landessprache anbaggern lassen."

„Und im Ernst?"

„Sprachen waren nie so mein Ding. Zumindest nicht in der Schule. Heutzutage hangle ich mich durch den Berufsalltag mit dem Englisch, was noch übrig geblieben ist aus der Schulzeit. Und ich verstehe niederländisch ganz gut. Aber sprechen kann ich es nicht. Es erinnert mich so an das Plattdeutsch meiner Oma."

Der Kellner kam zurück.

„Vorspeise.", erklärte Eddie, als der Kellner uns zwei kleine Salatteller servierte.

„In Spanien ist es üblich, eine Mahlzeit aus Vorspeise, Hauptgang und Nachspeise zu nehmen. Ich habe allerdings den Nachtisch ausgelassen, wir könnten uns nachher noch ein Eis holen für den Rückweg."

Nach dem Salat gab es eine riesige Fischplatte mit allerlei verschiedenen Sorten. Ich war noch nie so der Fischesser gewesen und auf den ersten Blick schien mir der Salat auch genug zu sein. Doch Eddie rutschte von seinem Stuhl gegenüber auf den neben mir und begann mich zu füttern. Und nach dem ersten Bissen revidierte ich meine Meinung augenblicklich. Das hier war der beste Fisch, den ich je in meinem Leben gegessen hatte. Ich weiß nicht, ob es wirklich am Fisch lag. An der salzigen Luft. Oder an dem Mann, der mit großer Sorgfalt die entsprechenden Fischstücke zwischen uns aufteilte.

„Und?", fragte er neugierig, als wir die Hälfte des Tellers fast geleert hatten.

„Unglaublich gut.", strahlte ich ihn an und lehnte mich ein Stück vor um, ihn zu küssen.

Hm... Auch salzig.

Er funkelte mich an.

„Finde ich auch."

Nach dem Essen gingen wir nochmal das Stück den Strand entlang bis er durch ein abgesperrtes Terrain zu Ende ging. Wir setzten uns in den Sand. Mein Rücken an den Bauch von Eddie gelehnt.

Da kaum noch Leute am Strand waren, nahm ich Rusty die Leine ab und ließ ihn ein wenig umhertollen. Doch der schien eher gelangweilt und rollte sich nach ein paar Minuten Inspektion der näheren Umgebung zwischen meinen Beinen ein. Eddie lehnte sich gegen meinen Rücken und legte den Kopf auf meine Schulter. Seine Hände über meinem Bauch verschränkt, legte ich meine darüber. Mein Herz pochte wie verrückt.

„Hast Du es Dir so vorgestellt?", fragte er nach einer Weile.

„Was meinst Du?"

„Deinen Urlaub."

„Nein. Im Leben nicht. Ich hatte gar keine Vorstellung. Du hast mich mit der Idee dieses Trips total überrumpelt und dann bin ich einfach gefahren. Und jetzt habe ich das Gefühl, dass alles andere schon Jahre zurückliegt."

„Erzähl mal."

„Was denn?"

„Was war vor diesem ganzen Rummel um den Gewinn?"

Und ich erzählte ihm von meiner Ausbildung. Und von den Jahren mit ständigen Jobwechseln.

„Die Jahre waren ziemlich rastlos. Ständig eine neue Firma, neue Kollegen, neue Aufgaben."

„Und dann?"

„Landete ich in der Firma, in der ich jetzt auch arbeite. Ich hatte erst wieder mal einen Zeitvertrag. Doch dann geriet das Unternehmen plötzlich in eine Krise. Wahrscheinlich hatte es sich schon eher angekündigt, aber für uns als Mitarbeiter kam das ziemlich überraschend. Die Firma wurde übernommen und es folgten viele Entlassungen."

„Aber Deine nicht?"

„Nein. Man bot mir sogar den Job als Assistentin des neuen Geschäftsführers an. Die alte Assistentin hatte mit Fortgang des alten Geschäftsführers gekündigt. Und ich sagte zu. Und naja. Das war vor einem Jahr. Seitdem habe ich eigentlich durchgearbeitet."

Ich ließ meine Gedanken über die vielen Jahre und den Weg, den ich bisher gegangen war, schweifen.

„Ich war irgendwie immer nur auf dem Weg zum nächsten Ziel. Ausbildung. Job bekommen. Nächster Job. Ein Jahr Ruhe oder zwei und dann zur nächsten Firma. Dann der Job als Assistentin. Eine Besprechung vorbereiten. Die nächste Besprechung. Der nächste Auftrag. Die nächste Woche. Der nächste Monat."

„Ist doch gut, wenn es immer weitergeht."

„Ja, aber ich merke jetzt, dass ich nie stehengeblieben bin. Die Dinge haben sich irgendwie ergeben. Auch meine Ausbildung hat sich irgendwie einfach ergeben. Ich meine, heute denke ich, dass es der richtige Job für mich ist. Aber als Kind wollte ich immer Tierärztin werden."

„Du könntest jetzt Tierärztin werden. Wenn Du es willst. Könntest nochmal ganz von vorne anfangen."

„So ist das nicht gemeint. Ich bin froh und ich glaube, ich passe vom Charakter auch gut in den Job. Dinge organisieren. Auch an Kleinigkeiten denken. Das passt schon gut zu mir. Aber ich weiß nicht mehr, ob ich den Job wollte oder der Job mich zu dem gemacht hat, was ich bin, weißt Du was ich meine?"

Er schwieg einen Moment.

„Naja, ich wollte nicht immer Jurist werden."

„Ach nein. Was wolltest Du werden?"

„Naja. Eigentlich wollte ich immer zum Rodeo."

Ich drehte den Kopf, um ihm in die Augen zu sehen. Er funkelte mich belustigt an.

„Spinner.", sagte ich lachend.

„Okay. Im Ernst. Mein Vater war Rechtsanwalt. Sein Vater war Rechtsanwalt. War irgendwie klar, dass ich einer werde. Und ich habe nie darüber nachgedacht. Es war schon immer ein Teil meines Lebens. Und ich bewundere meinen Vater für seine Ausstrahlung. Schon als Kind wollte ich später so auftreten können wie er."

Ich spürte, wie er sich aufrichtete.

„Er hat einfach eine Art an sich, die die Leute dazu bringt, ihm zuzuhören, wenn er etwas sagt. Und wenn ihm Menschen begegnen, schütteln sie mit einer großen Ehrfurcht seine Hand. Das hat früher einen tiefen Eindruck bei mir hinterlassen."

„Du hast das auch.", sagte ich.

„Meinst Du?"

„Ja. Erinnerst Du Dich, als wir uns zum ersten Mal sahen. Wie Du diese Meute von Presseleuten binnen Sekunden in den Griff bekommen hast?"

Er zuckte mit den Schultern.

„Ja, vielleicht."

„Und wenn Du die Millionen gewonnen hättest, was hättest Du dann damit gemacht? Würdest Du etwas an Deinem Leben ändern wollen?"

„Nun, ich verdiene als Rechtsanwalt nicht schlecht. Ist nicht so, dass ich mir finanziell Sorgen machen müsste. Um ehrlich zu sein, habe ich mir darüber auch noch nie Gedanken gemacht. Ich weiß nicht, ob ich etwas ändern würde in meinem Leben."

„Ich weiß auch nicht, ob ich das will."

Er nahm mich fester in den Arm.

Die Sonne sank langsam über dem Horizont. Die Stille mummelte uns in eine Decke aus Zufriedenheit. Jeder Moment war ein atemberaubendes Bild. Die wenigen Wolken am Himmel warfen Schatten. Die Sonne färbte sich rot und versank schließlich im Meer.

Schweigend standen wir auf, ich nahm Rusty wieder an die Leine und wir gingen am Strand entlang und durch die Stadt zurück zu unserem Camper. Kaum war die Tür hinter uns verschlossen, versanken wir in den Armen des anderen. Rusty gähnte nur müde und verschwand mit einem knurrenden Geräusch auf die Eckcouch.

9. KAPITEL

Nach einer kleinen Runde mit Rusty rollten wir am nächsten Morgen vom Campingplatz in Richtung Valencia. Dieses Mal vertrauten wir voll und ganz auf das Navigationsgerät, das uns laut Übersicht quer durch das Land, anstelle der Strecke am Mittelmeer führte. Wir wollten früh in der Stadt ankommen, um möglichst viel zu sehen, bevor wir uns gegen Mittag den örtlichen Gepflogenheiten anschließen und eine Siesta halten wollten. Eddie saß am Steuer. Rusty schlief auf seinem Platz und ich studierte noch mal die Straßenkarte und den Reiseführer.

„Was für ein Tag ist heute eigentlich?", fragte ich Eddie.

Ein Lächeln huschte über seine Wangen.

„Du bist schon zu lange im Urlaub, wenn Du vergisst, welcher Wochentag ist."

Er streichelte über meine Hand.

„Es ist Sonntag, cariño."

Ich blätterte wieder in dem Reiseführer und überging geflissentlich den spanischen Ausdruck, den ich nicht verstand. Er machte sich über meine mangelnden Sprachkenntnisse lustig, das wollte ich ihm nun nicht auch noch honorieren, in dem ich ihn danach fragte.

„Hmm. Dann werden die meisten Läden wohl geschlossen sein."

„Wir wollten doch auch nicht shoppen, oder?", fragte Eddie verwundert.

„Nein, das nicht. Aber ich hätte mir gern den Mercado Central angesehen. Der ist allerdings auch zu."

„Ich bin mir nicht sicher, ob die uns da überhaupt mit Rusty reingelassen hätten."

Ich stöberte unauffällig zu der kleinen Vokabelliste am Ende des Buches. Schreibt man dieses Karinjo nun mit K oder C? Ich konnte es nicht finden. Verdammt.

Zwei Stunden später baute sich Valencia vor uns auf. Wir überquerten den künstlich angelegten Flusslauf des Rio Turia. Vor uns erhoben sich viele Hochhäuser und Industrieanlagen.

„Wohin führt uns das Navi eigentlich?", fragte Eddie.

„Ich habe ein Parkhaus in der Stadt angegeben. Ich hoffe, dass wir dort einen Platz kriegen."

„Ich glaube nicht, dass wir an einem Sonntag um acht Uhr ein Problem haben werden."

„Warst Du eigentlich schon mal in Valencia?"

„Nein. Bisher noch nicht."

Der Verkehr wurde etwas dichter und wir fuhren an großen Wohnblöcken vorbei.

„Könntest Du Dir vorstellen, hier zu leben?", fragte ich.

„In Spanien? Oder in Valencia?"

„Hier. In einem der Wohnhäuser."

„Nein. Ich glaube eher nicht."

„Großstädte sind nichts für mich.", stellte ich fest.

Eddie warf mir einen Seitenblick zu.

„Naja. Münster ist auch kein Dorf."

„Nein, das nicht. Aber erstens wohne ich ja nicht direkt in Münster. Und zweitens meine ich auch Städte wie die hier. Oder Köln oder Düsseldorf. Das ist irgendwie nicht mein Ding. Zu viele Menschen auf einem Haufen."

„Ich bin in Köln aufgewachsen.", sagte Eddie.

„Ehrlich? Wie bist Du in Münster gelandet?"

Er lachte auf.

„Als wenn das so ein Schritt zurück wäre."

„So war das nicht gemeint. Aber ist es für Deine Karriere gut, wenn Du in Münster bist? Ich kann mir vorstellen, es gibt in Köln viel interessantere und größere Fälle."

„Eigentlich nicht. Und in Köln hat mein Vater seine Kanzlei. Ich habe in Münster studiert und bin geblieben. In Münster war ich nur selten ,der Sohn von', und konnte so mein eigenes Leben aufbauen. Unabhängig vom Namen meines Vaters."

Oder im Schatten seines Vaters, fügte ich in Gedanken hinzu.

„Musstest Du Jura studieren? Hätte Dein Vater akzeptiert, wenn Du etwas anderes gemacht hättest?"

„Ja, das hätte er. Hat er auch. Bei meinem Bruder. Der ist Fotograf geworden. Er arbeitet für ein Fernsehstudio in Köln. Ich glaube, er wäre enttäuscht, wenn keiner seiner beiden Jungs seinen Lebensweg gewählt hätte, weil er zu Recht sehr stolz darauf ist. Aber er hat uns nie vorgeschrieben was wir denken, machen oder wofür wir uns entscheiden sollten."

Die Straßen wurden schmaler, bis wir schließlich über ein paar Einbahnstraßen zu dem Parkhaus kamen. Und tatsächlich waren nur noch wenige freie Plätze verfügbar. Ich war froh, dass ich keinen Wagen mit Aufbau gekauft hatte, mit dem hätten wir vermutlich nicht ins Parkhaus einfahren können. Auch mit meinem Camper wurde es etwas knifflig. Aber Eddie steuerte ihn seelenruhig hinein und parkte auf einem der letzten freien Parkflächen. Rusty gähnte lautstark und richtete sich auf, als Eddie den Motor abstellte.

„Guten Morgen Süßer.", sagte ich, schnallte mich ab und ging zu ihm, um ihn ebenfalls loszumachen.

„Dann mal los."

Ich begann die letzten Sachen, wie Wasser aus dem Kühlschrank für Rusty und für uns, die Kamera, das Tablet und die Karte, in den Rucksack zu packen. Danach zogen Eddie und ich uns noch etwas Luftigeres an und wir stiegen aus. Ich legte mir Rusty's Leine um den Bauch und ließ sie einrasten. Dann hakte ich das andere Ende in sein Halsband. So war er angeleint und ich hatte trotzdem die Hände frei. Er schüttelte sich und sah mich erwartungsvoll an, als wollte er sagen, ,Okay. Können wir dann los?' Ein Leckerchen fand den Weg von meiner Hosentasche in sein Maul. Eddie hatte den Wagen verschlossen und schulterte den Rucksack. Er nahm meine Hand und wir machten uns auf den Weg zum gläsernen Aufzug. Und aus dem künstlichen Licht fuhren wir nach oben in die Sonne und in die Altstadt Valencias.

Aufzug fahren würde wohl nicht zu Rusty's Lieblingsbeschäftigungen werden. Unsicher sah er auf den Boden und durch das Fenster, als wir nach oben schwebten. Als die Türen sich öffneten, zog er hastig nach draußen. Als sich die Leine festzog und er mich ein Stück nach vorne riss, waren Eddies Arme um mich und hielten mich fest.

„Hoppla.", lachte er, „Da hat es wohl jemand eilig."

Rusty, in die Leine gezogen, blieb augenblicklich stehen und sah sich zu uns um. Er wedelte vorsichtig mit dem Schwanz.

„Schon gut, Kleiner."

Ich warf ihm ein Leckerchen zu und er schnappte es in der Luft.

„Und jetzt?"

Suchend blickte sich Eddie um.

„Da lang.", sagte ich entschlossen, nahm wieder seine Hand und zog ihn in Richtung Innenstadt.

Den Stadtplan in der Hand wanderten wir durch die Straßen und kleinen Gassen, vorbei an kleinen Parks und alten Gebäuden. Wir folgten keiner festen Route. Sondern ließen uns treiben und versuchten alle Sehenswürdigkeiten, in unseren kleinen Rundgang mit einzubeziehen. Rusty lief entspannt neben uns her, schnupperte immer wieder mal am Boden und beäugte interessiert den einen oder anderen Hund, der uns entgegenkam. Wir bewunderten das Rathaus von Valencia, das ‚ayuntamiento' und kauften uns bei einem Touristikhäuschen auf dem Vorplatz zwei Basecaps mit einem Schriftzug der Stadt, die wir gegen die Sonnenstrahlen auch gleich aufsetzten.

Wir folgten der Hauptstraße weiter und kamen zum ‚Mercado Central', der zwar erwartungsgemäß geschlossen war, in den wir durch die Glastüren trotzdem einen Blick werfen konnten. Bestaunten die alten Steinmauern und die Verzierungen der gegenüberliegenden Kirche ‚Santo Juanes' und gingen weiter durch die engen Gassen in Richtung Kathedrale. Vorbei an alten Gebäuden mit Zinnen und dekoriert mit alten steinernen Figuren. Die hohe Häuserfront lichtete sich und mündete in einem großen Platz an dessen Ende die Kathedrale thronte. Da wir mit Rusty nicht hineingehen wollten, umrundeten wir sie einmal und sahen uns diese von außen an. Dabei entdeckten wir weitere Gebäude, die aus einer anderen Zeit zu stammen schienen.

Über die ‚Pont de la Trinitat' wanderten wir zum ersten Mal über den Park, den man im alten Flussbett angelegt hatte. Ein sattes Grün starrte uns von unten entgegen, wo früher einmal der Fluss Rio de Turia entlang geflossen war. Auf der anderen Seite liefen wir daran entlang, bis wir an den Eingang zum Park ‚Jardines del Real' kamen und tauchten ab in die grüne Idylle. Wir schlenderten durch den Park und verließen ihn schließlich wieder bei einem der westlichen Ausgänge. Wir folgten der Allee der ‚Avinguda de Blasco Ibáñez' raus aus der Innenstadt in Richtung Strand.

Das letzte Stück vor dem Strand wirkte heruntergekommen, im Vergleich zu den pompösen Gebäuden in der Innenstadt. Doch die Menschen traten uns freundlich entgegen und das anfängliche mulmige Gefühl in mir verzog sich schnell wieder.

Die Freude darüber, die schon mächtig beanspruchten Füße im Wasser des Mittelmeers etwas abzukühlen, verflog schnell wieder. Denn kaum hatten wir den Strand erreicht, entdeckten wir die vielen Schilder, die Hunde am Strand verboten. Also setzten wir unseren Weg an der Strandpromenade in Richtung Hafen fort. Wir aßen eine Kleinigkeit an einer der Bars am Strand. Dann ging es wieder in Richtung Innenstadt.

Wir betraten den Park im Flussbett und sahen schon von weitem die Kuppeln des wohl modernsten Teiles unserer Route. Die ‚Ciudad de las Artes y de las Ciencias', oder übersetzt die ‚Stadt der Künste und der Wissenschaften'. Wir folgten dem Park und kamen an zwei der Gebäude vorbei. Die Anderen sahen wir uns nicht an. Es war bereits mittags und wir wollten raus aus der Sonne und im Park einen schattigen Platz finden, an dem wir unsere Siesta halten konnten.

Wir fanden ihn an einem großen runden Wasserbecken. Umgeben von einer Art Wald aus Palmen. Mehrere Leute hatten sich bereits im Schatten der Bäume niedergelassen. Wir suchten uns einen freien Platz. Eddie setzte sich, an eine Palme gelehnt. Und Rusty legte sich mit einem tiefen Seufzer neben ihn. Ich löste die Leine von meinem Bauch und holte aus dem Rucksack eine der Flaschen mit Wasser für Rusty und eine Schale. Er beugte sich gierig darüber und schlabberte die

Schüssel in Rekordzeit leer. Dann drehte er sich noch einmal kurz und ließ sich seufzend im Gras nieder, angelehnt an Eddie's ausgestreckten Beine. Es dauerte keine zwei Sekunden und Rusty versank schnarchend ins Land der Träume.

„Na, den haben wir schon mal geschafft.", sagte Eddie belustigt und streichelte Rusty über den Rücken.

„Ja. Mich auch."

Ich drückte Eddie die Leine in die Hand, zog die Schuhe aus und legte mich mit dem Kopf auf Eddie's Schoß.

„Hey. Nicht alle einschlafen hier."

„Hm..", murmelte ich noch und schon war auch ich eingedämmert.

„Hey cariño."

Ein Flüstern drang an mein Ohr.

„Nicht jetzt.", murmelte ich und versuchte wieder zurück in meinen Traum zu finden. Wovon handelte der gleich noch? Sanft strich mir jemand mein Haar aus der Stirn. Ich drehte mich auf die Seite. Wieder ein Streichen durch mein Haar. Und an meiner Seite entlang.

„Aufwachen, Schlafmütze!"

Wiederwillig öffnete ich meine Augen einen Spalt. Palmen. Füße. Wo war ich?

Ach ja. Valencia. Und die Hand, die mich sanft liebkoste, gehörte zu Eddie. Kein Traum. Langsam erhob ich mich und streckte mich ausgiebig. Rusty schlief nach wie vor tief und fest neben Eddie.

„Bin kurz eingenickt.", sagte ich vorsichtig.

Eddie sah mich amüsiert an.

„Ja, so kann man das auch nennen. Tief und fest geschlafen hast Du. Und zwar volle drei Stunden."

„Was? Wie spät ist es denn?"

„Halb fünf."

„Oh."

Eddie's Augen funkelten mich an, während er über meine Wange strich.

„Du siehst süß aus, wenn Du schläfst. Ich verzeih Dir."

„Was hast Du solange gemacht?", fragte ich und bekam ein schlechtes Gewissen.

Eddie zeigte auf das Tablet, das neben mir im Gras lag.

„Ich hab mich ein wenig weitergebildet und die Reiseführer studiert. Wir haben so viel gesehen heute. Und wo ihr zwei mich ja kläglich im Stich gelassen habt, habe ich die Zeit sinnvoll genutzt."

Er lächelte mich an.

„Du hättest mich gar nicht so lange schlafen lassen sollen.", sagte ich mit schlechtem Gewissen.

„Ach so ein Unsinn. Uns läuft doch nichts weg. Aber langsam sollten wir uns wieder auf den Weg machen. Wie lange fahren wir wohl bis zu unserem Nachtquartier?"

„Etwa zweieinhalb Stunden."

„Dann los.", sagte er entschlossen.

Wir packten unsere Sachen wieder zusammen und weckten Rusty, der sich mit einem herzhaften Gähner und ausgiebigem Strecken erhob. Dieses Mal tauschten wir. Eddie nahm Rusty's Leine und ich schulterte den Rucksack. Wieder am Aufzug angekommen, schien es Rusty nicht mehr die Bohne zu interessieren, was diese komische Technik mit ihm machte. Er gähnte herzhaft und überließ sich dann seinem Schicksal. Kaum im

Camper angekommen hüpfte er ohne Murren auf seinen Platz und ließ sich anschnallen. Danach legte er sich hin und schlief augenblicklich wieder ein.

„Langer Tag.", sagte ich amüsiert.

„Kann man wohl sagen.", auch Eddie konnte sein Gähnen nur schwer unterdrücken.

„Ich fahre.", sagte ich bestimmt, als wir die Sachen verstaut hatten.

Eddie hielt mir die Schlüssel hin. Ich suchte die Adresse vom Campingplatz aus meinen Notizen und gab sie ins Navi ein. Doch das Gerät konnte die Route nicht berechnen, da es in der Tiefgarage kein GPS-Signal empfangen konnte. Vorsichtig lenkte ich den Wagen, der mir plötzlich viel größer vorkam, aus der Tiefgarage auf die Straße. Das Navi begann zu rechnen und nur Sekunden später, gab es mir die Richtung an. Vorsichtig lenkte ich den Wagen durch die engen Gassen. Wir überquerten nochmals den Park im Flussbett und verließen die Stadt in Richtung Norden. Wir waren noch nicht ganz aus Valencia raus, als ich nicht nur von Rusty leise Schnarchgeräusche hörte, sondern auch von Eddie. Mit einem Lächeln drehte ich das Radio leiser. Sah so aus, als würde nicht nur Eddie heute in den Genuss kommen, jemandem beim Schlafen zuzusehen.

Als der Verkehr flüssig lief und ich konstant bei einer Geschwindigkeit Kilometer um Kilometer hinter uns brachte, schweiften meine Gedanken ab.

Einen Mann hatte es schon seit einer gefühlten Ewigkeit nicht mehr in meinem Leben gegeben. Eddie machte es mir leicht, ihn gern zu haben.

Vielleicht zu leicht?

Oder war das hier nur ein Urlaubsding?

Irgendwas in mir hatte sich verändert. Mir wäre es früher nicht im Traum eingefallen, mich einfach in ein Auto zu setzen und Tausende von Kilometer durch halb Europa zu fahren.

Warum eigentlich nicht?

War das etwas, das ich getan hatte, um weg zu kommen, oder war das hier wirklich ich?

Ich hatte in der Zeit seit meiner Abfahrt keine großen Pläne mehr gemacht. Ich hatte mich treiben und den Dingen ihren Lauf gelassen. Grundsätzlich hatte ich schon Ziele auf meiner Reise, aber der Tag in Valencia war der erste, den ich wirklich durchgeplant hatte. Und selbst da hatten wir uns irgendwie ein Stück weit treiben lassen. Ich, die sonst jeden Schritt organisiert, plant und abläuft.

War das mein Job?

Hatte der mich dazu gebracht auch mein sonstiges Leben akribisch zu planen?

Ich wusste nicht, wann ich das letzte Mal etwas ‚einfach gemacht' hatte. Ich mochte es, wenn Dinge organisiert liefen. Spontanität mit Plan. Aber es hatte mich auch immer eingeengt.

Hoppla.

Wo kam der Gedanke plötzlich her?

Aber ja, es stimmte. Wirklich frei hatte ich mich ebenfalls schon sehr lange nicht mehr gefühlt. Ich funktionierte. Und diese Reise war so voller Abenteuer. War so voller neuer Dinge. Und ich hatte sie irgendwie alle geschehen lassen. Ohne, dass ich groß darüber nachgedacht hätte.

Das mit Rusty war doch das beste Beispiel. Einfach so hatte ich einen Hund mitgenommen. Schon seit Jahren hatte ich mit dem Gedanken gerungen, mir ein Haustier zuzulegen. Doch ich habe es immer wieder verschoben. Der Job. Und passt das wirklich in mein Leben? Hatte ich genug Zeit für ein Tier? Würde ich ihm gerecht?

Und dann kam Rusty. Und ich hab ihn einfach eingepackt und mitgenommen. Und ich wusste genau, egal was passieren würde. Wir würden schon eine Lösung finden. Es war jetzt nicht mehr die Frage, ob ein Hund die richtige Entscheidung war. Sondern nur, wenn das mit Rusty nicht geht, wie geht es dann anders? Dann eben nicht in die Museen der Stadt, die sicher sehenswert waren, sondern daran vorbei. Kein Problem.

Auch Eddie war ohne großes Nachdenken in meinem Bett gelandet. Ich hatte den Dingen ihren Lauf gelassen. Es ist nicht so, dass ich in den letzten Jahren keine Männer getroffen hätte. Es war nur irgendwie immer der falsche Zeitpunkt oder ich hatte den Kopf voll mit anderen Dingen und wollte nur meine Ruhe. Dann hatte der eine den falschen Job, der andere die falsche Haarfarbe, der nächste nervte oder langweilte mich und dann der nächste wiederum gab mir nicht das Gefühl, ihm wichtig zu sein.

Dabei war ich eigentlich doch unkompliziert, oder?

Letztendlich war es mir egal wie er aussah, was er machte. Gut, Eddie sah unverschämt gut aus und hatte auch noch einen sehr respektablen Beruf. Aber selbst, wenn das anders wäre, ich glaube, es wäre genauso passiert, wie es passiert ist.

Wovor hatte ich mich denn gedrückt bei den anderen?

Oder kam das alles nur von dem Urlaubsgefühl?

Würde das im Alltag wieder verschwinden?

Würde ich mich darüber ärgern, Rusty mitgenommen zu haben? Würde ich bereuen, mit Eddie geschlafen zu haben? Ist all das wie das eine Kleid, das Du Dir im Urlaub holst, weil es so toll aussieht. Und zu Hause verrottet es im Schrank, weil Du es scheußlich findest und keine Ahnung hast, wie Du es im Urlaub toll finden konntest? Wo war nur die coole und abgeklärte Alex hin, der das alles nichts ausmachte. Die einfach am nächsten Morgen wieder zur Arbeit fuhr und weitermachte. Wieder abtauchte im Alltag und nicht zurückblickte.

Wann war mir das letzte Mal etwas so nahe gegangen, dass ich bereit war dafür von meinem Weg abzuweichen?

Welchen Weg hatte ich überhaupt gewählt?

Hatte ich ihn gewählt?

Und wo kamen plötzlich all diese Fragen her?

Ich brauchte Mark.

Er war nicht nur mein bester Freund. Er war wie ein Bruder für mich. Er würde mir schon sagen können, was da mit mir nicht stimmte. Er erkannte mich immer. Egal ob ich den Schmerz vor ihm zu verbergen versuchte oder ich vor Freude strahlte. Er wusste einfach immer wie es mir ging und verstand es, mich wieder in die richtige Bahn zu lenken. Ich war gespannt darauf, was er in mir sehen würde, wenn er mich ansah. Ich hatte selbst nämlich das Gefühl, mich verloren und in eine entspannte, abenteuerlustige und spontane Version meiner selbst verwandelt zu haben. Die sich zwar durch und durch richtig anfühlte. Aber doch irgendwie total fremd erschien, in den Momenten da ich darüber nachdachte. Und ich traute dem Braten nicht.

Ich fühlte mich wie ein Vogel, der sich nach vielen Jahren glücklich im Käfig plötzlich mit weit ausgebreiteten Flügeln über dem Grand Canyon wiederfand. Musste ich Angst vor dem Bussard haben, der gleich angeflogen kam und mich auffraß? Durfte ich dem Gefühl von Wind unter den Flügeln trauen? Oder wollte ich lieber wieder zurück in den sicheren Käfig?

War ich ein Adler oder ein Kanarienvogel?

Der ruhige Atem von Eddie lullte mich ein und brachte mich zurück in die Realität. Ich ließ die Gedanken fließen und die Musik aus dem Radio mich durchfluten. Jetzt war nicht der Zeitpunkt für Antworten. Es würde keinen Sinn machen, sich das Hirn zu zermartern. Mein Blick folgte der Straße hinaus auf das Mittelmeer, das sich parallel zur Strecke am Horizont an die Küste stahl. Es war nicht die richtige Zeit um sich Gedanken zu machen. Das konnte ich später immer noch. Ich wollte keinen Augenblick dieser Reise verpassen. Keinen Moment mit Grübeleien vergeuden. Ich wollte das hier erleben. Spüren und genießen. Nur für den Fall, dass es am Ende doch nur ein Traum war und eine Frist hatte.

Ich strich sanft über Eddies Bein. Er bewegte sich im Schlaf. Griff nach meiner Hand, hielt sie fest und murmelte etwas. Dann schnarchte er wieder. Ein Lächeln breitete sich auf meinen Wangen aus. Kleiner Charmeur.

Eddie wachte auf, in dem Moment, da ich den Motor ausschaltete.

„Sind wir da?", fragte er verschlafen.

„Ja. Bleib sitzen. Ich melde uns eben an."

Die Dame am Empfang strahlte mich freundlich an.

„Buen día."

Ah. Shit.

„Hello. Do you speak english?"

„Auch deutsch. Ein wenig."

Puh.

„Alexandra Hofmann. Ich hatte für eine Nacht gebucht."

„Si. Hier die Keycard für die Schranke."

Sie reichte mir eine Plastikkarte über die Theke.

„Super. Kann ich gleich zahlen? Wir wollen morgen sehr früh wieder los."

„Sí, claro."

Ich nahm mein Portemonnaie und reichte ihr die Gebühr.

„Sie können die Karte dann in den Briefkasten stecken."

Sie zeigte an einer Öffnung an der Eingangstür.

„Gut. Das machen wir. Wo können wir denn parken?"

Sie kam um die Theke herum und zeigte auf einer Tafel hinter mir den Weg.

„Super. Vielen Dank. Muchas gracias."

„De nada."

Ich sah sie fragend an.

„Gern geschehen.", lächelte sie.

„Ah."

Ich hatte mich schon umgedreht und wollte raus, als mir etwas einfiel. Ich drehte mich wieder zu ihr um.

„Können Sie mir sagen was Karinjo heißt?"

Sie sah mich fragend an. Für einen Moment dachte ich schon, Eddie hätte mich vollkommen veralbert, als sie strahlend sagte: „'Cariño' bedeutet Liebe, Zuneigung."

Ich zog die Augenbraue hoch.

„Und wenn man einen anderen Menschen so nennt?"

Sie überlegte kurz.

„Ich weiß nicht deutsche Übersetzung. Es ist… wie sagt man. Sowas wie ‚honey' im englischen."

„Ein Kosename."

Sie strahlte.

„Si."

„Okay. Muchas gracias."

„De nada.", sagte sie erneut und ich verließ die Rezeption.

Der Platz, an dem wir unseren Camper parkten, war atemberaubend. Wir hatten eine Parzelle an einer Art Hang mit direktem Blick auf das Mittelmeer und eine Sandbucht am Fuße des Hanges.

„Wow."

„Wir sollten hier bleiben. Für immer.", sagte Eddie verschwörerisch.

„Ja, das nenne ich eine sehr gute Idee."

Wir schlossen den Wagen an und holten den Tisch und die Stühle aus der Abstellkammer. Rusty ließ das alles kalt, er hatte uns nur kurz fragend angesehen und dann seinen Kopf wieder auf die Couch fallen lassen. Ich löste seinen Gurt und ließ ihn weiter schlafen.

„Also? Machen wir uns auf die Suche nach einem Restaurant?", fragte Eddie.

„Nein. Mir ist heute nicht mehr nach viel laufen. Ich koche uns was. Im Kühlschrank ist noch genug."

„Soll ich kochen?"

„Wenn Du möchtest."

„Aber nur, wenn Du Dich faul draußen auf den Stuhl setzt."

Er stemmte die Hände in die Hüfte und brachte mich zum Lachen.

„Ja. Ich glaube das schaffe ich."

Ich nahm mein Handy mit zum Tisch und ließ mich auf einen Stuhl fallen. Die Füße aus den Schuhen und auf einen der anderen Stühle. Geräuschvoll durchsuchte Eddie die Schränke. Wenige Sekunden später zündete er den Gasherd. Ich loggte mich über das Wifi ins Internet ein. Und wählte dann, während das Handy die neuen Nachrichten abrief, die Nummer meiner Mutter.

„Hofmann, Guten Abend."

„Hey Mama. Ich bin's."

„Hey Urlauberin. Na wo bist Du heute?"

„Kurz vor Barcelona."

„Wolltest Du nicht nach Valencia heute?", fragte sie verwirrt.

„Da waren wir. Haben uns den ganzen Tag die Stadt angesehen."

„Wir?", fragte sie neugierig.

Ups.

Dass Eddie mit von der Partie war, hatte ich ihr bisher nicht gesagt.

„Ja. Ich hab einen zweiten Anhalter mitgenommen."

„Was?"

Leichte Panik schwang in ihrer Stimme mit.

„Alles gut, Mama. Es ist Eddie. Der Anwalt von dem ich dir erzählt habe."

„So. So. Dein Anwalt kommt also einfach in den Süden und fährt mit Dir durch die Gegend. Wird bestimmt eine teure Rechnung. Aber gut, Du kannst Dir das ja leisten."

Mütter muss man einfach lieben!

„Nein Mama, er wollte auch Urlaub machen. Und jetzt fahren wir zusammen."

„Ach so."

Eine kurze Pause entstand, bevor sie weiter sprach: „Aber er schläft hoffentlich im Hotel, oder?"

Ich biss mir auf die Lippen, um nicht laut los zu lachen. Tja ja, man wird eben nie erwachsen in den Augen einer Mutter.

„Ja klar Mama, was dachtest Du denn."

„Pass gut auf dich auf, ja?"

„Mach ich, Mama."

Im Hintergrund hörte ich meinen Vater etwas sagen.

„Papa lässt Dich auch schön grüßen. Aber ich muss jetzt Schluss machen."

Ich nahm kurz das Handy vom Ohr und schaute auf die Uhrzeit.

„Ach ist Sonntag, Tatort fängt an."

„Genau. Weißt ja wie Dein Vater ist."

Ich konnte förmlich ‚hören', wie meine Mutter die Augen verdrehte. Ich grinste.

„Klar. Kein Problem. Ich rufe morgen wieder an. Ich hab Dich lieb."

„Ich Dich auch. Und genieß die Sonne. Hier regnet es in einer Tour."

„Mach ich. Bis morgen Mama."

„Bis morgen."

Wir legten auf.

Ich studierte die neuen Nachrichten, die während des Gespräches eingegangen waren. Mark hatte sich gemeldet und mir die Flugdaten geschickt. Kurzerhand verließ ich die App und fotografierte die atemberaubende Aussicht. Schickte sie dann als Antwort mit der Nachricht:

„Liebe Grüße vom Mittelmeer. Kurz vor Barcelona. Valencia war super heute. Vielleicht fahr ich noch mal hin mit mehr Zeit im Gepäck. Freu mich auf Euch!!"

Ich kopierte die Nachricht, schickte sie auch an Johannes und ging zurück in die Übersicht.

Da fielen mir die Nachrichten von Marion ins Auge. Sie hatte sich wie verabredet, an den letzten beiden Tagen abends gemeldet, wenn sie gut angekommen waren. Ich drückte auf den Hörer im Menü und das Handy wählte ihre Nummer.

„Hallo Alex!", begrüßte mich Marion gleich fröhlich.

„Hallo Marion. Ich wollte nur hören, ob alles geklappt hat mit Euch beiden."

„Wir sind gut angekommen. Das Auto hat auch gehalten. Obwohl morgen direkt wieder arbeiten war wohl nicht die beste Idee war. Ich wollte gleich ins Bett. Bin total müde."

„Das kann ich mir vorstellen. Wieso hast Du Dir nicht noch ein oder zwei Tage frei genommen?"

„Unser Sommerurlaub mit der Familie fällt schon aus, wegen dieses Trips. Mein Mann und ich müssen unsere Urlaubstage ja so planen, damit die beiden Jungs nicht alleine sind. Ich wollte schauen, dass ich ein paar Tage aufspare, damit wir im Herbst noch mal wegfahren können."

„Ach so. Dann will ich Dich aber nicht aufhalten.", sagte ich schnell.

„Das tust Du nicht. Unser Hendrik will grad nicht ins Bett. Deshalb war ich eh noch auf. Wie geht es Euch denn? Wo seid ihr?"

„Kurz vor Barcelona. Uns geht es gut. Eddie versucht gerade zu kochen."

Und es roch bereits vorzüglich.

„Oh, Du lässt Dich also verwöhnen? Das ist schön. Sag mal, kann ich ein paar von den Fotos haben, die Du gemacht hast? Du hattest doch die Kamera mit auf dem Schiff, oder? Ich würde gern eines meiner Mutter ins Zimmer stellen."

„Klar. Gerne. Ich komme einfach mal vorbei, wenn ich wieder da bin. Okay?"

„Ja. Absolut. Dann mach ich uns einen schönen Kaffee und du kannst mir von dem Rest der Reise berichten."

„Ist gut, dann melde ich mich, wenn ich wieder da bin."

„Okay. Dann mal noch einen schönen Urlaub."

Im Hintergrund schien plötzlich ein Tornado auszubrechen.

„Himmel Herrgott, könnt ihr Euch denn nicht einmal benehmen? Ihr sollt ins Bett.", brüllte Marion in das Chaos hinein und augenblicklich war wieder Stille.

„Alex, Liebes. Sei mir nicht böse, aber ich muss die Rasselbande endlich ins Bett bringen."

„Klar. Kein Problem. Schlaf' gut nachher."

„Danke. Bis bald."

Der Blick wieder auf die Nachrichtenapp, brachte mich auf eine Idee. Ich scrollte durch die Kontaktliste und fand schließlich Pedro's Namen. Er hatte ein Foto von sich und Lucille als Profilbild eingestellt. Ich blickte auf, um zu sehen, ob Eddie in Sicht war. Doch der war nach wie vor im Camper. Leise pfiff er eine Melodie, die mir nicht bekannt war. Trotzdem setzte ich mich tiefer in den Stuhl und nahm das Handy so, dass man keinen Blick darauf werfen konnte, wenn man neben mir stand und tippte eilig eine Nachricht an Pedro. Es dauerte nicht lange, bis ich eine Antwort erhielt. Breit legte sich ein spitzbübisches Lächeln auf mein Gesicht. Wenn das wirklich klappen würde, würde Eddie am nächsten Tag große Augen machen.

Nach einem vorzüglichen Mahl aus einem selbst komponierten Reisegericht und einem leckerem Glas Wein, beschlossen Eddie und ich, noch in die Wellen zu springen. So zogen wir Badesachen an und gingen einen Trampelpfad runter zur Bucht. Außer uns war niemand mehr am Strand. Und so ließ ich Rusty von der Leine und wir tollten zu dritt in den Wellen. Das kühle Wasser tat gut nach dem langen Tag auf den Beinen. Eddie packte mich und warf mich durch die Luft ins Wasser. Rusty bellte aufgeregt, traute sich aber nicht weiter ins Wasser, als er stehen konnte. Prustend kam ich wieder an die Oberfläche.

„Na warte.", lachte ich und spritzte ihn mit Wasser voll.

Daraufhin tauchte er ab und nur Millimeter von mir entfernt wieder hoch. Er zog mich lachend in seine Arme und drehte uns in den Wellen. Dann senkten sich seine Lippen auf meine. Und meine Hände verloren sich in seinen Haaren.

Eine zärtliche Berührung seiner Hand über meinen Bauch weckte mich am nächsten Morgen. Verschlafen öffnete ich langsam meine Augen. Die Sonne ließ bereits viel Licht in den Camper, sodass ich einen Moment brauchte, um mich daran zu gewöhnen.

„Guten Morgen.", murmelte Eddie.

Er lag auf der Seite mit dem Gesicht zu mir. Ruckartig war ich wach.

„Hab ich verschlafen?", fragte ich erschrocken.

Er lachte.

„Nein. Alles gut. Wir haben noch etwa eine halbe Stunde, bis der Wecker geht."

Er rückte ein Stück näher.

„Aber ich war schon wach."

Seine Körperwärme hüllte mich ein und seine Hand wanderte langsam von meinem Bauch in Richtung Norden. „Und ich…"

Er beendete den Satz nicht. Stattdessen lehnte er sich vor und seine Lippen fanden meine. Ich konnte durchaus spüren, wie der Satz zu Ende ging, drängte sich sein bestes Stück doch gegen meine Beine.

Schon waren meine Hände in seinen Haaren vergraben. Als seine Finger meine Brüste erreichten, stöhnte ich auf. Er schob mich sanft auf den Rücken und beugte sich über mich. Ja, der Mann wusste wie ein Mädchen geweckt werden möchte. Und wir verloren uns ineinander.

Kalte Morgenluft umspielte mein Gesicht und meine offenen Haare, als ich später mit Rusty an der Leine den Weg zum Strand hinunterging. Eddie war nach unserer ‚Morgenrunde‘ voller Euphorie losgegangen, um Frühstück zu besorgen. Und ich wollte Rusty zumindest eine kurze Runde für seine morgendliche Toilette gönnen, bevor wir uns auf den Weg nach Barcelona machen wollten. Unten am Strand angekommen, löste ich die Leine und ließ Rusty laufen. Ich zog mein Handy aus der Tasche meines Sweaters. Eine neue Nachricht von einer unbekannten Nummer. Schnell las ich die Zeilen und beantwortete sie dann. Es hatte also geklappt. Pedro ist ein Schatz. Aufgeregt lief ich hüpfend ein paar Schritte, während der kalte Sand und das Wasser meine nackten Füße umspülten. Rusty sah mich verwundert an, hielt es dann für eine Aufforderung und so balgten wir eine Zeit lang miteinander.

Wieder am Camper hatte Eddie nicht nur Brötchen, sondern auch Kaffee besorgt, die Brötchen bereits belegt und die restlichen Sachen im Camper verstaut.

„Bereit, wenn Sie es sind, meine Gnädigste.", sagte er strahlend und verbeugte sich.

„Schon wieder?", fragte ich gespielt erstaunt.

Ein breites Grinsen legte sich auf seine Lippen.

„Alles, was Ihr wünscht."

Ich schüttelte lachend den Kopf.

„Nee. Wir müssen los."

Ich setzte mich auf den Beifahrersitz und Eddie übernahm das Steuer. Während er sich vom Platz fädelte, tippte ich eilig, nach einem Blick auf die Nachricht in meinem Handy, eine Adresse ins Navigationsgerät ein. Alleine der Gedanke an die Überraschung ließ mich von innen heraus strahlen. Naja. Das morgendliche Vergnügen könnte auch seinen Teil dazu beigetragen haben.

Konnte das Leben schöner sein?

Bereits die ersten Hinweisschilder auf der Autobahn zeigten ‚Barcelona' in weißen Buchstaben auf blauen Grund. Wir aßen unsere Brötchen und alberten herum, während im Radio Sommermusik lief und wir Kilometer um Kilometer auf der Autobahn Richtung Osten fuhren. Rusty schnarchte auf seinem Platz.

„Was sehen wir uns heute an?", fragte Eddie interessiert.

„Ach ich dachte, wir schauen einfach mal."

Er zog eine Augenbraue hoch.

„Du weißt schon, dass Barcelona eine Menge zu bieten hat?"

„Ja. Ich hab gestern mal kurz im Reiseführer geblättert. Aber so schwer kann es ja nicht sein. In Valencia haben wir ja auch einfach durch die Stadt treiben lassen."

Ich sah es förmlich in seinem Kopf arbeiten.

„Naja. Ich war schon ein paar Mal da. Vielleicht kann ich ja heute mal ein wenig den Reiseführer spielen."

„Ach Quatsch. Wird bestimmt super. Wirst sehen."

Ich lächelte. Geheimnisse für mich zu behalten war wirklich nicht meine Stärke und so lenkte ich Eddie schnell vom Thema ab.

„Erzähl mal, wie viele Frauen hat der gute Rechtsanwalt denn schon über's Wochenende nach Barcelona entführt?"

Er sah mich fragend an.

„Wie kommst Du denn jetzt darauf."

Ja. Okay. Nicht die beste Lösung für eine Ablenkung. Aber doch erfolgreich.

„Nur so.", murmelte ich.

„Ich war mit meinen Eltern früher öfter mal da. Mit einer Frau noch nie."

„Warum nicht?"

Er überlegte. Ich sah, wie die Bilder der Erinnerung hinter seinen Augen vorbeiflogen.

„Irgendwie war das nie ein Thema. Die Mädels, mit denen ich zusammen war, waren mehr…"

Er suchte nach einem Wort.

„Wie Larissa?", warf ich ein. Bei der Erinnerung an sie lief mir ein Schauder über den Rücken.

„Nein.", sagte Eddie bestimmt, „Naja. Nicht so sehr auf das Geld fixiert. Aber sie wollten lieber Party machen und am Strand liegen. Oder die Welt bereisen. Hauptsache Orte, die ihre Freunde neidisch werden ließen."

„Bist Du viel rumgekommen?"

Er nickte.

„Ein bisschen was hab ich schon gesehen."

Ehe ich mich zurückhalten konnte, sprudelte die Frage aus mir heraus: „Hattest Du viele Freundinnen?"

Na toll. Ja, ich weiß. Sowas fragt man nicht. Aber irgendwie wollte ich es jetzt genauer wissen.

„Ein paar. Sechs oder sieben denke ich. Und du? Viele Freunde?"

„Drei.", sagte ich.

Ein Schatten der Erinnerung aus längst vergangener Zeit legte sich auf meine Gedanken.

„Und habt ihr auch die Welt unsicher gemacht?", fragte Eddie.

Ich musste laut auflachen.

„Nein. Das Weiteste war, glaube ich, ein Campingurlaub an der Nordsee. Aber dazu gab es sowieso nicht viele Gelegenheiten."

„Wieso?"

„Naja."

Ich sah ihn unsicher an.

Wie formuliere ich das jetzt richtig?

„Bei mir saß das Geld nicht so locker. Und den Männer, mit denen ich zusammen war, ging es ebenso."

Er nickte. Irgendwie entstand eine Anspannung. Mit einem Satz lag da irgendwie unsere Herkunft vor uns auf dem Tisch. Und die Unterschiede wie Tag und Nacht, die sie bedeuteten. Natürlich spielt es keine Rolle mehr heutzutage. Und doch hatte es auf einmal eine Bedeutung.

„Ich hab nie darauf geachtet,", sagte er, „aber die Mädels, mit denen ich zusammen war, kamen auch alle aus eher reichem Elternhaus."

„Das wundert mich nicht."

„Wie meinst Du das?"

„Naja. Die einen spielen Golf. Die anderen spielen Minigolf. Wir sind eben, was wir sind und bewegen uns in den Räumen, in denen wir leben. Wir suchen uns Gleiches, weil wir das kennen. Und weil wir dann die gleichen Vor-stellungen und Interessen haben."

„War mir nie so bewusst.", sagte er nachdenklich.

„Mir auch nicht.", beruhigte ich ihn.

Und doch hatte erst ein Lottogewinn und damit mein finanzieller Aufstieg ihn in mein Leben gebracht. Waren wir tatsächlich noch so sehr in alten Mustern gefangen? Obwohl wir aufgeklärten jungen Leute doch all das lange überwunden hatten. Oder? War das hier echt oder einfach ein Märchen? Der Prinz und seine Magd? Naja. Reiche Magd. Wäre ich ihm ohne den Gewinn jemals begegnet?

10. KAPITEL

Als wir uns vor dem bewachten Parkplatz hinter zwei weiteren wartenden Fahrzeugen einreihten entdeckte ich ihn. Ein junger Kerl. Mit Baseballmütze auf den dichten krausen braunen Haaren. Er sah kurz auf das Nummernschild und dann suchend in die Fahrerkabine. Er winkte zögerlich. Ich hielt ihm den Daumen hoch und winkte zurück. Er hob ebenfalls den Daumen und deutete an, dass er dort warten würde. Eddie sah mich fragend an.

„Das muss ich jetzt nicht verstehen, oder?"

„Überraschung.", rief ich strahlend.

„Ich verstehe nicht."

„Ich habe uns für heute einen Reiseführer organisiert."

„Wie das denn?", fragte Eddie erstaunt.

„Naja. Ich habe doch Pedro nach Lissabon gebracht. Und ich hatte gestern den Eindruck, dass dir das zu wenig Geschichte auf unserer Tour ist, als du die Reiseführer mittags gelesen hast. Also habe ich Pedro gestern Abend geschrieben, ob er vielleicht jemanden kennt."

Verblüfft schüttelte er den Kopf.

„Und der kannte zufällig jemanden in Barcelona, der heute Zeit hat?"

„Nein. Nicht wirklich. Es gibt da wohl eine Internetseite. Eine Börse für Aushilfsjobs für Studenten. Da werden auch Reiseführer angeboten. Pedro war so lieb und hat dort eine Anzeige geschaltet und Chris hat sich daraufhin heute Morgen bei mir gemeldet."

„Chris?"

„Ja. Der junge Mann eben."

Wir waren mittlerweile auf dem Parkplatz und Eddie suchte eine Parklücke, in der er geschickt den Camper einparkte.

„Das ist wirklich eine Überraschung."

„Freust Du Dich?"

„Und wie. Das ist eine tolle Idee. Dann bin ich ja mal gespannt, was Chris uns so zeigen wird."

„Ich auch."

Er beugte sich zu mir rüber und küsste mich sanft.

„Danke.", flüsterte er.

Seine Augen funkelten. Ich wurde tatsächlich ein bisschen rot. Grinsend schnallte ich mich ab, wir packten unsere Sachen zusammen, nahmen Rusty und stiegen aus.

„Guten Morgen, Alexandra."

Chris kam uns entgegen.

„Hallo, Chris."

„Und Du bist dann somit Eddie."

Sie reichten sich zur Begrüßung förmlich die Hand.

„Also. Mein Name ist Chris. Und ich absolviere gerade das erste meiner beiden Auslandssemester in Barcelona."

Er verbeugte sich kurz.

„Und für heute, bin ich Euer Tourguide."

Sein Blick ging zu Rusty. Und dann wieder zu mir.

„Habt ihr irgendwelche Wünsche?"

Ich sah Eddie kurz fragend an, der zuckte mit den Schultern.

„Nein. Eigentlich nicht. Überrasch uns einfach."

„Das sind mir die liebsten Kunden.", strahlte Chris.

„Gut. Da ihr einen Vierbeiner dabei habt, sollten wir die Tour etwas kürzer halten. Was schade ist, gibt viel zu sehen in Barcelona. Aber ab mittags werden die Straßen und Wege leider

sehr warm. Und der Kleine würde sich nur die Füße verbren-
nen."

Und schon war ich davon überzeugt, dass Chris zu engagie-
ren, eine hervorragende Idee war.

„Wir werden auch nicht viele Attraktionen von innen sehen
können. Was ebenfalls schade ist. Ihr müsst also wohl oder übel
nochmal wiederkommen."

Er lächelte uns an.

„Aber wir wollen mal vergessen, was wir nicht können und
dazu übergehen, dass zu tun, was möglich ist. Folgt mir."

Und schon drehte er sich um und ging voran.

„Also, die Geschichte Barcelonas begann etwa im zweiten
Jahrhundert vor Christus."

Er drehte sich für seine Ausführungen halb zu uns um. Ich
hatte Rusty an der Leine in der einen und die Kamera auslö-
sebereit in der anderen Hand. Eddie hörte aufmerksam zu. Er
hatte sichtlich Spaß bei seinen Ausführungen. Chris schien diese Stadt zu lieben. Und Eddie hing förmlich an seinen Lippen.
Alsbald liefen die beiden Männer nebeneinander her und ich
folgte mit Rusty. Sie diskutierten über den einen oder anderen
Fakt und schienen mich nach und nach vollkommen vergessen
zu haben.

Vor einem großen steinernen Torbogen blieben wir stehen.
„Der Arc de Triomf."

Unnötig darauf zu zeigen, da er nicht zu übersehen war.
Trotzdem ließ sich Chris das natürlich nicht nehmen. Klick.
Klick. Ein paar Aufnahmen von Eddie vor dem Torbogen.

„Dieser Bogen wurde als Haupteingang für die Weltausstel-
lung im Jahr 1888 erbaut."

Mit der Kamera zoomte ich an die steinernen Wände. Figuren waren im oberen Bereich in Stein gehauen. Klick.

Eddie fragte nach Architekten und Erbauer. Und Chris versorgte ihn mit Namen und Daten, während ich in die Hocke ging und ein Selfie mit mir und Rusty vor dem Torbogen schoss. Wir gingen durch das Tor und folgten der Hauptstraße. Wir kamen auf einen großen Kreisverkehr und gingen über die Fahrbahn auf das mittlere Stück

„Hier ist Tetuan."

Palmen säumten die Mitte, auf der eine große Statue stand. Klick. Klick.

Konzentriert bestaunte Eddie die Statue und folgte den Ausführungen von Chris. Klick. Und jetzt für immer auf dem Foto in meiner Kamera. Wir verließen den Platz wieder in Richtung Osten und wanderten die Hauptstraße entlang. Ein ganzes Stück die nächste Straße entlang, stand an einer gegenüberliegenden Straßenecke ein großes braunes Gebäude mit blau weißen Fliesen an den Mauern.

„La Monumental.", erklärte Chris und führte uns über die Straße vor das Gebäude.

„Das hier war früher mal eine Stierkampfarena. Sie wurde 1914 eröffnet. Der letzte Stierkampf fand hier im Jahr 2011 statt. Seitdem werden hier Konzerte veranstaltet."

Eddie quetschte Chris weiter aus. So und so viele Sitzplätze. Dann und dann erbaut. So und so viele Materialien. Doch Zahlen und Fakten waren nicht so mein Ding. Ich bewunderte nur die Fassade und die Türme mit großen blau-weißen Kugeln darauf. Während Chris nicht müde wurde Eddie's Fragen zu beantworten, setzten wir unseren Weg fort. Wir gingen eine Weile an dem Gebäude entlang. Und ich schoss immer wieder

Fotos von einzelnen Teilen des Gebäudes. Von den Verzierungen. Den Türmen.

Langsam hatten die Jungs einen kleinen Vorsprung. Und ich sah wieder geradeaus und versuchte sie einzuholen. Doch mein Blick fiel auf ein hohes Gebäude, das die vor uns liegenden Häuserreihen deutlich überragte und an dem offensichtlich gearbeitet wurde. Kräne standen um die hohen Türme herum.

„Was ist denn das?", fragte ich Chris, als ich die beiden wieder eingeholt hatte.

„La Sagrada Familia.", sagte Chris, „Unser nächstes Ziel."

Über eine große Kreuzung hinweg wurde die Straße enger. Die hohen Häuser verdeckten zunächst die Sicht auf die Baustelle wieder. Doch als wir durch die Gasse gegangen waren, hatten wir freie Sicht auf die größte Baustelle, die ich je gesehen hatte. Und ich blieb stehen und staunte.

Einige hohe Türme überragten ein riesiges Gebäude. In schwindelerregender Höhe drehten Kräne ihre Kreise. Eine ganze Menge Menschen hatte sich vor dem Gebäude versammelt. Und so beeilte ich mich, die beiden Jungs wieder einzuholen, um sie nicht aus den Augen zu verlieren.

Chris führte uns auf die der Kirche gegenüberliegende Straßenseite und sagte: „Hier ist einer der Eingänge. Schaut es Euch kurz an, dann gehen wir noch ein Stück weiter. Wir benutzen einen anderen Eingang."

Stufen führten zu einem erhöhten Podest und zum Eingang. Eddie nahm mir amüsiert die Leine von Rusty aus der Hand und ich hatte damit beide Hände frei, um das Gebäude zu fotografieren. Mit jedem Klick entdeckte ich neue Kleinigkeiten an den Wänden, Zinnen und Einbuchtungen.

Nachdem mein Finger wieder ruhiger wurde am Auslöser, sagte Chris: „Kommt, wir gehen um die Ecke. Da ist ein kleiner Park und der andere Eingang."

Und er ging voran.

Wir beeilten uns, ihm zu folgen. Eddie griff lächelnd meine Hand.

„Damit du mir nicht verloren gehst."

„Das ist unglaublich.", sagte ich staunend.

Ich konnte meine Augen nicht vom Gebäude nehmen. Und immer wieder zückte ich beim Laufen die Kamera um weitere Aufnahmen zu machen. Wir umrundeten das Gebäude und tatsächlich öffnete sich gegenüber dem anderen Eingang ein kleiner Park. Wir folgten Chris in eine Art kleinen Biergarten. Er erspähte einen freien Tisch und lotste uns dort hin. Wir setzten uns.

„Wir haben noch zwanzig Minuten bevor sie öffnen. Möchtet ihr was trinken?"

Eddie drückte mir Rusty's Leine wieder in die Hand.

„Das mach ich. Was möchtet ihr?"

„Oh. Das ist nett. Ein Kaffee wäre gut.", sagte Chris.

„Ja. Ich nehme auch einen.", sagte ich.

Wir setzten uns und Eddie ging zur Theke, um die Getränke zu holen. Rusty ließ sich neben mir in den Staub fallen. Schnell kramte ich eine Wasserflasche aus dem Rucksack, den Eddie neben meinem Stuhl abgelegt hatte und gab ihm was zu trinken.

Als Eddie mit den Getränken zurück war, begann Chris mit seinen Ausführungen zur ‚La Sagrada Familia'. Meine Augen scannten in der Zeit den anderen Eingang.

Was für ein Kunstwerk!

„Und hier machen wir nun zum ersten Mal Bekanntschaft mit einem sehr bekannten Gesicht von Barcelona. Gaudi. Er hatte einen großen Einfluss auf die Planungen und den Beginn der Bauarbeiten dieser Kathedrale. Hier wurde er auch beerdigt. 1882 begannen die Arbeiten an diesem Gebäude und sie dauern bis heute an. Voraussichtlich wird sie bis 2026 fertig gestellt werden. Das jährliche Budget für die Bauarbeiten beträgt etwa 22 Millionen Euro. Diese werden rein über Spendengelder, Eintrittsgelder und Zahlungen von Stiftungen finanziert.“

HA!

Ich könnte also über ein Jahr lang den Bau der Kathedrale finanzieren. Wieder zückte ich meine Kamera.

„Du solltest Dir ein paar Bilder aufsparen.“, meinte Chris grinsend.

„Wieso?“

„Naja. Von außen ist sie schon cool, aber von innen…“

„Aber wir gehen doch nicht rein, oder?“

Wir waren an beiden Eingängen an endlos langen Schlangen vorbei gegangen.

„Das denke ich doch.“, sagte Chris und zückte aus seiner Hosentasche zwei Eintrittskarten.

„Damit braucht ihr nicht anzustehen.“

„Woher hast Du die denn schon?“, fragte ich.

„Ich hole immer ein paar für meine Führungen. Die MUSS man von innen gesehen haben.“

Zweifelnd fiel mein Blick auf Rusty, der seinen Kopf auf meinen Fuß gelegt hatte.

„Aber wir können Rusty doch nicht mitnehmen, oder?“

„Ich warte hier auf Euch. Ihr könnt ihn bei mir lassen.“

„Ich weiß nicht, ob er bei Dir bleiben würde.“

Und ich wusste auch nicht, ob ich ihn einem Fremden überlassen wollte.

„Sonst warte ich draußen.", bot sich Eddie an.

„Nein. Wirklich. Kein Problem.", sagte Chris, „Ich habe Erfahrung mit Hunden. Meine Eltern haben auch einen. Und ich vermisse ihn sehr. Es stört mich überhaupt nicht."

Ich verzögerte meine Antwort und nahm mir erst mal einen Schluck Kaffee. Zweifelnd sah ich zu Rusty runter. Der meinen Blick bemerkte und mit dem Schwanz zu wedeln begann. Schließlich siegte jedoch die Neugier. Rusty bekam sein Futter als Ablenkung und ich legte schweren Herzens die Leine in Chris Hände und gab ihm eine Packung Leckerli, die ich in der Tasche hatte. Eddie nahm meine Hand und wir machten uns auf zum Eingang. Ich sah mich immer wieder zu Rusty um.

„Wir bleiben nicht lange."

Eddie drückte beruhigend meine Hand und wir erklommen die Stufen zum Eingangsportal. Und Chris behielt Recht. Zu beschreiben, welches Gefühl das ist, die großen Eingänge zu durchqueren und über diese lebendige Geschichte zu treten, war einfach unmöglich. Zu toppen war das Ganze nur durch die Räume im Innern der Kathedrale. Schon kurz nach Einlass war der Raum bevölkert von hunderten Touristen. Riesige Säulen, die in Verästelungen mündeten, trugen die hohe Decke. Alles schien chaotisch und doch strukturiert. Und das Licht, das durch die Fenster in den Raum strahlte, war sagenhaft. Die bunten Glasscheiben machten daraus ein atemberaubendes Farbenspiel. Der Begriff ‚Bauklötze staunen' fiel mir ein. Obwohl er nicht mal annähernd dieses überwältigende Gefühl beschreibt.

Ach, jedes Wort wäre zu gering, um es wirklich zu beschreiben. Ihr müsst einfach selber nach Barcelona und es Euch live ansehen.

Das muss man einfach erleben!

Eddie und ich gingen ein wenig herum und saugten den Eindruck in uns auf. Ich schoss ein paar Fotos. Als wir eine Ecke fanden, die nicht so überlaufen war, nahm sich Eddie die Kamera, stellte sich hinter mich und schoss ein paar Selfies. Mit dem Kircheninnenraum im Hintergrund. Ich sah sein Strahlen in der Spiegelung der Linse und strahlte ebenfalls. Sein warmer Bauch an meinem Rücken. Ich lehnte mich an ihn und er lehnte seinen Kopf neben meinem, sodass wir Wange an Wange standen.

Klick.

Als wir draußen wieder die Stufen runter gingen, sah ich wie Rusty neben Chris stand und sehnsüchtig in unsere Richtung schaute. Augenblicklich bekam ich ein schlechtes Gewissen. Und obwohl mir Chris mehrfach versicherte, dass Rusty bis zwei Sekunden bevor wir auftauchten, ruhig gegessen hatte, um sich dann wieder hinzulegen, schwor ich mir, ihn nicht noch einmal zurückzulassen, um mir etwas anzusehen. Chris gab irgendwann schulterzuckend auf und meinte, dass wir dann ja wohl nochmal ohne Rusty wiederkommen müssten. Aber dass wir auf jeden Fall einen zweiten Besuch in Barcelona zu absolvieren hätten, hätte er uns ja auch schon gesagt.

Wir verließen den Park und ließen die Sagrada Familia hinter uns. Ein letztes Bild, wie die Türme der Kirche über den Park ragten. Klick.

Und weiter ging es durch hohe Hausreihen. Zum Palau Macaya. Eine weiße Häuserfront mit bronzenen Verzierungen.

Es handelte sich laut Chris um ein modernistisches Gebäude aus dem Jahr 1901. Er und Eddie waren wieder in ihrem Element. Und ohne weiter auf mich zu achten, gingen sie über die Geschichte schwadronierend in das Gebäude. Die Straße zwischen den Hausreihen war in der Mitte von einer Art Park unterbrochen. Ich nahm Rusty und ging mit ihm ein paar Meter weiter und setzte mich auf einer der Bänke. Er setzte sich zwischen meine Beine und legte den Kopf auf meinen Schoß. Die Luft war deutlich wärmer geworden und ich legte meine Hand auf den Teerboden.

„Wir müssen ein bisschen aufpassen, dass es nicht zu warm für Dich wird."

Ich tätschelte seinen Kopf. Der Boden war noch kalt.

Rusty wurde ausgiebig von mir mit Leckerchen und Streicheleinheiten verwöhnt, bis die zwei Jungs wenig später wieder aus dem Gebäude kamen und Eddie sich suchend nach mir umsah. Ich stand auf und versuchte seine Aufmerksamkeit auf mich zu lenken, indem ich ihm zuwinkte. Als er mich bemerkt hatte, schob er Chris in meine Richtung. Der hatte nämlich nicht aufgehört zu erzählen. Ich lachte leise. Na da hatten sich ja zwei gefunden.

„Entschuldige. Wir waren irgendwie so im Gespräch, wir haben gar nicht mitbekommen dass wir ohne Dich rein sind."

Eddie schien ein schlechtes Gewissen zu haben.

„Aber das ist doch okay. Ich bin lieber bei Rusty geblieben. Alles gut.", sagte ich beruhigend.

Es war offensichtlich, dass er die Ausführungen von Chris und die Geschichte zu den Gebäuden um ein Vielfaches mehr genoss als ich.

Wir setzten unseren Weg fort und Eddie nahm wieder Rusty's Leine. Er griff meine Hand und hielt sie fest. Sodass wir jetzt zu dritt auf den Gehwegen nebeneinander her gingen. Doch ich stellte meine Ohren auf Durchzug. Nicht, dass mich Geschichte nicht interessiert, aber Chris war so in seinem Element und wurde ausführlicher über die Entstehung und die ganzen Namen und Zahlen ließen einen Wirbelsturm von Daten in mir zurück.

Ich fand es faszinierender, es mit eigenen Augen anzusehen. In mir aufzunehmen. Die Luft. Das Wetter. Die Leute. Die Gebäude. Eben, das was nicht aus Zahlen und Fakten bestand. Aber Eddie strahlte. Wissbegierig sog er jedes Wort unseres persönlichen Reiseführers auf. Eine gelungene Überraschung.

Einmal rechts abbiegen, dann wieder links und schon schob sich ein Gebäude aus der Masse der Hochhäuser heraus. Weiche wellenartige Balkone machten es schon auf den ersten Blick zu etwas Besonderem. Vor dem Gebäude blieb Chris wieder stehen. Eddie ließ meine Hand los und ich setzte die Kamera an, um ein paar Detailaufnahmen zu machen.

„Und hier treffen wir wieder auf Gaudi. In der ‚Casa Mila‘, die Ihr vor Euch seht, gibt es keine tragenden Wände oder Stützmauern. In allen Wohnungen lassen sich dadurch die Wände individuell gestalten. Außerdem ist die natürliche Belüftung im Gebäude so gut, dass bis heute der Einbau von Klimageräten überflüssig ist. Anfangs nannte man das Gebäude im Volksmund…"

Er ging ein Stück die Straße weiter rauf, sodass wir die Front begutachten konnten.

„…den ‚Steinbruch‘, wegen seines Aussehens. Man fand es damals unpassend, weil es eben anders war."

„Wäre es okay, wenn wir nur kurz reingingen?"

Eddie sah mich fragend an.

„Klar ist das okay."

Ich wäre auch gerne gegangen. Aber mit einem Blick auf unseren vierbeinigen Begleiter war die Entscheidung dagegen plötzlich ganz leicht. Mit einem Schwung zog ich den Gurt der Kamera über den Kopf und reichte sie Eddie. Der gab mir im Gegenzug die Leine von Rusty in die Hand.

„Ich warte dort so lange auf Euch.", sagte ich und zeigte auf ein paar Stühle und Tische am Straßenrand.

„Wir bleiben nicht lange."

Und schon waren die zwei verschwunden.

Rusty und ich nahmen einen der Tische des zum Gebäude gehörenden Cafés in Beschlag. Eine junge Bedienung kam zu uns und nahm meine Bestellung auf. Ich ließ den Blick über die Passanten und Touristen schweifen. Pärchen. Gruppen. Niemand schien hier alleine herum zu streunen.

Ob ich wohl alleine auf die Idee gekommen wäre, mir Barcelona anzusehen?

Ein junges Pärchen am Nebentisch flirtete heftig auf Französisch miteinander. Sie schienen kaum die Hände voneinander lassen zu können. Lachten und strahlten um die Wette. War lange her, dass ich so da gesessen hatte mit einem Mann. Die Welt um mich herum vergessen. Mit Eddie war das schon ein Stück weit so. Aber das hier war Urlaub. Wir sprachen nicht von danach oder Zukunft. Genossen nur den Augenblick.

Ich versuchte, mir Eddie in meinem Leben vorzustellen. Zu Hause. Mit meiner Familie. Meinen Freunden. Ob er das ebenso genießen könnte, wie die Zeit hier mit mir? Oder würde ihm das bald alles zu wenig oder zu viel.

Ich wusste nur, ich würde es gerne probieren.

Eddie fühlte sich gut an. Es war so unkompliziert mit ihm.

Mein Ex hatte mir alles schwer gemacht. Es ging immer darum, was er wollte. Was für ihn wichtig war. Und am Ende hatte er mich dann betrogen. Und ich war ausgelaugt. Weil ich irgendwie alles was ich war, aufgegeben hatte. Er hatte mich aufgesogen und weggeworfen. Danach hatte ich mich in die Arbeit gestürzt.

Klar hatte ich das ein oder andere Date in den letzten Jahren. Aber ich merkte immer wieder, dass ich jetzt Männer suchte, die nicht so mit mir umgehen würden und traf auf solche, die gar keine eigene Meinung hatten, was mich wiederum schnell langweilte. War ich so gewesen in der Beziehung zu meinem Ex. War ich ein Ja-Sager geworden?

War ich jetzt ein Ja-Sager?

Würde ich Gefahr laufen, diesen Teil meiner Vergangenheit zu wiederholen?

Ich hatte mal gelesen, dass wir immer wieder nach den gleichen Mustern vorgehen. Die gleichen Wege wählen. Und uns zu Menschen hingezogen fühlen, die das gleiche ausstrahlen, was wir bereits erlebt haben. Um wieder und wieder die gleichen Erfahrungen zu machen, wie wir sie schon erlebt haben. Bis es uns bewusst wird und wir den Dingen in uns selbst auf den Grund gehen und uns verändern.

Ich hatte mich seit dem Beziehungsende verändert. Bewusst darauf geachtet. Weil ich so überrascht war von diesem unterwürfigen Verhalten, welches ich in der Beziehung an den Tag gelegt hatte. Aber dann kam der Millionengewinn.

Und seit meiner Abfahrt hatte ich irgendwie den Bezug zu mir und zu dem, was ich im Alltag war, verloren. Ich war wirklich im Urlaubsmodus. Auch von mir selbst und meinem Leben. Das Gespräch mit Eddie am Strand kam mir wieder in den Sinn.

Wollte ich mein Leben verändern?

Ich fühlte mich, als würde ich an einem der großen Plätze von Barcelona stehen und in alle Himmelsrichtungen gingen Straßen ab. Die alle irgendwie gleich aussahen und doch in vollkommen andere Richtungen gingen.

Würde ich den Weg wählen, den ich gekommen war, oder würde ich eine andere Straße nehmen?

Ich war nie der Typ für Veränderungen. Ich mochte Beständigkeit. Auch wenn es mal stressig war, konnte ich mich doch immer darauf verlassen, dass alles so blieb wie es war. Und im Moment stand ich ratlos auf dem Platz. Und drehte mich so schnell mit Eddie im Kreis, dass ich die Straßen und Wege aus den Augen verlieren konnte.

Ich wusste, dass es irgendwann an der Zeit war.

Aber noch nicht jetzt. Noch nicht hier. Ich würde es irgendwann wissen. Bestimmt. Und dann würde ich die Straße gehen, die ich wählte und würde es nicht bereuen. Hoffentlich. Die Jungs gesellten sich zu mir an den Tisch und unterbrachen meine Grübeleien.

„Wow. Das ist wirklich beeindruckend.", strahlte Eddie vom Platz mir gegenüber.

Hach ja. Er war schon wirklich süß.

Und ich sah zu dem französischen Pärchen rüber, das mittlerweile nebeneinander saß und in einem einzigen langen Kuss zu versinken schien. Ich legte meine Hand auf seine, die auf dem Tisch ruhte. Er sah mich an. Direkt in die Augen. Als versuchte er in ihnen zu lesen. Er umschloss meine Finger mit den seinen und hielt mich sanft fest.

„Ich hab was für Dich.", er legte eine kleine Plastiktüte auf den Tisch.

„Was ist das?"

„Na schau doch rein."

Ich öffnete die Tüte und zum Vorschein kam eine DVD mit einem Bild des Hauses, vor dem wir saßen und dem Titel ‚Gaudi und Barcelona'.

„Eine Reportage über die Bauwerke von Gaudi. Hatten sie im Souvenirshop. Da musste ich einfach zugreifen. Die zeigen die Gebäude da auch von innen. Dann kannst Du sie dir auch ansehen."

Süß.

„Danke Eddie. Das ist wirklich lieb."

Ich beugte mich über den Tisch und er kam mir entgegen. Ein kurzer Kuss auf die Lippen. Ich schloss dabei die Augen. Als ich sie wieder öffnete, strahlten mir seine tiefblauen Augen entgegen. Der Atlantik in seine Augen gezwängt.

„Hast Du Spaß?", fragte ich leise.

„Mehr als das."

Er hauchte einen weiteren Kuss auf meine Lippen.

Wir genossen eine kurze Pause mit einem Snack und Chris erzählte von seinem Studium.

„Also, wenn ihr nochmal wiederkommen wollt, bis Ende des Jahres bin ich noch hier und könnte Euch eine ausführlichere Tour geben."

Ich sah Eddie an. Wieder einmal suchte er meinen Blick und sagte dann: „Mal sehen, ob das klappt. Gibt leider viel tun zu Hause."

Und ich hatte das Gefühl, dass er mir damit etwas andeuten wollte. Aber ich wusste nicht was.

„Zur Not packen wir dich ein anderes Mal einfach mit ein, wenn es dieses Jahr nicht klappen sollte.", sagte ich, um davon abzulenken.

Chris Augen blitzten auf.

„Ja, das geht selbstverständlich auch."

Ich bezahlte die Rechnung und wir brachen auf.

Die Hauptstraße entlang dauerte es nur drei Kreuzungen, bevor wir vor unserem nächsten Halt standen. Die Straße schien vor Touristen nur so zu platzen.

„Und ein letztes Mal für heute Gaudi."

Ein hohes Gebäude mit runden Balkonen und bunten Verzierungen an den Hausmauern. Chris erzählte vom Bau des Gebäudes und von der Inspiration von Gaudi in der Natur. Er beschrieb einzelne Teile am und im Gebäude. Mehr und mehr war ich von Gaudi begeistert und von seinen Visionen. Seinen Bauten. Das Haus war so magisch. So abstrakt und doch absolut in sich stimmig, dass es noch heute, nach über 100 Jahren nicht lächerlich oder übertrieben wirkte. Es war einfach anders.

„Ich muss unbedingt nochmal wiederkommen.", sagte ich staunend.

„Möchtest Du es Dir von innen ansehen? Ich kann ja dieses Mal mit Rusty draußen warten.", bot Eddie an.

Doch die Menschenmassen wurden mir langsam zu viel.

„Danke, das ist lieb, aber nicht notwendig."

„Um ehrlich zu sein, fehlt uns leider auch ein wenig die Zeit.", sagte Chris zerknirscht, „Es ist bereits spät und wir haben noch etwas Strecke vor uns. Es wird sonst zu warm für Euren Hund."

Puh.

Mich innen durch die Menschenmassen zu wühlen, wäre auch nicht mein Ding gewesen. So schön und spannend es sicher wäre, aber ich merkte, dass meine Beine und mein Kopf langsam aber sicher nach Ruhe und Entspannung schrien.

„Okay. Dann weiter.", sagte Eddie bestimmt.

Wir kamen zum ‚Plaza de la Catalunya‘. Der Platz wurde laut Chris auf Grund seiner Lage zwischen Altstadt und Neustadt als Zentrum Barcelonas gesehen. Und er erzählte, dass die Meisten von hier aus ihre Touren durch die Stadt starteten. Was nur allzu leicht zu glauben war, da auch dieser Platz ein großes Gewusel aus Touristen, Tauben, Autos und Bussen war. Ich machte schnell ein paar Aufnahmen. Und Chris fotografierte Eddie, Rusty und mich vor einem der Springbrunnen auf dem Platz.

„Jetzt tauchen wir ein in die Altstadt von Barcelona.“

Chris führte uns vom Platz durch die Straßen. Und die Häuser wurden älter. Die Straßen verzweigter. Und enger.

„Das ‚Barri Gothic‘, wie dieser Stadtteil genannt wird, ist der älteste Stadtteil Barcelonas. Die meisten Gebäude hier stammen aus dem 14. und 15. Jahrhundert.“

Und wir machten uns auf eine Zeitreise durch Barcelona. Nach den bunten und modernen Gebäuden Gaudis wirkten die Gebäude im alten Viertel bedrohlich. Die Straßen Barcelonas schienen bisher alle wie ein Schachbrettmuster. Hier gab es überall kleine Gassen und Straßen, die sonst wohin führten. Doch Chris führte uns sicher durch die Straßen. Dabei erzählte er vom Entstehen der Stadt. Wie sie aus allen Nähten platzte und man dann die Stadtmauer einriss, um sie erweitern zu können. Er blieb vor dem einen oder anderen Gebäude stehen und vertiefte sich in weitere Details zu den einzelnen Gebäuden.

Eddie hing an seinen Lippen. Seine Augen leuchteten und wie zur Bestätigung nickte er wieder und wieder. Die Straßen waren durch die Enge schattiger. Doch ich merkte, wie die Sonne langsam die Luft zwischen den Häusern über eine annehmbare Temperatur hinaus aufwärmte. Der Tag neigte sich zum Mittag. Doch Rusty trottete unbeirrt neben uns her. Schnupperte hier und da. Und schien nicht die Spur angespannt zu sein.

Wir verließen das Stadtviertel und folgten einer Hauptstraße. Ich wollte Chris schon darum bitten, die Tour langsam gen Ende gehen zu lassen, als er vor einem großen Parkeingang mit steinernen Figuren an der Seite stehen blieb.

„So. Wir stehen jetzt am Eingang zum ‚Parc de la Ciutadella'. Es ist einer der größten Parks von Barcelona. Hier findet man auch den Zoo von Barcelona. Den lassen wir heute jedoch ebenfalls aus, wegen Rusty. Sehen wir uns den Park an und dann sind wir wieder beim Anfangspunkt."

Und wir folgten ihm in die grüne Oase. In einigen Bögen liefen wir Richtung Norden und bestaunten die Schönheit des Parks.

Eine knappe halbe Stunde später standen wir wieder vor dem Parkplatz, an dem wir am Morgen geparkt hatten.

„So…", Chris verbeugte sich, „… dies ist das Ende unserer Tour am heutigen Tage."

Wir klatschten begeistert.

„Ich hoffe sehr, es hat Euch gefallen."

„Auf jeden Fall.", sagte ich.

Und Eddie fügte hinzu: „Ich war schon ein paar Mal in Barcelona. Aber das war wirklich die beste Tour, die ich je mitgemacht habe. Wirklich toll gemacht."

Stolz blitzte aus Chris' Augen.

„Das hört man gerne. Kommen wir zum ungemütlichen Teil."

„Die Rechnung bitte."

Ich zückte mein Portemonnaie.

Er rechnete uns vor, was er für die Zeit und die Eintrittskarten bekam und nannte seine Summe. Ich bezahlte ihm ein sehr großzügiges Trinkgeld, das er mit hochgezogenen Augenbrauen entgegen nahm.

„Das ist aber zu viel."

„Wir sind sehr zufrieden. Und dass es alles so spontan geklappt hat, ist super."

Er zuckte grinsend mit den Schultern.

„Naja. Das Leben in Barcelona ist teuer. Daher nehme ich es gerne an. Vielen Dank."

„Dir auch lieben Dank."

Wir verabschiedeten uns und ich versprach, mich bei meiner nächsten Reise nach Barcelona zu melden. Er brach auf in Richtung Bushaltestelle und wir gingen zum Wagen. Verstauten alles wieder am richtigen Platz. Mit einem schweren Seufzer hüpfte Rusty auf seinen Platz und ließ sich kurz durchkraulen, bevor ich ihn anschnallte. Sekunden später war er brummend eingeschlafen. Ich setzte mich hinter das Steuer und gab die Adresse unseres Nachtquartiers in Frankreich ein. Eddie nahm seufzend auf dem Beifahrersitz Platz.

„Das war wirklich großartig Alexandra. Danke."

Er sagte es mit einem so ehrlichen und bedeutenden Tonfall, dass die schmerzenden Beine sofort vergessen waren.

„Sehr gerne."

Er hauchte einen Kuss auf meine Wangen. Ein Kribbeln lief durch meinen Körper. Ich startete den Wagen, die Klimaanlage rauschte sofort los, und wir machten uns auf, Spanien hinter uns zu lassen und in Frankreich einzutauchen.

11. KAPITEL

Eddie und Rusty schnarchten auf der Fahrt erneut um die Wette. Wir fuhren den gesamten Nachmittag, bis Montpellier in Sicht kam und ich kurze Zeit später den Wagen auf dem Parkplatz des Campingplatzes zum Stehen brauchte. Mir schmerzte jeder Muskel im Körper und mein Kopf war, weil er der Eindrücke nicht mehr Herr werden konnte, einfach ausgegangen. Ich wollte nur noch schlafen. Eddie wachte auf.

„Guten Morgen.", sagte ich lächelnd, „Gut geschlafen?"

„Wie ein Stein. Sind wir schon da?"

„Ja. Gerade vorgefahren."

Ich schnallte mich ab.

„Mal sehen, wie ich uns anmelden kann, ohne ein Wort Französisch."

Ich wollte gerade aussteigen, doch Eddie drückte mich sanft zurück in den Sitz.

„Das übernehme ich dann mal."

Und schon war er ausgestiegen und ging zur Rezeption. Mit einem fiependen Gähnen vom Rücksitz meldete sich Rusty wieder zurück. Ich drehte mich im Sitz nach hinten.

„Na Süßer. Auch gut geschlafen?"

Frisch und munter wie er aussah, bedeutete sein leises Bellen wohl ‚Ja.'.

„Na so viel zu meinem ruhigen Abend."

Ich streckte mich ausgiebig im Sitz und schaltete das Navigationsgerät aus. Eddie kam zurück und stieg wieder ein.

„Okay. Der Platz ist nicht groß, sollte kein Problem sein, unseren Platz zu finden."

Wir fuhren an die Schranke zum Eingang.

„Der Mitarbeiter an der Theke meinte, es wären etwa vier Kilometer bis in die Innenstadt. Etwa eine Stunde Fußmarsch. Vielleicht sollten wir uns morgen ein Taxi nehmen."

„Ganz ehrlich, Eddie. Ich habe echt genug vom Städtemarathon."

„Jetzt schon?", er grinste feixend, „Aber ja, ich eigentlich auch. Barcelona war wirklich anstrengend heute."

Mit wenigen Bewegungen hatte ich den Wagen eingeparkt. Die vielen Bäume auf dem Platz tauchten unsere Parzelle in einen angenehmen Schatten. Der Boden war sandig. Wir hatten ihn für zwei Tage gebucht. Eigentlich wollten wir am kommenden Tag Montpellier ausgiebig besuchen und dann am übernächsten morgen früh wieder abfahren, um Marseille zu besuchen. Ich schaltete den Motor aus.

„Ich bin hundemüde.", sagte ich erschöpft und schaute auf die Uhr im Armaturenbrett. Es war fast sieben.

„Pass auf, wir richten uns kurz ein, dann zaubere ich Dir ein Abendessen und gehe mit Rusty die letzte Runde. Dann können wir früh ins Bett. Und morgen früh schauen wir mal, worauf wir Lust haben."

„Klingt himmlisch."

Und so erlösten wir Rusty von seinem Gurt und holten die Stühle und den Tisch aus dem Abstellraum. Eine halbe Stunde später wehte herrlicher Bratenduft zu mir hinüber. Eddie brutzelte unsere letzten Vorräte, während ich auf einem Stuhl vor dem Camper saß. Zeit für die abendlichen Telefonate und Nachrichten. Nach dem Essen fiel ich wie ein Stein ins Bett und noch bevor mein Kopf das Kopfkissen erreichte, sank ich in einen tiefen Schlaf.

Und ohne Wecker, verschlief ich den halben Morgen am nächsten Tag. Bis lautes Vogelgezwitscher mich zurück in die Realität holte. Beim ersten Augenaufschlag spürte ich jeden Knochen im Körper. Eddie lag mit seinem Gesicht ganz nah an meinem. Er atmete tief und ruhig. Seine Augen fest geschlossen. Er schlief also auch noch. Ich griff über meinen Kopf und nahm mein Handy. Ein Wisch über das Display zeigte, dass es bereits nach elf war. Leise hörte ich Rusty fiepen. Ich setzte mich ein Stück auf und sah, dass er auf dem Boden vor dem Bett saß, sein Kopf auf die Matratze abgelegt. Er sah mich an, wedelte mit dem Schwanz und fiepte nochmal. Ich hielt den Zeigefinger vor den Mund. Mit einem leisen Zischlaut versuchte ich ihn zu animieren ruhig zu sein. Vorsichtig wickelte ich mich aus der Bettdecke und stand auf, ohne Eddie zu wecken.

In Jogginghose und T-Shirt machten Rusty und ich uns auf den Weg, seine ‚Morgenrunde' zu gehen. Ich hielt mich an die einfache Weisheit ‚einfach immer links gehen' und hoffte, dass es aufgehen würde. Und tatsächlich liefen wir eine Runde über kleine Straßen mit Hecken an der einen und Weiden auf der anderen Seite im Kreis. Dafür, dass wir ziemlich nahe dem Zentrum von Montpellier waren, war es herrlich ruhig. Rusty lief schwanzwedelnd vor mir her und schnupperte am Boden. Zurück am Camper, wartete Eddie zähneputzend im Türrahmen auf uns.

„Guten Morgen."

Er beugte sich runter und küsste mich auf die Wange. Lachend wischte ich den Rest Zahncreme weg.

„Guten Morgen."

„Und? Was wollen wir heute tun?"

Mit einem Blick auf unsere Stühle und Tische im Schatten auf diesem ruhigen Campingplatz sagte ich vorsichtig: „Was hältst Du von einem Tag Pause?"

Er sah mich musternd an. Sein Blick beunruhigte mich und ich beeilte mich zu sagen: „Wir müssen aber nicht. Wenn du willst, machen wir uns gleich auf den Weg. Ist ja auch schon spät. Ich zieh mich nur schnell um."

Ich wollte an ihm vorbei in den Camper als er mich energisch fest hielt.

„Wenn mich nicht interessieren würde, was Du denkst, hätte ich nicht gefragt. Eine Pause klingt prima für mich."

Wie ein Blitz traf mich seine Aussage und die Art wie er es sagte.

„Aber ich will, dass du auch Spaß hast. Ich weiß, du findest Städtetouren interessant."

Wieder ein durchdringender Blick aus seinen blauen Augen. Und in einem sehr ernsten Tonfall sagte er: „Ich habe Urlaub. Keinen Stress. Und wir sind hier beide zusammen. Also machen wir, worauf wir beide Lust haben."

Damit war das Thema für ihn erledigt. Er drehte sich zur Spüle und wusch die Zahncreme aus dem Mund.

Er sagte nichts mehr.

Seine Stirn gerunzelt saß er später hinter seinem Laptop am Tisch. Ich hatte mir eines der Bücher genommen, die ich mitgenommen hatte. Doch ich begann die Seite wieder und wieder von vorne zu lesen. Denn immer wieder verschwammen die Zeichen vor meinen Augen und ich begann zu grübeln.

Irgendwas war da gerad gehörig schief gelaufen, aber was?

Ja, gut. Mir war auch nicht entgangen, dass ich anstatt klar und deutlich zu sagen, was ich wirklich wollte, das ‚Duckmäuschen' gegeben hatte und entgegen meinem Wunsch, ihm zu liebe die Städtetour machen wollte. Aber war das ein Grund mich mit Schweigen zu bestrafen? Das war doch nett gemeint. Ich wurde nicht schlau aus seinem Verhalten.

Ich spürte, wie er mich über sein Laptop hinweg beobachtete, sah aber bewusst nicht auf. Seinem durchdringenden Blick konnte ich jetzt nicht standhalten.

„Liest Du die Seite auch mal zu Ende?", fragte er leicht amüsiert.

Aus Trotz blätterte ich um. Obwohl ich nicht ein Wort von dem gelesen hatte, was auf der Seite stand. Er lachte leise.

„Du bist wirklich erstaunlich."

Und schon bearbeitete er wieder seine Tastatur. Ich schmunzelte. Der Moment war vorüber. Gott sei Dank.

„Sag mal, wollen wir nicht Marseille morgen auch sausen lassen und uns was anderes überlegen."

Eddie hatte stundenlang konzentriert am PC gearbeitet und ihn gerade mit einem Seufzer heruntergefahren.

„Du musst wirklich nicht wegen mir…", doch ich sah an seinem Mienenspiel, dass es keine gute Idee war, diese Schiene zu fahren.

„Ja. Sehr gerne. Ich habe keine Lust mehr auf Geschichte und noch mehr historische Gebäude."

„Dann lass mich mal machen, ich hab da eine Idee. Das wird dann meine Überraschung für Dich."

Er stand auf, nahm sein Telefon und ging ein paar Schritte den Weg entlang. Ich hörte noch, wie er Nadine am Telefon begrüßte und dann war er zu weit weg, als das ich lauschen konnte. Aber er kam kurze Zeit später mit einem zufriedenen Grinsen zurück.

„Das wird morgen spitze. Ich freu mich drauf."

„Lässt Du mich daran teilhaben?", fragte ich zurück.

Seine überschwängliche Laune war ansteckend.

„Keineswegs. Überraschung. Und jetzt geh und zieh dir was zum Ausgehen an. Der Kühlschrank ist leer und ich lade Dich jetzt auf ein grandioses Abendessen ein."

Ich sah an meinen Beine entlang, die immer noch in Jogginghose verpackt waren und auf einem zweiten Stuhl ruhten. Ich gab ein theatralisches Seufzen von mir und warf mir die Hand vor die Stirn.

„Sklaventreiber."

Ich lachte und stand auf.

In perfektem Französisch erklärte Eddie unserem Taxifahrer, wohin wir gerne wollten. Für mich klang es auf jeden Fall perfekt. Er hatte Rusty mit nach vorne genommen und der saß an Eddies Beinen angeschmiegt im Fußraum. Ich hatte auf der Rückbank Platz genommen. Der Fahrer antwortete auf Französisch und fuhr los vom Campingplatz in Richtung Innenstadt Montpellier. Die Fahrt dauerte nicht lange. Und mit vielen warmen Worten entließ uns der Fahrer in den frühen Abend. Eddie hielt mir ganz ‚gentlemenlike' die Tür auf und nahm meine Hand. Er führte mich auf den großen Platz, der sich vor uns auftat. Soweit ich das beurteilen konnte, war es der Marktplatz von Montpellier. An den Seiten hatten Dutzende Cafes, Restaurants und Bars ihre Tische und Stühle. Eddie steuerte eines der Restaurants an und wir nahmen einen Tisch mit Blick auf den Platz. Er setzte sich neben mich und entließ Rusty unter den Tisch. Der legte sich mit einem Seufzer auf unsere Füße und schlief fast augenblicklich ein.

„Da ist wohl noch jemand, der keine Lust mehr auf Städtetouren hat.", lachte Eddie.

Und sofort kam die Bedienung. Alsbald folgte das erste Gläschen Wein.

„Auf einen schönen Abend."

Eddie legte seinen Arm um meinen Rücken und stieß mit mir an. Mit dem Wein rann ein warmer Schauer meinen Rücken entlang.

Wir aßen vorzüglich. Und ein Glas Wein folgte dem anderen. Wir quatschten über Gott und die Welt. Oder schwiegen und schauten den umherstrebenden Passanten und den anderen Gästen an den Tischen zu. Der Tag neigte sich dem Ende und die Sonne verabschiedete sich mehr und mehr. Immer wieder streichelten seine Finger zärtlich über meinen Schultern. Als wir aufbrachen, war es bereits nach Mitternacht. Und der Platz erstrahlte in romantischem Licht von den einzelnen Gebäuden. Eddie suchte uns erneut ein Taxi, das uns zum Campingplatz zurückbrachte.

„Ich muss noch eine Runde mit Rusty gehen.", sagte ich nach dem Aussteigen.

Der sah mich neugierig an, als er seinen Namen hörte und wimmerte leise.

„Wir gehen zusammen.", sagte Eddie.

Er ergriff meine Hand und wir steuerten den Weg entlang, den ich am Morgen bereits gegangen war. Durch die Bewegung und die kühle Nachtluft zeigte der Alkohol ziemlich deutlich seine Wirkung bei mir. Und ich merkte, dass mir die Röte ins Gesicht stieg. Ich giggelte und alberte herum. Und auch Eddie war offensichtlich angetrunken. Er machte Parodien und wir prusteten immer wieder vor Lachen laut auf. Wir kamen an einer Reihe Bäume entlang, die aufgereiht nebeneinander standen. Plötzlich zog mich Eddie übermütig auf die Wiese.

„Los. Komm. Ich will Dir was zeigen."

Lachend folgte ich ihm ins Dickicht. Rusty sah uns nur verwundert an und folgte uns dann. Schnüffelnd verzog er sich in die Büsche.

„Rusty. Hierbleiben."

Ich versuchte ernsthaft zu klingen, aber ein mädchenhaftes Kichern verriet mich. Also zuckte ich mit den Schultern und sah Eddie an, der plötzlich stehen geblieben war.

„Also? Was willst Du mir zeigen?"

Er atmete tief ein und wieder aus. Beugte sich vor. Seine Augen durchfluteten meinen angetrunkenen Kopf.

„Das hier."

Und mit einem sexy Lächeln beugte er sich vor und küsste mich. Leidenschaftlich eroberte er mit seiner Zunge meinen Mund.

„Und das hier.", murmelte er.

Mit einem Griff war seine Hand unter meinem Shirt. Sanft zog er mich mit sich auf den Grasboden. Bis ich rittlings auf ihm saß. Wieder und wieder küssten wir uns innig. Ich spürte die Regung in seiner Hose und konnte nicht mehr warten.

„Ich hab da auch noch was, was Du sehen musst.", kicherte ich und öffnete langsam die Gürtelschnalle an seiner Hose.

„Pst. Wir müssen ganz leise sein.", flüsterte er.

Ein Raunen folgte, als ich die Hand in seine Hose gleiten ließ. Und dann liebten wir uns. Mitten in der Nacht. Im Mondschein. Auf einer Wiese. In Montpellier. Und wir waren kein bisschen leise.

Eddie ließ sich kein Wort aus der Nase ziehen am nächsten Morgen. Je näher wir unserem Ziel kamen, desto aufgeregter wurde ich.

„Jetzt sag schon. Was machen wir?"

Eddie strahlte.

„Wird nicht verraten. Geduld ist eine Tugend."

Die Landschaft zog an uns vorbei. Grüne Bäume und Wiesen und Wasser. Und mit jedem Kilometer sank die berechnete Dauer der Fahrt im Navigationsgerät. Eddie trug eine blaue Jeans und ein schwarzes Shirt. Die Sonnenbrille verbarg seine Augen. Doch er strahlte. Genau wie ich. Wir hatten uns gestern Nacht nochmal geliebt, als wir wieder im Camper waren. Und heute Morgen nochmal. Ich war beschwingt. Keine Ahnung, ob vom Wein oder von der Nacht. Oder von was auch immer. Der Einzige, der das nicht so ganz teilen konnte, war Rusty. Mit missbilligendem Blick hatte er uns heute Morgen mit Ignoranz bestraft. Was wir beide ziemlich süß fanden.

Bei der Hunderunde am Morgen war ich nochmal an dem Feld mit den Bäumen vorbeigekommen, es grenzte an ein Wunder, dass uns keiner gehört hatte. Oder nicht hören wollte. Denn die nächsten Wohnhäuser lagen ziemlich nah an dem Grünstück. Aber es war mir egal. Ich war verliebt. Bis über beide Ohren. Und der Rausch der Gefühle steigerte sich nur umso mehr, mit dem Wissen, dass es Eddie genauso ging.

Wir fuhren von der Straße ab auf einem Sandweg. Und eine Art Ranch baute sich vor uns auf. Einige Schimmel waren in

Paddocks aus Holz gesperrt und dösten vor sich hin. Ich sah Eddie fragend an.

„Was hast Du vor?"

„Bist Du schon mal geritten?"

Ich konnte nicht umhin ein dickes Grinsen aufzulegen.

„Ja, gerade gestern Abend noch."

Eddie wurde tatsächlich ein wenig rot.

„Ich meinte auf Pferden, du Frechdachs."

Ein wissendes Lächeln legte sich auf sein Gesicht.

„Ja. Früher mal. Ob man das reiten nennen kann, bleibt allerdings fraglich. Wir sind auf ein paar Ponys durch die Gegend gezuckelt."

„Genau das werden wir heute auch machen." sagte Eddie zufrieden.

„Ist das Dein Ernst? Ich weiß gar nicht, ob ich das noch kann."

Ein leicht mulmiges Gefühl legte sich auf meinen Magen. Das wurde auch nicht besser, als Eddie die Stallbesitzerin, auf Französisch begrüßte und diese uns zu zwei bereits gesattelten Pferden führte. Sie gab Eddie ein paar Anweisungen und ging dann wieder zum Haupthaus zurück.

„Das ging ja schnell?", sagte ich verdutzt.

Eddie nahm zwei Kappen vom Boden.

„Das hier sind Cascadeur...", er zeigte auf das rechte und größere Pony, das ungeduldig tänzelte, „... und das ist Jolie." Das linke Pony.

„Du nimmst Jolie. Und ich Cascadeur. Und dann werden wir zwei ausreiten."

„Ohne Begleitung?"

„Traust Du mir etwa nicht?"

Er klopfte den Staub vom Helm und setzte ihn auf meinen Kopf.

„Doch. Aber kennst Du Dich hier aus?"

„Ich war hier noch nie auf einem Pferd unterwegs. Aber ein paar Mal wandern. Das wird schon."

Mit einem ‚Klick' rastete der Riemen meines Helmes ein und er setzte sich seinen auf.

„Außerdem hat Yvonne mir gesagt, wo wir lang müssen. Sie wird später auch mit zwei Gruppen unterwegs sein. Sie meinte, wenn wir uns verirren, würde sie uns dann wieder einsammeln. Und zur Not kennen die Pferde den Weg zurück."

Und ganz lässig setzte er sich seinen Helm auf.

„Bereit?", fragte er.

„Und Rusty?"

„Für den habe ich kein Pferd. Aber der kann mitlaufen."

Eddie schaute sich suchend um: „Wo ist der überhaupt?"

Auch ich konnte ihn nicht entdecken.

„Oh nein."

Erschrocken lief ich zurück zum Wagen. Aber auch da keine Spur.

„Rusty?", ich rief ihn.

Doch keine Reaktion. Wie hatte ich ihn nur aus den Augen verlieren können? Mein Herz raste als ich begann panisch zu werden. Doch plötzlich lachte Eddie laut auf. Er war mir mit den beiden Pferden gefolgt.

„Da."

Er zeigte auf eine Stelle. Und da lag Rusty seelenruhig eng angekuschelt an einen wild aussehenden schwarzen Hund.

„Rusty.", sagte ich nun energischer.

Und er stand langsam und gemächlich auf. Schnupperte nochmal an dem anderen Hund und kam dann schwanzwedelnd auf uns zu.

„Ich fass es nicht.", sagte ich kichernd.

„Na, hör mal. Der wird sich eben denken, was die können, kann ich auch."

Eddie schmunzelte.

„Okay, dann los."

Zögerlich stellte ich meinen Fuß in den Steigbügel. Und Eddie gab mir einen Schubs, sodass ich sehr unelegant zwar, aber sicher im Sattel landete. Ich kramte in meinen Erinnerungen wie noch mal genau das ging. Doch Eddie's Pferd ging ungeduldig voran, kaum dass er im Sattel saß. Und mein Pferd folgte auch ohne dass ich irgendwas dazu beitrug. Rusty bellte uns an, folgte uns dann jedoch schnellen Schrittes. Und so machten wir fünf uns auf den Weg.

Der Weg durch die Steppe war schmal, sodass wir das erste Stück hintereinander her ritten. Zeit sich wieder an das typische Schaukeln im Satteln zu gewöhnen. Die zwei Pferdeohren vor mir, versuchte ich langsam, die Bewegungen mit dem Becken abzufangen. Und es dauerte nicht lange, bis ich den Rhythmus gefunden hatte. Ich hielt die Zügel mit einer Hand und ließ sie lang Die andere ließ ich neben mir runter baumeln. Mit lang gestrecktem Hals und gesenktem Kopf lief das Pferd gemächlich hinter dem anderen Pferd her. Eddie hatte da scheinbar mehr Mühe als ich. Sein Pferd tänzelte. Warf immer wieder den Kopf hoch. Es war offensichtlich, dass ihm das alles nicht schnell genug ging. Doch mühelos konnte Eddie ihn davon abhalten davon zu stürmen. Als der Weg breiter wurde gab ich etwas Druck mit meinen Unterschenkeln und Jolie trabte an, bis sie auf einer Höhe mit Cascadeur lief.

„Wie kommt es, dass du so gut reiten kannst?", fragte ich Eddie, als wir gleichauf waren.

„Meine Mutter hatte immer schon Pferde. Sie hat mich früher oft mitgenommen."

„Du warst sicher der Liebling im Stall."

Ein jungenhaftes Lächeln umspielte seine Lippen.

„Ja. Meist ist man dann ja doch der einzige Hahn im Stall. Ich hatte meinen Spaß."

Und nach einer kurzen Pause fügte er hinzu: „Und meinen ersten Sex. Auf dem Heuboden. Mit…", er überlegte, „… wie hieß sie noch. Ich glaube Martina."

„Deine Mutter war sicher stolz." erwiderte ich lachend.

„Gott bewahre. Das weiß sie natürlich nicht. Sie hätte mir die Hölle heiß gemacht."

Er lachte bei der Vorstellung.

Der Weg schlängelte sich langsam dahin. Bis wir an einem Strand ankamen.

„Ich muss den Kleinen mal laufen lassen. Willst du warten? Oder traust Du Dir einen kleinen Galopp zu?"

Ich überlegte nicht lange. ‚Was soll's?' dachte ich und drückte meine Unterschenkel fest an den Pferdeleib. Ich hob mich in die Hocke und legte den Oberkörper über den Pferdehals. Meine Finger krallten sich in die Pferdemähne. Noch ein wenig Druck und das Tier unter mir lief im gemächlichen Galopp am Strand entlang. Rusty lief aufgeregt neben mir her, er hatte Mühe mitzuhalten. Doch plötzlich preschte Eddie an mir vorbei. Sein Pferd lief aufgeregt im gestreckten Galopp, als hätte er ein Rennen zu gewinnen. Auch Eddie saß im leichten

Sitz über den Pferdehals gebeugt. Und so preschten wir gemeinsam am Strand entlang.

Jeder Ton verlor sich durch das Pfeifen des Windes in den Ohren. Mit jedem Galoppsprung fühlte ich die Arbeit der Muskeln des Tieres unter mir. Die Wärme des Felles unter meinen Fingern. Das Rauschen der Wellen neben uns. Und das Donnern der Hufe auf dem Sandboden unter uns. Langsam löste ich meine Finger und ließ die Zügel los. Ich streckte die Hände auseinander und balancierte mich über das Becken aus. Der Wind pfiff mir um die Ohren. Mein Adrenalin schoss durch meine Venen.

So fühlt sich Freiheit an.

Eddie bremste sein Pferd ab und wartete bis Rusty und ich wieder aufgeschlossen hatten. Auch ich setzte mich wieder aufrecht in den Sattel, nahm die Zügel auf und konnte ohne große Probleme Jolie davon überzeugen, dass erst Trab und dann Schritt angesagt war.

„Wow."

Ich musste meine Atmung erst wieder unter Kontrolle bringen.

„Das war der Hammer. Sehr gute Idee, Eddie."

Er strahlte.

„Ich wollte das schon immer mal machen.", verriet er.

Mit geschicktem Griff führte er sein Pferd wieder auf den Weg und wir ritten vom Strand weg in einem großen Bogen zurück zum Stall. Die Pferde kannten offensichtlich den Weg. Denn einmal ausgepowert, wurde auch Cascadeur ruhiger und Eddie ließ ihn mit langen Zügeln laufen. Und er trottete automatisch den Weg entlang, ohne dass Eddie ihn lenken musste.

Als wir uns dem Hof näherten, flitzte Rusty an uns vorbei und sprang freudig auf den schwarzen Hund zu. Der wedelte eher gelangweilt mit dem Schwanz. Ließ sich aber von Rusty zu einem kleinen Spielchen animieren. Ein Mädchen kam uns entgegen und sprach uns auf Französisch an.

Eddie antwortete mit: „Il faisait très beau."

Und übersetzte für mich: „Es war sehr schön."

„Oh ihr seid deutsch.", lachte das Mädchen, „Ich bin Susanne. Ich komme aus München. Bin hier in den Sommermonaten und helfe aus. Tolle Gegend zum Ausreiten, oder?"

„Ja. Ich war hier schon ein paar Mal zum Wandern. Wollte schon immer mal auf einem echten Camarguepferd hier ausreiten."

„Dann habt ihr ja alles richtig gemacht. Und die zwei sind toll zu reiten."

Eddie schwang sich von seinem Pferd und half mir ebenfalls runter. Susanne nahm uns die beiden Pferde ab.

„Bleibt ihr denn ein paar Tage?", fragte sie.

Ich antwortete: „Nein. Wir sind leider nur auf der Durchreise.", und zeigte auf den Camper auf dem Parkplatz.

„Das ist schade. Hier gibt es viel zu sehen und zu erleben. Wir haben hier auch ein paar Gästezimmer."

„Wir können ja noch mal wiederkommen.", sagte Eddie.

‚Wir'. Plötzlich sprach er also auch davon. In Barcelona hatte er sich ja nicht dazu geäußert.

„Ihr seid jederzeit willkommen. Wartet kurz, ich hole Euch noch eine Broschüre, damit Ihr uns nicht vergesst."

Sie verschwand mit den Pferden zum Stall.

Nur schwer konnten wir Rusty davon überzeugen, dass wir weiterfahren wollten. Es war offensichtlich. Er war ebenfalls verliebt. Allerdings konnten wir ihn mit einer entsprechenden Bestechung doch noch dazu überreden, wieder in den Camper zu steigen. Wir bedankten uns bei Susanne, die noch lang und breit Werbung für den Hof gemacht hatte und versprachen noch mal wieder zu kommen. Sie winkte uns lange nach, als der Camper vom Hof rollte.

„Nette Person, oder?"

Ich lachte über seine Anmerkung.

„Ich glaube die war mehr an dem starken sexy Mann interessiert, der da plötzlich auf dem Schimmel angeritten kam."

Ein selbstgefälliges Lächeln zeichnete sich auf seinen Lippen ab. Und er blickte zu mir über den Rand seiner Sonnebrille.

„Tja. So ist das mit dem Charme. Entweder man hat ihn, oder man hat ihn nicht. Ich kann nichts dafür. Ist angeboren."

„Angeber.", schimpfte ich ihn lächelnd.

Aber er hatte ja Recht.

Für die letzte gemeinsame Nacht im Camper hatte ich uns einen Platz in der Nähe des Flughafens von Marseille gebucht. Wir waren ja davon ausgegangen, dass wir den Tag damit verbringen würden, uns Marseille anzusehen. Und zwischen Marseille und dem Flughafen hatte ich keinen Platz finden können. So fuhren wir von der Camargue über Landstraßen Richtung Campingplatz. Unterwegs hielten wir bei einem Supermarkt und füllten unsere Vorräte soweit auf, dass wir bis zum nächsten Abend in Saint Tropez auskommen würden. Am späten Nachmittag bezogen wir also erneut einen Platz mit unserem Camper. Wir richteten uns häuslich ein und gönnten uns erneut eine Auszeit im Schatten des aufgebauten Pavillons bei meinem Buch und seiner Arbeit am Laptop.

Er telefonierte mehrfach mit Nadine. Irgendein Schreiben vom Gericht war eingegangen und sein Klient war wohl völlig aus dem Häuschen. Er telefonierte auch mit diesem und beruhigte ihn wieder. Nach dem Gespräch legte er seufzend auf.

„So viel zum Urlaub und Partywochenende."

Fragend runzelte ich die Stirn und sah über mein Buch zu ihm rüber.

„Ich werde wohl ein wenig arbeiten müssen. Wir haben eine Besprechung für Montagmorgen vereinbart, bis dahin muss ich zumindest vorbereitet sein."

„Das ist schade.", sagte ich zögerlich.

„Ja. Aber das wird schon gut gehen. Normalerweise, dürfte es nicht allzu viel werden. Und Du bist ja nicht alleine unterwegs. Wann landet Dein Freund eigentlich?"

Schnell klickte ich mich durch die Galerie und sah auf den Flugplan, den er mir geschickt hatte.

„Sie fliegen von Düsseldorf um elf los und sind um kurz vor eins in Marseille."

Ich blickte automatisch Richtung Flughafen. An dem Rollfeld waren wir vorhin vorbeigefahren. Nur noch einmal schlafen und ich sah ihn endlich wieder. Ich konnte es kaum erwarten. Ein Stück Heimat um mich zu haben, würde vielleicht etwas Licht ins Dunkle meiner Gedanken bringen. Und ich freute mich darauf, dass er Eddie kennen lernte. Vielleicht würde das mit uns noch realer und wahrer, wenn es mit einem anderen wichtigen Teil in meinem Leben verknüpft wäre.

12. KAPITEL

Eine unbändige Vorfreude ließ mich am nächsten Morgen nicht lange schlafen. Und die Zeit bis zur Landung am Mittag schien nicht vorbeigehen zu wollen. Eddie war sichtlich amüsiert darüber. Er zog mich damit auf, indem er mich wieder und wieder nach der Uhrzeit fragte. Und endlich war es dann zwölf und wir packten langsam, zu langsam für meinen Geschmack, unsere Sachen wieder in den Camper, beglichen unsere Rechnung und machten uns auf zum Flughafen. Ich war sehr dankbar dafür, dass Eddie fahren wollte. Meine Aufregung und das Gewusel am Flughafen hätten mich total überfordert. Aber so hielt er an der Ankunftshalle und ließ mich aussteigen. Während er weiterfuhr und außerhalb des Eingangsbereiches parkte. Ich sollte ihn anrufen, wenn wir fahrbereit waren.

Kaum durch die Türen, empfing mich eine klimatisierte Luft. Durch Lautsprecher kamen immer wieder Ansagen auf Französisch und Englisch. Ich studierte den Flughafenplan und machte mich auf zum Gate, an dem die Zwei ankommen würden. Gespannt starrte ich auf die Infotafel. Wir waren mehr als pünktlich und ich hatte noch zwanzig Minuten, bevor der Flieger landen würde und laut Anzeige sollte er pünktlich sein. Ich setzte mich auf eine Bank mit Blick auf das Gate und die Infotafel. Ich schlug ein Bein über das andere und wippte mit dem Fuß, um das Adrenalin runterzufahren. Ich kaute an meinen Nägeln. Ich freute mich so wahnsinnig auf die Zwei und auf die nächsten Tage.

Fünfzehn Minuten.

Es kamen und gingen Leute, ein Flieger nach dem anderen wurde an der langen Reihe Gates abgefertigt. Ich beobachtete die Menschen, wie sie ihre Lieben vom Flug abholten. Küsschen links, Küsschen rechts.

Zehn Minuten.

Eine Umarmung. Sie lächelten sich an. Ich stand wieder auf. Konnte nicht still sitzen bleiben. Erinnerte mich selbst an Rusty, wenn er aufgeregt darauf wartete, dass ich sein Fressen fertig hatte. Ich ging auf und ab in der Hoffnung, dass sich meine Aufregung legen würde. Sie tat es nicht.

Fünf Minuten.

Unendlich langsam hüpfte der Sekundenzeiger an der Uhr von einer Zahl auf die nächste. Ewigkeiten. Und dann endlich, zeigte der Flugplan an, dass sie gelandet waren. Es dauerte noch eine weitere gefühlte Ewigkeit, bis endlich die Türen aufgingen und die ersten Passagiere heraus kamen. Und da endlich.

Ich lachte laut auf.

Einen Strohhut auf dem Kopf und die Sonnenbrille auf der Nase, schob sich Mark mit Simone an der Hand durch die Menge. Ich lief los und schmiss mich in seine Arme. Er nahm mich hoch und drehte mich kurz.

„Hallo!"

Er strahlte wie ich.

Ich ließ ihn los und nahm auch Simone in den Arm.

„Hallo Ihr Zwei. Hattet Ihr einen guten Flug?"

„Frag nicht.", sagte Simone und rollte mit den Augen. Sie hatte Flugangst und hasste es. Doch im Gegensatz zu mir und sehr zu Freude für Mark, quälte sie sich von Zeit zu Zeit durch ihre Panik.

„So schlimm?"

„Ach nein. Das ging. Aber er."

Mit einem Seitenblick deutete sie auf Mark.

„Der nervt mich schon seit fast zwei Stunden mit seiner Vorfreude."

Sie grinste und ich lachte schallend.

„Das kenn ich."

„Lass dich erst mal ansehen."

Er legte seine Hände auf meine Schultern und schob mich ein Stück von sich weg.

„Dreh Dich mal."

Er stand da, wie ein Juror bei einem Modelcasting. Die eine Hand an der Seite in der Hüfte. Mit dem Zeigefinger der anderen am Mund. Ich strahlte und folgte seiner Bitte.

„Hmm.", brummte er.

„Du siehst wahnsinnig verändert aus."

Sein Lachen strahlte bis in seine Augen. Das liebte ich so an ihm.

„Ist eine andere Haarfarbe."

Obwohl das Braun durch die Sonne und das Salzwasser schon wieder fast ausgewachsen war.

„Nein. Das ist es nicht. Irgendwas ist anders."

Grinsend mimte ich die Unwissende.

„Ich weiß gar nicht was Du meinst."

Und mit einem Strahlen auf meinem Gesicht drehte ich mich um und ging voran.

„Wollen wir dann?"

Draußen vor der Ankunftshalle zückte ich mein Telefon.

„Wo ist denn nun Dein Camper? Bin schon so gespannt.", fragte Mark.

„Moment.", sagte ich, wählte Eddies Nummer, ließ einmal durchklingeln und legte auf, wie verabredet.

„Du kannst Deinen Camper per Telefon herkommen lassen?", fragte Mark gespielt erstaunt, „Ist ja cool."

„Nicht ganz."

Und schon kurz darauf fuhr Eddie mit dem Camper galant vor und parkte den Wagen genau vor unserer Nase. Mark sah erstaunt auf den Fahrerplatz. Er sah erst Eddie, dann mich an, um mich dann mit einem wissenden Lächeln zu versehen.

„Verstehe.", sagte er nur.

Drückte mich nochmal und ich öffnete die Seitentür.

Ich strahlte und sagte: „Willkommen im neuen Zuhause. ‚mi casa es su casa' wie die Spanier sagen."

Mark half Simone hinein und bugsierte dann ihre beiden Taschen hinterher. Mit unverhohlener Neugier reichte er nach Simone Eddie die Hand.

„Hallo. Und Du bist?"

Mit einem wahnsinnig sexy Lächeln stellte sich Eddie vor.

„Eduard von Lichtenstein. Aber ihr könnt Eddie zu mir sagen. Ich bin der Rechtsanwalt von Frau Hofmann und begleite sie sicherheitshalber im Urlaub, nachdem sie auf der ersten Strecke bereits zig Gesetze gebrochen hatte."

Einige Wagen hupten ungeduldig.

„Und besser, wenn ich uns jetzt erst mal hier wegbringe."

Damit startete er den Wagen und wir fuhren los. Mark und Simone auf der Sitzecke und Rusty auf meinem Schoß auf dem Beifahrersitz. Der sichtlich genoss, dass er sich seinen alten Platz offenbar wiedererkämpft hatte. Er kuschelte sich auf meinem Schoß gegen meinen Bauch und brummte genüsslich.

Wir waren wieder auf der Bahn, als Mark fragte: „Wohin fahren wir jetzt eigentlich? Marseille?"

Bewusst drehte ich mich bei der Antwort nicht um, um meine Freude über unsere Überraschung zu verbergen.

„Nein. War uns zu viel Action. Wir haben einen ruhigen kleinen Campingplatz in den Bergen gefunden. Die haben zwar keinen Swimmingpool, aber dafür ist es schön ruhig. Und Hunde sind erlaubt."

Im Rückspiegel sah ich, wie die beiden sich entsetzt ansehen. Sie waren absolute Partymäuse.

„Ah ha.", sagte Mark nur gedämpft, „Und wo schlafen wir?"

„Die Bank, auf der ihr sitzt, kann man irgendwie umbauen zu einem Bett. Müssen wir nachher mal probieren."

Sie beäugten beide misstrauisch den Wagen. Und ich musste mir auf die Lippen beißen, um nicht laut loszulachen. Ein Seitenblick auf Eddie zeigte, dass er sich ebenfalls nur mit viel Mühe zusammenreißen konnte.

Mark und ich überbrückten die Fahrtzeit damit, uns wieder auf den neuesten Stand zu bringen, was die aktuellen Situationen anging. Wobei wir die Themen Eddie, selbstredend, und den Millionengewinn außer Acht ließen. Simone hatte sich an Mark's Schulter gelehnt und döste. Eddie fuhr uns konzentriert in Richtung Ziel. Obwohl ich das Gefühl hatte, dass er aufmerksam zuhörte.

Als wir uns einige Stunden später unserem Zielort näherten, war Mark derart in seinen Ausführungen vertieft, dass er die Hinweisschilder nicht bemerkte. Auch, dass wir mittlerweile die Autobahn verlassen hatten und auf einer Landstraße unterwegs waren, übersah er. Eddie stellte das Telefon auf die Freisprecheinrichtung und wählte eine Nummer. Auf Französisch sprach er mit dem Vermieter unseres Bungalows und kündigte unsere

Ankunft an. Zumindest glaubte ich, dass er das tat. Ich verstand kein Wort. Erst da wurde Mark auf einmal wieder aufmerksam und sah sich um.

„Wo sind wir überhaupt?", fragte er.

„In ein paar Minuten sind wir am Ziel.", gab ihm Eddie die Antwort.

„Hast Du nicht was gesagt von Bergen und ohne Strand?"

„Oh.", sagte ich gespielt überrascht, „Ich glaube, ich habe gelogen."

„Und wohin fahren wir dann?"

Ich drehte mich um und strahlte ihn an.

„Saint Tropez."

Mit offenem Mund sah er mich an.

„Das ist nicht Dein Ernst."

„Du wolltest doch mal nach Saint Tropez, oder?"

Er weckte, etwas unsanft, Simone neben sich.

„Hast Du das gehört?"

Die schüttelte verschlafen den Kopf.

„Wir fahren nach Saint Tropez!", rief er laut.

„Ehrlich?"

„Ja. Wie geil ist das denn?"

„Ach und da wir gerade dabei sind.", sagte Eddie, während er den Wagen durch schmale Gassen lenkte, „Wir werden auch nicht im Camper schlafen."

Er hielt vor einem Einfahrtstor, ein älterer Herr in weißem Hemd und Khakihose winkte freundlich zur Begrüßung und ließ das Tor auffahren. Geschickt lenkte Eddie den Camper im Halbkreis auf der riesigen Auffahrt und parkte ihn vor dem Eingang des Bungalows.

Das Weiß der Hauswand strahlte in der Sonne der Côte d'Azur. Eine schwere braune Holztür stand bereits offen für uns. Der Vermieter kam die Auffahrt runter und wir stiegen aus.

„Lassen wir die Sachen erst mal im Wagen.", sagte ich, während Eddie den Vermieter begrüßte.

Der nahm uns überschwänglich in Empfang. Er plapperte freundlich in Französisch vor sich hin. Zu meiner Erleichterung stellte ich fest, dass auch Mark und Simone kein Wort davon verstanden. Und so lächelten wir ihn nur freundlich an. Rusty, der sich neben meinem Bein niedergelassen hatte, wurde ebenfalls kurz begrüßt. Dann ging der Vermieter voran ins Hausinnere und wir folgten ihm.

Der Hauptraum war ein großer offener Raum mit Panoramafenstern in Richtung Garten. Auf Grund der terrassenförmigen Anordnung der Häuser, hatte man auch von hier einen Blick auf das Meer. Küche, Wohnzimmer und Esszimmer waren hier untergebracht. Ein Waschraum befand sich direkt neben dem Eingang. Links und rechts ging jeweils ein Schlafzimmer ab. Ich ging zu den Panoramafenstern, die bereits offen standen. Ein warmer Wind spielte mit einer weißen Gardine, die zur Seite geschoben war. Ein Pool lag direkt davor. Und wie schon auf der Internetseite zu sehen, gab es auch die Terrasse mit dem Tisch, den Stühlen, einem Barbecue und einem hölzernen Bett. Mark stellte sich hinter mich.

„Bin ich eingeschlafen und in einer Werbung wieder aufgewacht?", fragte er leise.

Ich spürte sein Lächeln und drehte mich um

„Willkommen in Saint Tropez."

Nachdem der Vermieter sich verabschiedet hatte, machten wir uns daran, unsere Sachen aus dem Camper zu holen und uns häuslich einzurichten. Alsbald packte Eddie seinen Laptop aus und setzte sich auf der Terrasse an den Tisch. Die beiden anderen waren noch immer im Schlafzimmer und packten aus.

„Musst Du arbeiten?", fragte ich Eddie als ich ihm ein Glas Wasser aus der Küche brachte.

Er sah mich an und studierte meine Mimik.

„Ja, leider. Ist das ein Problem?", fragte er.

„Nein. Kein Problem.", sagte ich schnell, „Ich denke, ich werde erst noch mal eine Runde mit Rusty gehen."

„Da gehe ich mit.", erklang Mark's Stimme.

Er kam ebenfalls auf die Terrasse.

„Gerne. Was ist mit Simone?"

„Die hat sich hingelegt. Sie hat letzte Nacht nicht gut geschlafen, wegen des Fluges."

„Na dann. Lass uns gehen."

Mit Rusty an der Leine schlenderten wir schweigend durch die Gassen und Straßen dieses Stadtteils von Saint Tropez. Bäume und große Hecken verbargen den Blick auf die Häuser hinter den pompösen Zufahrtstoren. Als wir ein Stück einer alten Mauer fanden, mit Blick auf das Meer, setzten wir uns darauf.

„Erzähl mal."

Ich wusste, dass Mark darauf brannte, Infos über Eddie zu kriegen.

„Was denn?", fragte ich unschuldig.

„Na jetzt tu nicht so. Mister Rechtsanwalt?"

Er zog eine Augenbraue hoch.

„Naja. Eddie halt. Was soll ich Dir denn sagen?"

„Seit wann fährt Eddie denn mit Dir durch die Gegend?"

„Seit Tarifa. Er hatte sich überlegt ein paar Tage frei zu machen und hat mich besucht."

„Und dann ist er geblieben?"

„Ja, schon irgendwie. Du hast mir die Nachricht geschrieben mit Marseille und dann hat er seine Assistentin angerufen und ihr gesagt, sie soll was in Saint Tropez buchen."

„Ah, also haben wir ihm den Luxus zu verdanken."

„Im Prinzip, ja."

„Und? Seit Tarifa? Jetzt lass Dir doch nicht alles aus der Nase ziehen!"

Er legte den Kopf schief und sah mir tief in die Augen.

„Ich weiß nicht. Ich bin, glaub ich, schon verliebt."

Er warf seinen Kopf in den Nacken, so laut musste er auflachen.

„Na, das ist ja selbst für jeden Blinden offensichtlich. Du strahlst richtig."

„Es waren wunderschöne Tage. Wir waren zusammen in Valencia. In Barcelona. In Montpellier. Und gestern sind wir ausgeritten in der Camargue. Wir haben im Prinzip die gesamte letzte Woche miteinander verbracht."

Überrascht hielt ich inne. Es war tatsächlich erst eine Woche. Es kam mir wie eine Ewigkeit vor.

„Ich gönn' es Dir von Herzen, Süße."

Er strich mir eine Strähne aus dem Gesicht.

Mark und ich lernten uns vor Jahren kennen. In einem Club in Münster. Da wir beide nicht alleine unterwegs waren, hatten wir für das erste Gespräch nicht viel Zeit und wir verabredeten uns für ein erstes Date. Doch das hatte offensichtlich nicht gut funktioniert. Es war keine Verliebtheit zwischen uns. Aber wir verstanden uns sehr gut. Und seither waren wir einfach die besten Freunde.

Ein halbes Jahr später traf er dann Simone. Und die zwei waren so innig verliebt ineinander, dass es eine Freude war ihnen dabei zuzusehen. Vielleicht war Eddie für mich das, was Simone für ihn war. Ich hoffte es sehr.

„Ich weiß nur nicht, ob das halten wird, wenn wir zurück in der Realität sind. Die Tage der Reise sind so anders als mein Leben."

Mark runzelte die Stirn.

„Wie meinst Du das?"

„Ich fühle mich so losgelöst von allem. So frei. Aber auf der anderen Seite passt das alles gar nicht zu mir. Ich bin organisiert und strukturiert. Wäre die ganze Sache mit dem Lottogewinn nicht gewesen, ich wäre niemals auf die Idee gekommen, einfach in ein Auto zu steigen und durch halb Europa zu fahren. Ich bin mir nicht mal sicher, ob ich die Städtetour gemacht hätte, wenn Eddie nicht dabei gewesen wäre."

Er ließ meine Worte einen Moment sacken und sah mich dabei aufmerksam an.

„Ich glaube schon, dass das zu dir passt.", sagte er dann, „Eigentlich sehe ich Dich heute zum ersten Mal strahlen. Du sprudelst nur so über vor Leben. Ich habe eher das Gefühl, dass hier bist Du. Und das vorher warst Du nur so halb. Verstehst Du?"

Ich ließ den Blick über die Klippen und über das Meer gleiten.

„Ich weiß nicht."

Unbewusst schüttelte ich mit dem Kopf.

„Ich hab mich irgendwie verloren. Aber ich hatte bisher keine Zeit, darüber wirklich nachzudenken. Jeden Tag war wieder irgendwas Neues. Aufregendes. Und ich wollte nichts verpassen."

„Und jetzt?"

„Jetzt sind wir in Saint Tropez.", lachte ich, „Ich werde mir zu Hause alle Bilder ansehen müssen, um zu glauben, dass das alles wirklich passiert ist."

„Und was machst Du, wenn Du wieder zu Hause bist?", fragte Mark vorsichtig.

Ich streckte mich und fuhr mit den Fingern durch meine Haare. Da war sie wieder. Diese eine Frage, auf die ich keine Antwort wusste.

„Ja. DAS ist wohl die 31-Millionen-Euro-Frage."

„Keine Scherze, Süße."

Ich fühlte mich plötzlich verloren. Im Chaos meines inneren Selbst, das ich in all den Tagen so gut verdrängt hatte. All die Bilder von den letzten Tagen zu Hause krochen unweigerlich wieder in mir hoch und das Gefühl, dem allen nicht gewachsen zu sein. Mark rutschte ein Stück näher und nahm mich in den Arm. Langsam löste sich eine Träne aus meinem Auge.

„Warum ist es so schwer?", fragte ich Mark.

Er lehnte seinen Kopf an meinen.

„Das ist es nicht. Wenn es so weit ist, wirst Du es wissen. Du wirst sehen."

„Andere würden sich einfach freuen."

„Das glaube ich nicht. Seit Deinem Anruf, als ich im Wagen war und Du mir von dem Gewinn erzählt hast, hab ich viel darüber nachgedacht. Es ist einfach gesagt. Wenn ich mal im Lotto gewinne, dann mache ich dies und das. Aber, wenn dann wirklich Millionen auf dem Konto sind, wie bei Dir. Ich wäre auch überfahren."

Er drückte mich.

„Vielleicht."

„Und wenn ich mir Dich so ansehe, dann kommt das ganze Chaos vielleicht gar nicht nur von dem Geld."

„Wie meinst Du das?"

„Ich glaube, du hast Dich schon viel früher verloren. Wenn ich Dich heute sehe, strahlst Du. Bist voller Energie. Deine Augen funkeln. Das habe ich noch nie bei Dir gesehen. Du bist mehr Du selbst, als in den Jahren, in denen wir uns jetzt kennen. Und das liegt vielleicht nicht nur an den Millionen und dem schmucken Rechtsanwalt."

Mein Kopf machte Achterbahnfahrten, als sich die Gedanken darin zu sortieren versuchten.

„Du hast Dich selbst immer so unter Druck gesetzt. Und bist Deinen Weg gegangen. Versteh mich nicht falsch, das ist sicher eine Deiner vielen Stärken. Aber wann hast Du das letzte Mal wirklich was für Dich getan? Nicht weil du musstest. Oder weil es notwendig war. Sondern einfach, weil Du Lust darauf hattest."

Ich wusste, dass er Recht hatte. Auch, wenn mir das Ausmaß seiner Aussage nicht aufgehen wollte.

„Wann hast Du das letzte Mal wirklich an Dich geglaubt. Und Dir Zeit genommen, Dein Leben zu genießen. Wann hast Du das letzte Mal darüber nachgedacht, was Du wirklich willst. Und was nicht. Du lässt die Dinge geschehen. Es wird Zeit, dass Du Dich selbst wieder findest. Und dann genau das machst, was Dir bestimmt ist. Was Du willst. Was Dich glücklich macht.

Und nicht, was gerade passt. Und einen besseren Zeitpunkt als jetzt, kann es doch nicht geben. Es ist perfekt."

Schniefend sagte ich: „Hab ich Dir nicht genau das Gleiche gesagt, als wir uns kennengelernt haben?"

Er lachte auf.

„Ja. Ich glaube es war ähnlich. Und Du hattest Recht damit. Schau Dir an, wo ich jetzt bin. Mit Simone. Wie sehr ich mich verändert habe."

„Ich hab mich in den letzten Wochen auch verändert, glaube ich."

„Ja. Das hast Du, Süße. Und es fühlt sich gut an, oder?"

Ich nickte. Schweigend saßen wir noch eine Weile so da, bevor wir uns auf den Rückweg machten.

Wieder im Bungalow angekommen, kam uns Eddie bereits entgegen.

„Was haltet Ihr davon…"

Er hielt inne als er mir in die Augen sah. Schnell wischte ich die letzten Spuren der Tränen vom Gesicht und strahlte ihn an.

„Wenn wir was?"

Einen Moment war es wieder da. Sein suchender Blick in meinen Augen. Doch er sammelte sich wieder und fuhr dann fort: „Wenn wir unten am Strand essen gehen heute Abend."

Stirnrunzelnd fügt er jedoch hinzu: „Alles okay?"

Durchdringend funkelten mich seine Augen an. Ich versank im dem Meer, das darin gefangen war. Langsam fühlte ich die Tränen wieder in mir hochsteigen. Das war doch dämlich.

„Klar. Gute Idee.", sagte ich schnell, „Ich hüpfe nur kurz in den Pool."

„Ich schau mal nach Simone.", sagte Mark und verschwand in ihrem Schlafzimmer. Noch bevor Eddie weitere Fragen stellen konnte, ging ich zu unserem und zog mir meinen Bikini an. Sekunden später sprang ich ins kalte Nass und tauchte tief in den Pool ein. Die Stille unter Wasser wusch die trüben Gedanken endgültig davon. Und als ich wieder auftauchte und tief Luft holte, fühlte ich mich wieder frisch und munter. Als ich mich am Ende des Pools umdrehte, sah ich, dass Eddie wieder an seinem Laptop saß. Den Blick wie gebannt auf mich geheftet.

Der Weg zum Strand war in einigen Minuten zu Fuß mühelos erreichbar. Eddie und ich gingen voran und Mark und Simone folgten Hand in Hand. Rusty hatten wir in der Wohnung gelassen. Das war mir extrem schwergefallen. Aber Mark hatte mich schließlich überredet. Denn: „Der Hund hat es hier viel besser, als in einer lauten Kneipe am Strand."

Eddie hatte unsere Unterredung hierzu nur neugierig beobachtet und sich nicht eingemischt. Aber so war Rusty nun, das erste Mal seit ich ihn aufgelesen hatte, alleine zurückgeblieben. Aber er würde zu Hause auch von Zeit zu Zeit alleine sein müssen. Ich konnte ihn schlecht überall hin mitnehmen.

Wir steuerten das erste Restaurant an, das uns am Strand auffiel. Bambusstöcke mit Fackeln säumten den Weg. Wir setzten uns an einen der Tische, die direkt im Sand des Strandes aufgestellt waren. Ich zog unter dem Tisch die leichten Slipper aus, die ich angezogen hatte, und wühlte mit blanken Zehen im Sand.

Herrliches Gefühl.

Simone war wieder aufgetaut nach ihrer Mittagspause und alberte mit Mark herum. Eddie legte den Arm auf meine Stuhllehne und spielte mit einer Haarsträhne hinter meinem Ohr. Ich lehnte mich an seine Schulter und legte meine Hand auf sein Bein.

Der Kellner kam. Ein sehr ansehnlicher junger Mann. Er nahm die Bestellung auf, wobei Eddie uns alle etwas unterstützen musste. Ihn Französisch sprechen zu hören, war eine Wohltat für die Sinne. Seine Aussprache umschmeichelte jedes Wort. Ich nahm mir fest vor, auch Französisch zu erlernen.

Wenig später war der Tisch reich gedeckt mit allerlei Köstlichkeiten. Wir konnten uns einfach nicht festlegen und hatten uns eine Auswahl von allem möglichen bestellt. Langsam taute Eddie wieder auf.

Er war irgendwie steifer geworden seit wir in Saint Tropez waren.

Der Wein floss in die Gläser und wir genossen den Abend mit Blick auf's Meer. Bei einer Debatte über das beste Fußballteam entbrannte ein gespielt übertriebener Streit zwischen Eddie und Mark, der Simone und mir die Tränen in die Augen trieb vor Lachen. Es war ein sehr schöner Abend. Der leider viel zu schnell vorbei ging. Als die Sonne untergegangen war und ein kalter Wind vom Meer herauf wehte, machten wir uns auf den Rückweg zum Bungalow. Auf Party hatten selbst die zwei Partylöwen heute keine Lust.

„Waren Du und Mark mal zusammen?"

Kaum war die Schlafzimmertür hinter uns geschlossen sah mich Eddie durchdringend an.

„Was? Nein.", sagte ich entspannt.

Ich gähnte. Der aufregende Tag war lang gewesen und der Wein tat sein Übriges. Ich schlüpfte aus meinen Sachen.

„Wie kommst Du darauf?"

„Weil ihr so innig miteinander umgeht."

Ich kicherte.

„Wir verstehen uns einfach gut. Da war nie was. Und da wird nie was sein. Wir sind einfach nur sehr gute Freunde. Ich bin nicht so an ihm interessiert wie an Dir."

Ich stand nackt im Raum und ging langsam auf ihn zu.

„Und worüber habt ihr gesprochen als ihr mit Rusty spazieren gewesen seid?"

Meine Hand, gerade noch dabei langsam unter sein Shirt zu schlüpfen, hielt inne.

„Wieso fragst Du?"

„Weil du geweint hast. Du sahst so aus als wärst Du durcheinander."

„Das war ich auch. Alles wieder gut."

Ich sah ihm in die Augen. Durchdringend funkelte er zurück.

„Wirst Du es mir erzählen?"

„Ich möchte nicht. Das war vorhin. Jetzt ist jetzt. Ich will gerne die letzten Tage und Nächte mit dir genießen."

Meine Hand setzte ihren Weg fort.

„Ach verdammt, Alex."

Eine Hand unter meinem Kinn, die andere an meinem Hinterkopf und dann endlich seine Lippen auf meinen. Er stöhnte auf.

„Darüber reden wir noch mal. Aber ich kann mich nicht konzentrieren, wenn Du nackt vor mir stehst."

Langsam drängte er mich zurück. Bis meine Kniekehlen ans Bett stießen. Sanft presste er mich auf die Laken. Im Nu waren seine Klamotten verschwunden und er küsste mich hart und fordernd.

„Ich will Dich.", raunte er in mein Ohr.

Und dann vereinte er sich mit mir. Und ich sog ihn auf. Seinen Duft. Das Spiel seiner Muskeln unter meinen Händen. Ich vergaß was war und was sein würde. Und ließ mich fallen in dem Moment. Saugte alles in mir auf und achtete nur noch auf das Klopfen seines Herzens unter meiner Hand. Seine Haut an meiner. Sein Atem in meinem Ohr.

Sein tiefer regelmäßiger Atemzug zeigte mir, dass er eingeschlafen war. Vor der Schlafzimmertür schnüffelte Rusty aus dem Wohnzimmer. Vorsichtig löste ich mich aus der Umarmung, um Eddie nicht zu wecken und öffnete ihm die Tür. Die ganze Aufregung ob wir ihn alleine lassen konnten, hatte sich zum Glück als übertriebene Sorge herausgestellt. Er schlief friedlich, neben dem Sofa als wir zurückkamen und ließ sich nur schwer dazu überreden, eine letzte kurze Runde mit mir zu gehen. Ich schlich wieder ins Bett und legte mich vorsichtig auf die Seite, mit dem Rücken an Eddie's Bauch. Sofort legte er seinen Arm um mich und zog mich zu sich heran.

Im Schlaf, wie mir sein Atem bestätigte.

Rusty setzte sich vor die Bettkante und sah mich an. Ich klopfte auf das Bett und mit einem Sprung war er auf der Matratze. Er drehte sich ein paar Mal und rollte sich dann an meinem Bauch ein. Ich kraulte ihn, bis auch er friedlich einzuschlafen schien.

„Ich liebe Dich, Eddie.", flüsterte ich leise.

So. Jetzt war es raus. Ich hatte diese Worte schon so oft auf der Zunge in den letzten Tagen. Doch die Bedeutung, die sie hatten, und die Angst davor, was passieren würde, wenn er sie nicht erwidern konnte, hatten mich davor bewahrt, sie laut auszusprechen. Doch ich wusste, es war wahr. Es fühlte sich so richtig an, es zu sagen. Mit einem Seufzer fiel ich in einen ruhigen traumlosen Schlaf.

Am nächsten Morgen war ich allein im Zimmer als ich aufwachte. Sowohl Eddie als auch Rusty waren verschwunden. Ich kletterte aus dem Bett und schlüpfte in Jogginghose und Shirt. Gähnend suchte ich nach den anderen. Ich fand nur Simone, die es sich mit einem Buch auf der Veranda gemütlich gemacht hatte.

„Guten Morgen.", begrüßte ich sie.

„Guten Morgen. Na gut geschlafen?"

„Ja. Du auch?"

„Wie ein Stein. Setz Dich."

Sie zeigte auf einen der anderen Stühle.

„Will Dich aber nicht beim Lesen stören."

„Du störst nicht."

„Wo sind denn die Jungs?"

Ich ließ mich auf den Stuhl gleiten.

„Die sind joggen gegangen."

Ich sah verblüfft zu ihr rüber.

„Joggen?"

Schmunzelnd sagte sie: „Ja. Frag mich nicht. Ist wohl irgendein Männerding. Mark und ich waren schon auf und hatten grad im Kühlschrank nachgeschaut, ob wir Frühstück machen können. Da kam Eddie rein und fragte Mark, ob er mit laufen will. Seitdem sind sie weg."

„Wie lange ist das denn her?"

„Ich glaube, eine viertel Stunde."

Ich wusste nicht, dass Eddie überhaupt läuft.

„War denn was im Kühlschrank?"

„Nein. Leider nicht."

„Dann lass uns gucken, dass wir was zu essen besorgen. Weißt schon. Frauensache."

Ich grinste sie an.

„Klingt gut. Weißt Du denn, wo ein Supermarkt ist?"

„Nein. Aber das finden wir schon raus."

Zehn Minuten später waren die Männer immer noch nicht zurück. Ich hatte eine Adresse eines Supermarktes im Internet gegoogelt und mir die Route als Screenshot auf das Handy gespeichert. Wir holten zwei kleine Roller aus einem kleinen Schuppen. Wir hatten die Schlüssel dazu in der Küche gefunden. Und fuhren in Richtung Innenstadt.

Am Ziel angekommen, stellte sich raus, dass der Laden keinen Parkplatz hatte. Ich wollte die Roller aber auch nicht unbeaufsichtigt in den engen Gassen stehen lassen. So ging Simone kurz in den Laden und ich blieb bei den Rollern. Es dauerte eine Weile, bis sie mit zwei vollgepackten Tüten wieder vor die Tür trat. Wir nahmen jeweils eine Tüte, verstauten sie auf den Gepäckträgern und machten uns dann auf den Rückweg.

Zurück am Haus begrüßte uns als erstes ein hechelnder Rusty. Er pumpte richtig Luft in seine Lungen. Schien aber gut drauf zu sein. Ich wuschelte über seinen Kopf.

„Na, wieder zurück? Hast Du die Jungs fertiggemacht?"

Eddie kam aus dem Schlafzimmer mit einem Handtuch auf den Schultern und rubbelte sich die Haare trocken.

„Guten Morgen."

Er kam auf mich zu und hauchte einen Kuss auf meine Lippen.

„Guten Morgen. Na sportlich gewesen?", fragte ich ihn amüsiert.

„Ja. Sind ein gutes Stück gelaufen. Mark ist gut in Form. Er ist unter der Dusche. Was habt ihr gemacht?"

„Frühstück besorgt.", sagte Simone und zur Bestätigung hielt sie eine der Tüten in die Höhe.

Wir machten uns gemeinsam daran, sie in den Kühlschrank und auf dem Esstisch auszuladen. Und als Mark aus dem Badezimmer kam, setzten wir uns alle an den gedeckten Tisch.

„Was machen wir denn heute?", fragte Mark, als alle fertig waren.

„Heute Abend würde ich mich gerne mit Johannes und Monique treffen."

„Deinem Chef?", fragte Mark.

„Ja. Die sind auch hier im Urlaub."

„Klingt gut."

„Wollen wir uns nicht aufbrezeln und in einen dieser angesagten Strandclubs gehen?", fragte Simone.

„Kling gut für mich.", sagte ich und sah dann fragend zu Eddie rüber.

„Klar, warum nicht.", antwortete er.

„Dann sollten wir shoppen gehen."

Mark grinste Simone verschwörerisch an.

„Unter einer Bedingung.", warf ich ein.

„Und die wäre?"

„Ich bezahle."

Ich sah an Mark's Gesicht, dass er das ganz und gar nicht gut fand. Aber zähneknirschend nickte er.

„Da bin ich leider raus.", sagte Eddie, „Ich muss ein wenig arbeiten. Aber ich kann Euch in die Stadt fahren, dann braucht ihr nicht den ganzen Weg zu laufen."

So wurden wir also ‚standesgemäß' im Camper in die Innenstadt von Saint Tropez chauffiert und liefen an den ersten Läden der Innenstadt vorbei. In der Einkaufsmeile von Saint Tropez gab es einfach alles. Die exklusivsten Marken hatten hier ihre Läden. Und wir klapperten alle ab. Stunden über Stunden brachten wir Verkäuferinnen an den Rand des Wahnsinns. Und doch wurden wir nicht richtig fündig. Mark und Simone hatten allerdings auch so Spaß genug. Kabine rein, Kabine raus. Und ich machte dann die Fotoshootings mit dem Handy.

Mark hatte jedes Mal ein noch verrückteres Outfit an. Und Simone und ich lachten Tränen, wenn er sich damit in Pose warf. Uns war es egal, dass die Verkäuferinnen nur mit der Nase rümpften und offensichtlich froh waren, wenn wir unseren Trip fortsetzten.

Doch in einer der Seitenstraßen fanden wir dann unsere ganz persönliche Goldgrube. Keiner der High-Society-Läden. Eine junge Frau verkaufte dort für nicht ganz so luxuriöse Preise No-Name Produkte. Und wir waren alle drei begeistert, sodass der Stapel an der Kasse schnell größer und größer wurde. Überrascht stellte ich fest, dass alle Klamotten eine Nummer kleiner passten. Aber dann auch wie angegossen. Mein absolutes Lieblingsstück war ein langes weißes Baumwollkleid. Ich hatte mich sofort darin verliebt. Schlicht mit Stickereien im Oberteil. Am Hals geschlossen und mit freiem Rücken. Es war weich und fließend und doch sah es edel aus. Genau das Passende für den Abend. Es wanderte selbstredend ebenfalls auf unseren Berg.

Simone verliebte sich in einen weiten weißen Minirock mit weißer Bluse. Dazu eine goldene Handtasche. Und Mark suchte sich eine dunkle Hose mit einem weißen Hemd. Wir sahen aus, als hätten wir gerade einen Werbespot gedreht. Nach einer halben Stunde verließen wir den Laden mit jeweils zwei Tüten randvoll mit neuen Klamotten und einer überschaubaren Abbuchung auf meiner Kreditkarte.

Aber Du kannst natürlich nicht Saint Tropez verlassen, ohne ein Vermögen auszugeben.

Also drehten wir doch noch mal eine Extrarunde bei einem der namhaften Boutiquen im Ort und kauften eine Sonnenbrille für jeden von uns. Auch für Eddie suchte ich eine aus. Die Summe für die Brillen war weit über dem, was wir für die gesamten anderen Klamotten ausgegeben hatten. Aber mit einem breiten Lächeln reichte ich der Dame hinter der Kasse meine Kreditkarte.

Und mit Sonnenbrillen für jeweils mehrere hundert Euro marschierten wir zum Hafen. Dort reihten wir uns in die Touristenkarawane ein, die Eis schleckend die Yachten der Superreichen bewunderten. Promis und Millionäre, hier gab es wirklich was zu sehen. Auch, wenn das ‚nur die Vorhut war‘, wie uns ein anderer Tourist informierte. Denn die ‚eigentliche Saison‘ ging erst zwei Wochen später los. Vor einem der Boote brachten wir uns in Stellung und schossen ein Selfie zu Dritt.

Wir liefen die Strecke zurück. Durch die Gassen von Saint Tropez. Wir brauchten fast eine Stunde für die Strecke. Doch die Zeit verflog nur so, wir quatschten und alberten herum. Simones Parodie der Verkäuferinnen in den Schicki-Micki-Läden alleine war schon Zündstoff genug. Doch Mark legte noch einen oben drauf, in dem er den gut betuchten Gast mimte. Mal den Proll. Mal den Schauspieler. Mal den Künstler.

Es war herrlich. Vor allem, da er die Einkaufstüten geschickt als Requisite nutzte. Die entgegenkommenden Passanten ließen sich durch die Darstellungen ebenfalls zum Lachen hinreißen. Alle hatten ihren Spaß. Für einen Moment schien die Zeit still-zustehen. Und ich sog die Heiterkeit und die Fröhlichkeit auf, die sich mit und um uns bewegte. Ich hatte so viele große Momente auf meiner Reise erlebt. Fotos würden das nur bedingt wiedergeben. Ich wollte nichts davon je wieder vergessen.

Eddie saß auf der Terrasse als wir übermütig und euphorisch wieder im Bungalow ankamen. Tiefe Falten zeigten sich auf seiner Stirn. Und statt auf dem Laptop zu sehen oder zu tippen, sah er einfach raus aufs Meer. Bis er uns bemerkte. Ein Lächeln huschte über sein Gesicht. Und einen Moment kam es mir so vor, als würde er den Gedanken, der ihn gerade noch so zu be-schäftigen schien, fortfliegen lassen, um zurück zu uns auf die Spaßseite zu kommen. Ich runzelte ebenfalls die Stirn. Irgend-was hatte sich verändert. Ich wusste, er grübelte seit Tagen über irgendwas. Aber er sprach nie ein Wort darüber. Vielleicht war es ja sein Fall.

Wir erzählten ihm alles von der Tour und Simone und Mark gaben ihre beste Vorstellung des Tages. Ich saß auf Eddies Schoß und wir lachten und applaudierten. Ich gab ihm die Son-nenbrille, die ich für ihn gekauft hatte. Mit einem Kuss bedank-te er sich. Und ein Lächeln umspielte immer noch sein Gesicht. Aber es erreichte seine Augen nicht.

„Ist alles in Ordnung?", fragte ich vorsichtig, als die anderen beiden Richtung Schlafzimmer verschwanden, um die Einkäufe zu verstauen.

„Ja. Wieso?"

„Ich weiß nicht. Du scheinst über irgendwas nachzudenken."

Ich konnte sehen, wie es in ihm arbeitete und er abwog ob oder was er mir antworten sollte. Doch schließlich schüttelte er den Kopf und drückte mir einen Kuss auf die Wange.

„Es ist alles gut."

Er klappte seinen Laptop zu.

„Wollen wir eine Runde in den Pool springen?"

„Gerne. Meine Füße bringen mich um von dem vielen Laufen."

Simone und Mark gesellten sich zu uns in den Pool. Mit einem Wasserball, den Mark im Schlafzimmerschrank gefunden hatte, legten wir eine Partie Wasservolleyball ein. Simone und Mark gegen Eddie und mich. Rusty war außer sich und sprang am Pool Rand hin und her. Er bellte und wedelte mit dem Schwanz. Doch ins Wasser traute er sich nicht. Er überprüfte mehrfach schnüffelnd den Pool. Doch es war ihm nicht geheuer und so begnügte er sich damit, uns angemessen anzufeuern. Und nachdem das Spiel ganz locker angefangen hatte, packte die Jungs der Ehrgeiz. Und sie feuerten uns Mädels immer mehr an. Dabei spielten wir weder mit Regeln noch mit Punkten. Nur die beiden wussten offenbar, welches von den Paarungen gerade punktemäßig vorne lag. Simone und ich lachten nur und verdrehten die Augen.

13. KAPITEL

Die Sonne stand tief am Himmel. Die Wellen rollten sanft auf den Sand, als wir am frühen Abend Richtung Strandclub gingen. Eddie hatte sich unserem Look angepasst und ebenfalls ein weißes Hemd und dazu eine hellbraune Stoffhose angezogen. Ein leichter Bartschatten hatte sich auf sein Kinn gelegt. Er sah zum Anbeißen aus. Die Dame am Empfang musterte ihn interessiert. ‚Das ist mein Schätzchen' dachte ich nur und funkelte sie an.

Zunächst wollte sie uns höflich, aber bestimmt mitteilen, dass der Club voll war und wir doch besser einen anderen Club ansteuern sollten. Doch nachdem wir unsere Reservierung durchgaben, führte sie uns an einen der Tische im Club. Johannes und Monique warteten bereits auf uns. Ihr Bauchansatz war mittlerweile nicht mehr zu übersehen. Und sie strahlte diese Energie aus, wie sie nur werdende Mütter haben.

„Hey Ihr Zwei.", begrüßte ich sie fröhlich.

Johannes stand auf und zog mich in eine kurze liebevolle Umarmung.

„Hallo. Wir haben schon mal Champagner für alle bestellt, ich hoffe, das war okay."

Er gab den anderen jeweils die Hand.

„Aber die haben uns so komisch angesehen, als wir sagten, wir wollen noch warten."

Wir setzten uns auf die Korbstühle am Tisch. Dicke weiße Polster waren darauf gelegt. Der Club war zu dieser Stunde gut besucht. Und an allen Tischen tummelten sich Gruppen jeden Alters. Mit je einem Glas Champagner in der Hand stießen wir auf den Abend an. Und bald führten wir eine rege Unterhaltung.

Johannes, Mark und Eddie fachsimpelten über Wirtschaft, Politik und Sport und wir Frauen über Klamotten, die anwesenden Frauen und die Klamotten der anwesenden Frauen.

Als Simone und Monique begannen sich über Schwangerschaft und Kinder zu unterhalten, klinkte sich auch Mark ins Gespräch ein und ich übernahm seine Position im Dreiergespräch mit Johannes und Eddie. Irgendwie hatte es zwischen allen sofort geklickt und alle konnten sich angeregt miteinander unterhalten. ‚Eddie passt also doch in mein Leben.' dachte ich erleichtert.

Nach dem Leeren der Flasche Champagner gingen Simone und Mark über zu Cocktails. Johannes, Eddie und ich tranken Wein. Und Monique blieb bei alkoholfreien Getränken.

Wir bestellten noch ein paar Snacks. Als diese serviert wurden, kamen die anregenden Gespräche am Tisch kurz zum Stocken. Und der Herr am Nachbartisch war nicht mehr zu überhören. Mit einem kurzen Seitenblick schaute ich zu ihm rüber.

Er war laut. Penetrant. Und offensichtlich sehr von sich überzeugt. Seinem Aussehen nach ein gut betuchter Mann in den Sechzigern. Auf Deutsch quasselte er seine Gesellschaft, ein paar sehr junge und aufreizend gekleidete Damen und ein weiterer Herr etwas jünger als er, in Grund und Boden. Sein Begleiter folgte ihm jedoch nicht mehr, er war mehr an der Brünetten interessiert, die neben ihm saß und ihm schöne Augen machte. Doch das störte den älteren Herrn nicht. Er ließ sich durch nichts von seinen Redetiraden ablenken. Eines von diesen bunten schrillen Shirts, das die jungen Leute so gerne tragen. Welches nicht nur wegen seines Aussehens nicht zu ihm passte, sondern auch ruhig drei Nummern größer hätte sein können, zierte seine Brust. Dazu Boxershorts und …

OH. MEIN. GOTT.

Weiße Tennissocken in Sandalen!!!

Die Mädels um ihn herum heuchelten Interesse. Aber offensichtlich ging es nicht um das Gesprächsthema. Sondern den Grund, warum seine linke Hand eine auffällige goldene Uhr zierte und ein Schlüssel von einem Luxus-Sportwagen auf dem Tisch lag. Die Kellner waren gerade damit fertig geworden, unsere Speisen zu servieren und wir wollten schon zurück zu unseren Themen kommen, als er in einem nicht zu überhörenden Tonfall etwas ansprach, dass meine Nackenhaare zu Berge stehen ließ.

„… Und habt ihr das von diesem Lottomädchen gehört? Soll sich ja nach Asien abgesetzt haben. Wenn ihr mich fragt, sollte sie sich einen ordentlichen Kerl anlachen, bevor alles zu spät ist. Weiber können ja nun mal nicht mit Geld umgehen."

Ein schmieriges Lachen drang aus seiner Kehle.

„Nichts für ungut Schätzchen."

Er streichelte der Dame, die neben ihm saß, über ihren Oberschenkel.

„Aber mal ehrlich. Unsereins hat mit harter Arbeit seine Millionen auf die Seite geschafft und diese Rotzgöre hat einmal Glück im Lotto. Verrückt ist das. Und dann stellt sie sich noch so an."

Er veränderte seine Stimme und sprach nun in mit einer hohen Stimmlage.

„Keine Fotos bitte."

Und mit seiner normalen Stimme fuhr er fort: „Für was hält die sich denn bitte. Ich wette, in zwei Monaten hat sie das ganze Geld wieder verloren. Ein paar Spekulationen oder Investitionen, die nach hinten losgehen und sie ist wieder da, wo sie herkam und hingehört. Sollte mir das Geld geben, ich wüsste schon, was ich damit tun würde. Mal sehen, wenn sie ein wenig ansehnlich ist, könnte sie sich ja im Bett entsprechend bedanken."

Mir wurde speiübel. Kalter Schweiß rann über meinen Rücken. Eine Gänsehaut überlief meinen Körper. An unserem Tisch herrschte Totenstille. Auch die anderen Tische schienen plötzlich ruhiger. Eddies Halsader platzte fast. Seine Hand krallte in meiner. Und er wollte schon aufstehen. Doch ich hielt ihn zurück.

„Nicht.", sagte ich leise.

Keine Lust, dass der Typ noch mehr angespornt würde, seine widerlichen Ausführungen weiter fortzuführen. Ich wollte nur weg. Weit weg von diesem Typen.

Plötzlich sagte Mark laut, mit einem strahlenden Lächeln im Gesicht und für alle im Umkreis sitzenden Gäste mehr als deutlich hörbar: „Hasst Ihr auch diese ekeligen Vollprolls. Die im Alter von 60 Jahren noch meinen, sich hip stylen zu müssen, um Girls klar zu machen. Diese Spacken, deren einzige positive Eigenschaft die Summe auf ihrem Bankkonto ist? Und die meinen, die Welt dreht sich nur um sie?"

Nach einem Moment der absoluten Stille brach rund um den Tisch des Herrn plötzlich johlender Beifall aus. Er war offensichtlich nicht nur uns aufgefallen. Die Mädels verabschiedeten sich sofort verschämt von ihm und suchten das Weite. Er saß nur da mit offenem Mund und stierte Mark an. Eine Antwort hatte er nicht parat. Und binnen Sekunden erhob sich wieder ein angenehmes Stimmengewirr von den Gesprächen aller Gäste und seine Stimme versank in einem Meer aus Gesprächen und Lachern. Vermutlich über ihn.

Ich sah Mark in die Augen und formte ein ‚danke' mit den Lippen. Er zwinkerte mir zu. Die Kellner kamen in unsere Richtung. Doch sie sprachen nicht Mark an, sondern den Typen, den er soeben bloßgestellt hatte. Man bat ihn zu gehen. Was er grummelnd tat. Und von überall war Beifall zu hören. Ich konnte mir ein Grinsen nicht verkneifen.

Auch unsere Gespräche nahmen wieder Fahrt auf. Einer der Jungs von den Nachbartischen gesellte sich zu uns und verwickelte Mark in ein Gespräch. Ich konnte allerdings nicht verstehen, worum es ging. Aber er kam mir vage bekannt vor. Monique setzte sich auf.

„Seid mir nicht böse, aber ich möchte ins Bett.", sagte sie müde.

„Schon?", fragte Johannes.

„Ja. Aber bleib ruhig, wenn du willst. Ich hinterlege Dir den Schlüssel an der Rezeption."

Sie stand auf und strich ihm sanft über das Haar.

„Wirklich?"

„Ja, Schatz."

Sie hauchte einen Kuss auf seine Stirn.

„Aber ich geh eben mit und wir suchen Dir ein Taxi.", sagte er bestimmt, als Eddie sich einklinkte.

„Das kann ich übernehmen. Dann teilen wir uns das Taxi."

Er beugte sich zu mir.

„Wärst Du böse, wenn ich auch fahren würde? Ich würde gern noch ein wenig arbeiten."

„Nein. Natürlich nicht.", antwortete ich ihm.

„Na dann. Euch allen noch einen schönen Abend. Und danke für die Einladung."

Sie winkte in die Runde.

Das wünschten wir ihr auch alle. Und Eddie und Monique verschwanden Richtung Haupteingang. Simone und Mark waren im Gespräch mit der halben Gruppe von dem Tisch, wo der junge Mann der ihn angequatscht hatte vorher gesessen hatte und Johannes nahm Eddies Platz neben mir ein. Wir prosteten uns mit unseren Weingläsern zu.

„Auf Saint Tropez.", sagte er lächelnd.

„Auf den wohlverdienten Urlaub.", sagte ich.

„Wie war eigentlich das Buch, das ich Dir geschenkt habe?", wollte er wissen und wir verfielen in Plauderei.

Eine halbe Stunde später kam Mark zu mir und beugte sich zu mir runter.

„Wärst Du böse, wenn wir auch gehen?"

Ich sah ihn überrascht an.

„Wollt ihr auch schon ins Bett?"

„Nein."

Er schüttelte mit dem Kopf. Seine Augen leuchteten.

„Hast Du eine Ahnung, wer das ist?"

Er nickte zu seinem Gesprächspartner. Ich sah ihn noch mal an. Er kam mir bekannt vor, aber ich konnte ihn nicht einordnen. Mark flüsterte mir einen Namen von einem der bekanntesten Fußballspieler Deutschlands ins Ohr. Und der Groschen fiel. Ich sah ihn mit großen Augen an.

„Die wollen uns mitnehmen. Sie wollen in den exklusivsten Club der Stadt. Ich werde mit dem Party machen. Das ist der Hammer!"

Er strahlte von einem Ohr zum anderen. Ich lachte auf.

„Und ich hab mir einen kurzen Moment Sorgen um Euch gemacht. Klar könnt Ihr gehen! Habt Spaß! Und genießt es. Ihr seid in Saint Tropez."

Ich wühlte in meiner Tasche und nahm einen höheren Geldbetrag aus meinem Portemonnaie.

„Hier steck das ein."

Er winkte ab.

„Keine Widerrede. Wenn es wirklich ein exklusiver Club ist, wird allein das Atmen ein Vermögen kosten. Und ich will, dass Ihr Spaß habt."

Ein abwägender Blick. Dann nahm er das Geld.

„Danke Süße. Das vergesse ich Dir nicht."

Ich nahm ihn in den Arm.

„Und ich Dir die Aktion mit dem Vollproll nicht. Ich hab Dich lieb!"

„Ich Dich auch."

Er erhob sich wieder.

„Hier."

Ich kramte den Zweitschlüssel aus der Tasche.

„Eddie ist sicher noch wach, wenn ich zurückkomme."

Mark nickte. An meinen Sitznachbarn gewandt sagte er: „Johannes. Schön Dich endlich kennengelernt zu haben."

„Gleichfalls", sagte der.

Auch Simone verabschiedete sich von uns und die zwei verschwanden mit der großen Gruppe an Leuten ebenfalls zum Ausgang.

„Da waren es nur noch zwei.", sagte Johannes.

„Der harte Kern.", lachte ich.

Und wir bestellten uns noch eine Flasche Wein.

Mehr und mehr leerte sich der Club. Und es wurde zusehends kälter. Bei einem Windhauch fröstelte ich leicht.

„Wollen wir gehen?", fragte ich Johannes.

„Wenn Du möchtest."

„Hast du Lust am Strand zurück zu gehen? Bis zu unserem Bungalow ist es nicht weit und Du könntest Dir da ein Taxi rufen."

„Ja. Warum nicht."

Ich rief den Kellner, bat auf Englisch um die Rechnung und die Nummer eines Taxi-Unternehmens. Die Summe auf der Quittung war schwindelerregend. Oder war es der Wein? Ich zückte wiederum meine Kreditkarte und bezahlte.

„Ich könnte mich daran gewöhnen.", sagte ich zu Johannes. Der blickte ernst zurück.

„Das wäre nicht gut. Ich würde Dich nur ungern verlieren."

Als wir den Club verlassen hatten und den Strand erreichten, mussten sich meine Augen erst an die Dunkelheit gewöhnen. Doch durch die Bewegung war der Wind nicht mehr so kalt. Eher erfrischend. Auch das lag vielleicht am Wein.

„Hast Du Dir schon überlegt, was Du machen willst?", fragte Johannes.

„Nein. Eigentlich nicht.", seufzte ich, „Seit meiner Abfahrt ist so viel passiert. Oh. Du hast übrigens einen neuen Angestellten."

Er sah mich fragend an.

„Naja, ich hab doch in Frankreich den Streuner eingesammelt. Der Hund von dem ich Fotos geschickt habe. Kann ich den mit ins Büro nehmen?"

Er lachte auf.

„Ja. Klar. Das sollte kein Problem sein. Solange Du nur bleibst."

„Ja. Das will ich auf jeden Fall."

Und in dem Moment, da ich es ausgesprochen hatte, wusste ich, dass diese Entscheidung getroffen war. Also war es schon mal ein Punkt auf der Liste weniger, oder?

„Ich möchte eigentlich nicht, dass sich mein Leben groß verändert. Mir gefällt es wie es ist. Und solange ich noch keine Ahnung habe, was ich mit dem Geld anfangen will, möchte ich nichts daran verändern."

Bestimmt verwandelte ich den Gedanken in Worte. Und er fühlte sich ausgesprochen genauso wahr an wie in meinem Kopf. Wir schwiegen einen Moment.

„Aber Du machst das nicht wegen mir, oder?", sagte Johannes vorsichtig.

Ich blieb stehen und sah ihn an.

„Wie meinst Du das?"

„Naja."

Unbeholfen strich er sich mit der Hand über den Nacken.

„Wir verstehen uns gut. Und ich glaube sagen zu können, dass wir mehr als Kollegen sind. Wir sind Freunde, oder?"

„Schon irgendwie."

„Und so gerne ich möchte, dass Du bleibst, einfach weil du die beste Assistentin bist, die ich je hatte. Ich will nicht, dass Du das Gefühl hast, Du schuldest mir das."

Ich stutze.

„Wie kommst Du darauf?"

„Sei nicht böse. Aber Du hast so eine Art an Dir. Du denkst immer erst an andere. Und dann erst an Dich."

Wir gingen wieder ein paar Schritte.

„Auch das hier."

Er zeigte auf den Club, von dem wir uns langsam aber sicher immer mehr entfernten.

„Das ist doch eigentlich gar nicht Dein Ding, oder?"

Ich dachte darüber nach.

„Es hat mir schon gefallen. Und bisher hatte ich nie die Möglichkeit."

„Ja, aber so wie ich Dich kenne, hätte auch ein Campingplatz und ein Grill gereicht."

Ich schmunzelte.

„Ja. Schon. Aber es war auch aufregend, sich das hier mal anzusehen."

Er blieb stehen und drehte mich so, dass ich ihm in die Augen sehen musste.

„Bleib. Bei mir. Als Assistentin. Solange Du willst. Aber mach es nur, wenn es das ist, was Du wirklich willst."

„Ist gut.", sagte ich.

Wieso sagte mir nur jeder im Moment, dass ich keine eigene Meinung habe? Hatte ich keine? Oder hatte meine Meinung nur plötzlich mehr Gewicht? Für mich?

Als gute Assistentin, zückte ich mein Handy und bestellte Johannes einen Wagen, als wir am Bungalow angekommen waren. Das kam schneller als erwartet und wir umarmten uns zum Abschied.

„Ich sehe Dich am Montag in einer Woche.", sagte Johannes. Es klang wie eine Anordnung.

„Uns.", grinste ich.

Er sah mich kurz fragend an. Doch dann klickte es.

„Ach der Hund. Ja, Euch natürlich. Genieß Deinen Resturlaub. Für alles andere findet sich schon eine Lösung."

Er gab mir einen flüchtigen Kuss auf die Wange und stieg dann ins Taxi. Ich winkte ihm nach und ging dann zum Bungalow. Ich hoffte sehr, dass ich mich nicht getäuscht hatte, als ich langsam den dunklen Weg in Richtung Garten entlang ging. Doch schon bevor ich um die Ecke kam, sah ich, dass im Haus noch Licht brannte. Und tatsächlich saß Eddie am Esstisch. Rusty hatte sich auf seine Füße gelegt und schlief. Ich wollte schon an die Scheibe klopfen, als mir auffiel, dass mir mein Gesicht entgegen blickte. Er hatte ein Foto von uns beiden als Hintergrundbild eingerichtet.

Ohhhh. Süß!

Doch wieso konnte ich den Desktop sehen?

Wollte er nicht arbeiten?

Er sah konzentriert in die Leere. Und grübelte. Schon wieder. Zaghaft klopfte ich an die Scheibe. Sofort sprang Rusty auf und bellte. Eddie stand auf und öffnete mir die Terrassentür. Als Rusty mich erkannte, kam er schwanzwedelnd auf mich zu und rieb sich an meinem Bein.

„Hey."

Eddies Stimme klang rau. Er war müde.

„Hey. Hast Du auf mich gewartet?"

„Nein. Ich hab bis eben gearbeitet.", sagte er, „Aber ich würde jetzt gerne ins Bett gehen."

„Ja. Ich auch.", stimmte ich ein, „Aber ich muss noch eine Runde mit Rusty gehen."

„Hab ich schon gemacht."

„Okay."

Umso besser. Auf Laufen hatte ich auch nicht mehr wirklich Lust gehabt.

„Komm."

Er reichte mir seine Hand. Und ich legte meine in seine. Mit der anderen Hand schaltete er den Laptop aus. Löschte das Licht und führte mich ins Schlafzimmer.

Als wir später erschöpft auf den Laken lagen, er hinter mir, in Löffelchen-Stellung, streifte er mit seinen Lippen über meinen Nacken.

„Hattest Du einen schönen Abend?", fragte er.

„Ja. Er war sehr schön."

„Du warst heute sehr schön."

Eine leichte Röte überzog meine Wangen.

„Danke."

„Es ist schön, Dich mit Mark und Johannes zu sehen. Sie mögen Dich."

„Ich sie auch."

Ich drehte mich auf den Rücken, um ihm in die Augen sehen zu können.

„Du bist nicht eifersüchtig, oder?", fragte ich vorsichtig.

„Nein. Dazu gibt es, glaube ich, keinen Grund."

Er strich eine Strähne aus meinem Gesicht.

„Ich fand es schön, wie Du Dich mit ihnen verstehst. Und wie du lachst, über ihre Witze. Du warst heute sehr entspannt." sagte ich.

„Warum auch nicht. Sie sind alle nett. Offen. Unkompliziert."

Er drückte einen Kuss auf meine Nase.

„Wie Du."

Ich hob eine Augenbraue.

„Du findest mich nett?"

Er sah fragend zu mir runter.

„Ja!?"

„Nett ist die kleine Schwester von Scheiße, dass ist dir klar, oder?", fragte ich grinsend.

„Ich finde Dich ja auch nicht ‚nur' nett.", sagte er diploma-
tisch.

„Sondern?", fragte ich herausfordernd.

Langsam beugte er sich wieder zu mir runter und küsste
mich auf den Mund.

„Du bist charmant."

Noch ein Kuss.

„Du bist witzig."

Noch ein Kuss.

„Du bist klug."

Er vertiefte seinen Kuss. Und seine untere Partie regte sich.

„Und du bist verdammt sexy."

Wieder zog sich eine Röte über meine Wangen.

„Und ich glaube, dass Du mehr bist als Du Dir zutraust."
flüsterte er.

Seine Augen wie gebannt auf meine geheftet.

„Wie meinst Du das?"

Seine Hand strich über meinen Bauch.

„Wenn es soweit ist, werde ich es Dir erklären können."

Ich runzelte die Stirn.

„Bis dahin…", seine Hand fuhr Richtung Süden. Und wieder
küsste er mich, „… lass mich Dir zeigen wie nett ich Dich finde."

Und stöhnend warf ich den Kopf in den Nacken und bäumte
mich auf, als er meine empfindsamste Stelle berührte.

Unsere Partylöwen waren am nächsten Morgen nicht zu sehen.
Eddie und ich frühstückten schweigend. Wir saßen nebeneinander am Esstisch. Meine Beine auf seinem Schoß. Eddie fütterte
mich. Mit Früchten. Brot. Quark. Wir sahen uns die ganze Zeit

in die Augen. Seine strahlend blauen Augen. Ich erinnerte mich an das Pärchen aus dem Café in Barcelona und musste lächeln.

Liebe lag in der Luft.

Nach dem Frühstück nahm Eddie seinen Laptop und ich ein Buch. Und wir machten es uns auf dem Himmelbett auf der Terrasse gemütlich. Eddie saß mit dem Rücken an das Bettgestell gelehnt und ich an seiner Schulter. Seine linke Hand ruhte auf meinem Bauch, während die andere über die Tastatur seines Laptops flog. Rusty gesellte sich zu uns und ließ sich zwischen meinen Beinen nieder. Den Kopf auf meinen Oberschenkel abgelegt, ließ er sich von mir ausgiebig kraulen, während ich das Buch las.

Es war schon Nachmittag, als wir von den anderen beiden etwas hörten. Sie gingen duschen. Und kamen dann zu uns auf die Terrasse.

„Na. Gut geschlafen?", fragte ich und klappte mein Buch zu.

Sie setzten sich zu uns auf die andere Seite des Bettes. Die lange Nacht war ihnen deutlich anzusehen. Doch auch ein Funkeln in den Augen.

„Und wie. War das eine geile Nacht.", sagte Mark. Seine Begeisterung stand ihm ins Gesicht geschrieben.

„Der Club war in dem Keller eines Hotels. Es war brechend voll. Ohne unseren Fußballstar wären wir da gar nicht rein gekommen."

„Und wer da alles gefeiert hat.", schwärmte Simone.

„Ja. Das war echt der Hammer. Lauter Promis. Das Who-is-Who der absoluten Top-Liga der High Society."

„Aber wir nennen keine Namen.", sagte Simone verschwörerisch.

Mark schüttelte bestätigend den Kopf.

„Was in Saint Tropez passiert, bleibt in Saint Tropez."

Wie zum Schwur hob er seine Finger.

Lachend sagte ich: „Das klingt ja spannend."

„Es war wirklich unfassbar.", sagte Mark enthusiastisch. „Und dabei ist noch nicht mal Saison. Die meinten gestern, dass das ja nur ein kleiner Teil der üblichen Verdächtigen sei."

Sein Strahlen war ansteckend.

„Auf was habt ihr denn heute Lust?", fragte ich.

„Eigentlich dachten wir, wenn es okay ist, dass wir zu zweit erst mal einen langen Strandspaziergang machen. Um die müden Knochen wieder auf Vordermann zu bringen.", antwortete Mark.

„Klingt doch gut. Habt Ihr Lust Rusty mitzunehmen?"

„Sicher.", sagte Simone und stand auf, „Wo hast Du denn die Leine?"

„Die müsste auf der Küchenzeile liegen.", sagte Eddie.

„Na, dann los."

Sie knuffte Mark in die Seite.

„Alter Mann ist ja kein D-Zug.", knurrte der.

Und die beiden nahmen Rusty an die Leine und verließen den Bungalow. Ich stand auf und ging in die Küche und zauberte aus dem Obst und einem Pürierstab, den ich in einer der Schubladen fand, zwei Fruchtsäfte. Die zwei Gläser in den Händen balancierend und das Tablet unter den Arm geklemmt, ging ich wieder auf die Terrasse. Ein milder warmer Wind umschmeichelte mich, als ich durch die Tür ging. Eddie lag noch immer vertieft in seine Arbeit auf dem Himmelbett.

Ich blieb einen Moment stehen und nahm den Anblick in mich auf. Bis Eddie innehielt und zu mir hoch sah.

„Alles okay?"

„Ja. Du siehst nur aus wie aus einer Werbung. Das alles hier."

Mit der Hand zeigte ich über den Garten, den Pool, die Aussicht.

„Es ist wirklich atemberaubend schön."

„Ja. Das ist es."

Eddie sah mich durchdringend an.

Eine leichte Röte stieg mir in die Wangen.

„Hier."

Ich reichte ihm ein Glas und balancierte mich vorsichtig wieder neben ihn, als er es mir abgenommen hatte.

„Wow. Was ist das?"

„Ein Mix aus verschiedenen Obstsorten."

Er legte den Laptop zur Seite und legte seinen Arm um meine Schulter. Genüsslich kuschelte ich mich an seine Seite.

„Wofür hast Du das Tablet mitgebracht?", fragte er.

„Ich dachte, ich schau schon mal nach der Route für die Rückreise."

„Das ist gut. Hast Du schon was gebucht?"

„Nein. Aber ich dachte…", ich war mir plötzlich nicht mehr so sicher, dass es eine gute Idee war. „… vielleicht kann ich morgen durchfahren."

Das Tablet öffnete mit einem Druck die Kartenapp. Und nach wenigen Eingaben zeigte die Karte eine Reisedauer von etwas mehr als zehn Stunden vom Flughafen Marseille nach Münster.

„Mit Pausen wäre ich nachts in Münster."

Sein Körper versteifte sich. Ich spürte seine Muskeln arbeiten an meiner Schulter.

„Bist Du Dir sicher, dass Du Dir und Rusty diesen Stress antun willst? Du hast doch Zeit."

„Ich dachte, dann könnten wir vielleicht Dienstagabend oder Mittwochabend was unternehmen.", sagte ich vor-sichtig.

Da stand sie nun im Raum. Die große Frage, was aus uns werden würde. War das hier ein Urlaubsflirt, oder würden wir nach der Rückkehr in die Realität dort weiter machen, womit wir in den vergangenen Tagen begonnen hatten?

„Ich denke nicht, dass das gehen wird, Alex.", sagte Eddie leise, „Ich habe viel zu tun. Und ich habe die nächsten Tage sicher keine Zeit. Außerdem denke ich…"

Er verstummte. Als müsste er seine nächsten Worte erst noch zu recht legen. Vorsichtig drehte ich mich in seinem Arm um, um ihm in die Augen sehen zu können.

„Was denkst Du?", fragte ich vorsichtig.

Eine Wunde in meinem Herzen, das schon so lange geschützt und behütet im Stillen verwahrt war, riss um wenige Millimeter auf und begann zu bluten. Ich kannte den Schmerz. Und ich wusste, dass ich ihn mit Eddie erneut auf mich würde nehmen müssen.

Seine Augen sprachen Bände.

„Ich denke, Du solltest Dir einfach keinen Stress machen."

Er sah mich zerknirscht an.

„Eddie?"

„Ja."

„Ist das hier nur ein Urlaubsding?", fragte ich vorsichtig.

Lange sah er mir in die Augen. Als wollte er darin die Antwort auf diese Frage lesen.

„Nein, Alex. Aber es ist kompliziert."

„Was heißt das?"

„Das weiß ich selber noch nicht so genau. Lass uns später darüber reden."

Sanft küsste er mich auf die Stirn.

„Ich will jeden Moment hier mit dir genießen. Und nicht über morgen nachdenken."

Er verstärkte den Griff um meine Schultern und drückte mich sanft an seine. Wir verharrten in dieser Stellung. Vergessen war sein Laptop. Vergessen war meine Reiseroute. Ich spürte, wie ich ihn verlor. Und ich wünschte, ich hätte daran etwas ändern können.

Doch die Erkenntnis blieb. Und ließ sich nicht verändern.

Ich verstand nur nicht warum. Wir verstanden uns doch großartig. Wir hatten eine schöne gemeinsame Zeit gehabt. Warum nur wollte er nicht das gleiche wie ich? Und warum wollte ich es so unbedingt, dass alles in mir wie wildes Feuer brannte bei dem Gedanken ihn zu verlieren. Wieso hatte ich nicht besser auf mich aufgepasst?

Mark und Simone kamen von ihrem Spaziergang zurück. Und ich versuchte, die Enttäuschung runterzuschlucken. Das fehlte jetzt auch noch, dass Mark mich so sah.

Wieder.

Schnell entledigte ich mich der Kleidung bis auf den Bikini, den ich darunter trug, und stürzte mich ohne einen weiteren Blick auf Eddie in den Pool. Tief unter Wasser verstummte die Welt. Nur dumpfe Geräusche ließen erahnen, dass ich nicht alleine war.

Ich tauchte den Pool der Länge nach durch. Nah über dem Boden versuchte ich meinen Kopf der Leere und Stille unter Wasser anzupassen. Als mein Kopf schließlich wieder die Wasseroberfläche durchbrach, hatte ich mich wieder einigermaßen im Griff. Mit einem falschen Lächeln drehte ich mich um. Rusty kam schnell um den Pool gelaufen. Schwanzwedelnd leckte er mir zur Begrüßung durch das Gesicht.

„Hey, Ihr Drei. Hattet Ihr einen schönen Spaziergang?", fragte ich fröhlich und wuschelte Rusty mit nassen Händen über den Kopf.

„Auf jeden Fall! Wir haben uns überlegt, wir würden gerne heute Abend noch mal los. Wollt Ihr mit?", fragte Mark laut über den Pool hinweg zu mir rüber.

Ich ließ von Rusty ab und schwamm zurück zur anderen Seite. Mark sah mich nur kurz an. Ein kalter Schauer lief mir über den Rücken. Er wusste es, in dem Moment, da er mir in die Augen gesehen hatte.

„Ja, klar.", sagte Eddie zu aller Überraschung, „Ich muss Euch ja noch die anderen Lokale zeigen."

„Dann aber ohne mich."

Ich hob mich aus dem Becken und setzte mich auf den Beckenrand.

„Von uns vieren bin ich die Einzige, die ab morgen früh etliche Kilometer zu fahren hat. Ist besser, ich lasse es heute Abend ruhig angehen."

„Ach so."

Eddie sah mich fragend an.

„Dann bleibe ich auch hier."

„Ach Quatsch. Geht Ihr ruhig. Rusty ist ja da. Ich schau mir noch ein wenig die Strecke an und lege mich früh schlafen."

Mark und ich wechselten kurze Blicke. Er kannte mich gut genug und beließ es dabei.

„Cool. Dann also zu Dritt."

Wir entschieden uns, das Abendessen selber zu zaubern. Und so plünderten wir die Vorräte, die Simone und ich gekauft hatten. Wir aßen ungalant zu viert auf dem Himmelbett bei einer Art Picknick. Wir quatschten und lachten. Und die anderen tranken sich schon mal warm mit einem Cocktail, den Eddie aus den Alkoholvorräten in der Bar gemixt hatte. Immer wieder sah Mark zu mir und krauste fragend seine Stirn, als die anderen beiden vertieft im Gespräch waren, ich schüttelte nur leicht den Kopf.

Ich wollte nicht darüber reden.

Nicht jetzt.

Später vielleicht oder morgen.

Wenn es etwas zu erzählen gab. Noch ließ Eddie sich nichts weiter anmerken. Seine Hand ruhte auf meinem Rücken und sanft zogen seine Finger Kreise auf meiner Haut unter meinem Shirt. Als die Sonne untergegangen war, machten sich die anderen auf den Weg. Und das erste Mal seit einer gefühlten Ewigkeit, war ich allein.

Die Stille umschloss mich so unerwartet und mächtig mit dem saftigen Klicken der Tür als sie hinter den Dreien ins Schloss gefallen war. Einen Moment hatte ich das Gefühl, als würde mit ihnen jegliches Leben hinter der Tür verschwinden und mich alleine hier zurück lassen. Doch ein leises Wimmern von Rusty zog mich aus der Starre heraus.

„Jetzt sind es nur noch Du und ich."

Ich sah ihn an. Schwanzwedelnd bellte er leise auf.

„Ja. Stimmt. Das waren wir vorher auch. Und da ging es uns prima, oder?"

Ärgerlich wischte ich eine Träne weg, die über meine Wangen lief.

„Komm.", sagte ich entschlossen und nahm die Leine und Rusty mit hinaus durch die Tür. In das Leben zurück. Ich war nicht alleine.

Leise Stimmen weckten mich in der Nacht auf. Rusty lag neben mir quer im Bett. Von Eddie keine Spur. Bleierne Schwere ließ mich die Augen wieder schließen. Für einen Moment dachte ich, dass es nur ein Traum war, doch dann hörte ich sie wieder. Ich erkannte Eddies Stimme. Und die von Mark. Sie mussten im Wohnzimmer sitzen. Ich hatte die Tür vom Schlafzimmer einen Spalt offen gelassen. Doch die Worte verfingen sich in den Träumen, die sich langsam wieder in meine Sinne schlichen. Ich versuchte mich zu konzentrieren.

„Und das war sie früher schon?", hörte ich Eddie fragen.

„Ja. Sie ist fast daran zerbrochen.", sagte Mark.

Redeten sie über mich? Woran bin ich fast zerbrochen? Hatte Mark gerade den Namen meines Exfreundes fallen lassen? Doch je mehr ich versuchte mich zu konzentrieren und zwang wach zu werden, desto größer wurden die grauen Schatten, die mich wieder in die Tiefe zogen. Und kurz darauf war ich wieder in einen traumlosen Schlaf gefallen.

Am nächsten Morgen war ich früh wach. Eddie lag tief schlafend neben mir. Sein Arm ruhte auf meinem Bauch. Rusty saß neben mir auf dem Boden und war wohl der Grund, warum ich aufgewacht war. Seine kalte feuchte Nase war nur Millimeter von meiner Wange entfernt. Ich hielt den Zeigefinger vor die Lippen, als ob er verstehen würde, dass es bedeutete leise zu sein. Vorsichtig fädelte ich mich aus Eddies Griff und stand leise auf. Ich zog mir schnell ein paar leichte Sachen über und klaubte meine Schuhe vom Boden auf. Mit Rusty an der Leine verließ ich das stille Haus.

Zum ersten Mal seit Tarifa verfiel ich, kurz nachdem ich die Straße erreicht hatte, in einen leichten Laufschritt. Rusty sprang ein paar Mal um mich herum und trabte dann neben mir her. Runter zum Strand. Und mit jedem Schritt beruhigten sich die Gedanken, die wild in meinem Kopf umherwirbelten.

Als wir nach einer halben Stunde wieder zum Haus kamen, lagen immer noch alle friedlich schlafend in den Betten. Es war also scheinbar eine lange Nacht. Ich sah auf die Uhr. Wir hatten noch genügend Zeit. So ging ich duschen, packte schon mal meine Sachen zusammen und verstaute sie wieder an ihren Platz im Wagen. Ich sah die Schränke im Camper durch. Der Proviant würde noch einige Tage ausreichen. Wir würden also nicht noch einkaufen müssen. Gerade als ich die letzte Schranktür wieder zuklappte, tauchte Eddie in der Tür auf.

„Guten Morgen.", sagte er zaghaft.

„Guten Morgen. Hattet Ihr eine schöne Nacht?", fragte ich.

„Ja. Es war toll. Mit Mark und Simone kann man super feiern gehen."

„Wie spät war es denn bei Euch?"

„Ich schätze so gegen drei Uhr."

„Dann bist Du sicher müde."

Ich wollte gerade aus dem Camper steigen, doch Eddie versperrte mir den Weg.

„Wir müssen reden, Alexandra."

„Jetzt?", fragte ich.

Ich war mir sicher, ich wollte nicht hören, was er zu sagen hatte. Und es weiter hinauszuzögern, würde bedeuten, mehr Zeit mit der Illusion zu haben, er würde es nicht tun.

„Ja. Jetzt.", sagte er bestimmt.

„Es ist also später, oder?"

Ich seufzte.

„Okay."

Ich setzte mich auf die Stufen des Campers und sah zu ihm auf. Er wühlte sich fahrig durch die Haare.

„Mir fällt das nicht leicht. Aber ich habe lange darüber nachgedacht. Und ich denke, es ist besser für Dich, wenn ich jetzt kein Teil Deines Lebens bin."

„Wie kommst Du darauf?", flüsterte ich.

Ich spürte die Tränen in mir aufsteigen. Doch ich schluckte sie hart wieder runter. Ich wollte jetzt nicht weinen.

Nicht jetzt.

Nicht vor ihm.

„Verdammt Alex. Du musst dich selbst finden. Dabei bin ich Dir gerade nur im Weg. Ich will, dass Du frei entscheiden kannst, was du willst."

Verwirrt sah ich ihn an.

„Als wir uns trafen, da warst Du unsicher und vollkommen durcheinander. Ich meine, klar der Lottogewinn und das Chaos. Also habe ich Dir geholfen. Als ich dann runter flog nach Tarifa…", er holte tief Luft, „… ich habe nicht damit gerechnet, dass es so laufen wird. Ich dachte, ich schaue nach Dir und habe ein schönes Wochenende. Doch Du hast mich vollkommen umgehauen. Du hast so gestrahlt, von innen geleuchtet. Du warst so verändert. So voller Leben. So anders, als die Alex, die ich in Deutschland auf die Reise geschickt hatte. Und was Du für die alte Dame gemacht hast. Wie wichtig es Dir war. Wie wichtig Dir dieser Hund geworden ist. Ich wollte es noch ein paar Stunden erleben, diese Seite an Dir. Nur ein paar Tage."

Eine Träne lief über seine Wangen.

Wieso weinte er jetzt?

„Und die Tage vergingen wie im Flug. Du bist so viel mehr, als ich in Dir im ersten Moment gesehen habe. Und jeden Tag, jede Sekunde entdeckte ich mehr davon. Ich habe mich in Dir verloren. Doch dann…", er stockte.

Ich sah die Bilder wieder in ihm aufsteigen.

„Als wir in Montpellier waren und Du keine Lust hattest auf eine Stadttour. Und trotzdem wolltest Du es mir zu Liebe tun. Du hast Dich in dem Moment selbst so sehr vergessen und wolltest, was du glaubtest, was ich wollte. Und dann hier."

Er deutete auf das Haus.

„Als Mark da war."

„Da ist nichts zwischen uns.", flüsterte ich.

Ich war durcheinander. Worauf wollte er hinaus.

„Ich weiß, verdammt. Aber mit ihm konntest Du frei reden. Und wie er Dich ansieht. Wie er Dich erkennt. Und wie Du auf sein Wort vertraust. Wir haben lange geredet gestern Nacht noch."

Also hatte ich doch richtig gehört.

„Und er hat mir von Deinem Ex erzählt. Wie Du Dich selbst aufgegeben hast. Und Dich von anderen Meinungen abhängig gemacht hast. Und wenn das so ist, wie schlimm ist es dann erst, wenn Du wieder mit jemanden zusammen bist? Gerade jetzt, da Du so viel zu entscheiden hast. Weißt Du eigentlich, wer Du bist und was in Dir steckt? Du musst jetzt nur an Dich denken. Ich will nicht zwischen Dir und Deinem Leben stehen. Ich treffe nicht Deine Entscheidungen. Und ich kann die Verantwortung dafür nicht tragen."

Er holte tief Luft.

„Und wenn Du das nicht selbst kannst, dann denke ich auch nicht, dass wir zwei zusammenpassen können."

BÄÄM!

Ein Faustschlag in die Magengegend.

Ich spürte wie der Kloß, der sich in meinem Hals zusammengerafft hatte, mit einem Schlag explodierte. Mein Kopf schwirrte von seinen Ausführungen. Und es nahm mir die Luft zum Atmen.

Ich wollte weinen, schreien, davonlaufen.

Doch noch bevor dieser Wirbelwind an Emotionen, altem und neuem Schmerz und der großen Last dieses bescheuerten Lottogewinns ausbrechen konnte, verkrampfte ich mich.

Nicht jetzt.

Nicht hier.

Nicht vor ihm.

Nicht vor Mark.

„Okay.", sagte ich daher nur bestimmt, stand auf und ging zum Haus. Dumpf hörte ich ihn hinter mir noch was sagen. Doch ich versuchte, ihn zu ignorieren. So gut es eben ging.

Ich ging zum Schlafzimmer von Mark und Simone. Klopfte leise an die Tür.

„Wir müssen los.", sagte ich, erschrocken über die klaren und lauten Worte, die aus meinem Mund drangen.

14. KAPITEL

Keine Ahnung, wie ich die nächsten Stunden überstand. Als alle Sachen gepackt und verstaut und wir endlich auf der Straße Richtung Flughafen Marseille unterwegs waren, wurde es besser. Ich schaltete den Kopf aus und konzentrierte mich beim Fahren auf die Straße. Die Musik aus dem Radio benebelte meine Gedanken. Rusty saß wieder auf meinem Schoß. Er hatte sich eng an mich gekuschelt. Als würde er spüren, was in meinem Innern tobte und sein Atem an meinem Bauch beruhigten die Sirenen, die in mir laut aufheulten. Mark und Simone waren bereits nach wenigen Minuten wieder in einen tiefen Schlaf gefallen. Sie waren auf Grund der kurzen Nacht vollkommen übermüdet. Was gut war, denn Mark entging heute Morgen einfach alles.

Eddie saß zusammen gesunken und Gedanken verloren auf dem Beifahrersitz. Ich spürte von Zeit zu Zeit seinen Blick auf mir, doch ich gönnte mir keinen Blick auf ihn. Es würde all das, was in mir brodelte und was ich mühsam zusammenhielt, auseinander bersten lassen. Ich würde es zulassen. Wenn die Zeit dafür gekommen war. Wenn ich wieder alleine mit Rusty war. Heute Abend. Weit weg von hier.

Stunden später fuhr ich auf den Parkstreifen vor dem Flughafengebäude.

„Alexandra.", leise flüsterte er meinen Namen.

Beim Klang seiner Stimme sammelten sich die Tränen, bereit los zu legen.

„Nein.", sagte ich bestimmt. Sah ihn dabei nicht an.

Einen Moment herrschte angespannte Stille. Dann öffnete er die Beifahrertür. Er holte seine Sachen aus dem Fond des Wagens und als er die Tür schloss, weckte er Mark und Simone.

„Sind wir schon da?", fragte Mark verschlafen.

Eine Träne hatte sich den Weg über meine Wangen gesucht. Verärgert wischte ich sie weg. Atmete tief ein.

„Ja. Wir sind da."

Ich drehte mich zu den beiden um. Ein böser Fehler. Denn ein Blick in Marks Augen und mein Herz zerfetzte in tausend kleine Teile. Ein unendlicher Strom an Tränen löste sich aus meinen Augen.

„Verdammt, Alex. Was ist los?"

Mit einem Griff hatte er seinen Gurt gelöst und mit einem Sprung war er bei mir. Nahm mich in den Arm. Strich mir sanft über meine Haare. Und so kam was kommen musste. Ich verlor mich in dem Schmerz und die mühsam aufrecht erhaltene Fassade bröckelte. Ewig schien die Zeit still zu stehen. Doch ein lauter werdendes Hupkonzert führte mich zurück in die Realität. Ich schob Mark sanft von mir weg. Beschämt stellte ich fest, dass ich sein T-Shirt vollkommen durchnässt hatte mit meinen Tränen. Er legte den Kopf schief und schenkte mir einen seiner ‚Was ist los?' Blicke. Ich lachte auf.

„Los. Ihr müsst rein, sonst verpasst Ihr Euren Flieger."

„Schon okay.", sagte Simone, die vor der offenen Seitentür stand, „Ich habe unser Gepäck aufgegeben und uns angemeldet. Wir haben Zeit."

„Also?", fragte Mark.

„Ich habe keine Ahnung. Ich muss das selbst erst mal sortieren."

„Ist es wegen Eddie? Was ist passiert?"

„Er hat Schluss gemacht.", seufzte ich.

Erneut spürte ich die Tränen hochkommen. Tapfer versuchte ich, ihnen Einhalt zu gebieten. Mark sah mich fragend an.

„Aber wieso? Er ist verrückt nach Dir."

„Er denkt, wenn wir zusammen sind, würde ich nicht frei meine Entscheidung treffen können, was jetzt passieren soll. Mit mir. Und dem ganzen Geld."

„Oh."

Mark setzte sich auf den Beifahrersitz.

„Kein ‚verdammt er hat Unrecht'?", fragte ich trotzig.

Wieder ein Hupen von einem Wagen hinter uns.

„Ich kümmere mich drum.", sagte Simone und verschwand hinter dem Wagen.

„Hat er denn so Unrecht?"

„Wie meinst Du das?"

„Süße, du weißt wie sehr ich dich mag. Aber…", er nahm meine Hände in seine. Wärme strömte von meinen Armen über meinen Körper und legte sich schließlich auf die Wunden in meinem Herzen.

„… Du hast jetzt wirklich große Entscheidungen zu treffen."

„Ach ich will das verdammte Geld doch gar nicht.", schniefte ich, „Wenn es nach mir geht, rufe ich morgen bei der Bank an und überweise alles auf irgendein Spendenkonto. Mir ist es scheißegal. Ich will wieder zurück zu dem, was vorher war."

Trotzig schob ich mein Kinn vor.

„Okay.", sagte Mark sanft, „Und was, wenn nicht? Was, wenn Du nur einen Moment versuchst darüber nachzudenken, wer Du wirklich bist. Denn das bist Du nicht. Du hast Dich vor Jahren verloren. Als dieser Typ in Deinem Leben war. Und bis heute hast Du Dich nicht wiedergefunden. Du hast funktioniert. Das sagst Du selbst immer wieder. Aber da ist mehr in Dir."

„Herrgott. Habt ihr Euch abgesprochen. Fast dasselbe hat Eddie mir auch gesagt."

„Dann hat er vielleicht Recht. Du kannst Dich nicht immer von anderen abhängig machen, Alex. Da ist so viel mehr in Dir."

Er strich mir die letzten Tränen aus dem Gesicht.

„Ich will nur, dass Du gut darüber nachdenkst, bevor Du Dir die Chance nimmst, etwas Großes zu erschaffen. Wenn Du am Ende noch immer so denkst, ist es auch okay. Es ist allein Deine Entscheidung. Dein Geld. Dein Leben. Aber werfe die Chance, die sich Dir bietet, nicht einfach weg. Du weißt so gut wie ich, dass manche Dinge im Leben nicht ohne Grund passieren."

Er strahlte mich an.

„Und Du hast diese Chance mehr als verdient. Es ist Zeit, Alex. Zeit zu wachsen."

Ich musste grinsen. Genau dasselbe hatte ich ihm vor Jahren gesagt. Genau die gleichen Worte. Damals, als er Simone getroffen hatte. Und er dachte, er wäre nicht gut genug für sie. Als er noch unsicher und verloren war. Und heute. Ich sah ihn an. Heute war er ein anderer Mensch. Und er war mehr er selbst als je zuvor. Zumindest so lange ich ihn kannte. Er strahlte mich an.

„Du weißt, jetzt ist Deine Zeit gekommen."

„Du wartest schon lange, mir diese Worte zu sagen, oder?" Er lachte.

„Du hast ja keine Ahnung."

„Okay.", sagte ich leise. Ich wusste genau, was er meinte.

„Ihr müsst los. Und ich auch. Es wird zu warm hier."

Da der Wagen aus war, lief die Klimaanlage auch nicht mehr und der Wagen wärmte sich langsam auf.

„Ist gut. Kann ich Dich wirklich alleine lassen?"

Er sah mir tief in die Augen. Ich nickte.

„Wird schon gehen."

„Gut. Wir sehen uns, wenn Du wieder da bist, versprochen?"

„Ja. Ich werde schauen, dass es nicht zu lange dauert, bis wir uns wiedersehen."

Noch einmal nahm er mich fest in den Arm.

„Ich wünsche Dir ganz viel Spaß auf dem restlichen Weg Deiner Reise."

Damit verabschiedete er sich und stieg aus. Vom Bürgersteig aus winkten mir die zwei nach. Als ich den Wagen startete und ihn von der Parkbucht auf die Straße lenkte. Das Navigationsgerät war eingestellt auf Münster. Ich würde mir unterwegs nochmal irgendwo einen Platz zum Schlafen suchen. Rusty nahm seinen Platz auf dem Beifahrersitz ein. In der ganzen Aufregung versäumte ich es, ihn anzuschnallen. Und so drehte er sich ein paar Mal auf dem Sitz und rollte sich dann genüsslich ein, um brummelnd einzuschlafen. Kilometer um Kilometer fuhren wir die endlosen Autobahnen entlang.

Es war später Nachmittag, als mich die Müdigkeit überkam. Erschöpft all der Tränen und der Gedanken, setzte ich den Blinker rechts und verließ die Bahn. Im nächsten Ort fragte ich in gebrochenem Englisch-Französisch einen Mann nach einem Campingplatz. Der erklärte mir freudig mit vielen großen Gesten den Weg. Und so zuckelte unser Gespann schließlich auf einen kleinen Campingplatz. An der Rezeption war man zwar nicht begeistert von meinem Begleiter, wies mir jedoch einen

Platz für die Nacht zu. Und so parkte ich ein weiteres Mal den Camper und schloss ihn an. Wir waren mitten im Irgendwo. Ich kannte weder den Ort, noch konnte ich mir erklären, wo genau wir waren.

Aber es spielte auch keine Rolle.

Nach dem Drama am Flughafen hatte sich eine bleierne Schwere in mir ausgebreitet und alles schien weit weg und vollkommen unwichtig zu sein. Ich nahm Rusty an die Leine und wir machten uns auf den Weg zu einer großen Runde. Wir waren gerade in einen Waldweg eingebogen, als Regen auf die Blätter niederprasselte. Der erste Regen seit einer gefühlten Ewigkeit benetzte meine Haut. Ich spürte, wie mein Shirt durchweichte und meine Haare nass wurden.

Doch es war mir egal.

Tief atmete ich die frische Luft und den Geruch der nassen Bäume ein. Das Prasseln war eine willkommene Ablenkung zu der Stille, die mich von dem Augenblick an zu verfolgen schien, als ich vom Flughafen weggefahren war. Ein ums andere Mal hatte ich auf den Beifahrersitz geschaut. Doch statt Eddie war dort Rusty. Er fehlte mir. Mit ihm zu lachen. Zu reden. Die Nacht neben ihm zu liegen. Immer wieder sah ich ihn vor mir. Seine Augen. Selbst sein Geruch war noch allgegenwärtig. Aber gut. Es waren ja auch noch keine zwölf Stunden vergangen, als ich ihn zuletzt gesehen hatte.

Was er jetzt wohl machte?

Ob er an mich dachte?

Über uns nachdachte?

Würde ich ihm so fehlen, wie er mir?

Ich ließ mich auf den Waldboden nieder und lehnte mich an einen Baumstamm. Der Regen erreichte mich unter dem dichten

Blätterdach des Baumes nicht. Und Rusty schnupperte noch kurz die Umgebung ab, bevor er sich neben mich legte, den Kopf auf meinem Bein. Mit großen Augen sah er zu mir hoch. Meine Hand fuhr über seinen Kopf.

Was also?

Was war die Antwort auf all diese Fragen, die sich schon seit Wochen unweigerlich in meinen Weg stellten? Was stellt man an, wenn man plötzlich Millionen Euros auf dem Konto hat? Was sollte ich damit anstellen? Würde es mir Eddie zurück bringen, wenn ich eine Antwort auf diese Fragen hätte? Und was hieß das schon, zu wissen wer ich bin? Was ich mit meinem Leben anstellen wollte. Ich war doch glücklich, oder? Meine Gedanken kreisten um meinen Alltag. Um meine Arbeit mit Johannes. Und um mein Leben. Und doch schien es nicht mehr zu mir zu gehören. Wie die Erinnerung einer Fremden. Wie eine Geschichte. Es war einfach so unglaublich lange her. Seither war so wahnsinnig viel passiert. Ja, ich war müde. Ja, ich war überarbeitet. Ja, ich hatte in den letzten Monaten nicht viel gehabt, außer der Arbeit und Terminen. Aber, war das nicht auch ein Leben? Und war ich nicht zufrieden damit? Warum sträubte sich in mir plötzlich alles, in diesen Alltag zurückzukehren? Wieso flüsterte auf einmal eine Stimme in mir, dass es noch mehr gab als das. Dass ich eine Aufgabe brauchte. Einen nächsten Schritt. Dass ich wachsen musste. Dass ich mehr konnte als gehen.

Dass ich laufen, ja sogar fliegen konnte.

Woher kam das nur plötzlich alles? Und wo war es in den letzten Jahren gewesen? Ich war noch nie, in meinem ganzen Leben, spontan gewesen. Oder hatte eine Entscheidung aus dem Bauch heraus getroffen. Ohne gründlich darüber nachzudenken.

Und doch saß ich hier. Im Regen. In einem Wald in Frankreich. Nach einer Reise quer durch Südeuropa. Und es war mir nie besser gegangen als in den letzten Wochen. Wie oft hatte ich auf meiner Reise das Gefühl von Freiheit in den Adern verspürt. Ich war doch nicht eingesperrt gewesen. Ich war doch nicht gefangen. Woher also kam dieses Gefühl von Freiheit? War es immer schon dagewesen? War es immer schon ein Teil von mir? Hatte ich mich einfach nie getraut, es zuzulassen. Wie lange schon hatte ich darüber nachgedacht einen Hund zu haben. Und nie hatte ich dem nachgegeben. Weil ich arbeitete, weil es unvernünftig war.

Und doch war Rusty plötzlich da. Einfach so.

Konnte also bitte alles andere auch ,einfach so' gehen?

Was sollte ich schon machen? Einen eigenen Laden oder ein eigenes Geschäft eröffnen? Ein Büro? Wofür? War eine berufliche Veränderung die Veränderung, die ich brauchte? Die alles im Leben ändern würde? Ein Studium? Eine andere Ausbildung?

Warum zur Hölle fühlte ich mich jetzt freier als zuvor?

Was hat mich eingepfercht?

Doch alles Grübeln brachte keine Antworten. Nur neue Fragen. Und das Gefühl, dem inneren Sturm, der sich da aufgetürmt hatte, nicht mehr Herr zu werden. Der Regen hatte nachgelassen. Und so stand ich auf. Klopfte meine Hose ab. Und wusste zumindest, was das erste Ziel sein sollte.

Ich wollte nach Hause.

Zum allerersten Mal in meinem Leben erfuhr ich, was das Wort ,Heimweh' bedeutete. Und ein erstes Ziel zu haben, war bedeutend besser, als keines zu haben.

Nachdem ich Rusty mit einem Handtuch trocken gerubbelt und ihm sein Fressen gegeben hatte, zog ich mich um und trocknete meine Haare. Erschöpft fiel ich ins Bett und stellte genervt fest, dass alles nach ihm roch. Und das, obwohl er schon seit Tagen nicht mehr hier drin geschlafen hatte. Ich wälzte mich hin und her. Doch trotz der Müdigkeit, kreisten meine Gedanken unaufhörlich um ihn. Um seine Augen. Um seine Gesten. Um ihn in Barcelona, in Valencia, in Montpellier. Zum wiederholten Male nahm ich mein Handy in die Hand.

Mark und Simone hatten eine Nachricht geschickt, dass sie gut angekommen waren und hatten sich für den Ausflug bedankt. Doch von Eddie keine Nachricht. Ich tippte ein paar Zeilen. Doch wirklich brachte ich keinen vernünftigen Satz zustande. Weder wusste ich, was ich ihm eigentlich sagen wollte, noch wollte ich ihm sinnlose Phrasen zusenden. Und so legte ich das Handy zum hundertsten Male wieder weg.

Genervt gab ich auf.

Ich stand auf, ging zum Wohnbereich, klappte den Tisch herunter und machte aus der Sitzecke einen Schlafbereich. Ich schaltete den Fernseher ein und steckte wahllos eine der DVDs ein, die mir Jan vor einer gefühlten Ewigkeit in dem Campingladen in Aachen verkauft hatte. Eine amerikanische Krimikomödie. Ich rollte mich auf der Sofaecke ein. Rusty kuschelte sich eng an mich. Und etwa bei der Hälfte des Filmes fiel ich endlich in einen dumpfen und traumlosen Schlaf.

Die Musik des Menüprogrammes des Filmes im Fernseher lief immer wieder vor sich hin, als mein Geist langsam wieder zurück in die Realität kroch. Die Sonne war bereits aufgegangen und schien sanft in den Camper. Doch etwas anderes schien mich geweckt zu haben.

Verdammt! Mein Handy klingelte!

Ich sprang auf. Rusty, den ich dabei versehentlich von der Couch geschubst hatte, grummelte und blickte mich finster an. Suchend blickte ich mich um. Wieder wurde die Melodie des Klingeltons wiederholt. ‚Auf dem Bett‘ schoss es mir in den Kopf. Und ich hastete die kurze Strecke zum Bett. Griff mein Handy. Stieß mit dem Knie volle Möhre gegen den Absatz und ließ ein gehetztes „Guten Morgen" hören, als ich endlich abgenommen hatte.

„Guten Morgen, Frau Hofmann.", wünschte mir eine mir unbekannte Stimme, „Mein Name ist Richard Schmitz. Ich hoffe, ich störe Sie nicht."

Ich nahm das Handy vom Ohr weg und sah auf die Nummer. Sie kam mir bekannt vor, aber ich konnte sie nicht zuordnen.

„Nein. Schon gut.", sagte ich, das Handy wieder an mein Ohr gepresst, „Wie kann ich Ihnen helfen?"

„Oh. Nein, das ist ein Missverständnis. Ich möchte mich nur kurz vorstellen und Ihnen meine Nummern geben, falls Sie meine Hilfe benötigen. Eduard von Lichtenstein ist einer der Partner in der Kanzlei in der ich als Rechtsanwalt arbeite. Er hat mir heute Morgen Ihr Mandat übertragen. Er lässt ausrichten, dass er leider keine Zeit mehr haben wird in den kommenden Monaten, da die Arbeiten für einen anderen Mandanten sehr viel Zeit beanspruchen werden."

„Oh."

So schnell also wollte er mich loswerden.

„Okay. Also. Im Moment brauche ich eigentlich nichts."

„Umso besser. Ich habe mich bereits in Ihre Akte eingelesen. Wenn ich Herrn von Lichtenstein richtig verstanden habe, sind Sie noch auf Reisen?"

„Ja. Das stimmt."

„Dann tut es mir natürlich leid, sie so früh am Morgen gestört zu haben. Aber ich hätte doch noch einige Punkte, die wir nach Ihrer Rückkehr klären sollten."

„Zum Beispiel?"

„Man hat den Mitarbeiter der Lottogesellschaft ausfindig gemacht, der Ihre Daten herausgegeben hat. Selbstredend wurde der Mann direkt fristlos entlassen. Wir sollten darüber nachdenken, ebenfalls rechtliche Schritte einzuleiten."

„Ich bin mir nicht sicher, ob ich das möchte."

„Selbstverständlich, Frau Hofmann. Das besprechen wir natürlich auch noch mal in Ruhe nach Ihrer Rückkehr. Wann werden Sie in etwa wieder da sein?"

Ich setzte mich auf das Bett.

„Ich denke, dass ich die restliche Strecke heute fahren werde."

„Schön. Wollen wir dann gleich einen Termin absprechen für diese Woche?", fragte er freundlich.

„Ehm. Ja. Gerne. Welcher Tag ist heute."

Ich hörte wie er schmunzelte.

„Heute ist Montag, Frau Hofmann. Würde es Ihnen Donnerstag passen?"

„Ja. Donnerstag klingt prima.", sagte ich.

Zeit genug, zu Hause anzukommen. Und vielleicht auch endlich wieder einen freien Kopf zu bekommen.

„Prima. Darf ich Sie dann am Donnerstag gegen 10 Uhr in unserer Kanzlei begrüßen?"

Und Eddie im Büro über den Weg laufen? Auf gar keinen Fall. Daher sagte ich schnell: „Mir wäre es lieber, wenn wir uns an einem anderen Ort treffen könnten. Vielleicht bei mir?"

„Selbstverständlich. Kein Problem. Also am Donnerstag bei Ihnen um 10 Uhr?"

„Ja. Gerne."

„Schön. Ich freue mich darauf, Sie kennenzulernen. Ich werde meine Assistentin bitten, Ihnen eine Mail mit der Bestätigung des Termins zu schicken, dann haben Sie für alle Notfälle auch meine Kontaktdaten. Scheuen Sie sich bitte nicht, sie zu nutzen."

„Okay. Danke."

„Gerne, Frau Hofmann. Ich wünsche Ihnen eine schöne Rückreise."

Und damit legte er auf.

Ich starrte auf mein Handy. Er wollte also nicht mal mehr meine rechtlichen Dinge regeln. Gut. Von mir aus. Sollte er die Diva spielen. Richard klang ebenso nett. Sollte kein Problem sein, die Dinge die zu regeln sind, mit ihm zu regeln. Wieder mal öffnete ich die Nachrichten App. Und wiedermal war keine Nachricht von ihm eingegangen. Trotzig tippte ich „Danke, Richard klingt sehr nett. Mit Dir zu arbeiten, wäre auch echt unerträglich gewesen."

Doch ich löschte den Text direkt wieder. Das wäre albern. Und ich hatte keine Lust, auf diese Schiene zu geraten. Schon gar nicht mit einem Rechtsanwalt. Wütend warf ich das Handy wieder auf das Bett.

Mein Magen knurrte laut. Und da ich mich nicht mehr daran erinnern konnte, wann ich zuletzt was gegessen hatte, machte ich mir erst mal Frühstück und gab Rusty ebenfalls etwas. Ich setzte mich auf die Stufen vom Camper während er davor auf dem Rasen seine Schüssel leerte.

„Ganz wie in alten Zeiten", lächelte ich matt.

Nach einem langen Spaziergang packte ich alles wieder zusammen und wir machten uns daran, die letzte Etappe zu bewältigen, die uns von zu Hause trennte. Rusty war nicht begeistert davon, dass ich den Anschnallgurt wieder herausgekramt hatte, arrangierte sich jedoch mit seinem Schicksal und schnarchte schon nach wenigen Kilometern den Schlaf der Gerechten. Und so waren wir zügig wieder auf der Bahn gen Norden.

Und mit jedem Kilometer, so machte ich mir bewusst, entfernten wir uns auch von all den Orten, die für mich auf ewig mit Erinnerungen an eine Zeit mit Eddie behaftet sein würden. Sie alle würden am Abend über tausend Kilometer hinter mir liegen. Und ich würde sie vermutlich nie wieder sehen.

Eine weitere Pause war nicht notwendig, da wir nach etwa fünf Stunden bereits auf dem Parkplatz vor meiner Wohnung hielten. Ich parkte den Camper direkt vor dem Hauseingang. Geschäftiges Treiben herrschte auf dem Parkplatz. Die Arztpraxen im Haus waren geöffnet und Patienten gingen ein und aus. Vollkommen unbeachtet begann ich, den Camper auszuräumen und die Sachen nach und nach in meine Wohnung zu bringen.

Als Rusty und ich sie zum ersten Mal wieder betraten, kam sie mir plötzlich viel kleiner vor, als vor meiner Abreise. Und das, obwohl sie deutlich größer war als der Camper. Rusty begann schwanzwedelnd alle Ecken zu beschnüffeln. Und ich ließ ihn zurück, um die nächsten Sachen heraufzuholen.

Nach einer halben Stunde war ich schweißnass. Rusty hatte es sich auf meiner Couch bequem gemacht und mich nur misstrauisch beobachtet, als ich nach und nach alle Klamotten auf das Bett geworfen hatte. Ich parkte den Camper noch kurz um, sodass er nicht allzu sehr im Weg stand. Aber ich nahm mir vor, unbedingt einen Platz finden, wo er geschützt für längere Zeit parken konnte. Verkaufen wollte ich ihn nicht mehr.

Wer wusste schon, was dieses Gefühl von Freiheit mit mir macht?

Ich war gerade dabei, die Sachen in der Wohnung wieder in die Schränke zu räumen, als das Handy erneut ging. Mein Herz begann laut zu klopfen. ‚Eddie' hauchte es leise und hoffnungsvoll in meinem Ohr. Doch ein Blick auf das Display sagte mir, dass es sich täuschte.

„Hallo Mama."

„Hallo, mein Schatz. Wo bist Du? Du hast gestern gar nicht angerufen. Ich habe mir Sorgen gemacht."

Ich legte meine Hand auf die Stirn.

Verdammt.

„Sorry, Mum. Ich hab es total vergessen."

„Schon gut. Wo bist Du denn?"

„Zu Hause."

Ein kurzes Schweigen.

„Du hättest ja auf dem Weg noch kurz vorbeikommen können. Wir hätten Dich gerne gesehen."

Nur Mütter kriegen diesen vorwurfsvollen Ton hin, bei dem man sich gleich zehn Zentimeter kleiner fühlt, oder?

„Aber Mum. Ich wollte nur kurz den Camper ausladen und dann mit dem Auto zu Euch kommen. Das große Gefährt steht bei Euch doch nur im Weg.", sagte ich beruhigend.

Das war eine glatte Lüge.

„Ach so. Ja. Also kommst Du gleich vorbei?"

„Ein bisschen wird es noch dauern. So in etwa zwei Stunden? Ich muss noch kurz mit dem Hund gehen."

„Das klingt gut.", sagte meine Mutter freudig, „Dann fahre ich noch schnell los und hole ein paar Sachen für das Abendessen. Hast Du Lust auf Grillen?"

Ich verdrehte die Augen. Ruhe wäre mir lieber gewesen, als den Abend damit zu verbringen, die Reise noch einmal in Erzählungen zu durchleben. Doch ich konnte meiner Mutter nichts abschlagen.

„Grillen klingt super. Also in etwa zwei Stunden. Und Mama,…"

„Ja?"

„… mach Dir bitte nicht zu viel Arbeit. Ich kann Dir nachher noch helfen."

„Ach das ist doch keine Arbeit.", schimpfte sie, „Mach Dir keine Gedanken. Bis später."

„Ja. Bis später."

Ich legte auf und warf das Handy zurück auf das Bett.

„Home sweet Home." sagte ich, als ich fertig eingeräumt hatte und mich vor Rusty aufgebaut hatte.

„Willkommen in Deinem neuen Zuhause."

Und ich ließ meine Arme über den Raum schwenken.

„Das ist ab sofort Dein neues Königreich."

Rusty wedelte vorsichtig mit dem Schwanz und legte den Kopf schief.

„Ja. Nicht gerade groß, oder?"

Ich kramte einen Zettel und einen Stift aus einer der Schubladen. Setzte mich an den Esszimmertisch und schrieb in großen Lettern ‚To-Do-Liste' oben drauf. Nach Listen arbeiten war ich von der Arbeit gewohnt. Die vielen großen und kleinen Aufgaben aufschreiben und dann nach und nach abarbeiten. Das würde mir helfen. Also schrieb ich auf, was mir bereits im Kopf schwirrte.

Post durchsehen,
Eddie vergessen,
Größere Wohnung finden,
Termin am Donnerstag mit Richard Schmitz,
Termin mit Bank machen,
Stellplatz für Camper finden,
Eddie vergessen,
Mark besuchen,
Freunde anrufen,
Fotos durchsehen,
Fotos von Eddie löschen,
Marion und Hannelore besuchen,
Horst und Mariechen anrufen (oder besuchen),
Eddie vergessen.

Schon mal eine lange Liste mit Dingen, die zu erledigen war. Und den ersten Punkt wollte ich gleich erledigen. Meine Mutter hatte in meiner Abwesenheit die Post aus dem Briefkasten geholt und auf meinen Esstisch gelegt. Die letzten Briefe hatte ich vorhin mit hochgebracht. Da waren Schreiben von der Bank. Von der Lottogesellschaft. Von meinem Steuerberater. Und viele Reklameschreiben. Ich öffnete sie nacheinander und überflog die meisten.

Nichts wirklich Neues. Sarah hatte einige Finanzierungsvorschläge geschickt, die ich mir später genauer ansehen wollte. Nach einem kurzen Telefonat konnte ich für Donnerstagnachmittag einen Termin mit ihr ausmachen. Ich machte mir eine Notiz auf meiner ToDo-Liste.

Der Steuerberater wollte auch gerne ein Gespräch. Aber dazu musste ich wohl erst mal wissen, was ich mit dem neuen Wohlstand anfangen wollte. Also schob ich das nach hinten. Um es nicht zu vergessen, kam auch er als Notiz auf meine Agenda.

Die Lottogesellschaft teilte mir mit, dass man nun wusste wer meine persönlichen Daten an die Öffentlichkeit gegeben hatte, entschuldigte sich nochmals und versicherte mir, dass man mich bei den rechtlichen Schritten gegen den ehemaligen Mitarbeiter selbstverständlich unterstützen wollte.

Warum er das wohl getan hatte?

Ich nahm mein Handy wieder in die Hand und wählte die mittlerweile eingespeicherte Nummer des Rechtsanwaltes. Er meldete sich beim zweiten Klingeln.

„Hallo, Herr Schmitz, ich hoffe, ich störe Sie nicht."

„Keineswegs."

„Ich habe auch nur eine kurze Frage."

„Wie kann ich Ihnen helfen?"

„Der Mitarbeiter der Lottogesellschaft, den ich vielleicht verklagen soll. Haben Sie persönliche Daten von ihm?"

„Selbstverständlich.", sagte er, „Wieso?"

„Können Sie mir diese geben?"

„Wofür benötigen Sie seine Daten?", fragte er verwundert.

„Ich würde mir gerne ein Bild machen, bevor ich eine Entscheidung treffe, ob ich ihn anklagen will.", sagte ich geradeheraus.

„Selbstverständlich. Dies ist Ihre Entscheidung."

Er nannte mir den Namen und die Adresse eines Herrn Karl Wester. Er wohnte in Münster. Die Gegend kannte ich. War nicht das beste Stadtviertel.

„Frau Hofmann.", ermahnte mich auch sogleich Herr Schmitz, „Bitte seien Sie vorsichtig. Sie tun sich keinen Gefallen, wenn Sie sich in Gefahr begeben. Vielleicht nutzt er eine zweite Chance, um weitere Informationen für die Presse zu bekommen"

„Schon gut. Vielen Dank. Ich passe auf mich auf.", sagte ich und legte auf.

Ich hatte noch nicht entschieden, wie ich weiter verfahren würde. Aber eines war mir ganz klar. Ich würde keinen Fremden vor Gericht zerren. Ich wollte wissen, welcher Mensch hinter diesem Namen steckte.

Schließlich, nach einer ausgiebigen Dusche und einer langen Runde mit Rusty, gingen wir zu meinem Wagen. Auch der sah plötzlich viel kleiner aus. Ich öffnete erst den Kofferraum. Doch Rusty sah nur skeptisch hinein. Ich lachte.

„Nein. Da passt Du wirklich nicht rein."

Als ich die Fahrertür öffnete, um den Sitz nach vorne zu klappen, kroch Rusty an mir vorbei und setzte sich wie selbstverständlich auf den Beifahrersitz.

„Hmm. Okay. Aber das ist eine Ausnahme, Rusty."

Er wedelte erneut mit dem Schwanz und bellte. In Gedanken fügte ich also seufzend meiner ‚ToDo-Liste' den Punkt ‚ein größeres Auto kaufen' hinzu.

Langsam nahm das Geld ausgeben doch Fahrt auf. Wäre doch gelacht, wenn wir nicht noch auf die ein oder andere Weise das Geld zum Fenster werfen könnten. Ich stieg ein, drehte die Fenster herunter und startete den Wagen. Der brummte laut auf. Und wir fuhren die zwanzig Minuten zu meinen Eltern.

Die Begrüßung war laut und herzlich. Ich war mir nicht sicher, wer sich mehr freute. Mama, Papa oder Rusty. Der wild um meine Mutter herum sprang und bellte, nachdem sie das erste Stück Fleischwurst rausgerückt hatte. Ich nahm beide lange und fest in den Arm.

„Ihr habt mir echt gefehlt.", sagte ich.

„Du uns auch. Komm rein."

Mama zog mich am Arm in den Garten. Rusty folgte und tobte ausgiebig auf dem Rasen. Beschnüffelte alle Ecken und Kanten während wir uns auf die Gartenstühle in den Schatten setzten.

„Erzähl. Wie war's?"

Beide sahen mich mit großen Augen an. Und so begann ich zu erzählen. Von der Abfahrt. Dem Abstecher zum Campingladen. Den ersten Tagen auf dem ersten Campingplatz. Von Horst und Mariechen. Von dem Treffen mit Rusty. Wie er als Anhalter in meinen Wagen sprang. Von der Fahrt in den Süden. Vom Atlantik. Lissabon. Tarifa. Von der Fahrt im Boot und den Orca Walen. Von Gibraltar. Von Valencia, Barcelona, Montpellier, der Camargue und schließlich von Saint Tropez. Meine Eltern hingen an meinen Lippen.

Ich sparte ein paar Erzählungen aus.

Vor allem Eddie bekam nicht die Rolle, die er tatsächlich ausgefüllt hatte. Nach meinen Ausführungen war er ein Reisebegleiter, den man im nächsten Moment auch wieder vergessen konnte. Und meine Eltern fragten nicht weiter nach ihm.

Als ich schließlich am Ende angekommen war, war ich erschöpft. Mein Vater zündete den Grill an und meine Mutter und ich gingen in die Küche, um den Salat vorzubereiten. Gierig machte sich Rusty über einen Berg Schinkenwurst her, den ihm meine Mutter zur Verfügung gestellt hatte mit den Worten: „Der arme Kleine muss doch auch was essen."

Ich grinste innerlich. Wenn er auch nur ein paar Tage hier verbringen würde, würde er am Ende kugelrund sein. Doch nun, da ich ihn so betrachtete, fiel mir auf, dass er tatsächlich kräftiger geworden war in der Zeit, die er nun mit mir unterwegs war. Er war keineswegs dick. Doch seine Muskulatur hatte stark zugenommen. Und er hatte eine stattliche Brust bekommen. Er sah gesünder aus. Ich wollte ihn trotzdem auch hier noch mal von einem Tierarzt checken lassen. Ein weiterer Punkt für meine Liste.

Mutti plauderte vor sich hin, während ich neben ihr die Paprika und Gurken in kleine Stücke schnitt.

„Und unsere Nachbarin, die kam ja gleich nach diesen Artikeln bei uns vorbei und zeigte sie uns. Die haben sich richtig Sorgen um Dich gemacht und ständig nach Dir gefragt. Aber Dir geht es ja gut. Es geht Dir doch gut, Süße, oder?"

Sie hielt inne und sah mich mit großen Augen fragend an.

„Ja Mama, es geht mir gut.", versicherte ich ihr.

„Du siehst traurig aus.", sagte sie leise.

Verdammt. Dass Mütter aber auch immer alles sehen mussten.

„Das ist nur die Müdigkeit.", log ich.

„Wann musst Du denn wieder arbeiten?"

„Am Montag. Bis dahin muss ich noch einige Dinge erledigen."

„Kommst du vorher noch mal vorbei?"

Ich nickte. Es war schön, das Gefühl, vermisst worden zu sein. Meine Mutter war Königin in dieser Disziplin. Ich nahm sie in den Arm und drückte sie fest.

„Ich liebe Dich, Mama."

„Ich Dich auch, meine Süße."

Es war schon spät als ich, beladen mit Resten und vielen Umarmungen von meinen Eltern, am Wagen verabschiedet wurde. Ich startete die Reise durch die Nacht zurück zu meiner Wohnung. Lichter strahlten mich auf den dunklen Landstraßen von entgegenkommenden Autos an. Sie huschten über das Armaturenbrett. Über meine Hände am Lenkrad. Und verschwanden wieder ins Dunkle. Es war noch warm und so hatte ich die Fenster geöffnet. Und der Fahrtwind rauschte in meinen Ohren.

Er fehlte mir.

In jedem Moment an diesem Tag. Beim nach Hause kommen. Beim Auspacken. Bei meinen Eltern. Den Erzählungen. Auch hier. Wenn er hier wäre. Meine Hand halten würde. Wir gemeinsam zu den Sternen aufsehen würden.

Aber natürlich konnte ich mir Eddie nicht in meinem kleinen Flitzer vorstellen. Vermutlich wären wir mit seinem schicken Wagen gefahren. Und vermutlich auch nicht zu mir. Sondern zu ihm. An einer roten Ampel zog ich mein Handy aus der Tasche. Noch immer keine Nachricht von ihm. Und ich wusste wieder einmal nicht, was ich schreiben sollte.

„Du fehlst mir.", tippte ich ein.

Und noch bevor ich es bereuen konnte oder zu lange darüber nachdachte, sendete ich die Nachricht ab und steckte mein Handy wieder in die Tasche.

Er meldete sich nicht auf die Nachricht. Er hatte sie gelesen. Aber nicht geantwortet. Am nächsten Mittag gab ich das Warten schließlich auf. Ich zog mir ein paar schicke Sachen an und nahm Rusty an die Leine.

„Zeit für Shopping.", flötete ich ihm zu und wir verließen die Wohnung.

Ich fuhr in die Innenstadt von Münster. In das Viertel, in dem sich ein Autohaus an das andere reihte. Im Schritttempo fuhren wir daran entlang.

„Was meinst Du Rusty?"

Ich sah mir die ausgestellten Wagen an.

„Welche Marke darf es sein?"

Ich hatte noch nie einen Neuwagen gekauft. Geschweige denn, mir darüber Gedanken gemacht, welchen Wagen ich wohl nehmen würde, wenn ich mir über den Preis keine Gedanken machen müsste. Und so stellte ich mich recht hilflos an den Straßenrand und überlegte fieberhaft, welche Art von Auto und welche Marke ich wohl bevorzugen würde. Groß sollte er schon sein. Ein Kombi vielleicht. Aber da war die Marke ja egal.

Wie leicht war es da im Gegensatz gewesen, sich den kleinen Flitzer zu besorgen, den ich jetzt fuhr. Preis stimmte, Auto sah gut aus. Gekauft. Fertig.

Und jetzt?

Ich beschloss, das Schicksal entscheiden zu lassen. Also stieg ich aus. Schloss die Augen. Drehte mich im Kreis und blieb nach einem Moment stehen. Ich starrte auf das Autohaus vor mir und die davor stehenden Autos. Tief sog ich die Luft in meine Lungen.

„Okay. Schauen wir was sie haben."

Und ich stieg wieder ein und parkte meinen Wagen direkt auf dem Besucherparkplatz. Beim Aussteigen wirkte er total fehl am Platze zwischen all den hochmodernen und schnittigen Ausstellungsmodellen. Ein Verkäufer kam direkt auf mich zu.

„Guten Tag."

„Guten Tag. Ich bin auf der Suche nach einem neuen Wagen."

Rusty kletterte von der Beifahrerseite zur Fahrerseite und sprang aus der Fahrertür.

„Entschuldigung. ‚Wir' suchen einen neuen Wagen."

Ich zeigte auf meinen vierbeinigen Begleiter.

„Sind Sie sicher, dass Sie bei uns richtig sind?"

Der Verkäufer sah mich und mein Vehikel skeptisch an.

„Ich bin mir nicht sicher, ob wir was in Ihrer Preisklasse haben."

Entschuldigend hob er die Schultern.

Oh ja. Genau das hatte mir gerade noch gefehlt. Na warte. Unschuldig lächelte ich ihn an.

„Oh. Ich verstehe. Tja schade."

Ich öffnete wieder die Fahrertür, die ich geschlossen hatte, nachdem Rusty rausgesprungen war.

„Ich bin erst kürzlich Millionärin geworden. Habe mich wohl noch nicht daran gewöhnt, dass man erst standesgemäß vorfahren muss, um entsprechend behandelt zu werden."

Rusty zögerte kurz, sprang dann jedoch wieder auf die Beifahrerseite. Der Verkäufer sah mich erstaunt an.

„Da Sie scheinbar nicht an meinem Geld interessiert sind, werde ich mich wohl woanders umsehen müssen. Verzeihen Sie die Störung. Auf Wiedersehen."

Die letzten Worte ließ ich so arrogant und hochnäsig klingen, wie es mir möglich war. Ich musste mich stark zusammenreißen, nicht laut loszulachen. Der Verkäufer knipste sein charmantes Lächeln ein und hielt die Tür fest, kurz bevor ich die Wagentür zugeschlagen hatte.

„Verzeihen Sie, Frau…"

„Hofmann."

Ich rümpfte in guter alter Manier die Nase.

„Frau Hofmann. Es tut mir schrecklich leid. Natürlich zeige ich Ihnen sehr gerne alle unsere Autos. An was hatten Sie gedacht."

Er entfernte sich einige Schritte und ließ mich wieder aussteigen. Er wollte mir sogar die Hand als Hilfe reichen. Ich zog die Augenbraue hoch. Tja ja. Geld macht einen eben doch zu einem anderen Menschen. Zumindest in den Augen anderer. Rusty brummte genervt und sprang wieder aus dem Wagen.

„Einen Kombi, denke ich. Wir brauchen einen guten und sicheren Platz für meinen kleinen Liebling."

Ich stellte mir eine alte verzogene reiche Dame vor und spielte sie für den Verkäufer. Es machte unglaublich Spaß, ihn so von oben herab zu behandeln. Und er hatte es verdient. Nachdem er mich so herablassend abweisen wollte. Über eine Stunde spielte ich das Spiel mit ihm. Und je mehr Zeit verstrich, desto mehr Spaß hatte ich an dem Spiel. Er kam ganz schön ins Schwitzen. Während er brav die technischen Daten und Vorzüge der Autos runterleierte, die er mir zeigte. Dabei hatte ich mich schon nach fünf Minuten in den ersten Wagen verliebt. Aber wo blieb da der Spaß? Schließlich hatte ich jedoch Mitleid mit ihm und sagte: „Zeigen Sie mir doch noch mal den ersten Wagen."

„Selbstverständlich gerne."

Und nachdem er mich zum Wagen begleitet hatte, leierte er wieder die ganzen technischen Daten runter. Ich ließ die Hand über den Wagen gleiten. Ein SUV. Wenig Verbrauch. In dunkelblau. Ich öffnete den Kofferraum und konnte Rusty in letzter Sekunde davon abhalten, einfach hineinzuspringen. Ich konnte mir ein Grinsen nicht verkneifen. Er mochte den Wagen also auch.

„Den hätte ich gerne."

Der Verkäufer stoppte mitten in einer seiner Ausführungen und sah mich verblüfft an.

„Wollen Sie ihn nicht Probe fahren?"

„Nein. Nicht nötig. Wie schnell können Sie ihn auf meinen Namen anmelden?"

Nachdem ich ihn nun eine Stunde auf Trab gehalten hatte, kam der junge Mann mächtig ins Stolpern. Doch er sammelte sich wieder und die Dollarzeichen blitzten in seinen Augen auf. Es war das teuerste Auto, das er mir gezeigt hatte.

„Wie schnell brauchen Sie ihn denn?"

„So schnell es eben geht."

„Ich kläre das kurz.", sagte er und spurtete zu den Büros, wo er ein Telefon nahm und hektisch zu telefonieren begann.

Ich hatte den Preis gesehen. Und mein Magen drehte sich um bei der Summe. Doch ich konnte es mir schließlich leisten. Und die bittere Wahrheit war, der Große verbrauchte letztlich sogar weniger als mein alter Wagen. Und er würde wohl auch länger halten.

Ich befahl Rusty, sich zu setzen, und stieg auf der Fahrerseite ein. Es war ein großartiges Gefühl. In meinem ganzen Leben hatte ich mir noch nie Luxus leisten können oder leisten wollen.

Und ich wollte zumindest dieses so leicht zu lösende Problem einfach genießen. Warum nicht. Es würde mich nicht arm machen. Der Geldberg war noch mehr als groß genug. Der Verkäufer kam zurück.

„Wie wäre eine Stunde?"

Ich sah auf meine Armbanduhr.

„Wie wäre eine halbe?", fragte ich zurück.

„Wenn wir mit dem Vertrag und der Zahlung zügig vorankommen."

Ich zuckte die Achseln.

„Kein Problem."

Und so stieg ich wieder aus, hob Rusty's Leine vom Boden auf und folgte dem Verkäufer in sein Büro. Und zum allerersten Mal in meinem Leben kaufte ich einen Neuwagen.

Während er den Vertrag aufsetzte, rief ich meine Bankberaterin an, die die Überweisung des Kaufpreises durchführte. Meinen alten Wagen nahm er selbstredend in Zahlung. Und er gab sogar mehr, als ich erwartet hätte, für den Wagen. Aber schließlich verhandelte ich auch nicht mehr über den Kaufpreis und er hatte sicher genug Provision einstreichen können. Und so fuhren Rusty und ich 30 Minuten später standesgemäß im neuen SUV vom Hof. Euphorisch jubelte ich im Wagen. So leicht war Geld ausgeben.

15. KAPITEL

Mit dem neuen Wagen wollte ich nun aber auch einige Kilometer machen und so fuhr ich auf die Autobahn in Richtung Dortmund. Das Telefon verband sich ohne weitere Probleme mit dem System im Wagen. Ich suchte die Nummer von Marion raus und wählte sie. Der Wagen war ungewohnt leise. Er schnurrte lediglich.

„Hallo? Alex?"

„Ja. Hey! Alles gut bei Dir?"

„Ja. Ich bin nur gerade auf dem Sprung. Ich habe noch so viele Termine. Und die Wäsche und ich wollte unbedingt noch zu Mama."

„Ist sie nicht bei Euch?"

„Nein. Sie ist doch im Pflegeheim."

Ach ja. Sie hatte das erzählt.

„Okay. Wie wäre es dann, wenn ich Dir den Besuch bei Hannelore abnehmen würde?"

„Wirklich? Wo bist Du denn?"

„Auf der Autobahn in Richtung Dortmund. Wenn Du mir Eure Adresse sagst, kann ich Dir auch sagen, wann ich da sein werde."

Sie gab mir ihre Adresse durch.

„Okay. Etwa eine dreiviertel Stunde. Soll ich was mitbringen?"

„Nein. Wenn Du Hannelore besuchst, spart mir das schon sehr viel Zeit. Danke Alex. Sie wird sich freuen, Dich zu sehen. Und ich mich auch."

„Gut. Dann bis gleich!"

Ich beendete das Gespräch und trat aufs Gaspedal. Der Wagen schoss voran und nahm leicht Geschwindigkeit auf. Es war eine Freude ihn zu fahren.

Exakt eine dreiviertel Stunde später, fuhr ich vor ein Einfamilienhaus in einer eher ruhigen Siedlung, wie ich annahm. Ich parkte den großen Wagen, dank des Videosystems ohne große Probleme am Seitenstreifen und stieg aus. Mit einem Klick auf den Schlüssel öffnete sich der Kofferraum und Rusty sprang heraus. Ich schloss den Wagen und wir gingen die Stufen hoch zum Eingang. Nach einem Klingeln brach die Hölle los. Zwei Jungs rauften darum, wer mir die Tür aufmachen durfte. Der Ältere der Beiden gewann und riss die Tür auf.

„Hi! Wer bist Du denn?"

Doch die Frage blieb unbeantwortet, denn sobald sie Rusty entdeckt hatten, galt ihre Aufmerksamkeit nur noch dem Hund. Die drei huschten an mir vorbei und verschwanden, wie ich vermutete, in den Garten. Auch Rusty hatte mich in diesem Augenblick vollkommen vergessen. Lachend trat ich ins Haus.

„Hallo?", rief ich.

Aus einem der hinteren Räume kam Marion auf mich zu gelaufen.

„Oh Hallo, Alexandra."

Sie warf sich in meine Arme und drückte mich fest.

„Wie schön, Dich zu sehen. Wie war die Fahrt? Hast Du gut her gefunden?"

„Klar. Mein neuer Wagen hat Navi. Das ging super."

„Neues Auto?", sie zog die Augenbraue hoch.

„Klar. Man gönnt sich ja sonst nichts."

Doch der Gesichtsausdruck meines Gegenübers ließ mich innehalten. Denn Marion gönnte sich tatsächlich nichts, wie mir wohl bewusst war.

„Komm. Trinken wir einen Kaffee."

Sie führte mich in die Küche und wir setzten uns an den Esstisch. Er war über und über mit Papieren bestreut. Briefe, Schnipsel und Zeichnungen der Kinder. Die ganze Wohnung unterlag dem Chaos, das die Jungs offensichtlich hinterließen. Spielsachen. Wäschekörbe. Bücher. Durch die Fenster sah ich die beiden Jungs mit einem ausgelassenen Rusty spielen. Marion sah unglaublich müde aus.

Wir plauderten eine Weile über Gott und die Welt. Bis sie einen Blick auf die Uhr warf.

„Oh, ich bin schon wieder spät dran. Bitte sei nicht böse, aber ich muss los."

Sie öffnete das Fenster und rief die Jungs rein. Schnell kritzelte sie eine Adresse auf einen Zettel.

„Hier ist die Adresse von dem Pflegeheim. Danke."

Sie drückte mich noch mal.

„Aber komm wieder, nachher. Gegen sechs Uhr bin ich wieder da. Du bleibst natürlich zum Essen."

Sie sammelte ihre Jungs ein und ich musste mich sputen, um mit ihr Schritt zu halten als wir aus dem Haus gingen. Vor dem Wagen blieb sie stehen und bewunderte ihn mit offenem Mund.

„Ist das Dein neues Auto?", fragte sie erstaunt.

„Ja.", sagte ich leise und zerknirscht.

„Mama, ich will mit dem Wagen fahren."

Ihr Junge zerrte an ihrer Hand und wollte sie zum Wagen ziehen.

„Nein. Das ist nicht unser Auto."

Sie zog den Jungen widerwillig Richtung ihres alten Wagens. Mein schlechtes Gewissen meldete sich in aller Deutlichkeit. Hinweg war die übermäßige Freude über dieses teure Spielzeug. Jetzt sah er nur noch aus wie ein angeberischer Wagen, den Leute fuhren, die ich nicht leiden konnte. Die teure Markenanzüge trugen und sich beim Golfen über Aktienpakete unterhielten. Zerknirscht öffnete ich den Kofferraum. Während Marion winkend davonbrauste. Rusty sprang sofort hinein. Ich setzte mich hinter das Steuer und gab die Adresse des Pflegeheims ein. Zehn Minuten dauerte der Weg. Ich startete den Wagen.

„Das tut mir leid, aber den Hund können Sie hier nicht mit reinnehmen."

Die Pflegeschwester hatte mich direkt an der Tür abgefangen.

„Aber ich kann ihn nicht im Wagen lassen, bei dem Wetter.", entgegnete ich ihr.

„DAS ist nicht mein Problem."

Sie war genau die hochnäsige alte Dame, die ich mir als Vorbild für mein Schauspiel am Morgen beim Autohaus genommen hatte. Man erntet eben doch, was man säht.

Da mir nichts Besseres einfiel, ging ich zurück zum Wagen. Eine andere Pflegeschwester folgte mir unbeobachtet von der hochnäsigen Oberschwester.

„Zu wem wollen Sie denn?"

„Zu Hannelore…"

Ich hatte den Nachnamen vergessen.

„Oh. Da wird sie sich aber freuen. Es geht ihr so viel besser, seit dem kleinen Ausflug. Sind Sie eine Verwandte?"

„Nein. Wir haben uns auf dem Ausflug kennengelernt."

„Oh, dann sind Sie Alexandra? Und Du…", sie kniete sich zu dem Hund, „… Du musst Rusty sein."

Sie strich ihm über den Kopf.

Verdutzt starrte ich sie an.

„Woher wissen Sie das."

„Oh. Hannelore ist einer meiner Lieblinge. Und seit ihrer Rückkehr erzählt sie so gerne von ihrem Ausflug."

Sie strahlte mich an.

„Passen Sie auf, Sie nehmen jetzt den Rusty an die Leine und gehen da den Weg entlang."

Sie zeigte auf einen Spazierweg, der vom Parkplatz abging, am Pflegeheim entlang.

„Wenn Sie am Gebäude vorbei gelaufen sind, kommt eine alte Pforte. Sie geht ganz leicht auf. Aber seien Sie vorsichtig. Sie quietscht etwas. Dann gehen Sie weiter am Gebäude entlang und die erste Terrasse, zu der Sie kommen, ist die von Hannelore. Ich werde ihr Bescheid sagen und Ihnen die Tür öffnen."

Ich war erstaunt von so viel Hilfsbereitschaft.

„Wow. Das ist super lieb. Wie kann ich das wieder gutmachen?"

„Erstens, haben Sie das schon, in dem Sie eine alte Dame sehr glücklich gemacht haben. Und zweitens, verraten Sie mich ja nicht an die Kollegin."

Sie zwinkerte mir zu und winkte mir, wie zum Abschied. Ich tat ihr gleich und nahm mit Rusty den von ihr genannten Weg. Wie versprochen, stand die Terrassentür bereits offen, als ich hineinging.

„Hallo?", fragte ich vorsichtig in den schattigen Raum hinein.

„Alex.", wurde ich freudig begrüßt, „Und mein kleiner Liebling."

Hannelore saß in einem Armsessel und ich ließ Rusty los, der sich sofort in ihre Arme warf, die sie ihm freudig entgegenstreckte. Er wurde selbstredend zur Begrüßung durchgeknuddelt von der alten Dame.

„Hallo, Hannelore. Es tut mir leid, aber Marion hatte so viel zu tun, dass ich ihr angeboten habe, heute den Besuch zu übernehmen."

Die alte Dame winkte ab und strahlte mich an.

„Ach, die soll mal alles ein wenig ruhiger angehen lassen. Wenn Sie nicht jeden Tag kommt, sterbe ich auch nicht früher.", witzelte sie.

„Und Dich zu sehen, ist auch sehr schön. Setz Dich. Willst Du was trinken?"

„Nein. Danke."

Ich sah mich in dem Raum um. Alles sah so aus wie bei meiner Großmutter früher. An den weißen Wänden hingen vergilbte Fotografien aus längst vergangenen Zeiten und handgemalte Gemälde von Höfen und vom Meer. Auf einem alten Radio standen Bilderrahmen mit Aufnahmen von Familienmitgliedern. So glaubte ich zumindest. Da es keine andere Möglichkeit gab, setzte ich mich auf das Pflegebett der alten Dame. Rusty legte seinen Kopf auf ihren Schoß und ließ sich ausgiebig kraulen.

„Wie geht es Dir?", fragte ich vorsichtig.

„Es geht mir hervorragend. Die Ärzte sind total begeistert. Gut, ich werde bald sterben. Aber nicht so bald, wie sie zuerst gedacht hatten. Die Reise war zwar sehr anstrengend, aber ich fühle mich vierzig Jahre jünger. Auch, wenn mein Körper mir höchstens eines oder zwei gewährt."

Sie strahlte mich an. Und ich musste grinsen, bei dem Gedanken wie sie wohl mit den Ärzten umgehen würde. Ich konnte mir nur zu gut vorstellen, wie die jungen Ärzte Lektionen in Sachen Umgang mit älteren Damen von meinem Gegenüber kriegen würden. Und zwar täglich.

Wie auch bei ihrer Tochter, verfielen wir in eine lockere Plauderei. Wobei Hannelore diejenige war, die das Gespräch bestimmte. Und ich ließ mir nur zu gern die ganzen alten Geschichten erzählen, die sie meisterhaft in Szene setzte. Als die Uhr langsam auf sechs Uhr zuging, musste ich sie schweren Herzens ein wenig bremsen.

„Es ist total schön mit Dir. Aber ich muss langsam wieder los. Zu Marion. Wir wollten noch gemeinsam Abendessen."

Etwas wehleidig sah mich die alte Dame an.

„Musst Du wirklich schon gehen?", fragte sie.

„Ja. Leider. Aber ich komme wieder. Auf jeden Fall."

Sie strahlte.

„Das würde mich sehr freuen. Du musst aber den Hund mitbringen."

„Das kann ich nicht versprechen. Er ist hier nicht so gern gesehen, weißt Du."

„Ach, die sollen sich nicht so anstellen. Wir sterben hier eh alle. Was soll's denn, wenn der Hund noch ein paar Flöhe mit ins Haus bringt."

Ich musste lachen. Nicht klein zu kriegen die gute Dame.

Später beim Abendessen mit Marion, ihrem Mann und den beiden Kindern hielt ich mich zurück. Die Gespräche waren in vollem Gange und ich wollte nicht dabei stören. Es ging um Rechnungen, um die Kinder, um Rechnungen, die Arbeit, um Hannelore und um Rechnungen. Die Eltern diskutierten offen über den Tisch hinweg. Schienen uns drei vollkommen vergessen zu haben. Allerdings waren die Kinder abgelenkt und es war ihnen ganz recht, dass die Eltern in ihre eigenen Gespräche vertieft waren.

Die beiden Kleinen achteten sehr darauf, nicht die Aufmerksamkeit auf sich zu ziehen, da sie Rusty unter dem Tisch mit Essen versorgten. Da es sich nicht um schädliche Dinge handelte, denn das gekochte Fleisch, aßen die Jungs lieber selbst, sondern um Kartoffeln, ließ ich sie gewähren und tat so, als würde auch ich sie nicht beachten.

„Aber ich brauche einen neuen Wagen.", brummte Marion ihren Mann an.

„Wieso? Deiner läuft doch noch."

„Ja. Aber wie lange noch."

„Wir können es uns nicht leisten."

„Wenigstens einen Gebrauchten."

Marion ließ nicht locker.

„Schatz, du kennst unsere finanzielle Situation. Und die Kosten für das Pflegeheim fressen uns wirklich auch die letzten Vorräte weg."

Damit war die Diskussion offenbar beendet. Das eine Argument, dem Marion anscheinend nichts entgegen zu setzen wusste. Es wurde still am Tisch. Und die Jungs, in leichter Panik, sie könnten auffliegen, begannen wild drauflos zu diskutieren. Sie schwangen sich von einem Thema zum nächsten und beobachteten genau ihre Eltern. Offenbar hofften sie ein Thema zu finden, bei dem ihre Eltern ansprangen. Und das Thema kam.

„Mama, wann fahren wir endlich richtig in den Urlaub?"

Die Eltern sahen sich tief in die Augen.

„Nächstes Jahr.", beruhigte sie der Vater.

Doch die Kinder hatten unbemerkt von den Eltern nur eine neue Diskussion anfachen wollen, was ihnen auch gelungen war. Denn schon waren die Eltern mit ihren Gedanken wieder weit weg vom Küchentisch.

Tief in Gedanken versunken startete ich später meinen Wagen. Ich winkte der Familie zu, die sich an der Haustür versammelt hatte, um mich zu verabschieden. Der große Wagen kam mir wieder protzig und übertrieben vor. Um mich abzulenken, wählte ich über das Autotelefon die Nummer einer Freundin. Ich ließ mich von ihren Erzählungen einlullen, während meine Gedanken sich im Kreis drehten.

„Was denkst Du?", fragte die Freundin mich am Telefon.

Ich hatte überhaupt nicht aufgepasst.

„Ich sehe das so wie Du."

Und es klappte. Sie fuhr fort, bestätigte ich doch nur genau das, was ihr eigentlich selbst klar war.

Ich wollte Marion und ihrer Familie helfen. Nur wie?

Als ich zu Hause ankam, setzte ich mich an meinen Laptop. Ich steckte die Speicherkarte der Kamera in den Schlitz und ließ die Bilder schon mal auf die Festplatte kopieren, während ich mich im Internet auf die Suche nach Stiftungen und Hilfswerken machte.

Nach einer Stunde gab ich auf. Ich fand keine Stiftung, die auch nur annähernd für derartige Sorgensituationen in Frage kommen würde. Ganz nüchtern betrachtet, hatten Marion und ihre Familie Luxusprobleme.

Es gab Stiftungen, die mittellosen Menschen unter die Arme griffen. Neue Ideen an den Markt brachten oder behinderten Kindern halfen. Doch eine Stiftung, die in einem Fall wie dem von Marion, eingriff, die gab es eben nicht.

Ich seufzte und schloss den Internetbrowser. Die Bilder waren schon lange vollständig auf den Laptop heruntergeladen. Und so öffnete ich den Ordner und schaute die Bilder durch.

Ein schwerer Fehler.

Die Flasche Wein war irgendwie auf den Tisch gekommen. Und ich hatte sie schon halb geleert. Die ersten Bilder waren noch voller schöner Erinnerungen. Ich hatte auch einige Aufnahmen von Marion und Hannelore, die ich ihnen noch ausdrucken lassen wollte. Doch dann ging es los, mit den Aufnahmen von mir und Eddie. Und ich hatte Alkohol gebraucht. Der Qualm einer Zigarette flog durch das Fenster hinaus in die Nacht. Es war sehr spät geworden. Rusty hatte sich schon vor langer Zeit auf das Bett verkrochen. Ich nahm einen tiefen Zug.

Die Dritte heute Abend.

Und die ersten seit dem Klinikaufenthalt mit Rusty in Bordeaux. Ein Foto von mir und Eddie in der La Sagrada Familia starrte mir vom Monitor entgegen. Wir strahlten um die Wette in diesem besonderen Licht der Kirche. Die Bilder waren allesamt wahnsinnig schön geworden. Doch das hier war irgendwie besonders. Ich konnte nicht benennen warum.

Und so starrte ich darauf, während die Zeiger an der Uhr weiter und weiter tickten. Ich warf einen Blick auf mein Handy. Keine Nachrichten. Selbstredend nicht. Er schlief schon seit Stunden. Es war bereits weit nach zwei Uhr in der Früh. Leise zog ich mir die Schuhe an. Ich wollte, nein ich musste, hier raus. An die frische Luft. Doch das Gehör eines Hundes ist nun mal hochsensibel. Und so saß Rusty schon vor der Tür, bevor ich noch den zweiten Schuh angezogen hatte.

Leise schlichen wir durch das Treppenhaus. Als wäre es verboten. Ich kicherte. Vermutlich lauter. Der Alkohol halt.

Und dann waren wir draußen. Auf der Straße. Keine Menschenseele zu sehen. Und wir liefen. Liefen ewig weit durch die Straßen. Licht und Schatten wechselten sich ab. Während ich gedankenverloren, den Blick auf den Boden, unter den Straßenlaternen durch ging. Rusty begnügte sich damit, neben mir her zu trotten und die Spuren zu beschnüffeln, die andere am Tag hinterlassen hatten.

Ich ging, bis endlich die Tränen ihren Weg gefunden hatten und ich heulend auf den Stufen der Kirche im Dorf zusammensank. Wie konnte es nur so sehr schmerzen? Wie lange waren wir schon zusammen gewesen? Zwei Wochen. Ich hatte kein Zeitgefühl mehr. Laut schluchzte ich in ein Taschentuch hinein.

Rusty, der alte Charmeur, leckte mir die Wangen.

„Musst nicht weinen."

Schien er zu sagen.

„Ich bin doch hier."

Ich verbarg mein Gesicht in seinem Fell. Klammerte mich an ihn und gab mich dem Schmerz und der Wut hin. Im Mondschein. Auf den dunklen, kalten Treppenstufen der Kirche. Ungehört und ungesehen.

Am nächsten Morgen beschloss ich, dass es reichte.

Business as usual.

Zeit, die Dinge in Angriff zu nehmen. Ich wählte die Nummer des Pflegeheimes von Hannelore. Und nach einem kurzen Gespräch mit der Stationsschwester wurde ich zu ihr durchgestellt. Gemeinsam schmiedeten wir einen Plan. Wenn schon keine Stiftung ihnen unter die Arme griff und keine soziale Einrichtung, dann wollte ich es machen. Und so legten wir gemeinsam die Einzelheiten fest. Und als wir das Gespräch beendet hatten, rief ich nochmal im Pflegeheim an. Ich gab mich als die zweite Tochter von Hannelore aus und verlangte den Arzt. Ich wollte sicher sein, dass Hannelore dem Plan auch gewachsen war. Doch der beruhigte mich. Gab mir ein paar Anweisungen, die ich einzuhalten hatte, die aber kein Problem darstellten. Danach kündigte ich mich bei Marion für Freitagmittag zum Essen an. Ich wusste, dass ihr Mann und sie Freitagnachmittags frei hatten.

Danach startete ich wieder den Rechner und gab im Internetbrowser die Adresse einer Suchmaschine ein. Es dauerte keine Stunde und ich hatte alles organisiert, bezahlt und erledigt, was wir ausgeheckt hatten.

„So.", sagte ich zu Rusty, „Jetzt nur noch die Bilder."

Ich nahm einen Stick, auf dem ich die Bilder für Marion und Hannelore gespeichert hatte. Und verschwand mit Rusty aus der Wohnung.

Emsig beschäftigt zu sein, tat gut. Pläne zu haben. Dinge zu erledigen und zu organisieren. Ich hatte meine ToDo-Liste ergänzt und arbeitete die ersten Punkte ab. Ich besuchte noch eine Freundin und verquatschte mit ihr den Nachmittag. Druckte die Fotos in einem Supermarkt aus und hatte sogar bereits mit einem Immobilienmakler Kontakt aufgenommen wegen einer neuen Wohnung. Es war herrlich praktisch, im Wagen telefonieren zu können. Die langen Wege von A nach B waren ausgefüllt mit Gesprächen.

Am Abend fuhr ich zu meinen Eltern zum Abendessen. Sie bestaunten den neuen Wagen mit offenen Mündern und freuten sich für mich, dass ich mir endlich ein ,richtiges Auto' gegönnt hatte. Noch fühlte er sich eher an wie ein Leihwagen. Doch ich würde mich schon daran gewöhnen. Mein Vater hatte sogar einen Stellplatz für den Camper organisiert. Bei einem Bauern in der Scheune sollte er stehen, bis er wieder gebraucht würde.

„Dabei fällt mir ein.", setzte mein Vater gen Ende des Essens an, „Wir könnten uns den Wagen doch mal ausleihen, oder?"

„Klar. Was habt ihr vor?"

„Deine Mutter wollte immer schon mal nach Schweden." sagte er lächelnd.

„Klar. Kein Problem. Ich bring den Camper morgen. Ich habe mittags einen Termin bei der Bank. Dann kann ich den Schlüssel hierlassen und ihr könnt ihn nehmen, wann immer ihr wollt. Kannst Du mich dann nach Hause bringen nach der Bank, Papa?"

„Klar. Mach ich. Wann etwa?"

„Ich weiß nicht genau. Am Nachmittag. Ich rufe an."

Ich verabschiedete mich kurze Zeit später von meinen Eltern und wollte mich auf den Heimweg machen, als mir plötzlich wieder einfiel, dass ich mir diesen Karl Wester noch ansehen wollte. Und am nächsten Tag wollte mein neuer Rechtsanwalt schon auflaufen. Ich gab also die Adresse in Münster ein und fuhr Richtung Innenstadt.

Seine Wohnung war in einem Hochhaus, in einer sehr ungemütlichen Gegend von Münster. Ich war froh, dass Rusty bei mir war. Auch wenn ich zweifelte, dass er mir im Notfall zur Hilfe kommen würde. Ich klingelte tapfer. Eine quietschige Stimme meldete sich in der Gegensprechanlage.

„Ja?"

„Karl Wester?"

„Wer will das wissen?"

„Es geht um die Angelegenheit bei der Lottozentrale."

„Presse? Verschwinden Sie! Reicht es Euch Jungs noch nicht?"

Und ein Klacken verriet, dass das Gespräch wohl beendet war. Ich klingelte erneut.

„Was ist?", fragte es jetzt schroff aus der Gegensprechanlage.

„Herr Wester, ich würde gerne kurz mit Ihnen reden."

„Ich sage doch, kein Kommentar. Verpissen Sie sich."

„Hier ist Alexandra Hofmann.", sagte ich schnell, bevor er das Gespräch wieder beenden konnte.

Er schwieg. Das Gerät summte.

„Herr Wester. Sind Sie noch da?", fragte ich vorsichtig.

„Ja. Ich komme runter."

Und wieder ein Klacken. Das Gerät war stumm.

Ich wappnete mich vorsorglich. Ging meinen Fluchtplan durch, für den Fall der Fälle. Doch der Mann, der aus dem Treppenhaus trat, jagte mir keinen Schreck ein. Im Gegenteil. Ich hatte augenblicklich Mitleid. Ein Mann. Mitte 50 würde ich schätzen. Er ging leicht gekrümmt. Seine grauen Haare standen chaotisch vom Kopf ab.

„Hallo Herr Wester."

Ich reichte ihm die Hand. Blass blickten seinen leeren Augen mich an. Eine Alkoholfahne wehte mir entgegen, als er meinen Gruß erwiderte.

„Was machen Sie so spät an einem Ort wie diesem?"

Er spuckte auf den Boden.

„Sollten Sie nicht irgendwo auf einer Insel sein und Sonne tanken. Das Leben genießen?"

„Ich wollte Sie gerne kennenlernen."

„Warum?"

„Weil ich verstehen wollte, warum Sie das getan haben."

„Gar nichts habe ich getan.", brummte er, „Diese blöde Schrappnelle, die bei mir gewohnt hat."

„Wie bitte?"

„Ich hab bei der Poststelle gearbeitet. War `ne gute Stelle. Viele nette Kollegen. Und dann gab es diesen Scheißgewinn. Und den ganzen Tag ging es nur darum, wer das gewonnen hat. Und wann der Gewinner sich meldet und was alle mit dem Gewinn machen würden. Dann hatte ich ihren Brief in der Hand. Hab ihn persönlich zum Chef gebracht. Weil sie doch nix draufgeschrieben haben. Und der fand das total super. Hat mich noch gelobt und alles. Und abends komme ich nach Hause. Da wohnte die Erna noch bei mir. Und der hab ich das dann erzählt. Und dann wollte sie wissen, wo Sie herkommen. Und ich sag, ganz in der Nähe. Und sie sagt, das wäre doch witzig, wenn wir gewonnen hätten. Und ich hatte schon genug von dem ganzen Gerede und hab nur ‚ja ja' gesagt. Hab ich gar nicht aufgepasst. Und dann hat sie gefragt, woher ich denn wusste, dass Sie es sind."

Seine Augen scannten mich von oben nach unten.

„Und ich habe ihr gesagt, dass ich mir die Nummern ja gemerkt habe. Und sie wollte wissen, ob ich denn den Namen nicht gewusst habe, und da habe ich ihr gesagt, dass den Namen ja gar keiner gewusst hat. Und als dann am nächsten Tag die

Nachricht kam, dass Sie gefunden wurden. Da hat sie gesagt, sie wäre ja doch neugierig. Ob ich den Namen denn noch wissen würde. Und da habe ich ihr gesagt, dass ich den Namen noch sehr wohl weiß. Und ich habe ihn ihr gesagt. Ich war so dämlich. Und am nächsten Tag, als ich von der Arbeit nach Hause kam, war sie weg. Und alle ihre Sachen waren weg. Und nix. Kein Brief. Kein nix. Und ich habe mich schon gewundert. Bis am nächsten Tag überall Ihr Foto und Ihr Name aufgetaucht ist. Und die auf der Arbeit gesagt haben, dass irgendwer von uns den Namen gesagt hat. Da war mir alles klar."

„Haben Sie das Ihrem Chef erzählt?", fragte ich.

„Nein. Ich hab mich nicht getraut. Und die hätten das auch nicht rausgefunden, wenn Ihr Drecksanwalt nicht so gerissen gewesen wäre. Der kannte wohl einen von der Zeitung. Und die haben den Namen von Erna rausgegeben. Dann hat der auch noch Erna gefunden. Ist zu ihrem Ex zurück. Mit ʼner hübschen Stange Geld von der Zeitung. Mir doch egal. Aber diese Schlampe hat dann gesagt, dass sie den Namen von mir hat. Als hätte ich damit angegeben. Und Bumm. Job weg. Frau weg. Mir doch egal. Alles scheiße."

Er stierte auf den Boden.

„Ich hab den Job echt gern gemacht.", brummelte er. „Dieses verlogene Miststück. Es tut mir echt leid."

Er sah wieder hoch und mir in die Augen.

„Schon gut. Sie haben es nicht mit böser Absicht getan.", beruhigte ich ihn.

„Aber die werden mich verklagen. Sie doch auch, oder?"

„Nein. Sicher nicht. Ich kümmere mich darum. Haben Sie einen neuen Job?"

„Bei der Arbeitslage."

Er lachte hohl auf.

„Okay. Wir finden schon was. Erst mal sollten Sie das Trinken sein lassen, das hilft Ihnen in keiner Weise."

„Ist nur heute Abend.", sagte er matt, „Der Scheißbrief von dem Anwalt von meiner Firma ist heute gekommen. Ich habe gar kein Geld für einen Anwalt."

„Ich kümmere mich darum.", versprach ich, „Unter einer Bedingung."

„Und die wäre?"

„Sie lassen diese Erna nie wieder in ihr Haus."

Er lachte auf. Seine Augen blitzten.

„Na, das ist mal sicher. Was eine Schrappnelle."

„Ist gut. Hat mich gefreut, Herr Wester."

„Karl, bitte. Mich auch…"

„Alex."

„Alex. Ich würd Dich ja noch mit hoch bitten, aber meine Wohnung ist wirklich nicht für Damenbesuch eingerichtet heute."

„Schon gut. Ich melde mich wieder.", versprach ich, winkte zum Abschied und ging mit Rusty im Schlepptau zurück zum Wagen.

„Sie wollen was?"

Herr Langhaus musste fast vom Stuhl gefallen sein, als ich ihm am nächsten Morgen mein Anliegen vorlegte.

„Sie lassen die Klage gegen Ihren ehemaligen Mitarbeiter bitte fallen."

„Aber er hat Betriebsinterna verraten.", rechtfertigte er sich.

„Haben Sie mal mit ihm gesprochen?"

„Nun, nein, aber…"

„Sehen Sie. Ich aber. Er hat es zu Hause seiner Freundin gesagt. Teilen Sie nie Informationen, die Sie besser nicht teilen sollten mit Ihrer Frau?"

„Das tut doch hier gar nichts zur Sache."

„Sie lassen die Klage bitte fallen. Ich verstehe, dass Sie nicht bereit sind, ihn wieder einzustellen. Aber nach all den Scherereien, die Sie mit mir hatten, ist das mein letzter Wunsch an Sie. Dann würde ich auch sämtliche bereits aufgelaufenen Rechnungen für den Anwalt übernehmen."

„Ja. Gut. Wenn Sie meinen, Frau Hofmann."

„Ja. Das meine ich, Herr Langhaus. Vielen Dank für Ihre Unterstützung."

Ich beendete das Gespräch. Genau passend. Denn in der Sekunde klingelte es an der Tür. Herr Schmitz war also pünktlich. Ich öffnete ihm die Tür.

Er war gute zwanzig Jahre älter als ich. Aber er war mir sofort sympathisch. Er hatte ein ruhiges Wesen. Und war sehr fröhlich. Wir hatten uns einander vorgestellt und saßen nun bei einer Tasse Kaffee am Esstisch. Ich brachte ihn auf den neuesten Stand in Sachen ‚Karl Wester'.

„Ja, Frau Erna Kroppke hatten wir bereits ausfindig gemacht. Ich war es, der mit ihr gesprochen und den Namen Wester an die Lottogesellschaft weitergegeben hat."

„Können wir sie verklagen?"

„Frau Kroppke? Selbstverständlich. Wir könnten vor Gericht Aussagen der Zeitungen erzwingen und sie dann verklagen. Aber ich sehe da wenig Aussicht auf Erfolg. Zudem würden Sie wieder vor die Presse gezehrt werden. Ich nehme nicht an, dass Frau Kroppke ihre Lektion gelernt hat. Und das Geld, das sie für die Herausgabe ihres Namens erhalten hat, ist schon so gut wie aufgebraucht."

„Woher wissen Sie das?", fragte ich erstaunt.

„Ich habe so meine Quellen.", ließ mich Herr Schmitz lächelnd wissen.

„Dann machen wir also an die Sache schon mal einen Haken."

„Gut. Kommen wir zu den anderen Dingen."

„Was haben Sie noch auf dem Plan stehen?", fragte ich.

„Nun zunächst mal, haben Sie noch eine Kreditkarte und ein Mobiltelefon, welches auf unsere Kanzlei eingeschrieben ist."

Ich überreichte ihm die Kreditkarte.

„Wäre es möglich, das Handy auf meinen Namen umzumelden?"

„Selbstverständlich. Sehen Sie es als erledigt an."

„Und können Sie die Rechnung für die letzten Wochen zusammenstellen?"

„Schon geschehen."

Er überreichte mir einen Briefumschlag. Zögerlich nahm ich das Blatt daraus und las nur die Gesamtsumme. Leise pfiff ich durch die Zähne.

„Alles in Ordnung?"

„Ja, klar. Ich bin nur nicht an diese Summen gewöhnt."

Aber selbstverständlich war es kein Problem angesichts meines Kontostandes.

„Ich werde Ihnen das Geld später überweisen."

„Lassen Sie sich Zeit. Kein Grund zur Eile.", versicherte er.

„Nun, da wir die Vergangenheit geregelt haben, lassen Sie uns über die Zukunft sprechen."

Und er gab mir einige Tipps und Tricks mit auf den Weg. Bat darum, dass ich ihn bei allen wichtigen Entscheidungen einen Blick auf die Verträge werfen lassen würde und verabschiedete sich schließlich freundlich.

„Sollte irgendwas sein, zögern Sie nicht, mich anzurufen. Es gibt keine unwichtigen Fragen. Alles kann am Ende wichtig sein und viel Geld kosten."

Er zwinkerte mir freundlich zu.

„Vielen Dank, Herr Schmitz."

Er neigte den Kopf wie zu einer Verbeugung

„Frau Hofmann."

Und ging zum Treppenhaus. Ich schloss hinter ihm die Tür. So einfach war Eddie durch einen anderen ersetzt worden.

Später bei der Bank gingen meine Beraterin und ich den aktuellen Kontostand durch. Ich ließ sie die Überweisung an die Kanzlei machen. Und wir besprachen einige verschiedene Möglichkeiten für Investitionen.

„Start Ups finde ich interessant.", sagte ich, nachdem sie mir einige verschiedenen Dinge vorgestellt hatte.

„Das habe ich mir schon gedacht.", grinste Sarah mich an.

„Aber ich will genau wissen, was ich da unterstütze. Geht das?"

„Klar. Möchtest Du, dass wir dafür ein Budget freischalten? Dann könnte ich Dir die Start Ups, die in die Wahl kommen, zusammenstellen."

„Ja. Das klingt gut."

Und übersichtlich. Ich würde genau im Auge behalten, was mein Geld macht.

„Und ich würde empfehlen, in Immobilien und Aktien zu investieren.", sagte sie.

Sie zeigte mir einige Tabellen und Aufstellungen. Ich nahm ein riesiges Paket an Informationen mit und wir vereinbarten einen weiteren Termin drei Wochen später. Ich versprach, mich einzulesen (ein Wort das ich sonst eher von Johannes hörte) und sie versprach mir, bereits beim nächsten Termin die ersten Start Ups vorzustellen.

Nachdem mein Vater und ich den Camper sicher bei dem Bauern untergestellt und er mich wieder nach Hause gebracht hatte, fiel ich müde ins Bett. Langer Tag. War ich gar nicht mehr gewohnt. Mein Kopf schwirrte vor Zahlen und Fakten. Ich musste ihn erst mal wieder frei kriegen.

„Komm, Rusty."

Mühsam kletterte ich wieder aus dem Bett.

„Wir gehen schwimmen."

Und so fuhren wir zu einem der Baggerseen in der Umgebung. Der See war an diesem Wochentag wenig besucht. Rusty und ich suchten uns eine ruhige Ecke und ich legte mich auf eine Decke in die Nachmittagssonne, nachdem wir ausgiebig im Wasser gespielt und uns abgekühlt hatten. Rusty legte sich neben mich, sehr darauf bedacht, immer ein Stück weit Körperkontakt zu haben. Vermutlich, damit ich ja nicht auf die Idee kam, ohne ihn abzuhauen. Ich ließ den Blick über die anderen Badegäste schweifen. Emsig waren sie dabei, die letzten Sonnenstrahlen des Tages ausgiebig zu nutzen.

16. KAPITEL

Am nächsten Tag gab es früh am Morgen den Weckappell, den ich im Handy eingestellt hatte. Begleitet wurde er von einem jaulenden Gähnen von Rusty, der sich zu meinen Füßen auf der Bettdecke eingekuschelt hatte. Ich streckte mich und setzte mich auf. Rusty wedelte lustlos mit dem Schwanz und sah mich mit großen Augen an. Er war zu müde, den Kopf hoch zu heben. Offenbar. Ich musste lachen.

„Paar Minuten hast Du noch, ich spring schnell unter die Dusche."

Die Wohnung hatte sich verändert. Es war deutlich zu sehen, dass hier nun auch ein Hund wohnte. Wir hatten am gestrigen Abend noch schnell den Tierladen im Nachbarort geplündert. Und neben Futtersäcken, die auf Grund eines fehlenden anderweitigen Lagerplatzes in der Küche standen, lagen überall verteilt Spielsachen, Knochen, Bälle und Seile herum. Rusty hatte sich alle Mühe gegeben, die Sachen in der Wohnung zu verteilen.

„Ja.", seufzte ich leise, als ich über das Chaos blickte, „Wir brauchen definitiv was Größeres."

Nach einer erfrischenden Dusche, ging ich mit Rusty, der immer noch nicht davon überzeugt war, dass es Zeit war, den Tag zu beginnen, eine große Hunderunde. Er würde heute viel Geduld haben müssen. Also ließ ich mir viel Zeit. Wir hatten bereits einen Teil der Hunde aus der Nachbarschaft kennengelernt. Mit manchen wollte er spielen, manche mochte er nicht. Doch man kam mit einem Hund irre schnell in ein Gespräch mit fremden Leuten. Und Rusty benahm sich vorbildlich. Selbst, wenn ihm der Hund, dem wir begegneten, nicht so zusagte.

Bereits am ersten Tag hatte er sich jedoch unsterblich in eine Dalmatinerhündin verliebt. Tarja. Sie gehörte einer Ärztin, die ein paar Häuser weiter wohnte. Ich hatte sie nie vorher gesehen oder wahrgenommen. Jetzt trafen wir uns fast täglich. Und wir quatschten eine Weile, während die Hunde auf einem Acker miteinander spielten.

Später machten wir uns dann auf den Weg nach Dortmund. Auf dem Weg zum Pflegeheim fuhr ich erst zu einem Reisebüro im Ort und holte dort einen Umschlag ab. Dann sammelte ich Hannelore ein. Vorsichtig bugsierten wir sie und ihr Sauerstoffgerät auf den Beifahrersitz. Was aber mit dem neuen großen Wagen absolut kein Problem war.

„Du weißt, du musst es ruhig angehen lassen.", sagte ich ihr streng.

„Ja, ja. Nun mach schon."

Ungeduldig rutschte sie im Sitz hin und her.

„Ich bin so aufgeregt."

Sie strahlte.

„Aber, wenn es nicht mehr geht, oder du eine Pause brauchst…"

„… dann meldet sich die alte Dame schon. Nun los."

Und wir fuhren zur Adresse von Marion. Wir waren eine halbe Stunde zu früh. Aber wir verkürzten die Wartezeit mit quatschen und lachen. Hannelore begutachtete die Fotos, die ich mitgebracht hatte.

„Das hier…", sie zeigte mir die Aufnahme von sich auf dem Schiff, in der Rusty seinen Kopf auf ihrem Schoß liegen hatte. „… gefällt mir besonders."

Ihre Augen strahlten beinahe so wie auf dem Foto.

„Mir auch.", sagte ich verschwörerisch.

Und als Marion vorfuhr und ihr Mann ihr kurz danach folgte, stiegen wir aus. Hannelore stützte sich auf mich, ich nahm ihr Sauerstoffgerät und stellte es neben sie auf die Straße.

„Was macht Ihr denn hier?", fragte Marion verblüfft. Sie nahm die alte Dame zur Begrüßung in den Arm.

„Wir haben eine Überraschung für Dich ausgeheckt.", schmunzelte diese.

„Was für eine Überraschung?"

„Du wirst schon sehen."

Und als hätten sie nur auf das Stichwort gewartet, kam ein weißer Lieferwagen um die Ecke gebogen. Marions Mann kam auf uns zu.

„Hannelore? Geht es Dir gut?"

„Mir ging es noch nie besser."

Der Lieferwagen hielt unmittelbar hinter meinem Wagen.

„Was geht hier vor?", fragte Marion vollkommen überrumpelt.

Die Seitentür des Lieferwagens öffnete sich und es stiegen drei Damen aus.

„Darf ich vorstellen?", schaltete ich mich ein, „Das sind die netten Mitarbeiterinnen von der ‚Sauber und Rein GmbH'. Sie bräuchten kurz Deinen Schlüssel."

Die älteste der Damen kam auf mich zu.

„Frau Hofmann?"

„Ja. Schön, dass Sie da sind."

„Verzeihen Sie, dass wir gleich mit mehreren da sind. Ab nächster Woche dann nur mit einer Kraft. Sie sagten jedoch, dass Sie heute nicht so viel Zeit haben."

„Das ist super. Marion?"

Ich sah sie herausfordernd an und streckte ihr meine Hand entgegen.

„Was geht hier …", sie sah mich mit einem großen Fragezeichen in den Augen an, gab dann aber auf. Zückte den Wohnungsschlüssel und die drei Damen machten sich an die Arbeit. Fragend sah sie mich an.

„Du hast gesagt, dass Du das alles nicht mehr schaffst, also haben wir…", ich hakte mich bei Hannelore unter, „… eine Reinigungsfirma beauftragt, die Dir das Putzen und Wäschewaschen abnehmen."

„Aber, das können wir uns gar nicht leisten."

„Na, dann ist es doch gut, dass sie bereits für ein Jahr bezahlt worden sind, oder?", strahlte ich sie an.

Marion verschlug es die Sprache. In diesem Moment kam ein roter Neuwagen hupend um die Straßenecke gebogen. Er parkte direkt hinter der Auffahrt. Und ein Verkäufer stieg aus, mit einem Blumenstrauß in der Hand.

„Guten Tag, die Damen, der Herr."

Er reichte uns nach und nach die Hand.

„Wem darf ich denn jetzt zu dem Neuwagen gratulieren?"

Hannelore zeigte auf Marion. Die sich Halt suchend bei ihrem Mann eingehakt hatte.

„Ah. Frau Stockmeyer?"

Nicht in der Lage auch nur einen Ton rauszubringen, nickte sie nur. Die Tränen liefen ihr über die Wangen.

„Oh. Nicht weinen. Darf ich Ihnen kurz Ihr neues Auto zeigen?"

Und er nahm sie bei der Hand und zog sie sanft zum Wagen. Er erklärte ihr alle Einzelheiten zum Wagen. Öffnete alle Türen des Kombis und schob Marion sanft auf den Fahrersitz, um ihr auch kurz das Interieur zu zeigen.

„Wann um Himmels willen, habt ihr das alles organisiert?", fragte Marions Mann uns, ebenfalls den Tränen nahe.

„Gestern.", sagte Hannelore knapp.

„Ich…"

Er ging auf mich zu und nahm mich in den Arm. Drückte mich ganz fest. Dann ließ er los und drückte auch Hannelore. Um einiges vorsichtiger als mich.

„Wir können das doch gar nicht annehmen."

„Irrtum, mein Lieber.", sagte Hannelore strahlend, „Es ist schon geschehen. Zu spät, was rückgängig zu machen."

Nachdem sich der Autoverkäufer winkend mit dem alten Wagen von Marion auf den Weg gemacht hatte, gingen wir in den Garten und setzten uns auf die Gartenstühle. Marion verschwand kurz im Haus, um zu sehen, was da vor sich geht. Kam jedoch schon nach wenigen Minuten zurück.

„Die haben mich einfach rausgeschmissen. Aus meinem eigenen Haus."

Sie strahlte von Kopf bis Fuß. Eine innere Ruhe, die ich bei ihr noch nie gesehen hatte, hatte sich in ihre Augen gelegt.

„Was machen wir denn jetzt?"

„Setz Dich.", sagte ich zu ihr.

Und schon kamen ihre zwei Jungs um die Ecke gestürmt mit Schulranzen auf dem Rücken. Wild durcheinander, versuchten Sie gleichzeitig zu sagen: „Mama."

„Hast Du gesehen?"

„Da steht ein neues Auto vor der Tür."

„Und da sind Leute im Haus."

„Die putzen und räumen auf."

„Und…"

„RUSTY!!!"

Letzteres schrien sie beide aus einem Munde. Schwupp. Waren die Ranzen auf den Boden geworfen und die Jungs balgten mit Rusty durch den Garten. Wir lachten alle.

Es dauerte weniger als eine Stunde und die Damen der Reinigungsfirma waren fertig. Sie sprachen mit Marion noch eine Uhrzeit ab, in der sie in Zukunft einmal in der Woche kommen würden und verabschiedeten sich dann. Marion war überglücklich über die abgenommene Arbeit und machte sich sogleich entspannt daran, die Küche wieder ‚einzuweihen', wie sie es nannte und uns ein Mittagessen zu zaubern. Günter, Marions Mann, trug Hannelore die paar Stufen ins Haus, während ich die Sauerstoffflasche hinter ihnen hineintrug. Als das Essen auf dem Tisch stand, rief Marion die Jungs hinein und wir aßen gemeinsam im Esszimmer.

Lachen erklang am Tisch. Und Plaudereien. Die entspannte Stimmung schwirrte um uns herum und war kein Vergleich zu der angespannten Diskussion vor ein paar Tagen. Die Jungs wollten alles über den neuen Wagen wissen und Marion versprach, dass sie nach dem Essen und den Hausaufgaben eine Probefahrt machen würden.

Als die Teller geleert und die Mägen voll waren, schob ich den Umschlag vom Reisebüro unauffällig unter dem Tisch zu Hannelore und zwinkerte ihr zu.

„So. Ihr Lieben.", galant schob sie den Stuhl unter sich nach hinten und stand auf.

„Wie Ihr alle wisst, ist meine Zeit auf Erden begrenzt."

Marion wollte etwas sagen, doch mit einer Handbewegung brachte sie Hannelore zum Schweigen.

„Und obwohl mein Körper langsam aber sicher den Kampf ums Leben aufgeben will, hat meine über alles geliebte Tochter viel riskiert und aufgegeben, um mir einen letzten Wunsch zu erfüllen."

Sanft strich sie ihrer Tochter über die Wange.

„Und wir hatten sehr viel Glück. Weil wir auf eine gute Fee trafen, die es am Ende überhaupt erst möglich gemacht hat."

Die Röte schoss mir in die Wangen.

‚So war das nicht ausgemacht, alte Dame.' dachte ich tadelnd.

„Und...", setzte Hannelore fort, „... manchmal werden Wunder eben doch wahr. Und so gibt es für diese gute Tat meiner Tochter eine Belohnung. Aber sie war nicht die Einzige, die zurückstecken musste für meinen Wunsch."

Und sie sah Günter und die Jungs an.

„Auch Ihr seid deswegen dieses Jahr zu kurz gekommen. Und so...", sie zog den Umschlag unter dem Tisch hervor, „... ist hier noch ein kleines Präsent für die ganze Familie."

Sie überreichte den Umschlag feierlich an Günter. Der ihn sogleich öffnete, während er mühsam versuchte, die Jungs davon abzuhalten in den Umschlag hineinzukriechen.

„Was ist es? Was ist es?", fragten sie im Chor.

Günter zog mehrere Karten, einen Parkplan und Reservierungsbestätigungen heraus, die er kurz studierte.

„Ich glaube, wir fahren in den Herbstferien für ein paar Tage ins Disneyland.", sagte er baff.

Und die Jungs jubelten und applaudierten lautstark, sodass erstmal kein Gespräch mehr möglich war.

„Das ist viel zu viel.", stöhnte Marion, als die Jungs mit ihrem Vater die erste Spritztour mit dem neuen Wagen machten und Hannelore sich im Wohnzimmer auf einen Sessel zurückgezogen hatte. Wir räumten gemeinsam die Küche auf.

„Nein. Ist es nicht.", sagte ich bestimmt, als ich den großen Topf von Hand abtrocknete.

„Du hast es verdient. Ihr habt es verdient."

„Aber das muss doch alles viel gekostet haben."

„Mach Dir darüber keine Gedanken."

„Ich will nicht, dass Mama ihr letztes Erspartes für uns ausgibt."

„Hat sie nicht."

Ich atmete tief ein.

Eigentlich schaute man ja einem geschenkten Gaul nicht ins Maul, aber ich verstand ihre Sorge und so sagte ich: „Ich habe im Lotto gewonnen. Deswegen war ich überhaupt erst in Tarifa."

„Was?"

„Sie hatten es überall in den Nachrichten gebracht. Und ich musste weg."

„DU bist die Lotto-Millionärin?"

Ich nickte.

„Und ich habe keine Ahnung, was ich mit dem Geld anfangen soll. Und das hier war ein guter Anfang, finde ich."

„Aber, das können wir nicht annehmen."

„Nun, wie Deine Mutter schon zu Deinem Mann gesagt hat, es ist schon passiert, kann nicht rückgängig gemacht werden." grinste ich sie an.

„Du bist verrückt."

Sie schüttelte den Kopf.

Ich entgegnete: „Nein. Du bist verrückt. Du bist mit einer alten Rostlaube über tausend Kilometer gefahren, um Deiner Mutter ihren Wunsch zu erfüllen. Entgegen aller Vernunft und den Ratschlägen der Ärzte. Und entgegen dem, was Dir eigentlich möglich war. Du arbeitest hart, und ihr müsst jeden Cent umdrehen, damit die Pflege Deiner Mutter bezahlt werden kann. Ich finde das so großartig und bewundere Dich dafür. Und wenn ich die Mittel habe, um Dir dafür etwas zurückzugeben. Warum sollte ich es nicht tun? Du bist ein wundervoller Mensch. Und ich fühle mich geehrt, dass ich es sein durfte, Dich dafür zu entlohnen. Und es ist eigentlich nicht genug."

Ihre Tränen trieben auch mir die Tränen in die Augen. Aber dieses Mal waren sie sehr willkommen. Und wir nahmen uns in den Arm.

„Danke.", flüsterte Marion heiser, „Danke für Alles."

„Danke, dass Du es mir so einfach gemacht hast, etwas Richtiges zu tun."

Später, nachdem ich Hannelore wieder in das Pflegeheim gebracht hatte, und ich auf dem Heimweg war, genoss ich dieses gute Gefühl, etwas richtig gemacht zu haben. Das Strahlen der Gesichter vor Augen.

Es gibt Dinge im Leben, die fühlen sich absolut richtig an. Ohne Zweifel. Ohne Fragen. Und das hier war genauso ein Augenblick. Leise summte ich die Melodie im Radio mit.

Das restliche Wochenende begingen Rusty und ich kuschelnd und schlafend. Wolkenverhangen und Regen über Regen ließ uns nur für unsere Hunderunden einen Fuß vor die Tür setzen. Ansonsten gammelten wir auf der Couch und sahen uns Filme an. Auch Rusty war für nix zu begeistern. Von seinen wilden fünf Minuten abgesehen, in denen er die Wohnung mehr und mehr ins Chaos stürzte.

Als am Montagmorgen der Wecker bereits um fünf Uhr ging, brummte Rusty nur und wollte sich nicht motivieren lassen, aufzustehen. Doch es nutzte nix. Wir mussten zur Arbeit und Rusty würde seine morgendliche Runde brauchen. Im Nieselregen joggte ich mit einem mürrischen Rusty in der Morgendämmerung. Langsam aber sicher kündigte sich der Sommer an. Obwohl die Temperaturen auch in den Frühlingsmonaten bereits sommerlich gewesen waren.

Ich fand eine Route, die genau eine halbe Stunde dauerte und uns durch die Siedlung, auf einem Feldweg entlang und sogar durch einen Waldstück führte. Es war herrlich, am frühen Morgen die saubere Luft einzuatmen. Doch meine Kondition musste sicher noch aufgebaut werden.

Ich war vom Regen total durchnässt und vom Sport verschwitzt, als wir wieder in der Wohnung ankamen, und nachdem ich Rusty trocken gerubbelt und ihm Frühstück gegeben hatte, musste ich mich sputen und mich fertig machen, um pünktlich zur Arbeit zu kommen.

Doch meine Eile war, wie immer, übertrieben gewesen. Um viertel nach sieben fuhr ich auf den Parkplatz. Und war mal wieder die Erste. Büro aufschließen, Kaffeemaschine anstellen, Lichter und Computer einschalten und zwei Tassen Kaffee holen. Wie immer. Viel zu schnell war ich wieder in meiner üblichen Routine. Jeder Handgriff Routine.

Rusty bekam ein Hundekissen unter meinem Schreibtisch, auf dem er sich sogleich brummelnd niederließ und einschlief.

Johannes kam kurze Zeit später ins Büro und begrüßte mich freudestrahlend. Er nahm mich sogar zur Begrüßung kurz in den Arm.

„Hallo, Alex. Es ist so schön, dass Du wieder da bist. Komm mal erst wieder an. Ich schätze, Dein Postfach wird explodieren. Gegen neun sollten wir uns kurz zusammensetzen. Gegen elf bin ich außer Haus. Dann hast Du den Rest des Tages, um wieder ‚auf Stand zu kommen'."

Er zwinkerte.

„Willkommen zurück."

„Danke, Chef.", sagte ich lächelnd.

Und ich machte mich daran, die hunderte ungelesener Mails abzuarbeiten, die in meinem Posteingang auf mich warteten.

Und als wäre nie etwas anderes gewesen, stellte sich alsbald die Routine ein. Aufstehen. Joggen. Arbeiten gehen. Mittags eine Runde mit Rusty gehen. Arbeiten. Und abends wieder Rusty-Zeit.

Die Arbeiten wurden binnen Stunden wieder zu leichten Handübungen, die ich nacheinander abarbeitete. Abends studierte ich die Unterlagen von der Bank. Doch alle Zahlen und Statistiken waren böhmische Dörfer für mich. Und ich konnte nicht wirklich einen klaren Weg finden, den ich einschlagen wollte. Bisher waren die einzigen Zeugen davon, dass sich was geändert hatte, Rusty, der neue Wagen, die langsam verblassende braune Haarfarbe und die Bräune auf meinem Körper. Alles andere war irgendwie unverändert.

Und ich konnte nicht sagen, dass mich das freute oder beruhigte.

Im Gegenteil.

Mit jedem Tag hatte ich mehr und mehr das Gefühl von Enge in mir. Von Grau, statt Farbe. Ein Gefühl davon, dass da draußen mehr auf mich wartete. Was sich mit jedem Tag mehr aufbaute und Freiheit verlangte. Doch wohin? Was genau wollte ich eigentlich?

Auch die Wohnungssuche gestaltete sich schwierig. An allen Wohnungen, die der Makler mir zeigte, hatte ich binnen Sekunden etwas anderes auszusetzen. Garten zu klein. Garten zu groß. Wohnung zu klein. Schlecht geschnitten. Ich war einfach mit der Gesamtsituation unzufrieden.

Doch ich stürzte mich in die Arbeit und vergaß dabei wenigstens für ein paar Stunden, dass doch irgendwo genau das Richtige auf mich warten musste. Und wieder aufstehen. Joggen. Arbeiten gehen…

Nach einer Woche war ich innerlich so unruhig, dass ich nachts nur schwer in den Schlaf fand. Ich dachte immer noch an Eddie. Und daran, was er gesagt hatte. Und was Mark gesagt hatte. Gepaart mit dieser inneren Unruhe. Dem Gefühl von Aufbruch, ohne zu wissen, warum. Es machte mich wahnsinnig.

Irgendwann hatte ich dann genug. Nachts um eins setzte ich mich an meinen Laptop. Wenn ich sowieso nicht schlafen konnte, wollte ich wenigstens selbst mal nach einer Wohnung sehen. Also öffnete ich eine Immobilienseite und gab die groben Eckdaten ein, die ich mir vorgestellt hatte. Doch noch bevor ich die Suche bestätigen konnte, fiel mir eine Anzeige ins Auge. Die Bilder der Anlage zogen mich magisch an und ich öffnete die Anzeige.

Mit wenigen Klicks hatte ich mir einen Überblick verschafft. Und noch bevor ich groß nachdenken konnte, tippte ich eilig eine Mail an den Makler, mit der Bitte mich zurückzurufen.

Er tat es am nächsten Morgen im Büro und wir vereinbarten einen Termin für die Mittagszeit. Also ging ich zu Johannes.

„Du, ich habe vielleicht eine Wohnung gefunden. Ich werde mich heute Mittag mit dem Makler treffen. Ist es okay, wenn ich länger Mittag mache?"

Er sah von seinem Laptop auf und mir kurz in die Augen, bevor er sich wieder seiner Arbeit widmete.

„Klar. Kein Problem."

Ich drehte mich um und war schon wieder auf den Weg in mein Büro, als er hinzufügte: „Du weißt, du arbeitest in einem Bauunternehmen. Schon mal überlegt Dir einfach ein Haus bauen zu lassen?"

„Wir bauen keine Einfamilienhäuser.", entgegnete ich ihm

„Schon. Aber es gibt ja auch noch andere Büros. Warum gehst Du nicht mal zu einem Architekten und lässt Dir ein Angebot machen?"

„Das werde ich vielleicht.", versprach ich, „Ich will mir nur heute erst noch das Objekt ansehen. Ich habe ein gutes Gefühl."

„Ich drücke Dir die Daumen. Sag Bescheid, wenn ich Dir helfen kann."

„Klar. Mache ich."

Damit verschwand ich aus seinem Büro.

Schon bei der Auffahrt war mir klar, dass ich soeben nach Hause gekommen war. Große Eichenbäume säumten die Auffahrt. Links dahinter begann der Wald. Rechts war ein Feld.

Das Eingangstor hatte dringend eine Renovierung nötig. Eine alte verwitterte und moosverhangene Backsteinmauer, die in zwei großen Säulen endete. Dazwischen war wohl mal ein schmiedeeisernes Tor. Doch auch das hatte sich die Zeit genommen. Nur noch Reste ließen erahnen, wie das gute Stück in seiner Prachtzeit ausgesehen haben musste. Auf den Säulen prangten zwei kleine Löwen, die zwar leicht verfärbt, aber ansonsten unbeschadet den Witterungen getrotzt hatten. Hinter dem Tor ging noch ein Stück der Weg weiter. Dann fuhr ich mit dem Wagen auf einen großen runden Platz aus Kopfsteinpflaster. In der Mitte stand eine große alte Eiche. Ihr Blätterdach überragte fast den gesamten kreisrunden Platz. Und ihre Wurzeln hatten Teile des Pflasters angehoben.

Auf der linken Seite ragte das alte Bauernhaus in die Höhe, in das ich mich schon auf den Fotos verliebt hatte. Ein rustikaler alter Bauernhof. Typisch Münsterländer Stil. Fachwerkhaus. Mehrere Scheunen lagen auf dem Gelände. Ich parkte den Wagen. Innerlich machte ich bereits eine Liste mit Arbeiten, die wohl noch erledigt werden müssten. Als ich ausstieg war nichts zu hören, außer dem Gezwitscher der Vögel in den umliegenden Wäldern. Ich drehte mich auf dem Hof, um ihn in Augenschein zu nehmen. Alle Gebäude hatten bereits bessere Zeiten gesehen. Das Dach des Bauernhauses musste dringend renoviert werden. Auch waren die Fenster dunkel von Dreck und Spinnweben oder kaputt. Das Holz der Fensterrahmen war bereits verwittert. Hier hatte schon lange niemand mehr gewohnt.

Doch irgendetwas an diesem Hof sagte mir, dass ich richtig war. Es fühlte sich vom ersten Augenblick an wie ‚zu Hause'. Dieser Ort strahlte so viel Ruhe aus. Ich grinste von einem Ohr zum anderen.

Ich hatte etwas gefunden.

Etwas, das richtig war.

Ich wusste es.

Und dieses Gefühlt würde mich nie mehr verlassen, wann immer ich die Auffahrt hinauffuhr begrüßte es mich schon von weitem.

Ohne Umschweife entstanden in meinem Kopf Pläne und Zeichnungen von dem Umbau. Ich linste durch die Fenster und sah mich um. Betrachtete die Scheunen und Stallanlagen von außen und wo ich konnte, sah ich hinein.

Hier, in diesem Augenblick und an diesem Ort, wusste ich ganz genau, was ich mit meinem Geld machen wollte. Und wie ich es anlegen würde. Genau in diesem Moment war mir meine Zukunft kristallklar.

Und da mein Kopf zu explodieren drohte, holte ich einen Zettel und einen Stift aus dem Wagen. Und auf einem Schmierzettel entstand der erste ziemlich grobe Entwurf.

Der Makler kam auf den Hof gefahren und stieg aus.

„Hallo. Frau Hofmann? Ich hoffe, Sie haben Gummistiefel mitgebracht."

„Nicht notwendig."

„Ich fürchte doch. Warten Sie, ich habe noch welche im Wagen."

Und so zogen wir los. Ich in zu großen gelben Gummistiefeln. Meinen Notizzettel in der Hand. Er mit einer Kladde voller Informationsunterlagen. Wir begannen im Innern des alten Bauernhauses. Viele Dinge waren noch Original. Wie ein alter Kachelofen in der Eingangshalle. Bücherregale. Treppengeländer aus Holz mit wundervollen Schnitzereien. Alte, mit blauem

Muster verzierte Fliesen an Wänden und Böden, die mich sofort an Lissabon erinnerten. Verblichen. Und doch wunderschön.

„Hier müsste schon noch einiges gemacht werden.", sagte der Makler unsicher, „Aber Baugenehmigungen sollten kein Problem sein. Sofern Sie einige Teile des Hauses erhalten. Sie wissen schon, wegen der Gebäudedenkmalschutzregelungen."

„Kein Problem.", sagte ich, „Wollen wir weitergehen?"

„Gern."

Er zeigte mir das Erdgeschoss, das erste Geschoss und es gab sogar ein zweites Obergeschoss. Eher ein Dachboden. Sehr eingeschränkt durch die Dachschrägen. Wir konnten jedoch nicht raufgehen, da das Dach undicht war und einige Stellen zu viel Feuchtigkeit aufgesogen hatten.

Dann gingen wir die restliche Hoffläche ab. Er erzählte mir, dass außer dem Bauernhaus ein zweites kleineres Wohnhaus zum Hof gehörte, sowie zwei größere Stallungen und ein kleinerer Stall auf einer nahe gelegenen Wiese. Einige Hektar Land und Weidefläche, von dem ein großer Teil allerdings verpachtet war an umliegende Bauern.

„Haben Sie Pläne von den Gebäuden und der Anlage?", fragte ich.

„Ja. Nicht jetzt bei mir. Aber wir können Sie Ihnen selbstverständlich zur Verfügung stellen."

„Das wäre großartig. Könnten Sie sie mir zumailen?"

Er nickte.

Als wir wieder zu den Autos gingen, fragte er vorsichtig. „Sie sind also interessiert."

„Oh ja. Sehr sogar. Allerdings müsste ich einige Dinge noch mit einem Architekten abstimmen. Ich würde hier gerne einiges verändern, erneuern und umbauen. Wenn das möglich sein wird, würde ich gerne ein Angebot abgeben."

Er strahlte. Kein Wunder. Er hatte vermutlich Schwierigkeiten, dieses Grundstück und die Gebäude in diesem Zustand verkaufen zu können, bei dem Preis den er im Internet angegeben hatte.

„Wann darf ich mit Ihrer Entscheidung rechnen?"

„Wenn Sie mir heute noch die Pläne zur Verfügung stellen, wird es sicher schnell gehen. Ich habe da noch einige Dinge zu klären, auf die ich zeitlich keinen Einfluss habe. Wie zum Beispiel die Zuarbeit des Architekten."

Ich hörte mich selbst reden. Und war verblüfft über den geschäftsmäßigen Ton, den ich automatisch angeschlagen hatte.

„Selbstverständlich. Ich werde meine Assistentin sofort bitten, Ihnen die entsprechenden Unterlagen zur Verfügung zu stellen."

„Schön. Dann würde ich sagen, wir hören voneinander."

Und ich reichte ihm die Hand.

„Darf ich fragen, was genau Sie mit dem Grundstück vorhaben?", fragte er.

„Ich will es wieder zum Leben erwecken.", strahlte ich.

Vor meinem inneren Auge konnte ich es schon genau sehen.

Der Kurier brachte gegen drei Uhr ein Päckchen mit den Unterlagen des Anwesens. Die Pläne waren zudem bereits per Mail eingegangen. Es brauchte noch mal zwei Stunden, bevor ich mich traute, den ersten Menschen in meine Pläne einzuweihen. Als die meisten Kollegen schon in den Feierabend gegangen waren, klopfte ich zaghaft an Johannes Tür.

„Ja?"

Er sah auf.

„Ach, Alex. Ich habe ganz vergessen zu fragen. Wie war der Termin heute Nachmittag?"

„Sehr gut."

Ich trat ein.

„Hast Du deswegen ein paar Minuten für mich?"

„Sicher. Für Dich immer."

Ich setzte mich an seinen Besprechungstisch und öffnete das Paket. Breitete Fotos, Zeichnungen und Statiken auf dem Tisch aus. Neugierig stand er auf und stellte sich neben mich. Ein leiser Pfiff glitt über seine Lippen.

„Was ist das denn?"

„Das ist mein neues Zuhause.", sagte ich stolz.

„Ist es nicht ein bisschen viel Wohnraum für Dich und Rusty."

Ein leises Lachen flog über meine Lippen.

„Ja. Ist es wohl. Aber ich habe mehr vor damit."

Und er setzte sich neben mich, während ich ihm anhand der Zeichnungen und meinen groben Kritzeleien erläuterte, was ich vorhatte.

Eine halbe Stunde später lehnte er sich in seinem Stuhl zurück und verschränkte die Hände hinter seinem Kopf.

„Hmm."

„Was denkst Du?"

„Ich denke, wir brauchen dafür einen richtig guten Architekten."

„Wir?"

„Klar wir. Glaubst Du, ich lasse mir so ein Projekt entgehen? Das wird ein offizielles Projekt unserer Firma. Und ich mache selbst die Projektleitung."

„Das kann ich nicht verlangen.", sagte ich kleinlaut.

„Verlangen?"

Er lachte auf.

„Wenn das erst mal fertig ist und alles so läuft wie Du es vorhast, wird das in die Presse gehen und große Wellen schlagen. Du glaubst doch nicht im Ernst, dass ich zulassen werde, dass dort ein anderer Firmenname steht, als der unsere?" Ernster fügte er hinzu: „Also weißt Du jetzt, was Du mit dem Geld vorhast."

„Zumindest mit einem Teil davon. Ja."

Und irgendwas in mir begann zu strahlen. Ich war glücklich. Glücklich endlich den richtigen Weg gefunden zu haben. Und endlich einen Anfang zu haben. Den Anfang vom neuen Leben.

„Wirst Du dann noch hier arbeiten?"

„Aber klar. Wieso auch nicht?"

„Nun. Das wird vermutlich viel Zeit in Anspruch nehmen. Ich meine, die Umbaumaßnahmen, dann die Eröffnung und alles, was Du dann so vorhast."

Zerknirscht sah ich ihn an.

„Und wenn ich selbstständig werde und mich stundenweise an die Firma vermiete? Spart Ihr dann nicht Kosten?"

„Schon."

Er überlegte.

„Ja. Das wird schon irgendwie gehen. Wir finden einen Weg."

Enthusiastisch stand er auf.

„Jetzt...", er griff sein Handy vom Schreibtisch und blätterte durch das Telefonbuch, „...besorgen wir uns erst mal einen Architekten."

17. KAPITEL

Die Zeit raste plötzlich. Jede Stunde eines Tages rann nur so durch meine Finger. Johannes hatte natürlich einen Architekten gefunden. Tags darauf hatten wir uns mit ihm vor Ort getroffen. Und nachdem ich auch ihm geschildert hatte, was ich vorhatte, war er sofort Feuer und Flamme. Noch während wir uns auf dem Hof umsahen, telefonierte er ständig mit seinem Team, um die ersten Arbeiten und Planungen in Auftrag zu geben. Seine Ideen passten alle in meine Vorstellungen. Stärker noch, sie schienen das Bild, das ich mir machte, nur noch mehr abzurunden. Und so waren die Pläne binnen weniger Tage fertig. Auch die Anfragen bei der Stadt für die Umbauarbeiten waren bereits gestellt und man hatte uns wissen lassen, dass dem nichts im Wege stand.

Bei meinem Termin mit der Bank hatte ich nun endlich etwas, dass ich vorbringen konnte. Gemeinsam mit dem Rechtsanwalt, meinem Steuerberater, meiner Bankberaterin und Johannes machten wir uns an die finanzielle Planung und die Aufsetzung aller Verträge und Statuten. Die Sitzung dauerte Stunden. Doch am Ende hatten wir alle Formalitäten geklärt.

Als nur noch meine Bankberaterin und ich am Tisch waren, fragte sie vorsichtig: „Das ist aber nur ein Teil deines Gewinns. Hast Du Dir überlegt, was Du mit dem Rest machen willst?"

„Ja.", sagte ich entschlossen und kramte aus meiner Tasche die Unterlagen, die sie mir zu Verfügung gestellt hatte und wir gingen die einzelnen Punkte durch.

Am Ende des Tages war es vollbracht. Alles ging nun seinen Weg.

Ein paar Tage später wählte ich die Büronummer von Eddie. Es war an der Zeit den letzten Punkt auf der neuen Liste in Angriff zu nehmen.

„Hallo Nadine.", begrüßte ich seine Assistentin als sie sich meldete, „Hier ist Alexandra. Ist Eddie im Büro?"

Sie schien einen Moment zu überlegen.

„Hallo, Alexandra. Nein, er ist unterwegs. Er wird gegen Mittag wieder da sein. Aber…", sie zögerte.

„Was denn?", fragte ich freundlich.

„Er hat gesagt keine Anrufe von Dir. Ich soll Dich gleich weitergeben an Richard. Soll ich Dich durchstellen?"

„Nein. Nicht nötig. Ich habe ihn gestern noch gesehen. Und es ist keine berufliche Sache, die ich von ihm möchte. Aber ich brauche jetzt unbedingt Deine Hilfe, Nadine."

„Ich bin mir nicht sicher, ob das geht."

„Das verstehe ich. Aber ich habe keine andere Wahl. Bitte. Du musst mir vertrauen."

„Okay. Also. Was soll ich für Dich tun."

„Kannst Du ihm einen Termin für heute Mittag in den Kalender einstellen und ihn anrufen, um ihn daran zu erinnern?"

„Willst Du herkommen?"

„Nein."

Ich gab ihr die Adresse von dem Hof durch.

„Ich möchte, dass er mich dort trifft. Aber er darf nicht wissen, dass ich es bin."

Mein Herz pochte laut. Ich hoffte so sehr, sie würde mir helfen. Auch, wenn ich wusste, dass ich es an ihrer Stelle vermutlich nicht getan hätte.

„Ich weiß nicht.", sagte sie erwartungsgemäß.

„Bitte, Nadine. Ich verspreche, es ist das Richtige."

Einen Moment herrschte Stille, während Nadine mit sich rang.

„Okay. Ich tue es. Aber nur, weil er seit Eurem Urlaub unerträglich geworden ist. Also versprich mir bitte, dass Du es nicht noch verschlimmerst. Was auch immer da zwischen Euch vorgefallen ist."

„Ich verspreche es."

Ich war voller Energie, seit dem ich den ersten Fuß auf das Gelände des Hofes gesetzt hatte. Und ich wusste, dass alles, was danach passiert war, absolut und vollkommen richtig war. Und ich wusste, dass es Zeit war, Eddie in die Sache einzuweihen. Ich hörte, wie sie auf der Tastatur tippte.

„Okay. Ist eingetragen. Um drei Uhr. Ich rufe ihn gleich an."

„Danke, Nadine."

„Ich hoffe, ich habe es gerne gemacht. Je nachdem, was passiert."

Damit legte sie auf. Und ich sprang vom Stuhl auf vor Freude.

Um kurz vor drei war alles vorbereitet. Rusty schlich schnüffelnd über den Hof. Eine Decke lag im offenen Kofferraum. Daneben ein Picknickkorb. Der große alte Eichentisch, der gegenüber vom Bauernhaus im Schatten zweier großer alter Bäume stand, war leider vom Regen noch total nass. Dort hatte ich eigentlich ein Picknick vorbereiten wollen. Aber so ging es auch. Gott sei Dank hatte ich den neuen Wagen. Und der wiederum einen großen Kofferraum.

Die Feuchtigkeit des Regens lag noch in der Luft. Und es duftete herrlich nach Wald, Wiese und Sommer. Am kommenden Tag würden die ersten Bauarbeiter anrücken und hier alles auf den Kopf stellen. Dass das mit Eddie heute noch geklappt hatte, glich einem Wunder.

Pünktlich um drei rollte sein Wagen auf das Gelände. Er parkte den Wagen und stieg aus. Er hatte mich offensichtlich noch nicht gesehen. Ich hatte den Kofferraum als Deckung genutzt. Und er kannte den Wagen ja noch nicht. Doch Rusty ließ die Überraschung platzen. Sobald er Eddie erspäht hatte, rannte er bellend auf ihn zu und umsprang ihn schwanzwedelnd.

„Rusty?"

Eddie sah sich um.

„Alex?"

Ich sprang vom Kofferraum auf den Boden.

„Hallo, Eddie."

„Was zum Teufel?"

„Nicht böse sein. Ich musste mit Dir reden. Und ich hatte keine große Wahl."

Er drehte sich auf dem Absatz um und wollte zum Auto gehen.

„Oh nein, Herr Eduard von Lichtenstein. Du gehst jetzt nicht. Du wirst Dir gefälligst anhören, was ich zu sagen habe." sagte ich bestimmt.

Er hielt inne.

„Bitte.", sagte ich flüsternd.

Er drehte sich um. Sah mich musternd an. Dann seufzte er und sagte: „Okay. Du hast zehn Minuten."

Und dann ging er auf mich zu.

„Was machen wir überhaupt hier?"

„Setz Dich."

Ich zeigte auf die Decke im Kofferraum.

„Neues Auto?", fragte er mit hochgezogenen Augenbrauen.

„Ja. Auch.", sagte ich, „Jetzt setz Dich schon. Meine zehn Minuten laufen.

Er seufzte und setzte sich, verschränkte die Arme und starrte mich an.

„Und?"

„In Saint Tropez hast Du mir gesagt, dass Du nicht mit mir zusammen sein könntest, weil ich mich selber finden muss. Und weil ich erst herausfinden muss, was ich mit meinem Leben anfangen will."

Er verdrehte die Augen.

„Ich weiß, was ich gesagt habe."

„Und Du hattest Recht."

Ich strahlte ihn an. Und er sah mir unsicher in die Augen.

„Und Du weißt jetzt, was Du vorhast?"

„Naja. Eigentlich habe ich längst damit begonnen."

Und ich zeigte auf das Bauernhaus.

„Du willst Dir also einen Bauernhof kaufen?"

„Nein. Ich habe den Hof bereits gekauft. Das heißt eigentlich nicht ich."

„Sondern?"

„Mit einem Teil meines Gewinnes, genauer gesagt mit 10 Millionen Euro, habe ich eine Stiftung gegründet. Und die hat das Grundstück und das Gebäude gekauft."

„Eine Stiftung?"

Er sah mich verblüfft an.

„Ja. Wobei ich einen kleinen Teil des Bauernhauses als Wohnung ausgeklammert habe."

Ich zog die Pläne hinter mir hervor.

„Das hier ist der Grundriss der Gebäude."

Ich gab ihm die alten Pläne.

„Und das hier."

Die vom Architekten erstellten Pläne faltete ich auseinander und legte sie zwischen uns.

„Ist, was wir hieraus machen werden."

Eddie studierte die Zeichnungen und ich sah, wie sich ein großes Fragezeichen in seinen Augen bildete.

„Alex, ich verstehe nicht."

„Wir renovieren das alte Bauernhaus. Darin werden unter anderem eine große Bauernküche Platz finden, ein Gemeinschaftsraum, eine Bibliothek und vier Wohnungen. Zusätzlich zu meiner eigenen Wohnung. Zudem...", ich zeigte auf das separate Wohnhaus, „... werden dort ebenfalls zwei Wohnungen entstehen und die beiden Scheunen..."

Ich deutete auf die alten Gebäude rechts und links hinter dem Wagen.

„Werden ebenfalls umgebaut zu Wohnräumen."

„Und dann? Willst Du es vermieten?", fragte er verwirrt.

„Nicht wirklich. Ich möchte, dass einzelne Wohnungen vermietet werden, andere werden vorerst leer stehen, als Notunterkunft für Familien oder Einzelpersonen. In Zusammenarbeit mit der Gemeinde und den Kirchen rundum."

Ich lehnte mich zurück und ließ den Blick über den Hof schweifen.

„Ich möchte, dass hier auf dem Hof viele Leute unterschiedlichen Alters zusammenleben und immer Platz genug haben, wenn Leute in Not geraten und eine Unterkunft brauchen. Dadurch, dass hier mehrere Generationen Platz haben werden, kann man sich gegenseitig unterstützen. Alte Leute leben nicht alleine, junge Leute haben Unterstützung, zum Beispiel, wenn sie berufstätig und alleinerziehend sind. Es wird Platz für jeden geben, der ihn braucht."

Er ließ die Worte auf sich wirken und sah sich auf dem Hof um.

„Das klingt gut.", sagte er vorsichtig.

„Oh. Ich bin noch nicht fertig. Zudem habe ich durch die Stiftung Gelder zur Verfügung, die ich nach eigenem Ermessen für gute Zwecke einsetzen kann. Zum Beispiel, wenn eine alte Dame den Wunsch hat, auf ihre letzten Tage das Meer zu sehen."

„Hannelore und Marion?", fragte er.

„Ja. Zum Beispiel. Ich habe schon eine kleine Liste mit Projekten. Dabei ist die Homepage der Stiftung erst seit ein paar Tagen online."

Auch Gelder hatte ich schon zugesichert bekommen, als ich meine Pläne den Verwaltungen und Gemeinderäten vorgestellt hatte. Es würde also nicht lange bei der Einlage bleiben, die ich getätigt hatte. Die aber auch zu einem nicht geringen Teil in den Kaufpreis und den Umbau des Hofes fließen würden.

„Und das restliche Geld?"

„Was nicht dem Staat zusteht, ist bereits zum größten Teil angelegt. Aktien. Immobilien. Ich habe noch einen Topf, aus dem ich in Start Ups investieren werde. Den ersten habe ich bereits finanziell unterstützt.", sagte ich stolz.

„Und warum hast Du Dich hierfür entschieden?", fragte Eddie und zeigte auf den Hof.

„Weil ich Einzelkind bin. Meine Großeltern sind früh gestorben. Und ich habe das immer vermisst. Ich wünschte mir immer schon eine große Familie."

Einen Moment lang ließ ich den Blick über die Anlage schweifen.

„Die ganze Zeit über habe ich überlegt, was ich gerne tun würde. Was ich mit mir und meinem Leben anfangen wollte. Und dann fiel es mir wie Schuppen von den Augen als ich hier stand. Anderen helfen. Die ganze Reise über hatte ich das irgendwie immer schon getan. Und es gehörte zu mir. Und war mir doch nicht bewusst. Jetzt habe ich die Mittel und Möglichkeiten, das zu tun. Nicht zu spenden. Sondern wirklich selbst aktiv zu werden. Zu entscheiden, was ich unterstütze und was nicht. Und einen Raum zu schaffen, in dem viele Menschen Geborgenheit, Schutz und eine Zuflucht finden können. Ein Zuhause erschaffen."

„Du strahlst richtig.", sagte Eddie.

„Ich weiß. Und es fühlt sich großartig an."

Er sah mich lange an. Dann atmete er tief ein und sagte leise. „Du hast mir schrecklich gefehlt."

„Du mir auch."

Er strich eine Strähne aus meinem Gesicht.

„Warum hast Du Dich nicht gemeldet?"

„Weil ich den richtigen Zeitpunkt abwarten wollte. Ich wollte, dass Du erst die Möglichkeit hast, zu wachsen. Dich selbst zu finden. Ich wollte Dir nicht im Weg stehen."

„Ist jetzt der richtige Moment?"

Ein Lächeln huschte über seine Lippen.

„Ja.", sagte er, beugte sich vor und seine Lippen fanden die meinen. Endlich.

„Ich liebe Dich.", flüsterte er.

„Und ich liebe Dich."

Ich sah ihm in die Augen. Dicht vor meinen.

„Eine letzte Sache noch.", sagte ich und schob ihn ein wenig von mir weg.

„Okay."

„Das alles hier. Ich werde es machen und werde es genießen. Aber eigentlich…", ich nahm seine Hand, „Eduard von Lichtenstein. Willst Du das alles hier mit mir teilen? In Freude und Leid. In ruhigen und in sehr stressigen Zeiten. Willst Du mir zur Seite stehen und mit mir mein Leben teilen?", meine Stimme brach in ein Flüstern.

„Auf ewig.", hauchte Eddie und wieder fanden seine Lippen meine.

18. KAPITEL

Meine Füße ruhten auf einem Kissen auf dem Schreibtisch. Ich hatte mich weit nach hinten gelehnt in meinem Schreibtischstuhl. Mein Blick verharrte auf dem Wald hinter den Fenstern meines Büros. Zwei Jahre waren vergangen seit dem Tag, an dem die Bagger anrückten, den Hof umzubauen. Viel war seither geschehen. Das Büro war ein Anbau an der Rückseite des Bauernhauses. Wie eine Art Wintergarten waren die übrigen Wände eine einzige Glasfront. An der Hauswand, die man in seinem Ursprung gelassen und nur die Fassade renoviert hatte, hingen Bilder aus den letzten Jahren.

Der Umbau. Unsere Hochzeit. Die ersten Einzüge. Und die Pläne für den Neubau, der zur Zeit in Planung war. Stille umgab mich. Und das tat meinen Ohren für einen Moment ganz gut. Sie hatten am Vorabend sehr gelitten. Eine kleine Spendengala sollte es werden. Im Sitzungssaal eines Hotels in Münster. Doch als wir per Zufall bei Werbeaufnahmen in Köln bei Eddies Bruder auf einen der bekanntesten A-Promis trafen und der dann voller Enthusiasmus auf seiner Homepage auf unsere kleine Stiftung aufmerksam gemacht hatte, brach zunächst die Internetseite auf Grund der Aufrufe zusammen. Und einen Tag später flatterten Anfragen auf Einladungen ins Haus.

Wir mussten die Gala sogar kurzfristig ins Kongresszentrum verlegen, da wir nicht genug Platz im Hotel gehabt hätten. Alle waren da. Die ganze A-, B- und C-Prominenz aus Funk und Fernsehen. Alle möglichen Sender hatten über das Event berichtet. Zudem kamen viele Industrielle, Kaufleute und wer weiß was noch. Am Ende waren es fünfhundert Gäste, die über den roten Teppich zu unserer Veranstaltung flanierten. Wir hatten weniger als zwei Monate, um alles umzuplanen. Was auch der Grund war, warum ich Johannes drei Monate vor dem eigentlichen Termin die Kündigung überreichen musste.

Ja, richtig gelesen. Nach zwei Jahren war die Arbeit für die Stiftung so zeitintensiv geworden, dass wir beschlossen hatten, ich würde eine neue Assistentin für Johannes einarbeiten, um mich ausschließlich um die Stiftung zu kümmern. Wie schon gesagt, dass nun drei Monate vor dem eigentlichen Termin. Denn ab nächsten Monat begannen die Bauarbeiten in der Nähe von Berlin für das zweite ‚Heim‘, wie die Presse unseren Hof und das damit verbundene Projekt liebevoll nannte. Ein weiteres war bereits in Planung in Süddeutschland. Ich stand dort in Verhandlungen mit mehreren Städten für die Standortwahl.

Doch der Bau würde warten müssen. Sanft strich ich über meinen Bauch. Noch war nichts zu sehen von dem kleinen Liebling, der dort heranwuchs. Zehnte Woche. Und er oder sie hatte den ganzen Stress der letzten beiden Monate sehr gut verkraftet. Ich hatte noch etwas Zeit, bevor ich etwas kürzer treten müsste.

Aber wenigstens brauchte ich mir jetzt um die Finanzierungen keine Sorgen mehr zu machen. Wir hatten am gestrigen Abend genug Spenden sammeln können, um beide Projekte ohne weitere Probleme zu realisieren. Und noch mehr als genug übrig, für die vielen kleinen Projekte, die noch liefen. Wobei Sorgen wäre wohl übertrieben gewesen. Ich hatte auch von dem restlichen Lottogewinn einiges gewinnbringend angelegt. Dann hätte ich es eben alleine finanziert. Aber so war es natürlich einfacher.

Und nach der positiven Resonanz, ich hatte den gesamten Vormittag gebraucht um hunderte Mails von Gratulanten und

Danksagungen zu bearbeiten und zu beantworten, wollten wir für nächstes oder übernächstes Jahr noch ein Event organisieren.

Die Bürotür ging auf und Eddie lugte um die Tür.

„Hey, Schatz."

„Hallo Liebling."

„Alles in Ordnung?"

„Ja. Ich komme sofort."

„Das hast Du schon vor einer Stunde zu Carola gesagt."

Carola war meine Assistentin.

Jap.

Ich hatte inzwischen sogar eine eigene Assistentin!

„Aber jetzt wirklich. Ich habe nur kurz die Ruhe genossen."

Er trat ein und schloss die Tür hinter sich.

„Du kannst es auch ausfallen lassen, wenn Du Dich hinlegen willst."

„Unseren Sonntagsbrunch? Für kein Geld der Welt. Dafür machen wir das alles doch."

Es war zur Tradition geworden. Angefangen hatte es mit einigen wenigen Mitbewohnern, die sich am Anfang einfanden. Doch mit jedem weiteren Hausbewohner wuchs die Schar der Leute auf dem Hof. Und plötzlich war es Tradition, dass wir uns alle gemeinsam am Sonntagvormittag trafen. An sonnigen Tagen an dem Eichentisch vor dem Haus. Bei schlechterem Wetter in der Bauernküche. Wer wollte, bereitete etwas zu essen vor oder brachte Getränke mit. Und es wurde getratscht und gelacht über Gott und die Welt. Es war der einzige Tag, an dem wirklich alle zusammen kamen. Unter der Woche besuchten sich die Bewohner unseres kleinen Hofes untereinander, halfen sich gegenseitig aus. Und sei es nur, wenn einer mal eine Schulter zum Anlehnen brauchte. Zwanzig Personen lebten mittlerweile auf dem Hof. Allen Alters. Und die Sonntage waren eine einzige Freude.

Eine große Familie.

Wenn mal wieder ein Notfall hinzukam, und sei es nur für wenige Wochen, waren es dieser Zusammenhalt und diese Geborgenheit, die ihnen halfen, wieder auf die Füße zu kommen.

Meine schönste Erinnerung der letzten zwei Jahre hing als Foto an der Wand. Es zeigte den kleinen Tim. Der zu dem Zeitpunkt der Aufnahme vier Jahre alt war. Auf dem Foto hielt er die Hand seiner Mutter, die weinte und rußverschmiert neben einem Taxi stand. Ihr Haus war in der Nacht zuvor bis auf die Grundmauern abgebrannt.

Ihre Familie hatte alles verloren.

Über den Geistlichen der zuständigen Kirche wurden wir nachts angerufen und hatten sofort zugesagt, zu helfen. Ich weckte einige andere Mitbewohner, die sich sofort daran machten, die freie Wohnung herzurichten und Lebensmittel zu sammeln. Als sie dann bei uns ankamen, war bereits die Sonne aufgegangen.

Doch, was dieses Bild zu etwas ganz Besonderem machte, war der andere Junge im Bild, der einen Teddy vor sich haltend auf die zwei zu rannte. Das war Karsten. Er und seine Mutter waren eine der ersten neuen Bewohner auf dem Hof. Und der Teddy, den er dort in der Hand hielt, war sein absolutes Lieblingskuscheltier.

Er hatte es als Halt gebraucht, als er bei uns ankam. Als sein Leben sich so sehr verändert hatte. Weil seine Mutter und er in einer Nacht- und Nebel-Aktion vor dem gewalttätigen Vater geflohen waren. Doch in dem Moment, da er diesen Jungen sah und seine Mutter ihm erklärte, dass er weinte, weil er alles verloren hatte, rannte Karsten auf ihn zu und schenkte ihm ohne Zögern seinen Teddybären.

„Er hat gar nichts. Ich habe noch andere. Also gehört er ihm."

So einfach war das.

Und genau das symbolisierte auf exakte Art den Gedanken unserer Stiftung. Das, was ich erschaffen wollte. Das, was uns zu einem ‚Heim' machte. Doch ich war noch nicht am Ende. Ich hatte noch sehr viel vor.

Aber nicht mehr heute.

Seufzend fuhr ich den PC herunter und nahm die ausgestreckte Hand meines Ehemannes.

„Darf ich bitten, Frau von Lichtenstein?"

„Sie dürfen."

Ich machte einen Knicks. Und gemeinsam traten wir hinaus auf den Hof. Wo alle Bewohner und alle Gäste bereits beim Brunch waren.

Wegen der Gala am Vorabend waren auch Mark und Simone als Gäste über Nacht geblieben.

Mariechen und Horst hatten sich sogar für zwei Wochen mit ihrem Wohnwagen eingemietet. Und wie ich sie so dasitzen sah, war ich mir recht sicher, dass wir bald Platz für zwei neue Mitbewohner brauchen würden.

Auch meine Eltern und Eddies Eltern waren da.

Marion und Günter saßen ihnen gegenüber und waren in ein Gespräch vertieft.

Hannelore hatte uns vor einem Jahr verlassen. Sie war friedlich eingeschlafen, mit einem Lächeln im Gesicht.

Marions Kinder und die Kinder, die auf dem Hof lebten, tollten über die umliegenden Wiesen. Im Schlepptau hatten sie Rusty und die zwei anderen Hofhunde, die ihren Weg zu uns gefunden hatten.

Auch Lucille und Pedro waren aus Lissabon eingeflogen.

Sie winkten mir freudig zu und ließen sich dann wieder von Horst erklären, wie das alles eigentlich so gekommen ist. Viele unserer Freunde hatten sich ebenfalls unter dem Baum versammelt.

„Immer noch Platz für einen mehr.", sagte Eddie stolz lächelnd, während er die Hand auf meinen Bauch legte.

„Shht."

Ermahnte ich ihn und schob die Hand weg.

„Wir wollen es ihnen noch nicht sagen."

Er lachte auf.

„Als ob sie es nicht schon wüssten. Schau dir die alten Damen an. Seit einem Monat sind sie fleißig dabei Babyklamotten zu stricken. Ich frage mich, warum?"

Er knuffte mich in die Seite.

„Aber man sagt es erst, nach drei Monaten.", schmollte ich.

„Ach, Schatz. Hier gibt es keine Geheimnisse."

Ich sah ihm ernst in die Augen.

„Ist das hier alles auch wirklich etwas für Dich? Wird es Dir nicht manchmal zu viel?"

Er schüttelte den Kopf.

„Solange Du an meiner Seite bist…"

Er küsste mich auf die Stirn.

„…finde ich Ruhe in jedem Chaos, in das Du uns führst."

Und so gesellten wir uns Hand in Hand zu den anderen und ließen uns im Schatten zwischen all diesen wundervollen Menschen nieder.

-ENDE-

Danksagung

In meinem Leben gab und gibt es sehr viele Menschen, die mich berühren und mich begleiten. Dafür bin ich unendlich dankbar. Und ich hoffe, dass ich ihnen zurückgeben kann, was sie mir bedeuten.

Ich habe lange gegrübelt, wie ich all diese Namen in einer Widmung oder einer Danksagung verewigen kann. Wollte ich doch, dass sie wissen, dass sie ein wichtiger Teil von mir sind und letztlich auch bei der Erschaffung der Geschichte so viel Einfluss hatten.
Doch alle Namen zu nennen, schien mir dann der Sache nicht gerecht zu werden. Zum einen, weil sich eine lange Liste ergeben hätte (lucky me !!) und zum anderen, weil ich nicht wusste, ob es ihnen so recht ist hier mit Namen aufgeführt zu werden.

Außerdem ist dieser Roman nicht nur für diese vielen wundervollen Menschen gedacht, die bereits einen Platz in meinem Leben haben, sondern auch für die, die ihn nicht haben.

Es ist und war mir immer wichtig, jeden Menschen den ich auf meinem Weg treffe die Aufmerksamkeit und den Respekt entgegen zu bringen, den sie oder er verdient hat. Auch mit meinem Roman möchte ich Menschen berühren, die dieses in Händen halten. Ich möchte etwas von dem zurückgeben, was ich erhalten habe.

Dieses Buch ist für Dich,

der Du in meinem Leben einen festen Platz hast.

der Du nur einen kleinen Teil davon begleitet hast.

der Du dieses Buch gefunden hast.

der Du mit mir gemeinsam diese Reise unternommen hast. Weil Du diesen kleinen Sonnenstrahl auf vielen Seiten in Dich aufnimmst.

Danke fürs Lesen. Danke fürs Teilen. Danke für diese kostbare Erfahrung und dafür, dass ich meinen Lebenstraum erfüllen durfte. Danke, dass ich dieses Wunder erleben darf.

Danke!!!

#specialthanxto

@MeinenEltern:

Für alles und noch so viel mehr!

@Jörg:

Für die Idee einer Reise!

@Renate:

Für die erste und beste Kritik und den Glauben daran!

@J.:

Für diese wunderbar ehrliche Freundschaft!

@D.:

Du hast meiner Kreativität neues Leben eingehaucht.

@S.:

Vor 15 Jahren schon haben wir über diesen Moment gesprochen. Jetzt ist er da. Du fehlst.

Ebenfalls von Sandra Meijer erschienen:

Das Blumentattoo
Zeig mir die Narben auf Deiner Seele

„Eine erfolgreiche Unfallchirurgin und ein Obdachloser - sie leben in sehr unterschiedlichen Welten. Doch sie teilen die Wunden, die die Zeit nicht heilen will. Sie beide wandeln in der Gegenwart und haben sich selbst in der Vergangenheit verloren. Doch als sie aufeinander treffen, spielt es keine Rolle mehr, wer oder was sie zu sein scheinen.

Blumen zieren ihren Rücken. Feine Narben werden von den Blüten verdeckt. Doch sie stammen aus längst vergangenen Tagen. Einen weiten Weg ist sie seitdem gegangen. Das Ziel fest im Blick. Doch so sehr sie sich auch bemüht, der Schmerz in ihr ist nur gebändigt, nicht vorüber. Kein Schweigen. Trotzdem Stille.

Sein Leben endete an einem Sommertag vor zwanzig Jahren. Nur gestorben ist er nicht. Und die Schuld, die er in sich trägt, beißt jeden Tag neue Wunden in sein Herz. Doch seine Vergangenheit ruht nicht, wie die ihre. Sie ist auf der Jagd nach ihm. Während die einen auf der Suche nach Wahrheit sind, wollen die anderen nur seinen Tod. Wer also findet ihn zuerst und bringt es zu Ende?

Wie lange kannst Du vor Deiner Vergangenheit fliehen, bevor Du Dich auf immer verlierst? Und wann wird es Zeit ihr die Stirn zu bieten?"

~~~~~~

Dieser spannende Roman geht tief unter die Haut und zieht einen bereits nach wenigen Seiten in seinen Bann. Man möchte ihn gar nicht aus der Hand legen und weiterlesen, um herauszufinden, wie es weiter geht.

ISBN: 978-3741295959
Verlag: Books on Demand
Auch als Ebook erhältlich